读客外国小说文库

激发个人成长

THE LONGEST RIDE

最漫长的旅程

【美】尼古拉斯•斯帕克思 著
王洋 译

Nicholas Sparks

文匯出版社

谨以此书献给米勒、莱恩、兰登、莱茜和萨娃娜

一

艾勒

我常常会想，像我这样的人真的很少见。

我名叫艾勒·莱文森，是一个南方人，也是一个犹太人，这两种身份都让我很骄傲。我也是一个老人，生于1920年。这一年颁布了禁酒令，也赋予了女性投票权。我时常会想，是不是我的出生年月决定了我的人生轨迹。我一生滴酒不沾，而与我携手共度一生的妻子一到法定年龄就投了罗斯福一票，这一切想来真是命中注定。

而我的父亲不信“命中注定”这一套。他相信法则。我年轻的时候常常在家里的西服定制店帮忙，他总会对我说：“艾勒，你要记住哪些事情永远都不能做。”接着他会给我讲述“我的人生法则”，他这样称呼它们。从小到大，我几乎听父亲讲了他关于所有事情的处理法则。这些规则有些源于犹太法典的教义，是放之四海皆准的道理；有些也跟其他父亲教育他们小孩的东西一样。比如，他教导我永远都不能欺骗别人，不能偷东西。但是我父亲更倾向于教育我一些更实用的东西，他那时候管自己叫“非全天候犹太教徒”。比如，他会告诉我，下雨出去一定要戴帽子；不要碰烘烤箱，可能会烫手；不要在公共场所数钱包里有多少钱；还有不管看起来多么物美价廉，不要购买在街上推销的珠宝。这份清单近乎没有止境，但不管它们的出现是多么随机，父亲跟我说的这些“永远不要”，我发现自己基本上都遵守了，也许是因为我从来都不想让父亲失望。时至今日，他的声音依然常常在这最漫长的旅程中回响在我的耳边，这段旅程就是人生。

同样地，父亲也会告诉我什么该做。他在人生中的方方面面都信奉着诚实与正直，他也告诉我要为女性和小孩开门，握手要有劲道，要记住别人的名字，给客户比他们想象的多一点。后来我终于明白，他跟我说的这些法则，不仅是他一生信奉的人生哲学，也体现了他的为人。正因为他信奉诚实与正直，所以他相信别人也是如此。他相信人性的正派，认为其他人也是跟他一样的。他相信大多数人在可以选择的情况下，都会选择去做对的事，即使这事很难。他也相信邪不压正、正义永存。但他并不是天真，他也曾教导我：“相信别人。但当有人给了你一个不再值得你去信赖他的理由，那就永远不要回头。”

父亲对我的影响比任何人都要大，是他把我塑造成了现在的我。

但是那场战争改变了他。或者说，那场惊世骇俗的大屠杀改变了他。我说的并不是他的智力，他仍然可以在十分钟之内完成《纽约时报》上的填字游戏，我说的是他对人原有的那份信任。他以为他所熟知的世界对他来说已经不再讲任何道理，于是他就开始变了。那时候他已经快要60岁。在把生意交给我之后，他很少来店里。

此时，他成了一名“全天候犹太教徒”。他开始和我的母亲——之后我会讲她的故事——定期参加犹太人集会，为数不胜数的犹太人事业做出捐赠。他拒绝在安息日工作；对以色列建国的新闻以及阿以战争的余波愈发感兴趣；每年至少去耶路撒冷一次，似乎是要寻找那些他自己从不知道自己缺失的东西。随着他年纪渐长，我开始担心他的这些出国旅行，但是他总是让我放心，说他能够照顾好自己，很多年来他也确实做到了。虽然他年岁渐高，但是思维依然敏捷，就是身体再也没有以前那么好了。他90岁的时候心脏病发作了一次，尽管后来恢复了，但是七个月之后的中风严重削弱了他身体右侧的机能。即使在这种走路都需要用拐杖的情况下，他仍然坚持要自己照顾自己，而不愿意搬到养老院去。尽管我多次恳求他注销驾照不要再开车，告诉他这样真的很危险，他总会耸耸肩。

“我有什么办法？”他会回答，“不开车怎么去店里？”

父亲是在离101岁生日还有一个月的时候去世的，那时他的驾照还放在钱包里，床边的报纸上的填字游戏也完成了。他度过了一段很长、很精彩的人生。最近我常常不由自主地想起我的父亲，这也合乎情理，毕竟我一直以来都追随着他的步伐在往前走。每天早晨店铺开门迎客的时候，我就按照他的人生法则生活着、工作着。我会记住每一个客人的名字，给客户比他们所期望的更多。时至今日每当我觉得天可能下雨，我都会随身带着我的帽子。就像我父亲一样，我心脏病发作过，现在走路也用拐杖；虽然我不爱玩填字游戏，我的思维也和我父亲一样敏捷。还有，跟我父亲一样，我执意不肯注销驾照。现在回头想想，这大概是一个错误的决定。如果我放弃开车，我就不会深陷这种困境：车子滑出公路，掉入陡峭的路堤，车头撞树变形。我不会幻想有人会给我送来一壶热咖啡、一条毛毯以及可以瞬间移动的法老飞行宝座。据我所知，这是唯一能够让我活着脱离此地的方法。我身陷困境。破碎的挡风玻璃外，雪一直在下，让一切变得模糊而茫然。我的头在流血，一波波眩晕袭来；我的右臂不能动弹，估计是断了，锁骨也一样。每一次肩膀细微的抽搐都带来一阵疼痛，身上的夹克并不能消除我现在的寒冷，我的身体开始不由得颤抖起来。

不害怕是假，不想死是真。我父亲活到101岁，我母亲过世的时候是96岁。我一直认为从基因遗传上来说，我可以活得更久。就是几个月前，我都深信自己怎么也还有五六年的好日子过。好吧，以我现在的岁数来看，也不一定是好日子。我的身体不听使唤已经有一段时间了，心脏、关节、肾都开始不能正常运转，而且最近身体又有别的毛病，真是雪上加霜。医生告诉我，我肺部长了肿瘤，有可能是癌症。我现在的日子只能以月计而不是按年算了。但是我还没准备好，至少不想在今天。我还有件事情必须做，这件事情从1956年开始到现在我每年都要做。这项庄严的传统即将面临结束，而且比什么都重要的是，我想有最后一次机会说再见。

尽管如此，一个人在临死之前，脑子里想的东西还是很有意思的。我能够确认一件事，假如自己气数将尽，我绝对不希望自己走的时候是这个情景：身体发抖、假牙打战，直到最后心脏彻底失去了动力。我很清楚我这个年纪的人死的时候是怎样的情形，这些年我参加了数不清的葬礼。如果还有选择的话，我希望自己躺在家里舒舒服服的床上，这样子才不会走得太难看。所以，还没等死神来拍我的肩膀，我就已经决定要尝试挪到后座去。我最不想看到的就是，当别人发现我的时候，我已经变成了一尊坐着的冰雕。如果是那样，他们该怎么把我从车里弄出去呢？那时候我身体楔在方向盘后面，要想把我弄出来，就像是要从厕所里搬出一架钢琴。我都可以想象到他们会如何粗鲁地摆弄我冻僵的身体：几个消防员合伙把冰块剔掉，然后一边前后晃动我的身体，一边说“斯蒂夫，把头摆到那边”，或者是“乔，把这个老家伙的手扭到那边”。他们把我的身体又是扯、又是挪、又是推、又是拉，最后再猛地用力，我的身体就重重地摔在地上了。多谢了，但这个场景不是我想看到的，我还有我的尊严。所以，就像我之前说的那样，如果到了这步田地，我会使出浑身解数爬到后座上去，然后永远地闭上眼睛。这样他们就可以像滑动一条冻鱼似的把我的身体弄出车外。

也许事情不会糟糕到那个程度。也许有人会看到路上留下的向路堤方向延伸的胎纹；也许看到胎纹后，有人会停车，对路堤方向喊几声；也许那人会用手电筒照一下，然后发现路堤下面有辆车。这不是不可能的，什么都有可能发生。天下着雪，人们开车本来就会慢一些，会有人发现我的，他们肯定会发现我的。

是吧？

也许不是。

雪还在下。我像一条受伤的龙一样小口地喘着气，我的身体忍受着疼痛和严寒的双重折磨。但这不是最糟糕的情况：我出发的时候天气很冷，虽然那时候还没下雪，但我穿得还算多。我穿了两件衬衫、一件毛衣，还戴着手套和帽子。现在车子倾斜，车头朝下，我身上绑着的安全带还能支撑我的重量，但我的头只能靠在方向盘上。安全气囊已经打开了，车里散布着白色的灰尘，弥漫着火药般的刺鼻气味。这很不舒服，但可以勉强维持。

可是我的身体抽痛不已。我想是安全气囊没有起到作用，因为我的头直接砸向了方向盘，这让我失去了知觉。我不知道过了多久才慢慢醒过来，我现在能感觉到头上的伤口还在流血，右臂的骨头好像要穿破皮肤，锁骨和肩部都在抽搐，我丝毫不敢动弹。我开始自我安慰：外面虽然在下雪，但还不是刺骨的寒冷。今晚温度应该会降到零下6摄氏度左右，但是明早就会爬升到零下1摄氏度。晚点风速还会达到20英里每小时。明天，也就是星期天，风会更大，但是到周一晚上，天气就会好转。到那时候，冷锋基本算过去了，风也停会。到周二的时候，温度有望达到5摄氏度。

我之所以知道这些得益于我天天都看天气频道，看天气频道不会像看新闻频道那样让人郁闷。天气频道还是挺有意思的，它除了会播天气预报，还会播放过去的恶劣天气带来的灾难性影响。我见过当人还在浴室里的时候，龙卷风就袭来把房子连根拔起；也见过受灾的民众诉说被洪水冲走后如何获救的经历。在天气频道中，人们总是幸免于难，因为只有幸存下来的人才能接受采访，我喜欢提前知道受灾的民众已经获救了。去年，我看了一篇报道，讲的是芝加哥高峰时段的通勤族被一场突如其来的暴风雪袭击。雪下得猛烈，路很快就被封了，而那些通勤族们还在路上。整整八个小时，温度骤降，几千人就这样被困在高速上，丝毫不能移动。报道聚焦在两个人身上，但最让我震惊的是，对于这样的天气，他们两个人似乎都没有任何准备。暴风雪席卷而来，他们俩的体温低到了危险的程度。这点让我感觉很没道理。芝加哥的居民应该很清楚当地经常下雪，他们经历过从加拿大一直席卷而来的暴风雪，一定知道天气会变得很冷。他们怎么会不知道呢？如果是住在这样一个地方，快到万圣节的时候，我的后备厢里一定会准备好保暖毛毯、帽子，外加一件厚夹克、耳套、手套、一把铁铲、一只手电筒、暖手器以及瓶装水。如果我住在芝加哥，我被困两个星期都不会太着急。

可问题是，我住在北卡罗来纳州，除了每年夏天会进山一次，我基本上都在离家几英里的范围内行驶。因此，我的后备厢是空的。但是让我心里稍稍感到安慰的是，照现在的情形来看，即使我后备厢里有个移动酒店，对我也没有丝毫用处。路堤已经结冰而且很陡，就算后备厢里塞满了埃及法老的奇珍异宝，我也不可能够得着。尽管如此，对于现在的状况，我并不是丝毫没有准备。在我出发之前，我准备了满满一保暖瓶热咖啡、两个三明治、一些西梅，还有一瓶水。我把这些食物放在座位上，和我写的信放在一起。虽然所有食物都在事故颠簸中打翻了，但是好在东西都还在车里面。如果我实在太饿了，我会尝试去找找，但我很清楚现在这种状况下要吃点喝点什么是要付出代价的。吃进去的东西迟早是要出来的，我现在还没想好怎么个出来法。我的拐杖在后座，而这个大斜坡会把我推向坟墓。考虑到我现在的伤势，方便是不太可能的。

关于事故本身，我大可以编造一个刺激的故事，比如车开得太快，路太滑；或者是一个生气失意的司机把我逼出道路。但是事故的真正原因是：天很黑，外面又开始下雪，而且越下越大，然后突然间，路就那样消失了。我猜自己进入了一个弯道，只是猜的，其实我并没有看到任何弯道。接下来我知道的事情就是我撞破了护栏，车顺着很陡的路堤方向冲下去。现如今我独自一人坐在黑暗之中，脑中思索：最后等我获救的时候，天气频道会不会做一个关于我的报道。

我已经看不见挡风玻璃外面的景象，虽然会带来疼痛，但是我还是伸手开了一下雨刷，没有反应。过了一会儿雨刷才动起来，推开了上面的雪，留一层薄薄的冰。雨刷正常工作了，虽然只有片刻，但仍让我很兴奋，不过我还是不情愿地把雨刷和大灯都关了，我甚至忘了大灯一直都开着。我告诉自己现在要保存电瓶里剩下的电，以防需要用到喇叭。

我移动了一下，感觉从手臂到锁骨像被闪电击中了一样。疼痛袭来，整个世界又陷入了黑暗。我一口一口地呼吸着，等着这阵剧痛慢慢消散。哦，天哪！我忍住没有喊叫，然后疼痛又奇迹般的退去了。我开始均匀地呼吸，尽量克制自己的眼泪，但是当疼痛最终减弱时，我已经筋疲力尽了，感觉自己可以一睡不醒。我闭上双眼，我累了，真的太累了。

奇怪的是，我发现自己的思绪飘到了丹尼尔·麦科勒姆和那个特别的下午。我脑海中浮现了他留下的礼物。正当我漫无目的地想着什么时候才能有人发现我时，我听到了一个声音："艾勒。"声音来自梦中，模糊、不确定，像是从水中传来的声音。我过了一会儿才反应过来有人在叫我的名字。但是这怎么可能呢？

"你必须醒醒，艾勒。"

我的眼睛颤颤悠悠地睁开，我看到了露丝，我的妻子，坐在我旁边。

"我醒了。"我说，但是头仍然靠在方向盘上。我之前戴着的眼镜在撞击中丢了，所以我眼里的露丝很模糊，像鬼魂一样。

"你开出公路了。"

我眨了眨眼，说道："一个疯子把我逼出了道路，我撞到了一块冰上。如果不是我反应快，情况会更糟。"

"你开出公路是因为你像蝙蝠一样看不见路，而且你早就过了开车的年龄，我告诉过你多少回你是个马路杀手了？"

"你从来没有对我说过。"

"我早该告诉你的，你连弯道都没有注意到。"她停顿一会儿，继续说，"你在流血。"

"我知道。"我提起头，用还能活动的那只手擦了擦额头，手马上被染红了。方向盘上和其他地方都溅着红色，真不知道流了多少血。

"你的胳膊和锁骨都断了，而且肩膀也有问题。"

“我知道。”我说。我眨着眼，露丝在我眼前若隐若现。

“你得赶紧去医院。”

“确实是。”我说。

“我很担心你。”

我回答之前，停下来呼吸了一会儿，最后深吸一口气说：“我也担心我自己。”

我意识到，我的妻子露丝并没有真的在车里。她9年前去世了，我感觉我的生命也随之停止。那天，我在客厅喊她，但她没有答应，于是我从椅子上起身往卧室走去。那时候我还可以走路，虽然比较慢，但还是可以不用拐杖的。当我走到卧室的时候，我看到她倒在地上，靠近她平时睡觉的床的右侧。我马上打电话叫救护车，然后跪在她旁边。我把她的身体翻过来，让她平躺在地上，用手摸她的颈动脉，没有任何跳动的迹象。我像电视里那样对她做人工呼吸，她胸部起起伏伏，我一直对着她嘴里大口吐气，直到我的眼前一片黑暗，也没有任何反应。我吻了吻她的唇和脸颊，然后将她抱在怀里，直到救护车来到。露丝，我的妻子，和我在一起生活了55年的人，去世了。转眼间，我所有热爱的一切也都随之消逝了。

“你怎么会在这里？”我问她。

“你这是什么问题？我来这里还不是因为你。”

那当然。“我睡了多久了？”

“我不知道，”她回答道，“这里很黑，我想你一定很冷。”

“我一直都感觉很冷。”

“但不是这种冷。”

“确实不是，”我表示同意，“不是现在这种冷。”

“你为什么开在这条路上？你是要去哪儿？”

“你知道的。”我想挪一下，但是之前电击般的疼痛让我打消了这个念头。

“是的，”她说，“你是要去黑山，我们度蜜月的地方。”

“我想再去一次，明天是我们的纪念日。”

她又停顿了一下，然后说：“我想你是老来健忘了，我们是8月结婚的，不是2月。”

“不是结婚纪念日，”我说。我没有告诉她，医生告诉过我，我是活不到8月的。“是我们另外一个纪念日。”我接着说。

“你在说什么啊？我们没有别的纪念日了，就那一个。”

“就是在那一天，我的生活永远改变了，”我说，“那是我第一次见你的日子。”

露丝沉默了一会儿。她知道我是认真的，但她不像我，她羞于用语言表达情感。但我能从她的表情、她的触碰以及她温柔的亲吻中感觉到她对我充满激情的爱。而且，当我最需要的时候，她也会将她的爱诉诸笔下。

“那是1939年2月6日，你和你妈妈伊丽莎白来市中心购物，当你们两个逛到了我家店里时，你妈妈要给你爸爸买一顶帽子。”

她背靠在座位靠背上，注视着我。“你是从后门出来的，”她说，“随后，你母亲也跟着出来了。”

是的，我突然记起来了，我母亲的确跟着出来了。露丝一直拥有着超乎常人的记忆力。

跟我母亲一样，露丝的家庭也来自维也纳，那时候他们移民到北卡罗来纳只有两个月。当希特勒和他的纳粹将奥地利并入德意志帝国后，他们就举家逃离了维也纳。露丝的父亲，雅各布·普费弗是一名艺术史教授，他很清楚希特勒的崛起对犹太人来说意味着什么，于是他变卖了所有家产为他的家人买到了自由。跨过国界进入瑞士后，他们去过伦敦，然后辗转到纽约，最后才到达格林斯博罗。雅各布的一个叔叔是做家具生意的，店铺离我父亲的店铺不远。整整几个月的时间，露丝全家就挤在家具工厂内两间狭窄的房间里。后来我才知道，喷漆器不断冒出来的刺鼻气味让露丝难以承受，她近乎不能入睡。

“我们去到你家店里是因为有人告诉我你妈妈会说德语，他们说你妈妈会帮助我们。”她摇了摇头，继续说，“我们真的是太想家，太想遇见同乡了。”

我点点头，至少我觉得我点了。“你们离开后，我母亲跟我讲了你们的谈话，你们说的话我一句也听不懂。”

“你应该跟你母亲学习德语的。”

“这有什么关系？在你还没离开之前，我就知道我们总有一天会结婚的。我们有一辈子的时间去聊天。”

“你总是这么说，但这不是真话。你那时就没怎么看我。”

“我不敢看。你是我见过的最美丽的女孩，盯着你看就像盯着太阳看一样。”

“阿嚏。”她打了一个喷嚏，“我不美丽，我那时还是一个小孩，才刚刚16岁。”

“而我刚刚19岁，结果说明我是对的。”

她叹了口气说：“是的，你是对的。”

当然，在他们去店里之前我见过露丝和她的父母。他们也参加我们的犹太人集会活动，坐得比较靠前，作为外国人身处在异国他乡。在礼拜结束之后，我妈妈把他们指给我看，我注视着他们匆匆赶回家去。

我很享受周六上午集会活动结束后走回家的这段时间，这时我拥有母亲全部的注意力，一路上，我们轻松地谈论着各种话题。我可以跟她倾诉我现有的疑惑，也可以问她我脑海中闪过的任何问题，即使这些问题在我父亲看来毫无意义。父亲给我的是意见和建议，而母亲给我的是安慰和爱。父亲从不参与我们这一路上的交流，他关心的是周六能早点开门营业，让更多的客户光顾。对此我母亲是理解的。那时候，就连我也知道要维系店里的正常经营确实很不容易。大萧条席卷而来，格林斯博罗也未能幸免于难。店里有时候一连几天都没有一个客人光顾。很多人失业了，更多的人在过着饥寒交迫的日子；人们排队领取汤和面包；当地不少银行倒闭，人们的存款也随之消失。我父亲在经济上总是未雨绸缪，但是1939年大萧条让他也举步维艰。

我母亲总是和父亲一起经营着家里的店，虽然她很少去招待顾客。那时候，我们店里的顾客基本上都是男士，因此他们期望由男士帮他们选择和定制合身的西服。而我母亲会把库房的门撑开一点，这样她就可以很清楚地看到那位顾客的体形。给客户量好身材后，父亲开始抽出相应的布料并在上面做上标记，而母亲可以一眼看出要不要调整父亲做出的标记。不得不说，我母亲在这方面是个天才。她可以构想出客人穿上西服是否合身，以及西服的每一个折缝和接缝是否恰到好处。而我父亲也很清楚这点，所以他把镜子摆到一个合适的位置，这样母亲就可以从镜子里看到父亲的工作。有这么厉害的老婆，有些男人也许会感到压力，但是我父亲很骄傲。我父亲的人生法则之一就是娶一个比你更聪明的妻子。他曾对我说过："我做到了，你也要做到，这样就会多一个人替你思考问题。"

我必须承认，我母亲确实比我父亲聪明。虽然母亲不精通厨艺——在我看来我母亲应该被禁止进入厨房——但是她会说4种语言，能用俄语引用陀思妥耶夫斯基的作品。她是一个多才多艺的古典音乐钢琴师，在女学生还很少见的时代，我母亲已经在维也纳大学读书了。而我父亲从没有上过大学，和我一样，父亲从小就在祖父的男装定制店里工作学习。但是父亲对数字很敏感，很会做生意。还有一点我们父子是一样的，在母亲到格林斯博罗不久后，父亲也是在犹太人集会活动上第一次见到他未来的妻子，我的母亲。

但父亲与我在感情方面的相似之处仅限于此，我常常想他们是否是一对幸福的夫妻。他们那个年代还是很艰苦的，人们更多的是为了现实原因而非爱去结成夫妻。我并不是说我父母在很多方面不合适，他们是一对好伴侣，我从没有见过他们吵架。但是我还是有时会好奇他们是否相爱。和他们在一起生活这么多年，我从没见过他们当着我的面亲吻对方，也很少看到他们自然地牵起对方的手。晚饭后，我父亲总是在餐厅的桌上记账，而母亲坐在客厅看书。后来，父亲退休，我接手了家里的生意，我想着他们会更加亲近，会一起结伴出游，一起坐游艇旅行，一起去观光，但在他们第一次结伴同游耶路撒冷之后，我父亲便开始独自出行。他们生活各分东西，渐行渐远，成为了最熟悉的陌生人。等到他们都已年过八旬，父亲和母亲好像再也没有任何话要跟对方说。他们可以坐在同一间屋里，一连几个小时不说一句话。每当露丝和我去看望他们的时候，我们常常都是先陪其中一方，然后再陪另一方。离开父母那里后，在开车回家的路上，露丝总会握紧我的手，像是在承诺我们永远都不会变得跟他们一样。

露丝总是看不下去他们俩之间这么冷漠，而我父母对此却习以为常，他们并不想努力拉近与对方的距离。他们都在自己的世界里安逸地活着。年迈以后，我父亲沉浸于对犹太人传统的追寻中，而我母亲爱上了园艺，她常常一连几个小时在后花园中摆弄花花草草。晚上我父亲喜欢看老的西部片和晚间新闻，而母亲则以书籍为伴。当然，他们俩都对露丝和我收集的画作很感兴趣，这些画也最终让我们变得富有。

“你之后很久没有来过店里。”我对露丝说。

车外，雪还在下，覆盖了挡风玻璃。根据天气预报，雪现在应该停了。所以说，现代化天气预测科技的发展也很难确保天气预报完全准确。这也是另一个我觉得天气频道颇有意思的地方。

“我妈妈买了那顶帽子后，我们没钱买别的东西了。”

“但是那次见了我之后，你认为我很英俊。”

“那可未必，你的耳朵太大了，我喜欢更加精致的耳朵。”

露丝对我耳朵的形容是对的。我随我的父亲，长着向外伸展的大耳朵。但是不像对此很坦然的父亲，我对此感到难为情。在我八九岁的时候，我在店里找到一些废布料，然后剪成长条，在晚上睡觉的时候就用这些长布条包扎着我的头，希望耳朵能长得更靠近头部一些。这持续了整个夏天。我母亲晚上来房间看我的时候，对此也不发表什么言论，反而是我父亲像是被冒犯了似的对母亲嘟囔道：“他的耳朵随我怎么了，我耳朵有这么难看吗？”

我们结婚后不久，我就把这个耳朵的故事讲给露丝听了，她大笑不止。从那以后，她不时就会拿我的耳朵开玩笑，就像现在一样。但是我们在一起这么些年，她也仅限于开玩笑，从来没有刻薄的言论。

“我以为你喜欢我的耳朵呢，你每次亲它们的时候都这么说的。”

“我喜欢你的脸，你的脸看着就很面善。你的耳朵不巧和这张脸长在了同一个人身上，我只是不想让你伤心。”

“面善？”

“是的，你的眼神中透露出温柔，仿佛你只能看到别人好的一面，虽然那时候你不怎么看我，我也感受到了这点。”

“我是想鼓起勇气问你，可不可以陪你走回家。”

“不是这样的。”她摇着头说。露丝的样子虽然很模糊，但是她的声音中透露出青春的活力，正如很久以前我见到的那个只有16岁的她。“从那以后，我在很多次集会活动后都能见到你，但是你从没有对我说要送我回家。有时候我甚至还专门等你，但是你总是和我擦身而过，一句话也没说。”

“那时你还不会说英语嘛。”

“那时候我已经能听懂一些英语了，也会说一点。如果你问我，我肯定会说：‘好啊，艾勒，我们一起走吧！’”

她说这些话的时候带着维也纳德语的口音，柔软而如音乐般抑扬顿挫。过了很多年之后，她的口音不再那么明显，但是从来没有彻底消失过。

“你父母是不会同意的。”

“我妈妈会同意的。她喜欢你。你妈妈告诉我将来你会继承家里的生意。”

“我就知道！你是为了钱才嫁给我的。”

“什么钱？你是穷光蛋一个。如果我要嫁个有钱人，那我应该会选大卫·艾波斯坦，人家爸爸经营的是一家纺织厂，住的是豪宅。”

这也是我们婚姻生活中经常跟对方开的一个玩笑。我妈妈说的是实话，我会继承家里的生意，但是她也清楚，这个生意不会让任何人变成富豪。这桩生意起家的时候只不过是个小店面，到最后我把店转让退休的时候，也还是一桩小生意。

“我记得我在对面街上的饮料店看到过你们俩，那个夏天大卫几乎天天约你在那儿见面。”

“我喜欢喝巧克力汽水，我以前从来没有喝过。”

“我那时候很嫉妒他。”

“你应该嫉妒，”她说，“他又有钱，又帅气，还长着完美的耳朵。”

我笑了，希望能再看清楚她一些。但是黑暗中，她总是模糊不清。“有一段时间我以为你们俩真的要结婚了。”

“他多次求我嫁给他，但是我都告诉他我还太小，要等到我大学毕业再说。我是在说谎，事实是我心里已经有你。所以我每次都坚持要去你爸爸店旁边的饮料店见大卫。”

我当然知道这些，我只是想听露丝说出口。

“你跟他坐在里面的时候，我会站在窗边看你。”

“有时候我看到你在看我。”她笑着说，“我甚至对你招过手，但是你还是没有说要送我回家。”

“大卫是我的朋友。”

这是真的，这些年来大卫一直是我们的朋友。我们和大卫以及大卫的妻子瑞琪儿一直保持来往，露丝还教过他们的小孩。

“这与你和他的友谊无关。你是怕我，你就是害羞。”

“你肯定是搞错了吧！我是温文尔雅的少女杀手，年轻的法兰克·辛纳屈，我常常不得不躲着那些对我紧追不舍的女人。”

“你走路的时候低头看着脚下，我向你招手你就脸红。然后8月的时候你就搬去上大学了。”

我上的是威廉玛丽大学，位于弗吉尼亚州的威廉斯堡。我到了12月才回家。那个月我在犹太人集会活动上远远地见过露丝两次，然后又回学校了。第二年5月，我回家过暑假，在父亲的店里帮忙，那时候第二次世界大战已经在欧洲打响。希特勒的大军征服了波兰、挪威、比利时、卢森堡、荷兰，并且正在分割法国领土。报纸上写的、人民谈论的都是这场战争。没有人知道美国会不会参战，形势严峻，人心惶惶。再过几周，法国在这场战争中就要彻底出局了。

“我回来的时候你还在和大卫约会吧。”

“你不在的这一年，我跟你妈妈成了朋友。我爸爸工作的时候，我妈妈和我常常去你家店里。我们谈论维也纳和我们过去的生活。我妈妈和我都很想家，而且我有些生气，我不喜欢北卡罗来纳，我不喜欢这个国家。我感觉在这里没有归属感。如果不是因为战争，我真的很想回家，我想去帮助我的亲戚，我和我父母都很担心他们。”

我看到露丝把头转向车窗，一片寂静。我知道露丝在想她的爷爷奶奶、叔叔阿姨和堂兄妹们。在露丝和她父母离开维也纳前往瑞士的那晚，很多亲朋好友聚在一起为他们送行。亲友们忧心忡忡地与他们道别，承诺要保持联系，只有几个人为他们感到高兴，而几乎所有其他的人都认为露丝父亲的反应过激，为了一个不确定的未来而放弃这里的一切是不明智的。然而，他们中也有人好心地塞给露丝父亲一些钱，就是这些钱让他们在来北卡罗来纳的长达六个星期的漫长路途中，解决了吃住问题。除了露丝一家三口，她家族的所有人都留在了维也纳。到了1940年的时候，他们被强制在手臂上戴六芒星，绝大部分人被剥夺了工作，这时他们想逃已经太晚了。

我母亲跟我讲了她和露丝见面谈论的事情，也告诉了我她们的担忧。和露丝一样，我母亲也有家人在维也纳，但是和很多人一样，我们没想到未来会发生的事情或者最后悲惨的结局。露丝也没想到，但是她的父亲想到了。他在还有时间逃离的时候就知道后来会发生什么。他是我见过的最明智的人。

“你爸爸那时候在做家具，是吗？”

“是的，”露丝说，“没有大学雇他去教书，他必须干活养家。这对他来说很不容易，他本不应该做家具谋生。刚开始做家具那会儿，他每次回家都精疲力尽，头发上沾着锯屑，手上缠着绷带，走进家门坐在椅子上就能睡着。但是父亲从不抱怨，他知道自己算是幸运的。他睡了一会儿醒来之后，就去洗澡，之后穿上干净的西服吃晚饭。他通过这种方式提醒自己，他曾是什么样的人。然后我们会在饭桌上开心地聊天。他会问我今天在学校学到了什么，而且总是耐心地听我的回答。听完之后他会引导我从新的角度思考问题。‘你为什么觉得是这样呢？’他总是问我，或者‘你有没有这样想过？’我知道他为什么这样做。一朝为师，终身为师，他是一个好老师，所以在战争结束后，父亲再次成为教授。父亲教育我如何独立思考，教导我要相信自己的直觉，就像他教导他的所有学生一样。”

我回味着露丝的种种经历，想着露丝也成为一名老师的意义是多么重大，我再一次想到了丹尼尔·麦卡勒姆。“你的爸爸在这个过程中教了你许多关于艺术的知识。”

“是的，”她神采奕奕地说道，“那也是爸爸教我的。”

二

四个月前

索菲亚

“你一定要来，”玛西亚恳求道，“我希望你能跟我们一起。我们差不多有十三四个人一起去，而且也没那么远。到麦林斯维勒镇一小时都用不了，我们在车上一定会玩得很开心。”

索菲亚躺在床上漫不经心地复习文艺复兴的历史笔记，对玛西亚说的话表示怀疑：“我对那个什么牛仔竞技不了解。”

“不要那么说好不好。”玛西亚说，在镜子前面左右摆弄着她的牛仔帽。玛西亚·皮克从大二开始就成为索菲亚的室友，也是她在大学校园里最好的朋友。“第一，这不是竞技，只是骑牛。第二，这跟骑牛无关，你只是离开校园出去兜兜风，和我还有别的姑娘出去逛逛。在那之后还有派对，离比赛场地不远。他们在一个很大的老式谷仓中搭起吧台，还有乐队，可以跳舞。我对天发誓你可以在那里见到很多帅小伙。”

索菲亚的视线从笔记本移到玛西亚身上。“我现在最不想的就是找一个帅小伙。”

玛西亚翻了翻眼珠。“问题是，你不能老是待在房间里，现在已经是10月，我们都已经开学两个月，你不能再这么消沉下去了。”

“我哪有消沉，”索菲亚说，“我只是有些厌倦了。”

“你的意思是你不想看到布莱恩，对吗？”她转过身面对索菲亚，“好吧，我知道。但是校园就这么大，社团之间还有联谊活动。不管怎样，这都是不可避免的。”

“你知道我的意思，他一直在跟踪我。周四我下课的时候，发现他在斯凯尔斯中心大厅。我们在一起的时候，他从来没有去过那里。”

“你跟他说话了吗？他找你说话了吗？”

“没有，”索菲亚摇头，“我径直朝门口走去，装着没有看见他。”

“那他就没有伤害，也没有纠缠你。”

“但还是让人很害怕……”

“那又怎样？”玛西亚不耐烦地耸耸肩，“不要被这事影响，他又不是疯子或者神经病，最后总会想通的。”

索菲亚看向别处，思索着。“希望如此。”

当索菲亚不再说话的时候，玛西亚朝床的方向走去，坐在索菲亚旁边。她拍着索菲亚的腿。“让我们把这事的逻辑顺序理清楚，好不好？他已经不再打电话、发信息给你了，对吧？”

虽然有点不情愿，索菲亚还是点了点头。

“既然这样，”她总结道，“你应该忘掉过去，继续你的生活。”

“这就是我现在想做的。但是我走到哪儿，他就跟到哪儿，我真不明白他为什么就是不肯放手。”

玛西亚抱着双膝，下巴顶在膝盖上。“答案很简单——布莱恩认为只要他能跟你谈谈，说一些认错的话，施展一些魅力，就能让你回心转意，他也确实相信自己能做到。”玛西亚认真地看着她，“索菲亚，你要知道所有男人都是这个样子。他们认为什么事都可以为自己找到辩护的理由，他们总是对自己得不到的东西念念不忘，这是刻在他们基因里的。你甩了他，他就要重新得到你，这是关于男人的基础知识。”她看着索菲亚，眨了眨眼，“当然，只要你不屈服，他最终会明白你们之间真的结束了。”

“我是不会屈服的。”索菲亚说。

“那就好，”玛西亚说，“你总是对他太好了。”

“我以为你喜欢布莱恩这个人呢。”

“我是挺喜欢他的。他风趣、帅气又有钱，有什么让人不喜欢的呢？我们从大一开始就是朋友，我现在和他也有联系。但是我也很清楚他是一个很差劲的男朋友，背叛我的室友，还不止一次两次，而是整整三次。”

索菲亚感觉自己的肩膀松垂了一些。“谢谢你提醒我。”

“听着，作为你的朋友，我有责任帮你走出现在的处境。所以我想到了这个绝佳的办法解决你的问题，和姑娘们一起离开校园出去散散心。你还坚持要待在这里？”

索菲亚还是什么也没说，玛西亚靠得更近了。“求你了！和我们一起去吧，我需要你做我的副手。”

索菲亚叹了口气，她知道玛西亚有多么倔强。“好吧，我去。”索菲亚语气平缓了很多。虽然她那时候还不知道，但是回过头去看，所有故事都是从这里开始的。

午夜将至，索菲亚必须承认玛西亚是对的，她的确需要出来散散心。几个星期以来，她第一次有了开心的感觉。毕竟，不是每个晚上都可以闻到泥土、汗水和肥料夹杂在一起的味道，看着疯狂的牛仔骑着更加疯狂的公牛。她听玛西亚说牛仔们散发着性感魅力。在看骑牛比赛的时候，她的室友都会指出最英俊的牛仔让她看，包括那个每场都胜利的牛仔。“那个牛仔绝对养眼。”玛西亚说。而索菲亚情不自禁地笑着表示赞同。

赛后派对也是一个让人提神的惊喜。破旧的谷仓、原生态的土地面、木板墙、完全裸露的屋梁、满是洞的屋顶，还有满满一屋子参加派对的人。人们三三两两站在临时吧台前，或是成群结队地围坐在随意摆放的桌子和凳子上，整个洞穴般的空间里挤满了人。索菲亚平常不怎么爱听乡村音乐，但充满激情的乐队让临时搭建的木地板上挤满了跳舞的人。排舞[1]一支接着一支，除了索菲亚，好像每个人都会跳，就像是有暗号一样。一首歌结束了，另一首歌响起，一群人随之快速从舞台蒸发，另一群人取代了他们，找到自己的位置站成一列，这一切都让索菲亚感觉这是事先精心设计排练过的。玛西亚和女子联谊会的姑娘们也参与其中，而且跳得很完美，这不禁让索菲亚好奇她们都是在哪儿学的。和她们生活在一起两年多，可她从来没听说玛西亚或别的姑娘们提过她们会跳排舞。

索菲亚虽然没有跳舞，但还是很高兴今晚来到这里。这里不像大学校园附近的酒吧，也不像她去过的任何一家酒吧，这里的人真的很友善，非常友善。当他们从索菲亚旁边挤过时，她从没有听过陌生人如此友好地笑着说“劳驾”“不好意思”。这一切都让索菲亚感觉很

1　排舞起源于美国20世纪70年代，是一种西部乡村舞蹈。

新鲜。还有一件事玛西亚也说对了：这里真的到处都是英俊小伙。玛西亚和其他姑娘们自然是要把握好这次机会。自从她们到这里之后，就没有自己买过一杯喝的。

在索菲亚的潜意识里，这样的周六夜晚应该会发生在科罗拉多州、怀俄明州或者蒙大拿州，虽然她从来没有去过这些地方，但是谁知道北卡罗来纳州也有这么多牛仔呢？仔细观察后，索菲亚发现人群中很多人都不是真正的牛仔，他们中的绝大部分来这里只是为了看骑牛比赛，然后在周六晚上喝些啤酒。但是她从没有同一时间见过这么多牛仔帽、牛仔靴和牛仔腰扣。而女同胞们呢，也穿着靴子，戴着帽子，但是在女生联谊会的姑娘们和其他女人中，她也看到很多人穿着超短裤和露脐装，比天气刚转暖的春日校园里还多。看起来就像是短裤大会一样。今早，玛西亚和别的姑娘们都去购物了，只有索菲亚穿着牛仔裤和无袖上衣，显得有些寒酸。

索菲亚啜了一口饮料，满足地欣赏着周遭的一切。玛西亚几分钟之前和艾希莉一起走开了，此刻肯定是在和她碰见的小伙子们聊天。其他姑娘们也都找到了自己的组织，但是索菲亚并不想加入她们。她总是有一点孤僻，与住在校园宿舍里别的姑娘不同，她并不遵照女生联谊会的规则生活。虽然索菲亚在学校宿舍交了一些朋友，她已经准备好离开。未来的生活有太多不确定性，但想到将来会有一个属于自己的小天地，她很兴奋，也很期待。她偶尔也会想着住在城市里的复式公寓中，旁边有餐馆、咖啡厅、酒吧，天知道这有多不现实。但是就算住在内布拉斯加州奥马哈市郊外高速边的破旧公寓里，也比现在要好。她厌倦了大学集体宿舍，并不仅仅是因为社团联谊活动又要开始了。这是索菲亚住在宿舍的第三个年头，宿舍生活中的各种戏剧性的事件也开始减少了。不对，划掉这句。在一个住着34个女生的集体宿舍里，戏剧性的事件永远没个完。虽然索菲亚尽可能地置身事外，但她清楚新的八卦正在酝酿中。这群新的大四女生们又开始焦躁地算计着别人对她们的看法，试图在大学校园这个等级社会中获得更高的地位。

即使在索菲亚是她们中的一员的时候，她也并不真正在乎那些东西。她加入女生联谊会一方面是因为她大一时和室友相处不好，其次是因为其他大一学生都在忙着加入其中。她对此也有点好奇，想知道这一切到底是怎么回事，而且听说维克森林大学的社交生活很大程度上受希腊制度的影响。下一件发生的事，就是她已经成为社团组织的一员，并且交了集体宿舍的押金。

她甚至尝试过融入这些事。说真的，她大三的时候，有段时间竟然想过成为一名公务员。索菲亚一提出这想法，玛西亚就狂笑不止，然后索菲亚自己也笑了，这事也从此作罢。这也是好事，因为索菲亚自己也知道，她做不好公务员这个职业。虽然她也参加了各种正式、非正式，自愿、非自愿的派对和聚会，她对“姐妹情谊改变一生”这样的信条并不买账，她也并不相信“社团组织让一生受益匪浅”这样的标语。

每次在社团会议中听到这样的标语，她总是很想举手问她的这些姐妹们，是否真的相信她们对希腊活动周的投入会对将来有长远的影响。不管怎么努力，她都真的很难想象这样一个场景，她参加面试，未来的老板对她说，我们看到你简历中写了，你大三时参与编排的舞蹈为你的社团赢得了第一名。坦白说，丹科小姐，这正是我们希望未来的博物馆馆长能够拥有的技能。

拜托。

参加女生联谊会只是她大学时代的一个经历而已，她不后悔参加，但是也绝对不想让自己只有这么一段经历。她甚至不认为这是一段多么重要的经历。对索菲亚来说，她就读于维克森林大学是为了良好的教育，她获得的奖学金要求她把学习放在第一位。而且她也正是这么做的。

她转着她的饮料杯，回想过去的点点滴滴。好吧，差不多就是这样。

上学期，当她得知布莱恩再一次背叛她时，她崩溃了。她无法专心学习，期末考试临近，为了保持平均分，她不得不疯狂地往脑子里填东西，最后也仅仅是刚刚及格。但那段时间是她经历过的压力最大的时期，她下定决心再也不能让这种情况发生。如果没有玛西亚，索菲亚真的不知道该怎么度过上个学期，这个理由足以让她庆幸自己加入了社团。对索菲亚来说，女子联谊会从来都是与某个人的友谊，而不是所谓的大学群体现象。对她来说，这种友谊与各自所在的社会等级毫无关系。因此，大四学年她也会跟刚加入社团时的自己一样，做她应该做的，但仅限于此。该交的各种费用她还是会交，但是不会掺和任何已然形成的小团体，更加要远离那个号称要与组织共存亡的派系。

比如，以玛丽·凯特马首是瞻的那个派系。

玛丽·凯特是社团主席，她不仅处处流露出对女子联谊会生活的热爱，连她的长相都很有女子联谊会的感觉：丰满的嘴唇、微微上翘的鼻子、无瑕的皮肤和棱角分明的脸部线条。再加上她拥有的信托基金——她的家族世代经营着烟草公司，一直都名列州富豪榜——对很多人来说，她就是女子联谊会。这点玛丽·凯特也很清楚。现在，她就坐在一个大圆桌前发表讲话，旁边簇拥着联谊会的姐妹们，她们都想成为玛丽·凯特那样的人。而跟以往一样，玛丽·凯特只是在大谈自己。

“我只是想有所影响，你们知道吗？”玛丽·凯特说着，“我知道我不能改变这个世界，但是我认为试图给这个世界带来一些积极的影响很重要。”

珍妮、杜鲁和布列塔尼陶醉在她说的每一个字中。“说的真是太好了。”珍妮附和道。她是来自亚特兰大的一个大二学生，索菲亚也认识她，她们见了面会互相打个招呼，但仅限于此。毫无疑问，她因为能与玛丽·凯特派共度时光而兴奋不已。

“我的意思是，我并不想去非洲、海地或者别的类似的地方。”玛丽·凯特继续说，“为什么要大老远跑到那里去？我爸爸说想要帮助别人，这里也有很多机会。这就是他要创建慈善基金会的初衷。这也是为什么我毕业后要到基金会工作，去帮助当地人民解决问题，为北卡罗来纳州带来积极的影响。你们知道就在我们州，有多少人还在使用室外厕所吗？室内没有排水设施的生活，你们可以想象吗？我们需要解决这些问题。”

“等等，”杜鲁说，“我糊涂了。”她来自匹兹堡。她的打扮和玛丽·凯特基本上一模一样，连帽子和靴子都差不多。“你是说你爸爸的基金会是来建厕所的？”

玛丽·凯特精致的柳叶眉变成了V字形。“你说什么？”

“你爸爸的基金会，你说是用来建厕所的。”

玛丽·凯特斜过头，好像是看弱智儿似的打量了杜鲁一番。“基金会是用来给需要帮助的小孩提供奖学金的，你怎么会想到它是用来建厕所的？”

哦，我不知道。索菲亚想着，暗自偷笑。也许是因为你在说室外厕所的事？是你说的话让大家这么觉得的？但是她什么也没有说，因为她知道玛丽·凯特肯定不能欣赏其中的幽默所在。当谈到她对未来的计划时，玛丽·凯特是不会有幽默感的。毕竟未来是一件严肃的事情。

“但是我记得你说过你要去做新闻播报员。”布列塔尼说，“上周，你跟我们说你收到了这个工作邀请。”

玛丽·凯特甩了甩头。“我才不会去接受那份工作。”

“为什么不呢？”

“那是早间新闻，在肯塔基州的欧文斯伯勒。”

“然后呢？”女子联谊会的一个年轻些的姑娘很疑惑地问道。

“嘿？欧文斯伯勒？你们谁听过欧文斯伯勒吗？”

“没有。”几个姑娘交换了她们羞愧的眼神。

“就是这个意思。”玛丽·凯特宣布道，“我才不会去肯塔基州的欧文斯伯勒。那个地方在地图上看只是一个小点而已。我才不想每天凌晨4点起床。而且，我说了，我要做些积极的事情。有很多人需要我们的帮助，我一直都在想这事。我爸爸说……”

这时，索菲亚已经心不在焉了。她站起来在人群中寻找玛西亚的身影。人真的很多，而且入夜越深，这个地方就越挤。从旁边的男男女女身边挤出来，索菲亚开始在人群中穿行，寻找玛西亚戴着的黑色牛仔帽。但是找到的希望太渺茫了，到处都是黑帽子。于是她开始回忆艾希莉帽子的颜色，好像是乳白色，这样就可以缩小寻找范围了。很快索菲亚就看到她的朋友们了，她在人群中挤着朝她们走去，但是眼角的余光看到了什么。

更准确地说，看到了某人。

她站住，希望能看清楚一点。如果是往常，就他的身高在人群中一眼就能看到，但是今晚有很多高个子，索菲亚不敢确定是他。尽管还没确定，索菲亚已经感觉到很不安。她在心里暗示自己是看错了，这只是幻觉。

尽管很不安，索菲亚的目光还是没有离开那个高个子男人。她在攒动的人群中搜寻着那张脸，同时试图按捺住因为紧张而下沉的胃。她心中默念，不是他，不是他，但是那一刻索菲亚的确看到了他，在人群中大摇大摆地走着，旁边跟着他的两个朋友。

布莱恩。

索菲亚定住了，看着那三个人走向一张空桌子，布莱恩在人群中走路的霸道样子跟他在打曲棍球时感觉差不多。有那么一瞬间，她根本无法相信和接受。她脑子里唯一的念头就是：认真的？你还跟着我到这儿来了？索菲亚很生气，脸上火辣辣的。她和自己的朋友都在校园外了……他到底在想什么？她已经跟布莱恩说得很直白了。她很想冲到他面前，再跟他说一次：我们已经彻底完了。

但是索菲亚没有这样做，她知道即使这么做了也于事无补。玛西亚说得对，布莱恩相信只要可以跟她谈谈，就可以让她回心转意。他觉得凭他的强大魅力和真心的认错，他是无法被拒绝的。之前遇到这种情况时，索菲亚也原谅了他，这次为什么不行呢？

索菲亚转身朝玛西亚走去，幸好她离开了刚才坐的地方。她最不想看到的就是布莱恩故作大方地漫步过来，然后假装惊喜地偶遇了她。因为不管事实是什么，最后她都将是绝情的那个人，为什么呢？因为布莱恩就是兄弟会里面的玛丽·凯特。他是全美曲棍球选手，长得英俊潇洒，还有一个投行老爸。布莱恩轻轻松松地出入各种社交圈，每个女子会的成员都敬仰布莱恩。索菲亚知道，只要稍微暗示怂恿一下，她们中一半的人都会和布莱恩上床的。

好啊，她们可以拥有他。

乐队一首跟着一首地演奏着，索菲亚继续在人群中穿行。她在舞台旁边看到玛西亚和艾希莉，她们正在和三个穿着紧身牛仔裤、戴着牛仔帽的男人聊着，他们看起来年长几岁。索菲亚走了过去，拉起玛西亚的手，她转身，激动地看着索菲亚，更准确地说，是醉醺醺地看着索菲亚。

“哦，嗨！”她慢吞吞地说出这几个字。她把索菲亚拉到旁边，介绍道。“各位，这是我的室友，索菲亚。索菲亚，这是布鲁克斯、汤姆和……”玛西亚斜眼看着中间的男人，“不好意思，你是？”

“泰瑞。”他自我介绍道。

“你们好，”索菲亚下意识地说道，然后看着玛西亚说，“我可以单独和你聊聊吗？”

“现在？”玛西亚皱着眉说。她把视线从那几个牛仔身上移开，面对着索菲亚，她毫不掩饰她的怒气。“什么情况？”

“布莱恩也在这里。”索菲亚小声说。

玛西亚斜眼看着她，好像是要过一下大脑，确定自己没听错，最后才点头。她们俩从舞台边离开，走到远点的地方，虽然声音不那么震耳欲聋了，索菲亚还是不得提高嗓门让玛西亚听清楚。“他又跟踪我了。”

玛西亚从索菲亚的肩膀上看向对面人群。“他在哪儿？”

“在后面的桌子旁边，跟别的几个同学一起。他带着杰森和里克。”

“他怎么知道你在这里？”

“这又不是什么秘密，半个学校的人都知道我们今晚来这里了。”

在索菲亚七窍生烟的时候，玛西亚的兴趣又被刚才和她聊天的一个男人勾走了，她有点不耐烦地转过头看着索菲亚。

“好吧，他在这里。”她耸耸肩，“你打算怎么做？”

“我也不知道。”索菲亚说，抱起双臂。

“他看到你了吗？”

“应该没有，”索菲亚说，“我只是不想让他搞什么事情。”

“你要我去跟他聊聊吗？”

“不用。”索菲亚摇头，“事实上，我也不知道我该怎么办。”

“那就放轻松，不要管他了，跟我和艾希莉去玩会儿。我们可以不去桌子那边。说不定这时候他已经走了。如果他发现我们在这里，我就去挑逗他，干扰他。”玛西亚的嘴角略带挑衅地扬起，“他以前对我也是有过好感的，我的意思是你们在一起之前。”

索菲亚更用力地抓紧自己的手臂。“也许我们应该现在就走。”

玛西亚挥了挥手。“怎么走？我们离学校一小时车程，我们俩都没车。你还记得我们是坐艾希莉的车过来的吧？她可没现在就走的打算。”

索菲亚并没有想到这点。

“来吧，”玛西亚怂恿着索菲亚，“我们去喝点东西，你会喜欢这些小伙子的。他们是杜克大学的研究生。”

索菲亚摇头。“我现在没心情跟任何小伙子说话。”

“那你想干吗？”

索菲亚看了一眼谷仓远处的夜空，突然很想离开这个让人流汗的拥挤之地。“我想我需要呼吸一下新鲜空气。”

玛西亚随着索菲亚的视线看去，然后看着索菲亚。“需要我陪你去吗？”

“不用，我等一下来找你，你就在这附近待着，好么？”

“好，没问题。”玛西亚语气轻松地答应了她，“但是我可以跟你去，如果……”

“不用担心，我不会在外面待很久的。”

玛西亚朝她的新朋友们走去，索菲亚也走向谷仓的后面，离舞台和乐队越来越远，人也越来越少。在穿越人群的途中，有几个人试图吸引索菲亚的注意力，但是她都装着没看到，不想被打扰。

谷仓巨大的木门开着，当她踏出去的那一刻，立刻感觉周身轻松了很多。音乐不像之前那么嘈杂了，秋夜里新鲜的空气就像是冰凉的镇痛膏药一样敷在她的脸上。她现在才意识到谷仓里面是那么闷热。她看了看四周，希望能找到一个坐的地方。谷仓旁边是一棵巨大的橡树，枝干繁多，四处伸展。橡树下，人们三三两两聚成小群，抽着烟，喝着酒。走了一会儿，索菲亚才发现自己是在一个巨大的围栏中，木栅栏朝谷仓的四周延展，这里很显然是一个很大的环形畜栏。

这里没有任何桌子，所以大家基本上都是坐在或者靠在围栏上；还有一伙人坐在一个看似是老式拖拉机的轮胎上。再远一点，有一个戴着牛仔帽的男子看向旁边的牧场，脸庞隐藏在阴影中。她无所事事地想着，那个男子是不是也在杜克研究院就读，但是马上就怀疑自己的想法了，实在是很难把牛仔帽和杜克大学研究生联系在一起。

索菲亚走向一段没人的围栏，离那个单独的牛仔不远。在她头顶，夜空如玻璃罩般清澈，月亮就挂在不远处的树梢上。她双肘撑在粗糙的围栏上，看向四周。右边就是她们观看骑牛比赛的竞技场，正后方是一片封闭的小牧场，里面关着牛群。尽管畜栏里没有点灯，但是竞技场上还有些灯亮着，幽幽地笼罩在牛群上。围栏后面是二三十辆卡车和拖车，四周站着它们的主人。虽然有点远，但是从黑暗里斑斑点点的火星和不时发出的瓶子碰撞声可以知道他们正在抽烟喝酒。她思索着，没有牛仔比赛的时候，这个地方是用来做什么呢，马匹展览会，犬只展览会，农产品交易会，还是别的？这个地方给人一种荒芜破败的感觉，看着像是闲置了很多年。那个摇摇欲坠的谷仓加深了牧场的破败感。但她又知道什么？毕竟她生长在新泽西州。

她又知道什么？要是玛西亚在也会这么说。玛西亚从他们大二时就开始这么说了，一开始很搞笑，后来变得没那么好玩了，而现在又变得有意思了。这就像是她们之间的一句玩笑话。玛西亚生长在夏洛特，离维克森林大学只有几个小时车程。索菲亚现在都还记得当她告诉玛西亚自己来自泽西城时，玛西亚摸不着头脑的表情，看起来好像索菲亚说自己来自火星一样。

索菲亚不得不承认玛西亚的反应不是完全没有原因的。她们俩的成长环境千差万别。玛西亚是家里的第二个孩子，也是最小的那个。她爸爸是整形外科医生，妈妈是环保律师，她哥哥在范德堡大学法学院读大四，虽然她家的富裕程度还上不了福布斯富豪榜，但绝对算得上是上层阶级。她从小学习骑术，上舞蹈课，16岁的生日礼物是一辆奔驰敞篷车。而索菲亚呢，她是移民者的后代，妈妈是法国人，爸爸是斯洛伐克人，他们刚到这个国家的时候，基本上已身无分文。虽然她父母都受过教育，爸爸是化学工作者，妈妈是药剂师，但是他们的英语能力有限，刚到美国那几年只能做一些低薪的工作，住在又小又破的公寓里，直到后来存下了足够的钱，自己开了家熟食店。索菲亚这些年帮忙养育了三个妹妹，她是长女，放学后和周末有空就在熟食店里帮忙。

家里的生意还算可以，足够养活一家人，但也仅限于养家糊口而已。像她班上其他成绩不错的同学一样，就在毕业前几个月，她都以为自己会上的是罗格斯大学。因为指导老师的建议，她心血来潮地报了维克森林大学，但是她怎么也不可能承担得起那所大学的费用。除了看过这所大学网站上展示的美丽照片，她对这个地方一无所知。但是令她喜出望外的是，维克森林大学提供的奖学金足够支付学费。于是，高中毕业那年的8月，索菲亚在新泽西州坐上了前往那个未知之地的大巴。在那里，她度过了接下来四年的光阴。

从教育层面来说，这是一个明智的决定。维克森林大学比罗格斯大学要小，这意味着班级也要小一些，而且艺术史学院的教授十分热衷于教学。她已经参加了丹佛艺术博物馆实习生岗位的面试，而且是的，面试中丝毫没有提到她在女子会担任的角色。索菲亚感觉自己的表现还不错，但是目前还没有得到任何回复。去年夏天，她还存钱买了人生中的第一辆车。车不贵，是一辆开了11年的丰田卡罗拉，里程数已经超过10万英里，后车门有个凹痕，车身上还有不少刮痕。但是对索菲亚来说，从小到大不是走路，就是坐公交，现在终于算是解放了，可以开车想去哪儿就去哪儿。

想去哪儿就去哪儿，除了今晚。索菲亚在围栏边显得有些苦闷。这都是她自己的错，要是晚上开车来就好了，但是……

为什么布莱恩今晚会来这里呢？他到底期待着发生什么？他真以为自己接二连三地背叛她，索菲亚真会再次原谅他？她真的会像以前那样再次接受他？

事实上，她根本就不想布莱恩。她不可能会原谅他，如果不是他跟踪她，索菲亚压根儿就不会想起布莱恩这个人。但是他还是成功地毁了索菲亚原本快乐的夜晚，让她很不舒服。因为她默许了一切的发生，因为她给他凌驾于自己之上的权力。

好吧，再也不会了，她下定决心。她决定回到里边跟玛西亚、艾希莉还有那些杜克大学的小伙子玩耍。那么如果布莱恩找到她，想跟她谈谈呢？她就当作没看见他，如果他还是不依不饶纠缠呢？好吧，她也许会主动亲吻其中一个小伙，让他知道自己已经翻过这页了。就这么办！

想到这个场景，她情不自禁地笑了。她刚转身准备走，就撞上了一个人，差点失去平衡摔倒在地。

“哦，不好意思。”她脱口而出，伸出手支撑住自己。当她的手碰到他的胸膛的时候，她抬起头看那个人，一眼就认出了他，向后退了一步。

“喔。”布莱恩说着，双手抓住她的肩膀。

这个时候，她身体恢复了平衡，脑中衡量着这个场面，一切都很令人厌恶地发生了。他找到了索菲亚。现在他们两个人面对面单独在一起，她想尽一切办法想要避免的场景还是发生了，真是太好了！

“不好意思，刚才吓到你了。”跟玛西亚一样，他含糊不清地说。这并不奇怪，布莱恩从来不会错过任何大醉一场的机会。“我在桌子那边没找到你，我猜你会在这里……”

“布莱恩，你想干吗？”她语气强硬地打断他的话。

他被索菲亚的口气惊了一下。不过一如既往地，他很快就缓过来了。有钱人——被宠坏了的人—— 一般都这样。

“我不想干吗。”他说着，一只手伸进牛仔裤袋子里。他有点踉跄，索菲亚看出来他已经快醉倒了。

“那为什么你会在这里？”

“我看你一个人在外面，我过来看看你还好不好。”他昂起头，开始他“我很帅气”的套路，但是他布满血丝的双眼让效果大打折扣。

“在你来这里之前我还很好。”

他提了提眉毛。“哇，说得这么难听。”

“我就是这个意思，你一直像跟踪狂一样跟着我。”

他点了点头，承认了她说的话是真的。当然，是为了显示他接受索菲亚的蔑视。要是拍一部名为《如何让你前女友再次原谅你》的电影，他完全可以充当主角。

“我知道，”他说道，果然不出所料，“我真的很抱歉。”

“是吗？”

他耸耸肩，“我不想看到我们就这样结束了。我只是想告诉你，发生那些事情，我很惭愧。你不该受到这样的伤害，你提出分手我也不怪你，我意识到我……”

索菲亚昂着头，这些话她已经听烦了。“你为什么要这样？”

“我怎么样了？”

“这样，”她说，“这些虚伪的表演，你来到这里低三下四，假装很抱歉，你到底想干吗？”

布莱恩对她的问题毫无防备。“我只是想说对不起……”

“对不起什么？”她问道，“为你的第三次背叛，还是为你从我刚认识你就开始对我撒谎？”

他眨了眨眼。“好了，索菲亚，”他说，“不要这样，我真的没有什么目的。我只是不想你一整年都要躲着我，这种情况在我们之间已经发生太多次了。”

尽管布莱恩的话还有些含糊不清，但是基本上还是可以听懂的。基本上。“你还是没搞懂，对吗？”她在想布莱恩是不是真的以为她会原谅他，“我知道我没有必要躲着你，但我就是想躲着你。”

他盯着她，很疑惑地说：“你为什么要这样呢？”

“你是在开玩笑吧？”

“你跟我分手后，我才知道自己犯了生命中最大的错误。因为我需要你，你对我很好，你让我变得更好。即使我们不能在一起，我也希望我们能常聚聚，保持联络，仅仅是聊天而已，就像我们过去那样，像我把事情搞砸之前那样。”

她张了张嘴想回答他，但是他的逞强让索菲亚哑口无言。他真的以为索菲亚还会上当受骗吗?

“好了，”他说，顺势去拉她的手，“让我们边喝边聊，把这次的事化解吧……”

“别碰我！”她大声喊着。

“索菲亚……”

她沿着围栏退得离布莱恩更远。“我说了别碰我！”

“冷静下来……”他伸手抓住索菲亚的手腕，她第一次从他的语气中感觉到了怒气。

她扭动着手腕试图挣脱。“放开我！”

然而，他把索菲亚拉得更近了，索菲亚可以闻到他口中刺鼻的啤酒味。“你为什么总是要搞成这样?”他责问道。

索菲亚依旧挣扎着让自己脱身，她抬起头看着布莱恩，感觉到一阵恐惧。她从来没有见过他这个样子，他眉头皱得很深，脸颊两侧强壮的咬肌膨胀着。她被吓得无法动弹，头拼命歪向一边，不想接触到他温热的气息。直到后来，她才知道她已经恐惧到近乎瘫痪，直到她听到身后传来一个声音。

“你得放开她。”那个声音说。

布莱恩看看身后的那个人，然后又看着她，把她的手腕握得更用力了。“我们只是谈谈。”他说着，双颊咬紧到咬肌变形。

“在我看来，你们不像是在交谈。”那个声音说，“而且我不是请你放开她，我在警告你。”

那个声音中能听出明显的警告，但又不像她在兄弟会常常看到的那种肾上腺素分泌失控状态下说的话，这个陌生人的话听起来很冷静。

布莱恩顿了顿，听出了他话中的威胁意味，但是布莱恩不买账。

“情况都在掌握之中，你能不能少管闲事？”

“最后一次机会，”那个声音说，“我不想伤你，但假如你再不放手，可别怪我。”

索菲亚紧张得不敢回头，但是她已经注意到谷仓外的旁观者朝他们这边走过来。透过眼角的余光，她看到拖拉机轮胎上的两个人起身走来，还有另一段围栏边的两个人也走了过来，帽子的阴影遮住了他们的脸。

布莱恩充满血丝的双眼扫视了一下他们，然后看着索菲亚身后的人说：“是吗？就开始叫人了？”

“搞定你我还不需要他们帮忙。”陌生人说，声音平直。

听到这话，布莱恩把索菲亚推到一边，放开了索菲亚的手。他转身朝那个声音靠近一步。“你真要管这桩闲事？”

当索菲亚转过身第一次看到那位陌生人时，就明白为什么布莱恩这么有底气了。布莱恩身高195厘米，体重超过90公斤，每周去健身房锻炼5次。那个威胁他的男人比他矮了十多厘米，而且要精瘦很多，戴着一顶看起来有些年头的牛仔帽。

“你还是走吧，”牛仔说，向后退走了一步，“何必把事情弄得那么不好收场。”

布莱恩不理会他的话。他用惊人的速度朝个子更小的牛仔冲过去，他双臂张开，要把牛仔撂倒。索菲亚见过这个动作，她曾经看过布莱恩在曲棍球场上用这套动作击败了数不清的人，她知道接下来会发生什么：布莱恩把身体重心放低，利用腿部力量朝目标冲去，然后像推倒一棵被砍断的树一样把目标撂倒。布莱恩确实像索菲亚预料的那样实施了攻击，但是结果出乎她的意料。在布莱恩靠近他的时候，牛仔一条腿站住不动，身体朝另一边一倾，利用布莱恩冲过来的惯性，双手顺势一推，布莱恩便失去平衡，朝前方栽去。片刻之后，布雷恩已经脸朝下躺在地上，牛仔穿着有些磨损的牛仔靴踩在布雷恩的脖子上。

“现在你该冷静一下。”牛仔说。

被牛仔靴子踩着的布莱恩开始挣扎，想重新站起来。但是牛仔身体一跃，一只脚还是紧紧地踩着布莱恩的脖子，另一只脚则踩在布莱恩的手指上，然后迅速移开。躺在地上的布莱恩猛地收回自己的手，痛到尖叫起来，牛仔更用力地踩着他的脖子。

“你要是再动，后果只会更糟。”牛仔一字一句地说着，像是在跟一个弱智儿说话。

这一切都发生得太快，索菲亚简直被惊呆了，她目不转睛地看着那个牛仔。他好像就是索菲亚刚出来时单独站在围栏边的那个。她注意到牛仔没有在看她，他专注于把靴子踩在合适的位置上，就像是在峡谷中警惕地踩着一条响尾蛇。从某种意义上来说，他确实是。

躺在地上的布莱恩又开始挣扎了。牛仔一只脚踩着他的脖子，一只脚又一次重重地踩了一下布莱恩的手指。布莱恩抑制住哀号，身体慢慢平静下来。这时候牛仔才抬起头看着索菲亚，他的蓝色双眼在谷仓里散发出来的余光中炯炯有神。

“如果你想离开，”他说，“我很乐意帮你拖住他一下。”

他一副若无其事的语气，好像这种情形没什么大不了的。索菲亚想着回答牛仔的话，她看到牛仔帽下面较为凌乱的棕色头发，觉察到他并不比自己年长多少。他看起来有点眼熟，但不是因为索菲亚刚才在围栏那边见过他。索菲亚觉得自己在别的什么地方也见过他，也许是在里面，但感觉又不太对，她还不是很确定。

“谢谢，”她说，清了清嗓子，“但是我没事。”

布莱恩一听到索菲亚说话，又开始挣扎了。接着他再次抽回他被踩的手，伴着一阵惨叫声。

“你确定？”牛仔问道，“我感觉他有点生气。”

这简直是轻描淡写。毫无疑问布莱恩现在简直愤怒到极点了。想到这些，索菲亚难掩微笑。

“我想他已经得到教训了。”

牛仔好像在揣摩着她的回答。“也许你应该去核实一下，”他建议道，把牛仔帽往后面推了推，“就是确定一下。”

连她自己都感到惊奇的是，在俯身靠近布莱恩之前，她竟然对他笑了笑。“布莱恩，你以后还会不会骚扰我？”

布莱恩低沉地叫喊着：“放开我！我要杀了他……”

牛仔叹了口气，更用力地踩着布莱恩的脖子。这次，布莱恩的脸更紧地贴在地面上。

她转过头看着牛仔，然后又看着布莱恩。“布莱恩，会还是不会？”她问道。

牛仔笑了，露出整齐洁白的牙齿和有些大男孩式的咧笑。

索菲亚之前没有觉察到，又有四个牛仔围了过来，索菲亚想着这整件事会不会往更加离奇的方向发展。她感觉自己好像突然穿越到了过去年代的美国西部，此时，索菲亚想起自己在哪儿见过这个牛仔了。不是在谷仓里，而是更早一些，在牛仔竞技场上。他就是那个玛西亚称之为万人迷的牛仔，那个全项获胜的骑牛比赛选手。

“你怎么样，卢克？”人群中一个人问道，“需要帮忙吗？”

那个蓝眼牛仔摇了摇头。“我没问题，但是如果他还乱动，不管他愿不愿意，恐怕他的鼻梁都会断了。”

她看着他。“你是卢克？”

他点头。“你呢？”

“索菲亚。”

他用手礼貌地碰了碰帽檐。“很高兴见到你，索菲亚。”他咧着嘴笑了。然后俯瞰着布莱恩。

“如果我让你起来，你能不能保证不再骚扰索菲亚？”

布莱恩终于被打败了，他不再挣扎。施加于他脖子上的压力也慢慢变小，他小心翼翼地回头。“把你的靴子从我的脖子上拿走！”他嘀咕着，语气中同时透露出乖戾和恐惧。

索菲亚换了只脚站着。“你差不多可以让他起来了。”她说。

停顿一下，卢克抬起他的靴子，往后退了一步。同时，布莱恩全身僵硬地站起来。他的鼻子和脸颊都有些刮伤，牙齿上可以看到泥土。随着围观的牛仔越来越多，布莱恩的视线从一个牛仔身上转到下一个牛仔，头来来回回转着。

尽管喝醉了，布莱恩倒还不傻，看了一眼索菲亚之后，他往后退了一步。那5位牛仔站着不动，看着毫不在意的样子，但是索菲亚能感觉到这只是一种表象。他们已经对布莱恩的任何轻举妄动都做好了准备。布莱恩又退了一步，然后指着卢克。

“我们之间还没完，”他吐了吐口中的泥土，“我们走着瞧！”

话音落地，他接着看向索菲亚。他的表述里充满被出卖的愤怒，带着这份情绪，他转身朝谷仓走去。

三

卢克

通常情况下，他是不会插手这种事情的。

不知究竟为何，去酒吧总会遇到这种情形，事情的发展往往都相似到了可笑的程度：一对小两口在外面享受着快乐的夜晚，两个人都喝了酒。由于喝了太多酒，就动了口角。一方对另一方大喊，另一方回击，于是愤怒升级，然后十有八九，男人开始动手，抓住女人的手啦、手腕啦、手臂啦，或者别的地方。然后呢？

然后才是事情变得棘手的时候。几年前，他在休斯敦参加骑牛比赛，也遇到类似情形。那时候他去当地的酒吧喝点东西减减压，碰到了一男一女在吵架。过了几分钟，声音分贝高了起来，然后变成肢体冲突。这时卢克上去劝架了，但是结果却是这个男人和女人都将矛头对准了他，对他吼着离他们远点、少管闲事这样的话。接下来发生了这样一幕：女人一只手抓卢克的脸，一只手狠狠抓着卢克的头发，而卢克和男人扭打在一起。幸好，没有造成什么太大的伤害，其他人见状上去把他们三人拉开了。卢克摇着头走开，发誓以后再也不多管闲事，管好自己就好。真是见鬼，既然是他们自己要做傻瓜，有什么好阻止的呢？

刚才发生的事情，他本来就不打算掺和进去的。他一开始甚至都不想参加这场赛后庆祝派对，但他还是被几个骑友拉过来了，他们说想庆祝一下他的复出和胜利。他最后成为了单轮和整个比赛的冠军，并不是因为他骑得有多么好，而是最后一轮没人跟他竞争了。他赢得比赛纯粹是因为竞争者缺席，但事情往往就是这样。

他庆幸没人注意到他的手在发抖，这是他第一次发颤。尽管他试图让自己相信这是因为漫长的空白期，但是他清楚真实的原因是什么。他妈妈也知道，而且她已经很直接很清楚地表达了她反对他返回赛场。自从他提起自己很可能要重新开始骑牛生涯，他们之间的关系就变得紧张起来了。平常比赛完了，他都会打电话给妈妈告知一下比赛情况，但是今晚没有。她不会在乎他是赢是输。所以比赛结束后，卢克只给妈妈发了条短信说他情况还不错。但是妈妈并没有回短信。

喝了几瓶啤酒，他才慢慢感觉到令人发酸的恐惧感退去了。他在前面两轮比赛之后都会回到自己的卡车里单独待会儿，让自己放松下来。尽管他前两轮占有优势，他实际上考虑过放弃。但是他打消了这个念头，回到竞技场上完成了今晚的最后一轮比赛。在跑道中做赛前准备的时候，他听着广播员讲述着自己的伤情和之后的比赛缺席。他抽中的公牛是一头排名靠前的牛，名叫“低买高卖”。它一出跑道就开始疯狂地旋转，直到听到时间到的口哨声为止，卢克都坚持得很勉强。他松开缠在手上的绷带，重重地落地，但是没有受伤。随后他对着观众挥舞帽子，后者以欢呼声回应对他的认可。

接着就是同行拍背以示友好，带着各种祝贺语，加上这么多人想要请他喝一杯，他真的是盛情难却。刚好卢克也没准备好回家。他需要一些时间放松一下，在头脑中回放一下比赛时的情景。此时，他总能够做出比赛时做不出的调整，而且他也需要把这些步骤都搞清楚了，这么做对他今后的比赛有帮助。虽然这次比赛赢了，但是他的平衡感远没达到受伤前的状态。他还有很长的路要走。

当他看到那个姑娘时，他正在回顾第二轮的比赛。她瀑布般顺滑的金发和深邃的双眼很惹人注意。而且他能感觉到，她也是心事重重。她很漂亮，但是除此之外，她的面容给人一种自然而与众不同的感觉，那种女孩不管是在家穿着牛仔裤，还是在外穿着正式的礼服感觉都差不多。她不像那些打扮成洋娃娃的可爱兔女郎，只是想勾搭某个牛仔。这种姑娘在巡回赛中到处都是，而且很容易找到。刚才在谷仓里的时候，就有两个那样的姑娘悄悄靠近他，做自我介绍，但是他没兴趣跟她们眉来眼去。这些年他也有过几次一夜情，足以让他体会到这种事情之后难以避免的空虚感。

围栏边上的那个女孩勾起了他的兴趣。她给人一种很与众不同的感觉，但是卢克又不能清楚地说出到底哪里不同。他想，也许就是她这种毫无防备、近乎脆弱地看向远方的样子。不管是什么，他感觉此时此刻她最需要的是一个朋友。他原本想着走过去跟她聊聊，但是此时他正关注着远处的牛群，于是打消了这个念头。虽然竞技场上还有灯亮着，但还是太暗，不能分辨出所有的细节。他的双眼搜寻着“大丑牛”。他想他和这头牛将永远联系在一起，不知道它是不是已经被装上车了。他猜牛的主人不会连夜开车回去，就是说那头牛肯定还在这里，只是要花点时间找到它。

就在他注视着大丑牛的时候，那个喝醉酒的前男友走过来了。他不可能听不见他们的谈话，但是他提醒着自己不要掺和进去。而且他是不会把自己卷进去的，如果不是那个大块头畜生抓住姑娘的手腕不放的话。那时候，她很明显不想再跟他有任何瓜葛。当卢克听到金发姑娘的声音从生气转变成恐惧时，他再也不能袖手旁观了。他起身朝他们走去。他知道这一决定很可能会惹祸上身，在他走过去的这段时间，他又回想了一下姑娘刚才看向远方的样子，他知道自己没有别的选择。

卢克看着那个喝醉的前男友走开，他转身谢谢旁边的骑友们。然后他们也陆续走开了，只剩下卢克和索菲亚两个人。

在他们头顶，星星成倍地挤在乌黑的夜空中。谷仓里，乐队刚结束了一首歌，准备接着进行下一首，是比加斯·布鲁克斯[1]创作的时代更久远的经典曲目。索菲亚深叹了一口气，双臂自然下垂到身体两侧，秋风轻拂她的头发，她转身看着他。

“真抱歉把你卷进来，但我想感谢你做的一切。”索菲亚有些害羞地说。

现在他们离得更近了，卢克注意她不同寻常的碧绿眼睛和她说话时恰到好处的温柔，她的声音让他的思绪飘到很远的地方。此时，卢克发现自己的舌头有些打结。

“我高兴能帮到你。”他说道。

卢克没有再说话，索菲亚把额前的一缕头发撩到耳后。“他并不总是像你可能想象的那么疯狂。我们过去也会一起出去玩，但是现在我跟他分手了，他心里很郁闷。”

“我猜也是。”卢克说。

“你听到我们的谈话了？”她的脸色透露出尴尬和疲惫。

“要我不听见倒挺难的。”

她抿紧双唇。“我想也是。”

“如果能让你感觉舒服一些，我保证我会忘记。”他说。

1 著名乡村歌手。

她真诚地笑出了声，而卢克从她的笑声中听出了一丝轻松。“我也要尝试忘记晚上发生的一切，”她说，“我只是希望……”

但她不再往下说，卢克替她说出了心里的想法。“我想一切都结束了，至少今天晚上不会再有什么问题了。”

她转过身，细细地打量着眼前的谷仓。“我也希望如此。”

卢克双脚刮着地面，好像是要从泥土里挖出一些话。“我想你的朋友们在里面吧？”

她的视线转向了谷仓门口和里面的拥挤的人群。“我们来了一群人，”她说，“我在维克森林大学念书，我在女子联谊会中的室友认为我需要和姑娘们一起出来透透气。”

“她们也许在想着你在哪里？”

“我看不会，”她说，“她们现在在里面玩得很开心，根本不会想到我。”

此时，围栏旁边低垂的枝丫上传来猫头鹰的叫声，他们不约而同地看向声音发出的方向。

“需要我陪你进去吗，以免再有什么问题？”

她摇摇头，这让卢克心里一阵惊喜。“不要，我想我最好在这里再多待一会儿，让布莱恩有更多时间冷静下来。”

除非他不再继续喝酒，卢克想着。管他呢，这跟你有什么关系，卢克提醒自己。“那你想一个人待会儿吗？”

她脸上掠过一丝疑惑。“为什么？是我打扰到你了吗？”

“不是，”他摇摇头说，“一点也没有，我只是不想……”

“我是开玩笑的。”她靠近围栏，双肘撑在栅栏上，身体前倾，朝卢克看去，微笑着。卢克略带犹豫地走向她。

她看着不远处的风景，欣赏着北卡罗来纳州典型的连绵起伏的山坡。卢克则安静地看着索菲亚，他注意到索菲亚耳垂上的小耳钉，心里想着跟索菲亚聊什么好。

“你上大几了？”他终于开口了。他知道这是一个无聊的问题，但是他实在不知道说什么才好。

“我上大四了。”

“那么你应该是22岁吧？”

“21岁，”她半回头，“你呢？”

“比你更大一些。”

“我猜没大多少吧。你上大学了吗？”

“我不是那块料。”他耸耸肩。

“那么你以骑牛为生？”

“有时候吧。”他回答道，“当我骑在公牛身上的时候，算是在谋生。但是其他时候，我只不过是公牛的玩偶，直到自己成功逃离它的攻击范围。”

她惊讶地说：“你今天在场上的表现令人印象深刻。”

“你还记得吗？”

“当然记得，你是唯一一个骑上所有牛的人。你赢了，对不对？”

“我今晚的表现还不错。”他承认。

她双手靠拢。“你全名是卢克……”

“柯林斯。”他回答。

“啊，对。”她说，“在你上场前，那个广播员一直在介绍关于你的事情。”

“然后呢？”

“老实说，我并没有太留意。那时候，我还不知道你将会救我。”

从她的话中卢克没有觉察出一丝讽刺意味，这让他有些惊讶。他大拇指弯曲指向拖拉机轮胎的方向：“那些人也过来帮忙了。”

“但是他们并没有插手，而你做了。”她顿了顿，“我能问你一个问题吗？”她继续说，“我整晚都在想这个问题。”

卢克拿起围栏上的一个裂片：“请问。”

“你们到底为什么要骑牛？这看起来很危险，有可能会丧命。”

她说得没错，卢克想着。这也是所有人都想知道答案的一个问题。像往常一样，他给出了自己一贯的回答：“这就是我想做的事情。我从小就开始骑牛。我记得我4岁的时候第一次骑小牛犊，三年级的时候开始骑小公牛。”

“你最早是怎么想到去骑牛的？是谁引导你吗？”

“我爸爸，”他说，“他在竞技场上度过了不少年头，他骑的是有鞍野马。”

“这跟骑牛有什么不同吗？”

“跟骑牛的规则差不多，唯一的不同就是骑的是马。一只手抓住马鞍，坚持八秒，不要被摔下马，就算是赢了。

“还有一点不同，马没有公牛头上球棒大小的角。马要小一些，也要稍微温顺一些。”

他想了想：“差不多就是这样了。”

“那为什么你不骑有鞍野马，而要选择骑牛呢？”

他看着她用双手抚弄在风中飞舞的头发。“说来话长，你真的想知道吗？”

“我不想知道就不会开口问了。”

他整了整帽子。“我想大概是因为骑野马真的很艰辛。我爸爸每年都要开车近10万英里，从一个竞技场辗转到下一个竞技场，仅仅是为了能够获得参加全国总决赛的资格。常年在外漂泊的生活对家人来说是很不容易的，而且他不仅大多数时候不在家，到头来收入也不高。除去旅途上的花销和参赛费用，他挣到的钱也许都达不到最低工资的标准。他不想我跟他一样，所以当他听说骑牛牛仔们将要开始自己的巡回赛时，他认为这是一个很不错的成功机会。从那时候起，他就引导我进入这个行业。虽然还是免不了旅途劳顿，但是比赛基本上都在周末，参赛和完赛都挺快的，而且收入也要高很多。”

“那么他是对的。”

“他有着很敏锐的直觉，对所有事情都是这样。”这些话他想都没想就说了出口，但他看到索菲亚的表情时，他知道她要问什么。他叹了口气。“他六年前去世了。”

她依然凝视着卢克，充满同情地伸出手，碰了碰卢克的手臂。“我很抱歉。”她说。

虽然她的手仅仅是微微地碰了碰他的手，但是那种感觉经久不散。“没关系。”他直起身来说道。骑牛后的全身酸痛感已经袭来，但是他还是尝试转移自己的注意力。

“总之，这就是我选择骑牛的原因。”

“那么你很喜欢做这事？”

这真是一个很难回答的问题。很长时间以来，他都是这么定义他自己的，他丝毫不怀疑自己对骑牛的热情。但是现在呢？他不知道该如何回答这个问题，因为他自己都不太确定了。“你为什么对这事这么感兴趣？”他问道。

“我也不知道。”她说，“也许是因为我对那个世界一无所知？抑或是因为我天生就充满好奇。再说，我也许就是聊天而已。”

“那么到底是哪个呢？”

“我可以告诉你，”她说。月夜中，她的碧绿色眼睛充满诱惑。“但是这样有什么意思呢？这个世界需要一些秘密存在。”

她声音中透露出含蓄的挑战韵味，触动了他心中的某根弦。“你来自哪里？”他问道，感觉自己沉浸在与索菲亚的交谈中，并且喜欢上这种感觉，“你看起来不像是本地人。”

“你为什么会这么觉得？难道我说话带着口音吗？”

“我想这要取决于你来自什么地方。如果在北方，我就是那个带着口音的人。但是我确实听不出你来自哪个地方。”

“我来自新泽西。”她停顿了一下，“请不要取笑我。”

“我为什么要取笑你？我喜欢新泽西。”

“你去过那里吗？”

“我去过特伦顿。我在永丰银行竞技场参加过几场比赛。你知道那个地方吗？”

“我知道特伦顿，”她回答道，“那个地方在我家南部，更靠近费城，而我家在费城的北边。”

“你去过特伦顿吗？”

“去过几次。但是我从没去过你说的那个竞技场，今天是我第一次到这种地方。”

“你觉得如何？”

“除了印象深刻以外？我觉得你们都疯了。”

他笑了，被她的率真性格感染。“你知道我的姓了，但是我还不知道你的。”

“丹科。”她说。然后，索菲亚已经预料到了他接下来的问题。“我爸爸来自斯洛伐克。”

"那里离堪萨斯州不远，对吗？"

她眨了眨眼，张了张嘴，又闭上了。她刚准备开口跟她解释欧洲的定义的时候，他举起了手。

"开玩笑的，"他说，"我知道那是在哪儿，欧洲中部，以前是捷克斯洛伐克的一部分。我只是想看看你的反应。"

"然后呢？"

"我应该把你刚才的表情拍下来给我的朋友们看看。"

她皱了皱眉，然后轻推了他一下。"这样可不好。"

"但是真的很好玩。"

"好吧，"她承认道，"是挺好玩的。"

"你爸爸来自斯洛伐克，那么……"

"我妈妈是法国人。我出生前一年，他们移民到美国。"

他转向索菲亚。"不是开玩笑吧……"

"你这么惊讶干吗？"

"我从来没见过法国和斯洛伐克混血儿。"他停顿了一下，"见鬼，我好像从来没见过来自新泽西的人。"

她笑出了声，他感觉自己放松了一些，他很想再次听到索菲亚的笑声。

"那你住在附近吗？"

"不是很远。温斯顿-塞勒姆的北边一点，就在国王镇的郊外。"

"听起来是个好地方。"

"并不是什么好地方。的确是个居民都很友善的小镇。但除此之外，再也没有别的了。我们在那儿有一个牧场。"

"我们？"

“我妈妈和我。牧场实际上是我妈妈的，我只是在那儿住，在那儿工作。”

“是那种真正的牧场吗？养着牛、马和猪？”

“那里也有一个谷仓，比这个还要看起来更老。”

她打量着他们后面的谷仓：“不会吧。”

“也许改天你可以过来参观参观，我带你去骑骑马，到处转转。”

他们看着对方的眼睛，停顿了一拍，然后索菲亚又伸出手碰了一下他的手。“听起来很不错，卢克。”

四

索菲亚

索菲亚不太确定自己为什么那么说。这些话她感觉没经过大脑就说出来了。她希望自己回到刚才那个话题，然后把自己刚才说的话给圆过去，但是不知道为什么，她意识到自己并不想这么做。

这跟他的长相没太大关系，尽管玛西亚对他的评价一点也没有错。他身上具有那种大男孩般的帅气感觉，笑起来友善而开朗，脸上还有一对可爱的酒窝。他瘦长结实，宽厚的肩膀和较窄的臀部形成一个完美的倒三角身材，还有那顶明显磨损的牛仔帽下面乱蓬蓬的棕色卷发看起来非常性感。他身上最突出的是他的眼睛，索菲亚对美丽的眼睛是最没有免疫力的。他的眼睛呈现出那种夏天般的蓝色，明亮而水灵，让人忍不住觉得是不是带着美瞳。她知道卢克肯定会觉得戴美瞳这种事非常可笑。

索菲亚不得不承认，卢克显然也觉得她很有魅力。从小到大，索菲亚都是瘦瘦的，长着细长的腿和平平的臀，脸上不时会出现一点粉刺。她直到高二之前一直都只需要穿少女胸罩。所有的改变都发生在她高三的时候，这些身体上的变化让她自己都觉得有些尴尬和难为情。即使是现在，当她照镜子的时候，有时仍然可以看出自己身上少女的影子，她同时也惊讶于别人根本看不到这点。

卢克看着索菲亚时的那种欣赏的眼光让她受宠若惊，更吸引索菲亚的是跟他在一起的时候很轻松。从他镇定自若地收拾布莱恩到他们之间漫无目的的交谈，她都没有察觉到任何要刻意表现自己的感觉，他的那种淡定自若跟她在大学里见过的任何人都不一样，尤其是跟布莱恩那种人相比。

还有一点让她感觉很好的是他从不刻意填充他们交谈过程中的空白。在她想事情的时候，卢克会看着远处的牛群，同时想自己的事情。过了一会儿，她意识到谷仓里的音乐暂时停了，乐队要短暂地休息一下，她在想玛西亚会不会来找她。她发现自己希望玛西亚不要来，总之现在还不想被她打扰。

“牧场上的生活是怎样的？”她问道，打破刚才的安静，“你们一天中都做哪些事情？”

她看着卢克双腿交叉站着，靴子前部戳进土里面。“基本上什么事情都有，总是不缺事情做。”

“比如呢？”

他一只手按摩着另一只，想着这个问题。“好吧，对生手来说，早上做的第一件事情就是喂牧场上的牲畜：马、猪和鸡。然后清洗它们的围栏。还有就是要检查牛群。这是每天的例行公事，确保它们没什么问题，没有眼部感染、没有被带倒刺的铁丝划到，等等。如果发现有受伤或者生病的情况，我一般要现场照看一下。再有就是，灌溉草场。每年都有几次，我需要把牛群从一片草场赶到另一片草场，确保牛群能吃到更好的草料。每年还有几次，我要给牛群接种疫苗，这就意味着，我要把它们挨个捆好，然后把它们分开。另外，我们还有一个面积挺大的蔬菜园需要照料，里面种着家里自己吃的蔬菜。”

她眨了眨眼。“就这些吗？”她开玩笑说。

“还没完呢。”他继续说，“我们卖南瓜、蓝莓、蜂蜜和圣诞树给需要的人，所以我需要花时间种植、除草、浇水，或者从蜂巢中收集蜂蜜。当有人光临牧场买东西的时候，我还要把圣诞树绑好或者帮忙把南瓜搬到车上去，或者别的需要我做的事情。还有就是，难免有一些东西坏了需要修理，比如拖拉机、小货车、围栏或者谷仓屋顶。”他露出有些悲惨的表情，“相信我，那里总有做不完的事情。”

“你不会一个人做那么多事情吧。”索菲亚难以置信地说。

“不是的。我妈妈做了其中的很多事情，还雇了一个人给我们干活，他名叫何塞，已经做了好几年了。他主要负责处理一些我们不会做的事情，如果有必要，我们也会请一些人来帮忙干几天活，比如给树造型或者别的事情。”

她皱了皱眉。“‘给树造型’是什么意思？你是指圣诞树吗？”

“你要知道，圣诞树并不是自然长成那种匀称的三角形的。在它们生长过程中，你必须定期修剪，确保它们长成你想看到的样子。”

“真的吗？”

“另外，你还需要定期滚动南瓜，一方面确保南瓜底部不会腐烂，另一方面还要让它们长成圆形，至少是椭圆形，否则没人会买。”

她皱起鼻子。“那么你真的像你说的那样去滚动它们？”

“没错，并且滚的时候要小心，不要把南瓜茎弄断了。”

“我从来没听说过这些。”

“很多人都不知道，但是你肯定知道很多我不知道的事情。”

“你知道斯洛伐克在哪。”

“我喜欢历史和地理，但要是问我化学和代数，我一窍不通。”

“我也不怎么喜欢数学。”

“但是你很擅长这个科目，我打赌你肯定是班上的尖子生。”

“你为什么这么说呢？”

“你上的可是维克森林大学。”他回答道，“我猜你从小到大每门科目都学得很好。你大学学什么专业？”

“显然不是学牧业。”

他的脸上又出现了那两个酒窝。

她用指甲剥着围栏上的小裂片。“我学的是艺术史专业。”

“你一直以来都对这个专业很感兴趣吗？”

“哪有，”她说，“当我刚到大学的时候，我都不知道自己以后想干什么，我上的课也是所有大一学生的必修课。我希望能找到自己喜欢的专业。我想找到让自己充满激情去学习、从事的行业，你知道吗？”

她停顿的时候，能感觉到卢克正认真专注地注视着她。他真实流露出对她的兴趣，再次让她感觉他跟自己在大学里认识的人真是太不一样了。

“当我读大二的时候，我选修了法国印象主义这门课，并没有别的特殊原因，只是为了填满我的课程安排。但是主讲这堂课的教授真是太好了。他充满智慧，风趣幽默，而且能启迪学生，拥有教授的所有优点。他让艺术变得鲜活而充满意义。上了几节课之后，我就爱上这门学科了。我知道我想做什么了，随着艺术史方面的课程越上越多，我越来越希望自己能成为那个世界里的一分子。”

“我想你很高兴自己选了那门课，是吧？”

“是啊，但是我的父母并不是这么想的。他们想让我选择医学预科、法律预科或者学会计，等毕业后能够找到一个好工作。”

他整了整他的衬衫。“据我所知，拿到学历是最重要的，这样你可以找到任何想做的工作。”

“我也是这么告诉他们的，但是我真正的梦想是去一个博物馆工作。”

“那就放手去做吧。”

“这事并没有你想象中的那么简单。有很多艺术史专业的毕业生，但是对口的入门职位却不多。况且很多博物馆都处于举步维艰的境地，这就意味着他们正在裁员。我很庆幸自己能够参加丹佛艺术博物馆的面试。这并不是一个带薪岗位，只是一个实习岗位，但是他们说如果我做得好，就有可能转为带薪岗。那么，就出现了一个问题，在那里实习时，我该怎么养活自己。我不想让我父母来承担这些费用，实际上他们也承担不起。我有一个妹妹正在罗格斯大学读书，而且很快另外两个妹妹也要上大学了……”

她不再说话，有些气馁的样子。卢克能看出她的心事，没有让她接着说。“你父母是从事什么职业的？”他转而问道。

“他们经营着一家熟食店。店里主打的是芝士和肉类，还有现做的面包及自制的三明治和汤。”

“好吃吗？”

“非常好吃。”

“如果我去那里，应该买什么呢？”

“买什么都不会错。我妈妈做的蘑菇汤很好喝，那是我的最爱。但是我们店里最有名的还是芝士牛排三明治。中午的时候，店门口都排着很长的队，人们买得最多的就是芝士牛排三明治。几年前，我家的店获得了‘本市最佳三明治奖’。”

"是吗？"

"是的，当地报纸进行过一个比赛，让人们投票选出最好的三明治。我爸爸还把获奖证书装裱好挂在营业执照右边。哪天有机会带你去看看。"

他双手握在一起，模仿之前索菲亚的姿势。"听起来不错，索菲亚。"

她笑了，领会了他的幽默感，而且很喜欢他叫她名字的感觉。他说她的名字时比她自己说的时候要慢一些，也要更顺一些，音节欢快而又充满韵律地从他的唇齿之间发出来。她提醒自己他们还只是陌生人而已，但是不知为何她并不感觉到陌生。她重新靠在围栏上。

"刚才走过来的那些人，你是跟他们一起来这里参赛的吗？"

他看了看他们，然后看着索菲亚。"不是，"他说，"事实上，我只认识他们中一个人。我的朋友都在里面，如果你真想知道的话，他们也许正在向你的朋友们抛媚眼呢。"

"那你为什么不跟他们一起呢？"

他用手指推了推帽檐。"我刚才在里面待了一会儿，但是我没什么心情跟他们聊天，所以我就出来了。"

"你现在看起来聊得还行。"

"我想是的。"他有点害羞地笑了笑，"除了之前说的那些，我没有别的可以跟你讲了。我参加骑牛比赛，在家里的牧场上干活，生活并不是那么精彩。"

她细细打量着他。"那么告诉我一些你平常不告诉其他人的事情。"

"比如呢？"他说。

"什么都可以，"她说，举了举双手，"你之前一个人站在这里的时候，都在想些什么事情？”

卢克有点不舒服地扭了扭身体，然后看向远处。他一开始什么也没说，为了给自己争取时间，他把双手折叠放在围栏上。“想要真正地明白，我想你需要去看看它。”他说，“但是问题是，它并不在这里。”

“那它在哪？”她有些疑惑地说。

“在那边。”他说，指向远处的畜栏。

索菲亚有点犹豫。每个人都听过这样的故事：姑娘遇见了一个小伙子，起初对她很好很友善，但当他把姑娘带到一个没人的地方的时候……索菲亚看着卢克，心里并没有起疑心。不知为何，索菲亚相信他，不仅是因为他出手帮助过她，她就是感觉卢克不会对她怎么样。她甚至觉得，就算她叫他离开，他也会转身就走，让索菲亚再也看不到他。此外，今晚他让索菲亚很开心。他们在一起的这段时间里，她忘掉了关于布莱恩的一切。

“好的，”她回答道，“算我一个。”

卢克听到这个回答有些吃惊，但是他并没有表现出来。他只是点了点头，把两只手撑在围栏上，然后纵身一跃翻过了围栏。

“显摆。”她取笑道。弯下腰，索菲亚从围栏之间挤过去，过了一会儿，他们走向远处的畜栏。

他们穿过一片草场，朝远处的围栏走去。一路上，卢克都保持着一个让人感到很自然的距离。索菲亚看着前方随着土地轮廓起伏排列的围栏线，惊叹于这个地方与她家乡的不同。她发现自己慢慢开始欣赏这个地方安静而简约的美。北卡罗来纳州由上千个小城镇组成，每个城镇都拥有自己的特色和历史，她渐渐开始明白为什么这么多居民世世代代留在这里，从不离开。不远处，松树和橡树生长在一起，组成了一道难以穿透的黑色幕墙。在他们身后，音乐声渐渐远去，远处草地上传来了蛐蛐的叫声。虽然在黑暗之中，尽管卢克在尽力隐藏，索菲亚还是能感觉到卢克在打量着她。

“穿过下一个围栏有一条捷径。”他说，“我们可以从那里到达我的卡车。”

卢克的话让索菲亚有点措手不及。“你的卡车？”

“别着急，”他说，抬起他的双手，“我们不离开这里，我们甚至都不用进入驾驶室里面。我只是想，你在车斗里可以看得更清楚。它更高也更舒服。车斗里有几把户外椅，我们可以支起来坐坐。”

“你的卡车车斗里装着户外椅？”她将信将疑地看着卢克。

“我的卡车车斗里装了很多东西。”

那是当然了。每个人不都是这样吗？有了这些东西，玛西亚可以在野外逗留一整天。

过了一会儿，他们到了下一个围栏，竞技场方向射过来的光变得更亮了。卢克再一次轻松地翻过了围栏，但是这个围栏的板条太密了，索菲亚没法挤过去。她爬上围栏，停了一下，再把腿放到围栏另一侧。她往下跳的时候抓住卢克的手，他的手长着厚厚的茧而且很温暖。她很喜欢。

他们走到一个入口，然后转向朝那些停着的卡车走去。卢克走到一辆闪亮的黑色卡车边。卡车的轮子很大，车头顶上有一排大灯，也是唯一一辆车头朝着另一个方向停的卡车。他打开后挡板的门，然后跨到车上。接着，他向索菲亚伸出双手，用力一提，她就跟卢克一起站在卡车车斗上了。

卢克转身背对着她开始翻找，把东西一件一件搬到一边。她双臂交叉，想着要是玛西亚知道这些她会怎么想。她现在都能想象到玛西亚各种狂轰滥炸的问题：你是在说那个性感的牛仔，对吗？他把你带去哪里了？你那时候在想什么？如果他控制不住自己该怎么办？卢克还在继续翻找，她听到一声金属碰撞发出的沉闷声，然后卢克又回到她旁边了，手上拿着那种沙滩上常常看得到的户外椅。他把椅子撑开，放在车斗上，然后指着椅子说："去坐吧，我马上就好。"

她站着不动，脑海中又浮现了玛西亚将信将疑的面容，然后才做出决定：为什么不呢？这一整晚都让索菲亚感觉到很不真实，现在她又和一个牛仔坐在他卡车车斗中的户外椅上，依旧延续着那种远离尘嚣的不真实。她发现除了和布莱恩以外，她上一次单独和一个男生待在一起是在她去维克森林大学之前的那个夏天。那时候托尼·罗素带她去参加一个舞会。他们俩认识了很多年，但是直到毕业后也没什么太大的进展。他聪明而惹人喜爱，秋天时就要入学普林斯顿大学了，但是第三次约会的时候，他就开始动手动脚了，然后……

卢克把另一把户外椅支在旁边，打断了索菲亚的思绪。他并没有坐下来，而是跳下车，打开车门，钻进驾驶室。一会儿之后，收音机响起来了，放的是乡村音乐。

当然了，她心里愉悦地想。不然还会是什么音乐呢？

来到索菲亚旁边，卢克坐了下来，双腿伸直，双脚叠放在一起。

"舒服吗？"他问道。

"差不多了。"索菲亚挪了挪身体，意识到他们此时离得那么近。

"你要换把椅子坐吗？"

"不是这个原因，是因为……"索菲亚说，"我是第一次坐在别人卡车车斗里的户外椅上。"

"新泽西的人们不这么做吗？"

“我们做别的事情，比如看电影、聚餐、去朋友家做客，诸如此类的。我猜你从小到大没做过这些事情吧？”

“我当然也做过，现在也还会做。”

“你最近看的一部电影是什么？”

“什么是电影？”

她花了一会儿才明白卢克是在开玩笑，她瞬间变化的表情把他逗乐了。他指着那些围栏里的牛群说：“你觉不觉得从这里看它们感觉大多了？”

索菲亚转头看向卢克手指方向的时候，一头笨重的公牛正缓慢地向他们走过来，只离他们不到一英尺，从这可以看清公牛胸部肌肉部分起皱的纹路。索菲亚被它的个头吓得目瞪口呆，近距离看跟在竞技场上看差距太大了。

“天哪！”索菲亚说，语气中难掩惊叹之情。她身体前倾。“真是太大了。”她转向卢克，“你真的是自愿骑这种动物的吗？”

“如果它们让我骑的话。”

“这就是你要带我看的东西吗？”

“算是吧，”他说，“实际上，它在那边。”

他指向那边的围栏，那里站着一头奶油色的公牛，站在原地不动，只有耳朵和尾巴在动。它一只角倾向一边，虽然还有点距离，但是索菲亚能分辨出它侧脸上的网状的疤痕。尽管它并不像别的牛那么大，但是它存在的方式给人一种野蛮而又肆无忌惮、不把所有靠近它的人放在眼里的感觉。她能听见它粗放的鼻息声打破夜晚的宁静。

当她转头看向卢克的时候，感觉到他的表情有些变化。他表面上很平静地盯着那头牛，但是索菲亚感觉有些别的东西，一些让她猜不透的东西。

"那就是'大丑牛'。"他说，继续注视着它，"这就是我一个人站在围栏那儿在想的事情。我那时正在找它。"

"它是你今晚骑过的吗？"

"不是。"他说，"但是我发现如果今晚没有这么近距离看到它，我还不能直接离开这里。说起来也奇怪，我刚到这里的时候，最不想见的就是这头牛，所以我停车的时候都是车头背对着畜栏。如果我今晚抽中它，真不知道我会怎么做。"

她等着卢克继续往下说，但是他没有。"我猜你以前骑过它。"

"没有，"他摇摇头说，"但是我尝试过3次。它就是那种人们眼中名声赫赫的参赛牛。只有几个人真正骑过它，那还是几年前的事了。当你骑它的时候，它旋转、跳跃、移位，使用浑身力量要把你甩下来，然后会勾住你不放，让你后悔一开始要去骑它。这头牛让我做噩梦，它确实吓到我了。"他转向索菲亚，一半脸隐藏在阴影之中，"这些事情基本上没人知道。"

他的表情中掺杂着一些东西，一些出乎她意料的东西。

"不知怎么的，我很难想象你会害怕什么东西。"她静静地说。

"嗯，好吧……我只是个凡人。"他咧嘴一笑，"如果你好奇的话，我还可以告诉你，我也不那么喜欢闪电。"

她坐直了些。"我喜欢闪电。"

"当你在没有任何藏身之处的牧场上的时候，情况是不一样的。"

"我相信你说的话。"

"轮到我来问你个问题了，什么问题都可以吧？"

"问吧。"

"你跟布莱恩在一起多久了？"他问。

她脸上露出笑意，松了一口气。“这就是你的问题？”她问道，并没有等他回答接着往下说，“大二时我们开始在一起的。”

“他个子很大。”他观察到了。

“他是学校曲棍球奖学金的获得者。”

“那他一定很厉害。”

“在曲棍球场上是。”她承认道，“但是在做男朋友方面不怎么样。”

“但你还是跟他在一起两年。”

“嗯，是的……”她把膝盖收回并拢，双臂抱着双膝，“你热恋过吗？”

他抬头看向夜空，好像是要在星星中找到答案。“我不太确定。”

“不太确定就是没有了？”

他想了想。“好吧。”

“都不反驳一下。”

“我说了，我不太确定。”

“那段感情结束时你伤心吗？”

他双唇紧闭，想着该如何回答。“不怎么伤心，但是安吉也不怎么伤心。那都是高中时代的事情了。毕业后，我们俩都清楚我们将走不同的路。但我们现在还是朋友。她甚至邀请我去参加她的婚礼，婚礼上我和她的伴娘们玩得还挺开心的。”

索菲亚看着地上。“我曾爱过布莱恩。我的意思是，在布莱恩之前，我也有过少女时代那种心动的感觉，你知道吗？比如把男孩的名字偷偷写在笔记本上并且周围画满心形图案这种事。我猜每个人在最初的时候都会把初恋作为爱的基底，我也不例外。我不知道为什么布莱恩会约我出去，他那么英俊，那么富裕，还是学校的奖学金运动员，在学校里那么有名。起初他选择追求我的时候，我非常震惊。我们刚恋爱那会儿，他真的很风趣幽默，也很有魅力。他第一次吻我的时候，我已经爱上他了，而且爱得很深……”她停下了，不想提及太多的细节，“总之，这个学年刚开学的时候，我跟他分手了。原因是整个暑假期间，他背着我在家里和别的姑娘乱搞。”

“现在他又想要你回心转意。”

“嗯。但这是为什么呢？是因为他真的想挽回，还是因为他得不到？”

“你是在问我吗？”

“我在征求你的意见。不是因为我要重新接受他，这是不可能的。我只是想你从男人的角度跟我说说你的看法。”

他想了想，很有分寸地说：“也许两者都有吧，但是在我看来，我猜是因为他意识到自己犯了一个大错。”

她听出卢克话中对她的赞赏之意，也很欣赏他这种不露痕迹的表达方式。“我很高兴今晚来看你的比赛。”她发自内心地说，“你表现得很棒。”

“我只是运气好，刚才比赛的时候我感到自己都有些生疏了，我有挺长一段时间没有骑牛了。”

“多久？”

他整了整牛仔裤，想着该怎么回答。“18个月。”

此刻，索菲亚觉得自己听错了。“你是说你有一年半时间没有骑牛了吗？”

“是的。”

“为什么呢？”

她能感觉到他在斟酌着他的回答。“我上次骑牛结果很糟糕。”

“有多糟糕？”

“很糟糕。”

听到他的回答，索菲亚恍然大悟。“是因为‘大丑牛’。”她说。

“就是那头牛。”他承认道。为了避开她的下一个问题，卢克把话题引到索菲亚身上。“那你是住在女子联谊会公寓中，是吧？”

她注意到卢克有意转变话题，但也满足于话题的变化。“这是我住在那所房子里的第三个年头了。”

他眼神中透出坏坏的感觉。“那里面真像别人说的那样吗？进行着各种睡衣派对和枕头大战？”

“当然不是，”她说，“更像是衣衫不整和枕头大战。”

“我想我会很喜欢住在那种地方。”

“我打赌你肯定喜欢。”她笑着说。

“那里实际上是怎样的呢？”他好奇地问道。

“只是一群女孩子住在一起，大部分时候还算正常，有些时候也会有各种各样的问题。那里也是一个拥有自己的规则和等级的小世界，如果你愿意遵照这些东西，在里面生活也还算好。但是我并不吃这一套。我来自新泽西，从小到大在自家勉强维系着的小店里帮忙。我能够上维克森林大学仅仅是因为我幸运地拿到了全额奖学金。在这栋宿舍楼里像我这样的人并不多。我并不是说其他人家里都很富裕，因为很多人家庭条件也很一般，这里面很多女孩高中时就开始做兼职。我的意思是……”

“你与众不同。”卢克替她说完，“我敢打赌这些联谊会的姐妹们很少会像你这样大半夜跟着一个牛仔去牧场中看头牛。”

这可不一定，索菲亚想。他是今晚比赛的冠军。按玛西亚的话说，他又是一个不折不扣的万人迷。对那些姑娘来说，这两点就足够让她们倾倒了。

“你说你们的牧场上有马？”她问道。

“是的。”他说。

“你经常骑它们吗？”

“大部分时候都骑。”他回答道，“我去查看牛群的时候，其实也可以开小货车去，但是我从小到大都已经习惯了在马背上做这些事情。”

“你有没有纯粹就是享受骑马本身呢？”

“有时候会。你为什么这么问？你也骑马吗？”

“我不会骑马，”她说，“而且我从来没有骑过马，在新泽西马并不常见。但是从小到大，我一直都想骑马玩，我想这也是很多小姑娘梦寐以求的事情。”她停顿了一下接着说，“你的马叫什么名字？”

“马。”

索菲亚等着卢克把这个玩笑开完，但是卢克并没有接着说，索菲亚问道。“你的马的名字就是‘马’？”

“它并不介意。”

“你可以给他取个更好听点的名字，比如王子、首领这类的。”

“那样的话会把它搞糊涂的。”

“相信我，那总比就叫‘马’要强。那就跟给狗取名为‘狗’一样奇怪。”

“我确实有一条狗就叫‘狗’。是一条澳大利亚牧牛犬。”他看着索菲亚，表情认真地说，“它是个绝佳的牧者。”

“你的妈妈不反对你这么叫它们吗？”

“实际上是我妈妈给它们取的名字。”

她摇了摇头。“我室友肯定觉得这些事情难以置信。”

“什么？你认为我的动物们名字很奇怪吗？”

“跟其他那些事情一样奇怪。”她开玩笑说。

“那跟我说说你大学里的事吧。”他说，然后接下来半个小时，索菲亚都在给卢克讲大学里每天的生活细节。这些在她自己听来都很无聊，无非就是上课、学习、周末参加社交活动等等。但是卢克看起来很感兴趣，大部分时候都在倾听索菲亚的讲述，还不时问她一些问题。她描述了女子联谊会的情况，特别讲了玛丽·凯特的故事，还讲了一点点布莱恩的事，讲他今年刚开学那会儿对她做的那些事。在他们聊天的过程中，不时有人从停车场经过，有些人经过卡车旁边时用手碰碰帽檐跟卢克打个招呼，有些人停下来恭喜卢克今晚赢得比赛。

夜色渐浓，温度降低，索菲亚感觉手臂上开始起鸡皮疙瘩。她环抱双臂，盘坐在椅子上。

“我车里有毯子，我给你拿一条吧。”他说。

“谢谢。”她说，“但是不用了，我想我也该回去了，不然我的朋友们该走了。”

“我想也是。”他说，“我送你回去。”

他扶着索菲亚下车，然后沿原路返回。耳边的音乐声渐渐变大了，很快他们就站在了谷仓外面。里面的人只比他们走的时候稍微少了一点，但是索菲亚感觉自己已经走开有好几个小时了。

“你需要我陪你进去吗，以防又碰到布莱恩？”

“不用。”她说，“我没事的，我会跟我室友一起。”

他眼睛看着地上，然后看着索菲亚说：“和你交谈很愉快，索菲亚。”

“我也是，”她说，“再次感谢你之前出手帮我。”

“不用谢。”

他点点头，然后转身准备走开，索菲亚看着他的背影。故事本来到这里就结束了，索菲亚后来也想自己是不是应该让故事就此结束，但是索菲亚往他的方向走了一步，然后便脱口而出。

“卢克，等等。”她喊道。

当他转身看着索菲亚的时候，她微微抬起下巴：“你说过你要带我去看你们家的谷仓。它可能比这个更加东倒西歪。”

他微笑着，脸颊上显出两个酒窝。“明天中午1点？”他问道，“我明天上午有些事，下午可以去接你。”

“我自己开车去，你把地址发我就可以了。”她说。

“但是我没有你的号码。”

“你的号码是？”

卢克把电话号码报给她，她拨通了，然后听见了不远处卢克的手机铃声响起。她挂断了电话，看着卢克，搞不懂自己这是怎么了。

“现在你有我的号码了。”

五

艾勒

天色渐暗，晚冬的天气持续恶劣。狂风怒号，大雪飘飘，车窗上积了厚厚的一层雪。我慢慢被白雪掩埋，又想起来困住我的这辆车：这辆1988款的奶白色克莱斯勒汽车，不知道天亮之后还能不能看得见。也许到时候它已经和白雪皑皑的大自然融为一体，肉眼很难分辨了。

“你不要想这些。”我听见露丝对我说，“很快就有人来了。”

她还是坐在老地方，但是看起来不一样了。这次她年长了一些，穿的衣服也不同，但是看着有点眼熟。我在记忆中努力寻找着露丝这种形象的画面，这时我又听见了她的声音。

“那是1940年6月的夏天。”

记忆慢慢开始浮现。是的，我想起来了，就是那个夏天。那是我大一学年刚结束的夏天。“我想起来了。”我说。

“你总算想起来了。”她开玩笑说，“但是你现在需要我的提示了，你以前什么都记得很清楚。”

“我以前还年轻嘛。”

“我也年轻过。”

“你现在依然年轻。”

“再也不年轻了。”她难掩悲伤地说，“我只是曾经年轻过。”

我眨了眨眼，想看得更清楚些，但是露丝在我眼里仍然很模糊。她那时候17岁。“我终于开口请你跟我一起散步的时候，你就穿着这套衣服。”

“不对。”她说，“是我第一次请你跟我散步的时候，我穿着这套衣服。”

我微笑着。这个故事我们经常在晚宴上跟我们的客人们讲起，关于我们初次约会的故事。这么多年，露丝和我学会了怎么把这个故事讲好。现在就在车里，露丝又讲起了这个故事，就像跟客人们讲的那样。她把双手放在膝盖上，叹着气，假装失望和疑惑。“那个时候，我知道你是不会主动跟我说一个字的，你从学校回来已经快一个月了，但是从来都没有靠近过我。所以安息日仪式结束后，我走向你，直直地看着你的眼睛说：‘我已经不跟大卫·艾波斯坦来往了。’”

“我记得。”我说。

“你记得你对我说了什么吗？你说：‘哦。’然后就红着脸看着自己的脚。”

“我想你是记错了。”

“你自己清楚发生了什么，然后我告诉你，我想你送我回家。”

“我记得你爸爸对这件事不怎么开心。”

“他觉得大卫会是一个好男人，而且他不认识你。”

“他也不喜欢我。”我插了一句，“我们俩在前面走的时候，我感觉他在盯着我的后脑勺，所以我把双手插在口袋里。”

她头微微倾斜，打量着我：“是不是因为这个，你一路上一句话都没有跟我说？”

“我想让你爸爸知道我别无企图。”

“当我到家的时候，他问我你是不是哑巴。我再次提醒他你是一个优秀的大学生，分数很高，还有三年就毕业了。每次我跟你妈妈聊天，她都会跟我说这些。”

我母亲是我们俩的红娘。

“如果你父母没有跟在我们后面。”我说，“如果他们不充当女儿守护人的角色，我会把你抱起来，拉着你的手唱好听的夜曲给你听。我会为你献上一束花，让你兴奋不已。”

“是的，我知道。又来年轻的法兰克·辛纳屈那套，这个你已经说过了。”

“我只是想把故事讲得更真切。学校里有一个姑娘看上我了，你知道吗，她名叫萨拉？”

露丝满不在乎地点点头。“你妈妈也跟我提起了她。她说自从你回家以来，没有给她打过电话、写过信，我知道你们俩之间没什么。”

“你隔多久跟我妈妈聊一次？”

“开始的时候，聊得并不多，而且我妈妈跟我在一起。但是就在你回家前的几个月，我请你妈妈教我英语，然后我们开始每周固定见一到两次。有些词语我不懂是什么意思，她就会用我能听懂的方式解释给我听。我过去常常说我是因为我的爸爸而去做老师的，这是事实，但是我成为一名老师也同时是因为你的妈妈。她对我很耐心，经常给我讲故事，这也是她教我英语的另一种方式。她说我自己也要学会讲故事，因为南部的每个人都会讲故事。”

我笑着说：“她都给你讲了什么故事？”

“讲你的故事。”

当然，我是知道这些的，经过了这么多年的婚姻，我们之间基本上没有任何秘密。

“你最喜欢关于我的哪个故事？”

她想了一会儿，终于开始说。“那时候你还小，你母亲告诉我，你发现了一只受伤的松鼠。虽然你爸爸不让你在店里养这只松鼠，你还是把它藏在她的缝纫机后面的一个盒子里，然后照顾它直到它痊愈。它伤好了之后，你在公园里把它放生。尽管它跑走了，但是你还是每天都要去公园里找它，以免它需要你的帮助。你妈妈告诉我，这说明你有一颗纯洁的心，你用情很深，一旦爱上一个东西或一个人，你将义无反顾。”

我说得没错，我妈妈是我们的红娘。

直到我和露丝结婚之后，我妈妈才承认，她借着教露丝英文的机会，给她讲我的故事。那时候，我对此心里有些矛盾。我希望是自己赢得了露丝的心，而不是靠我妈妈。我也跟妈妈表达了这种想法。妈妈笑了，说她只是做了所有妈妈都为自己儿子做的事情。然后她告诉我，我的任务就是要向露丝证明她没有说谎，因为这是儿子应该为自己妈妈做的事情。

“我还以为自己很有魅力。”

“自从你不再怕见我之后，你确实变得更有魅力了。但是我们第一次散步的时候可不是那样。当我们终于到达我和父母住的工厂的时候，我说：‘谢谢你送我回家，艾勒。’而你只说了句：‘不用谢。’然后转身，对我父母点了点头就离开了。”

“但是下一周我表现得更好了。”

“是的，你跟我谈天气的事。‘肯定是阴天’，说了三遍，‘不知道等下会不会下雨’，说了两遍。你的沟通技巧真是令人眼花缭乱。忘了告诉你，你妈妈教了我‘眼花缭乱’的意思。”

“尽管如此，你还是愿意跟我一起散步。”

“是的。”她看着我的眼睛说。

“7月初的时候，我请你去喝巧克力苏打水，就像以前大卫·艾波斯坦请你去喝的那个。”

她理了理自己有点打卷的头发，深情地看着我的双眼：“而且我记得我跟你说，这杯巧克力苏打水是我尝过最好喝的。”

这就是我和露丝的初恋。它并不像冒险故事那样惊心动魄，也不像爱情电影中那么唯美浪漫，但是我们的爱似乎得到了来自上帝的指引。她毫无道理地看上了我，而我也很聪明地把握住了机会。从那以后，虽然所剩的时间不多，夏天也渐渐接近尾声，但我们有空就待在一起。大西洋的另一端，法国已经投降，不列颠之战即将打响。尽管如此，在我们相依相守的最后几周，战争的阴霾并没有掩盖我们内心洋溢的幸福。我们在公园里一边散步一边聊天，好像有说不完的话；就像以前大卫常做的那样，我经常请露丝喝巧克力苏打。我请露丝看了两场电影，请她和她妈妈吃过一次饭。跟往常一样，每次犹太教礼拜结束后，我都要送露丝回家。她父母跟在后面，与我们保持十步之遥的距离，给我们留下一些私人空间。

“你爸爸终于开始喜欢我了。”

“是的。”她点头说，“但是他喜欢你是因为我喜欢你。你是我来到这个国家以来，第一个让我开怀大笑的人。我爸爸总是问我，你说了什么让我觉得这么好笑，然后我会告诉他你描述某件事的方式比事情本身要好玩，比如你描述你妈妈的厨艺时的表情让人看了就想笑。”

“我妈妈会烧开水，但从没有学会如何煮熟一个鸡蛋。”

“她的厨艺没有那么糟糕吧。”

“我从小到大学会了如何在吃东西的时候屏住呼吸。不然你以为我和我爸爸为什么瘦得像根稻草？”

她摇摇头说：“如果你妈妈知道你这么说她，她会怎么想？”

“她不会在乎的，她也知道自己不是个好厨师。”

她安静了一会儿，接着说：“那个夏天，我希望我们有更多的时间，你离开家回学校的时候，我很伤心。”

“就算我不去学校，我们也没法在一起。你也要离开这里去卫斯理了。”

她点点头，脸上露出意味深长的表情：“我很幸运能有那个机会。我爸爸认识那里的一个教授，他帮了我很多忙。但是那年对我来说仍然是很艰难的一年。虽然你没有写信给萨拉，我知道你又要见到她了，我担心你也可能会对她产生感觉。而且我也害怕萨拉会跟我一样发现你身上的闪光点，然后使出浑身解数把你从我身边抢走。”

“这永远都不可能发生。”

“我现在是知道了，但是我那时候不知道。”

我微微移动了一下头部，瞬间眼冒金星，一阵剧痛从头顶往全身蔓延。我闭上眼睛，等着剧痛平息，但是疼痛并没有任何减弱的迹象。我集中注意力，尝试缓慢呼吸，最后疼痛终于慢慢散去了。眼前的世界开始一点点地恢复，我再次想到了这场事故。我感觉脸上黏乎乎的，瘪了的气囊上满是灰尘和血迹。车里的斑斑血迹让我心生恐惧，尽管如此，这个车好像被施了魔法一样，它把露丝带回到了我身边。我吞了吞口水，想润润喉咙，但是口中就像变成了砂纸，无法分泌一点唾液。

我知道露丝很担心我。在稍许拉长的阴影中，我看见露丝正看着我，她是我一生挚爱的女人。我把记忆拉回到1940年，让露丝的注意力从现在的恐惧中移走。

“尽管你担心萨拉的问题，”我说，“你12月并没有回来看我。”

我能想象出这时露丝肯定翻了翻眼珠，这是她对我的抱怨的标准回答方式。“我没有回家是因为我没钱买火车票。”她说，“你是知道的。我在一个旅店打工，根本不可能离开。学校给的奖学金只够付学费，我得挣钱养活自己。”

“借口。”我开玩笑说。

她像往常一样没有理会我说的话。“有时候，我必须在旅店前台上一通宵的班，而且第二天还要去学校上课。我把课本摊开放在课桌上，使出浑身解数不让自己睡着。这一切都没有那么简单。等到大一学年快要结束的时候，我很期待能快点回家过暑假，第一件事就是要好好睡一觉。”

“但是我出现在火车站打乱了你的计划。”

“是的。”她笑着说，“我的计划被你给毁了。”

“我有九个月没有见你了。”我说，“我想给你一个惊喜。”

“你做到了。在火车上的时候，我就在想你会不会来火车站接我，但是我又不想让自己失望。然后，当火车慢慢进站的时候，我透过车窗看到你，怦然心动。你真的很英俊。”

“我妈妈为我做了一套新衣服。”

她嘴角挂着幸福的微笑，沉浸在美好的记忆中。“你还把我父母带到火车站来了。”

我本想耸耸肩的，但是不敢移动。“我知道他们也很想看你，所以我借了我父亲的车。”

“你真勇敢。”

“或者说是我自私，如果不这么做，你可能就直接回家了。”

“也许是，”她开玩笑说，“但是当然了，你已经想到了这点。你还问我爸爸晚上能不能请我吃饭。他说他还在工作的时候，你来到工厂里征求他的同意。”

“我不想让你有任何拒绝我的理由。”

“就算你没有问我爸爸，我也不会拒绝你的。”

“我现在知道了，但我那时候还不知道。”我说，重复露丝之前说过的话，我们一直以来都有很多的相似之处，“当你走下火车的那个夜晚，我记得我想象过这样一个场景：火车站里挤满了摄影师，他们争相给你拍照，你就像个电影明星一样。”

“我坐了12个小时的火车，我看起来很憔悴。”

我们俩都知道这不是真话。露丝很美丽，她到50岁的时候依然美丽，当她走进一个房间的时候，很多男人都不由自主地盯着她看。

“你下火车那会儿，我忍住不上前吻你。”

“又瞎说。”她反对道，“你从来不会在我父母面前做这样的事。”

当然，露丝是对的。我站在后面，让她的父母先上前去和露丝相聚。过了一会儿，我才靠近她，露丝知道我在想什么。“那个晚上，我爸爸终于明白为什么我会看上你。后来，他告诉我，通过观察，他发现你不但勤劳善良，而且还是一个真正的绅士。”

“但他还是觉得我配不上你。”

“在任何父亲心里，没人能配得上他们的女儿。”

“除了大卫·艾波斯坦。”

“是的，除了他。”露丝开玩笑说。

我忍不住笑了，虽然这会带来另一阵疼痛。“吃晚餐的时候，我的视线无法从你身上离开。你比我记忆中的更美丽了。”

“但是我们又变成陌生人了。”她说，“我们过了好一会儿才开始轻松地聊天，我们的情况就像是上一个夏天那样。直到你送我到家门口的时候，那种感觉才有所改变。”

“我是在故意装酷。”

“不是，你只是在做自己。”她说，“但是，你又不是之前的那个你。我们分开的这一年，你变成了一个真正的男人。你陪我走向家门口的时候，甚至牵起了我的手。你以前从没有主动牵我的手。我记得这件事，是因为你把我的手臂弄得有点疼。到门口的时候，你停下来，看着我，而我知道接下来会发生什么。”

“我给了你一个晚安吻。”我说。

“不对。”露丝对我说，她的声音变得更加具有诱惑力，“你确实吻了我，但那不只是一个晚安吻。即使在那时候，我能感觉到这个吻中包含的承诺：一个你会像这样吻我一辈子的承诺。”

虽然现在我被困在车里，但那个时刻历历在目。我们双唇相触，把她抱在怀里的那种兴奋感和纯粹的奇妙感让我一生难以忘怀。但是突然间，我眼前的世界开始剧烈旋转，像是在坐过山车。这时候，露丝也瞬间从我的怀中消失了。我的头重重地抵着方向盘，我快速地眨着眼睛，期望整个世界能够停止旋转。我需要水，哪怕是一滴都能够让这一切都停止。但是我没有水，我被一阵眩晕包裹，然后眼前一片黑暗。

当我醒来的时候，整个世界慢慢地恢复原状了。在黑暗中，我斜着眼寻找着露丝的身影，但是她已经不在旁边的副驾驶座上了。我渴望看到她回来，于是努力集中注意力，试图重构露丝的形象，但是没有丝毫作用，而且我的喉咙好像已经自行封闭了。

回顾过去，露丝说我改变了很多，这点确实没错。那个夏天，整个世界都改变了。我知道和露丝在一起度过的每一分每一秒都尤为珍贵。战争硝烟四起，中国和日本已经打了四年的仗。1941年春天，又有更多的国家被德国国防军占领，其中包括南斯拉夫和希腊。面对隆美尔强大的非洲军团，节节败退的英国军队已经退到了埃及地界。苏伊士运河受到了威胁，虽然那时候我还不知道，德军的装甲车和步兵方阵已经就位，准备入侵苏联。在这种局势下，我真不知道美国的中立能保持多久。

我从来没有想过自己会成为一名士兵，我从来没有开过枪。不管是过去还是现在，我都不是一个做战士的料。即使如此，我热爱我的祖国，我很多次想象着那个被战争摧残的支离破碎的未来。现如今，并非我一人在设法应对这个充满不确定因素的新世界。整个夏天，我父亲一天看两三份报纸，不停地听着收音机；我母亲做了红十字会的志愿者。而露丝的父母尤为恐惧，我常常看到他们围坐在桌子边，小声地说话。他们已经有几个月没有听到家里其他人的消息了。那都是因为这场残酷的战争，身边的人都小声地议论。现在即使是在北卡罗来纳，关于波兰犹太人遭遇的传言都已不绝于耳。

尽管那个夏天充斥着对战争的恐惧和议论，抑或是因为这些，我总是把1941年的夏天看作是我最后一个天真无邪的夏天。那个夏天我和露丝形影不离，两人对彼此都爱得更深。她会来店里看我，而我也会去工厂里看她。那时候她在工厂里帮她叔叔接听电话，晚上的时候，我们一同漫步在星空下。每个周日，我们都去公园野餐，并不是什么大餐，只是在晚餐前垫垫肚子。夜晚的时候，她有时候会来我家，我有时候会去她家，在那里我们一起听留声机里播放的古典音乐。但当夏天结束，露丝登上前往马萨诸塞州的火车之后，我躲在一个角落里，双手捂着脸哭泣着。因为我知道之后一切都不再像从前一样了。我知道我最终被征召入伍的时候到了。

几个月之后，那是1941年12月7日，我预想的那天终于到来了。

那一整夜，我不停地晕厥又醒来。外面风雪依旧。在我醒着的那些时间里，我会想自己是否还有一丝曙光，是否还能目睹下一个日出。但是大多数时间里，我都沉浸在过去的回忆中，希望露丝能再次出现。没有她，我与死无异。

1942年5月，我毕业回家的时候，已经认不出家里的店铺。以前挂着西装成衣的前厅，现在放着30多台缝纫机，30多位女裁缝正在为军队制作制服。成捆的布料每两天就运来一次，填满了整个后屋。店铺隔壁的空间已经闲置了很多年，空间很大，可以放60台缝纫机，现在作为我父母亲的办公室。母亲管理做衣服的女裁缝们，父亲接电话、记账，确保衣服能顺利送到南方各地涌现的陆军和海军基地。

我只知道我快要被征召入伍了。我不被抽调参军的可能性很小，要不就去陆军，要不就去海军陆战队，在战壕里战斗在所难免。勇敢的男人们都会被征召，但就像我之前说过的那样，我并非一个那么勇敢的人。在回家的火车上，我已经决定参加美国空军。不知为何，我心里觉得在空中作战没有陆地上打仗那么恐怖。然而，很快我就会知道这种想法是不对的。

我到家的时候已经是晚上，我们在厨房的时候，我把这个决定告诉了我父母。我母亲听后心痛地拧着手，我父亲一言不发，但是过了一会儿，就在他往账本上写东西的时候，我分明看到了父亲眼角的泪花。

我还做了另一个决定。在露丝回格林斯博罗之前，我去见了她的父亲，告诉他他的女儿对我有多么重要。两天后，跟去年一样，我开车带着露丝的父母一起去火车站。我让他们先上前与露丝相会；同样地，当晚我带露丝去外面吃饭。就在那个大而空旷的餐馆里，我告诉露丝我的决定，跟我父母不同，她并没有流泪。那时候没有。

晚饭后，我并没有直接送露丝回家，而是来到公园，去我们野餐的那个地方。那晚月光并不亮，公园里的灯也关了，我伸手去握露丝的手，黑暗中几乎看不清楚她的样子。

我用手碰了碰口袋里的戒指，我之前告诉她的父亲，我要把这个戒指戴到他女儿的手上。我纠结了很久要不要这么做，不是因为我对自己的感情不确定，而是因为我不确定露丝对我的感情。但是我深爱着她，而且马上就要入伍参战，我想知道她会不会一直等着我直到我回来。我单膝跪地，告诉她她对我是多么重要，我无法想象没有她的生活。我向她求婚，请她答应做我的妻子。对她说完这些话，我把戒指掏出来，献给露丝。而露丝那时候一言不发，真的让我有些担心害怕。然后，露丝觉察出了我心中的些许不安，她拿起戒指戴在左手无名指上，然后握住我的手。我站起来，和露丝面对面站在繁星满天的夜空下。然后她双手抱着我，在我耳边轻声说："我愿意。"我们彼此相拥了很久，整个世界好像只有我们两个人，感觉像是过了好几个小时。即使是在时隔70年后的今天，在寒气逼人的车里，我仍然能感觉到露丝的体温，能闻到她身上芬芳柔和的花香。我深深地吸了一口气，试图把香气留得更久一点，就像我拥抱着她的那个夜晚。

之后，我们十指相握，在公园中漫步，谈着彼此的未来。她的声音中充满了爱意和兴奋，但是那个夜晚的交谈总是让我日后的生活充满悔恨。这段交谈让我想起了自己从来没能成为我想变成的那种人，还有那些我从来没能实现的理想。就在这些悔恨再次充满我的内心时，我又一次闻到了露丝身上的芬芳，而且香气更加浓郁了。我意识到这并不是记忆，我可以在车里闻到这些香味。我不敢睁开眼睛，怕这些都会消失，但是我还是睁开了眼。起初，眼前的一切都很模糊而黑暗，我不知道自己是否还能看见任何东西。

但是后来，我终于看到她了。她晶莹剔透，就像幽灵一般，但是这确实是露丝。她在车里，她又回到我身边了，我心脏因狂喜而快速跳动着。我想靠近她，把她拥入怀中，但是我知道这是不可能的。所以我集中注意力，尽力看清楚些。我调整自己的视线，注意到她穿着一件乳白色的连衣裙，裙摆上绣着花边。这是我向露丝求婚当晚她穿的衣服。

但是露丝好像有点不太高兴。“不，艾勒。”她突然说，声音中分明带着警告语气，“我们不要聊这个，晚餐可以聊，求婚可以聊，但是不要聊这个。”

到现在，我仍然不能相信她又回来了。“我知道这个话题会让你难过……”我开始说。

“这并不让我难过。”她反对道，“是你为这事一直耿耿于怀，从那晚以后你就一直背负着这份悲痛。那晚我不该跟你说那些话的。”

“但是你说了。”

听到这话，她低下了头。不像我，她的棕色头发又亮又厚，充满了生命力。

“那个晚上是我第一次对你说我爱你。”她说，“我告诉你我愿意嫁给你，我承诺我会等你回来，然后我们马上结婚。”

“但是你还说了别的……”

“其他那些都不重要。”她微微抬高了下巴说，“我们在一起的这些年一直都很幸福，不是吗？”

“是的。”

“而且你是不是一直都爱我？”

“一如既往。”

“那么我要你听清楚我接下来要对你说的话，艾勒。”她身体前倾，有点失去耐心地说，“我从来没有后悔过要嫁给你，你让我很开心很幸福。如果还有下辈子，我依然会毫不犹豫地选择嫁给你。回顾我们的一生，想想我们一起去过的地方，我们共同经历的那些事，就像你爸爸常常说的那样，我们携手度过了这段最漫长的旅程，这段旅程就是人生。而我的生活中因为有你而充满欢声笑语。我们与其他的夫妻不一样，我们之间甚至没有任何争吵。”

“我们也有过争吵。”我反对道。

“那些并不是什么实质性的争吵。”她强调，“那些争吵并没有什么意义。确实，我会因为你忘了把家里的垃圾扔掉而生气，但这并不是什么真正的争吵。这些都没什么，就像飘过窗前的叶子一样转瞬即逝。”

“你忘了……”

“我记得。”她打断我，知道我接下来要说什么，“但是我们俩都找到了一个抚平伤口的办法，就像我们过去一直做的那样。”

尽管露丝说了这么多安慰的话，但是我仍然能感觉到内心深处中的悔恨，这种悔恨将永远挥之不去。

“对不起。”我说，“我想告诉你我一直都觉得很对不起你。”

“不要说这些。”她说，声音有些改变。

“我忍不住想这些，那个晚上我们聊这个话题聊了好几个小时。”

“是的。”她承认道，“我们是聊到了我们在一起度过的那个夏天，聊学校的事，聊你接手你爸爸的店铺的事。那晚我回到家，躺在床上盯着手上的戒指看了好几个小时。第二天一早，我把戒指给我妈妈看，她为我感到高兴，我父亲也很开心。”

我知道她说这些是为了转移话题，但是并没有什么作用。我一直盯着露丝看。“我们那晚也谈到了你和你的那些梦想。”

我说这话的时候，露丝扭头看向别处。“是的，”她说，“我们还谈到了我的梦想。”

“你说你要成为一名老师，我们要买一所房子，离双方父母都很近。”

“是的。”

“你说我们要一起出去旅行。我们要去纽约和波士顿，还有维也纳。”

“是的。”她说。

我闭上眼睛，感觉到这段亘古不变的悲痛的重量压在心头。“然后你告诉我你想要孩子。你最想成为的就是一位母亲。你想要生两个男孩和两个女孩，因为你一直都想有一个跟你堂兄妹一样的家，家里很热闹也很忙碌。你以前常常去他们家玩，在那里你很开心。拥有这样一个家是你最大的梦想。”

听到这些，露丝的双肩有些松垂，她转头看着我。“是的，”她小声说，“我承认我想要这样一个家。”

这些话让我很心痛，感觉身体里面某个部位破碎了。现实总是如此残酷，我又一次希望自己成为另一个人。但是现在一切都太晚了，再也不能改变任何东西。我现在老了，孤零零一个人，而且每过一个小时都离死亡更近了。我现在很累，从来没有像现在这么累过。

“你应该选择嫁给别人。”我小声说。

她摇摇头，靠得离我更近些，用手指触碰着我的下巴，然后亲吻我的额头。她的这些习惯性的温柔动作，让我想起了我们在一起的那些日子。露丝说：“我不会选择嫁给别人。我们不要再谈这个问题，你需要休息了，你快睡觉吧。”

“不，”我咕哝着，试图摇头，但是疼痛让这个动作变得不可完成，“我想醒着，我想和你在一起。”

“不要担心，你睡着的时候我也会在你身边。”

“但是你之前离开过。”

“我没有离开，我在这里，而且会一直在这里。”

“你怎么这么确定？”

露丝吻了吻我，然后柔声地回答我说：“因为我一直都在你身边，艾勒。”

六

卢克

卢克早上刚起床那会儿全身酸痛，他伸手去刷马的鬃毛和肩膀的时候，他的背部在尖叫着抗议。镇痛药虽然平复了尖锐的痛感，但他还是发觉自己很难把手臂抬到肩部以上。在黎明查看牛群的时候，他甚至都避免转动头部的动作。还好有何塞在牧场里帮忙。

把刷子挂好之后，他往马的食槽里倒了一些燕麦，然后向老农舍走去，清楚自己要再过一两天才能彻底恢复。骑牛之后身上有些酸痛是正常反应，更严重的情形卢克都经历过。对于骑牛士而言，受伤是必然的，问题只是何时以及严重与否。这些年，除了那次骑“大丑牛”受伤之外，他肋骨断过两次，肺部重创过一次，分别位于两边膝盖处的前交叉韧带和内侧副韧带断裂过一次；2005年的时候他曾受伤导致左手腕骨裂，双肩脱臼；4年前，他参加了PBR世界锦标赛，也就是专业骑牛世界锦标赛的时候，因为脚踝骨断裂，他穿着一双特殊形状的牛仔靴固定脚踝骨参加比赛，而且还要承受从牛背上跳下来可能受到的巨大冲击。尽管受伤无数，时至今日，他最想做的还是继续参加骑牛比赛。

就像索菲亚说的那样，也许他是疯了。

透过水槽上方的厨房窗户，卢克看到他妈妈忙碌的身影。他在想他们之间的关系什么时候可以回归正常。最近几周，他妈妈甚至在他出现之前就把早饭吃了，明显是不想跟他说话。她是要利用这个机会表明她依然很生气，等他出现的时候，她端起盘子走开，把他一个人撂在桌上，这些行为都是想让卢克感受到她沉默的重量，最重要的是让他从中产生罪恶感。

他其实也可以在自己的小屋里吃早餐——他自己建了一个小屋，就在果园的另一边。但从过往的经验来看，不给她这些机会只会让情况变得更糟。他知道，她会接受现状的，至少最终会。

他踏上有些开裂的混凝土台阶，迅速扫视了一下房子的现状。屋顶还行，他几年前已经换新过，但是房子需要重新粉刷。麻烦的是，在粉刷之前，他要把所有的木板打磨一遍，这样的话基本上要花上三倍的时间，而他并没有这么多时间。这间农舍是19世纪末盖的，这么多年经过无数次的粉刷，油漆的厚度都快要超过木板本身了。如今，屋檐以下的木板表面满是油漆块脱落的斑驳之景，经历着岁月的腐蚀。说起屋檐，他也得去修修那个。他走进封闭式的小门厅，在垫子上蹭了蹭鞋底。门被推开的时候发出一如既往的吱呀声，厨房里新煎培根和炸土豆的香味阵阵袭来。他妈妈站在炉灶前，正在用平底锅炒着鸡蛋。炉灶是去年圣诞节的时候卢克给他妈妈买的，很新，但是橱柜、灶台板以及漆布地板都是房子自带的，从他开始记事以来一直都没有换过；橡木桌是他外公做的，现在已满是岁月的痕迹；在房子的远角处，老旧的壁炉正在散发着热量。天就要凉下来了，他要尽早补充柴火。这个壁炉不只是给厨房，更给整座房子供暖。卢克决定吃完早餐就着手劈柴，等着索菲亚的到来。

当他把帽子挂在木架上的时候，注意到他妈妈有些疲倦。这也难怪，卢克给马儿装好马鞍，骑出去的时候，他妈妈已经在忙碌地打扫隔间了。

“早上好，妈妈。”他边说边向水槽走去，语气轻松。他开始洗手：“需要帮忙吗？”

“就快好了，”她头也没抬地回答道，“但是你可以放几块面包到烤面包机里面去，就在你后面的柜台上。”

他放了几块面包进去，然后倒了一杯咖啡。他妈妈背对着他，但是他还是能够感觉到，她正在无声地谴责自己：内疚吧，你这个没良心的儿子。我是你的母亲，你就不在乎我的感受吗？

我当然在乎你的感受了。他心想，这也是我做这些事情的原因。但是他什么都没说，在这座牧场上相处了近25年，他和他妈妈都已经成为无声交流的高手。

他喝了一小口咖啡，听着小铲子在平底锅上铲动的声音。

“今天上午一切正常。”他终于开口说道，“我查看了那天被铁丝网刮伤的小牛，它缝合的伤口恢复得不错。”“好。”把小铲放在一边，她抬手从橱柜里抽出一些盘子，“我们就在炉灶边吃吧？”

他把咖啡杯放在桌上，从冰箱里取出一些果酱和黄油。等他把这些东西端上桌的时候，他妈妈已经坐在桌子旁了。他把烤面包放在桌上，递给她一片，然后把咖啡壶也端了上来。

“我们这周要把南瓜备好。”她提醒卢克，伸手去取咖啡壶。整个过程中没有眼神交流，没有拥抱，和他想象中的不一样。“还有，我们还要把迷宫设置好，干草下周二就到。另外，你还要雕刻一些万圣节南瓜出来。”

他们种植的南瓜作物中的一半已经卖给国王镇的第一浸信会教堂了，周末的时候他们会开放农场，把剩下的南瓜卖给需要的人。农场里干草建成的迷宫是吸引小孩子们的亮点，成年人也就跟着被拉了过来。做迷宫的主意是卢克小时候他爸爸想出来的。这些年迷宫难度升级，愈加复杂，挑战迷宫在某种程度上已经成为当地的一个传统了。

“我会搞定的，”他说，“迷宫布局图还在那个桌子的抽屉里吗？”

“如果你去年放回去了，那应该就在那里。”

卢克在烤面包上抹上黄油和果酱，他们俩谁都没说话。

过了一会儿，他妈妈叹了口气，说道：“你昨晚回来得很晚。”她边说边拿过卢克用完的黄油和果酱，在自己的面包上涂抹。

“你还醒着？我没看到有灯还开着。”

“我在睡觉，但是你的卡车开进牧场的时候我醒了。”

他能猜到他妈妈说的不全是真话。她房间的窗户并不对着车道，这就意味着她一直在客厅里。这也就是说，她一直在等他回家，一直在担心他的安危。

“我昨晚和几个朋友一起玩来着，他们说服了我。”

她盯着盘子里的东西说：“我猜也是。”

“你收到我的短信了吗？”

“我收到了。”她就回答了这么一句。没有问骑牛比赛如何，没有问他感觉怎么样，也不过问他身上的酸痛，尽管她知道卢克在经受着这样的困扰。与之相对地，她身上依然散发着那种气息，充斥这个房间，焦虑和怒火从天花板上、从四面墙中渗出来。他不得不承认，她谴责起人来真的很有一套。

“你想聊聊这件事吗？”他终于问道。

她第一次看着桌子对面的卢克说：“不想。”

好吧，他想。尽管她现在很生气，卢克仍然怀念与她交谈的感觉。“那么我可以问你一个问题吗？”

他好像听到了齿轮转动的声音。她准备大战一场，随时准备扭头去走廊上吃饭，把他一个人撂在桌上。

“你穿多少码的鞋子？”他问道。

她的叉子停在半空中。“我的鞋码？”

“晚点可能会有人来牧场玩，”他说，顺手用叉子舀了一些鸡蛋，“如果我们去骑马的话，她也许要借你的靴子穿一下。”

这是这些星期以来她第一次表露出自己对某件事情的兴趣。“你是在说一个姑娘吗？”

他点点头，接着吃东西。“她名叫索菲亚，我是昨天晚上认识她的，她说想过来看看我们家的谷仓。”

他妈妈眨了眨眼说：“她为什么会对那个谷仓感兴趣呢？”

“我也不知道，这是她的主意。”

“她是做什么的？”卢克从她妈妈的表情里看出了一丝好奇。

“她是维克森林大学的一个大四学生，来自新泽西州。如果我们去骑马，她可能需要靴子，所以我问你穿多大码的鞋。”

妈妈的疑惑让卢克看出，这些天来她第一次在想别的事情，而不再是牧场、骑牛或者太阳下山前她要完成的事物清单。但是这些影响只是暂时的，她的注意力又回到盘子上。她和卢克一样固执，不过是以她自己的方式。“7号半，我的柜子里有一双旧的。如果合脚，可以借给她穿。”

“谢谢，”他说，“在她到这里之前，如果你没有别的事情需要我做的话，我就去劈一些柴。”

“只有灌溉这一件事。”她说，“第二个牧场需要浇一些水。”

“我早上打开灌溉水龙头了，在她来之前我就去把水关了。”

她取了一些鸡蛋到她的盘子里。“我下周需要你在牧场里帮忙招待顾客。”

她说这话让卢克意识到她一直打算提起这件事，这也是她之所以一直没有离开餐桌的原因。“你知道我下周六不在家里，”他谨慎地说，“我要去诺克斯维尔。”

“又去参加比赛。”她说。

“这是今年的最后一场比赛了。”

“那为什么还要去？拿那些分数又没什么意义。”她开始针锋相对。

“不是分数的事，我不想没什么准备就开始下一个赛季。”交谈再一次中断，房间里只剩下叉子磕碰盘子的声音。“我昨晚赢了。”他说道。

“了不起。”

“我周一的时候把钱转到你的账上。”

“留着吧。”她突然说，“我不需要。”

“那牧场呢？”

当她看着他的时候，卢克并没有看到预想中的怒不可遏，他看到的更多是妥协，抑或是悲伤；再加上脸上的倦容，母亲看起来比实际年龄要老很多。“我不在乎牧场，”她说，“我只担心我的儿子。”

吃完早餐，卢克砍了一个半小时的柴，堆高了妈妈房子里的柴火堆。早餐之后，他妈妈又开始避开他，尽管这让他心中很不是滋味，但是挥舞斧子这个简单的动作让他感觉好了一些，在放松全身肌肉的同时，也让他可以安静地想想索菲亚。

现在，她已经成为了卢克心中的牵挂，他已经记不得上次有这种感觉是什么时候了。至少在安吉之后就再也没有过，而且现在的感觉跟那时候还不一样。他在乎过安吉，但是他记不清是否曾经对安吉有过现在对索菲亚这样的感觉。昨夜以前，他甚至都没有想过会突然间遇到让他牵肠挂肚的姑娘。他爸爸去世后，他只有全力以赴才能勉强集中注意力在骑牛比赛上。当悲伤稍稍淡化，他可以连着一两天不去想爸爸的时候，他开始倾力把自己训练成最好的骑牛选手。这些年奔波各地参加比赛，他除了骑牛，别的什么都不想。每次比赛的胜利都让他的能力更上一层楼，于是他就更加专注于比赛，力争在所有比赛中取得胜利。

这种专注使得卢克基本上无暇顾及自己的感情生活，除了那种短暂而无意义的一夜情。过去的一年半中，一切都改变了，他不再奔波于赛途，也不再练习，虽然牧场上也有一些事要做，但是他也早就习惯了这种日常生活。在牧场上谋生的人都擅长分辨轻重缓急，而他和他妈妈对此掌握得也很好。这给了他更多的时间去思考，去畅想未来。也是在这段时间里，他有生以来第一次想在结束一天的时候，在吃晚餐时旁边有个别的人可以陪他聊聊天，而不是他妈妈。尽管这件事并没有主导他的脑海，但是他不可否认内心萌生起找到那个人的冲动。唯一的问题是他一点也不知道该怎么做，而且他现在又开始骑牛了，生活开始变得忙碌，注意力也就慢慢转移了。

然后，突然间，他遇见了索菲亚，这让他始料未及。尽管他一早上都在想她，想着双手抚摸她顺滑的头发会是怎样的感觉，但是他不确定自己与她是否会长久。他们之间毫无相似之处。索菲亚在读大学，学的是艺术史专业，毕业后，她会搬离到一个遥远的城市，在博物馆工作。从现实来看，他们基本上没有在一起的可能，但是想到那个繁星满天的夜晚，索菲亚和他一起坐在卡车车斗里面的场景在他脑海中一遍遍回放，他发现自己在想，他们或许有可能在一起。

不过他还是提醒自己他们只是刚刚认识对方，也许是他自己想多了。无论如何他不得不承认，一想到索菲亚很快就要到来，他就感到紧张。劈好柴后，卢克直起身在房子周边走了走，然后开着鳄鱼牌小货车去把灌溉水龙头关掉，又很快去了趟商店补充了一下家里的冰箱。他不确定索菲亚是否会进到屋里，但还是要做好该做的准备。

即使是洗澡的时候，卢克发现自己也在情不自禁地想着索菲亚。他把脸朝向蓬头，在想自己这到底是怎么了。

下午1点1刻的时候，卢克坐在门廊处的摇椅上，听到车子沿着土路车道缓慢开进牧场的声音。车子路过的地方扬起灰尘，落在小树的树梢上。狗紧挨着他的脚，趴在卢克从他妈妈衣柜里找到的那双牛仔靴旁。听到声音，狗坐起来，在瞥向卢克之前，它的耳朵竖起来了。

“去看看。”他催促到，狗立即起身飞奔而去。卢克拿起靴子从门廊走到草地上。快到主车道的时候，卢克挥舞着帽子，希望索菲亚能透过路边的灌木丛看到他。一直往前开的话就到他妈妈住的主屋了，要到他住的地方，索菲亚要在树林的缺口处转弯，然后沿着草地上的道路痕迹往里开。除非知道路，否则很不容易看出来，如果能铺上一层碎石会好很多。这件事一直在他的任务列表里，但是一直都没有着手去做。之前，他觉得这事不重要，可以缓缓，但现在随着索菲亚正在接近，卢克的心跳加速，后悔为什么没早点这么做。

谢天谢地，狗知道该怎么做。它跑在前面，然后像哨兵一样站在主道上。看到索菲亚把车停下来之后，它对着车子命令式地吠了几声，然后跑回到卢克身边。卢克再一次朝车子方向挥舞帽子，索菲亚终于看到了，她朝着卢克那边掉转了方向。过了一会儿，她就停在了门前一株高大的木兰树下。

索菲亚走出车外，她穿着有些褪色的牛仔裤，膝盖处有些磨损，看起来如同夏天一样清新。索菲亚长着一双迷人的猫眼和斯拉夫人特有的小骨架，如今站在阳光下的她比昨晚更加美丽动人。卢克目不转睛地看着她，他心里萌生一种奇怪感觉，那就是以后不管什么时候想起索菲亚，他脑海中都会呈现她现在的样子。她太过美丽、太过精致，加上她散发出的异国情调，跟周围的乡间景色有些格格不入。但是当索菲亚的脸上绽放出那种开朗而友善的微笑时，卢克感觉内心变得澄澈而明亮，就像阳光穿透迷雾洒向大地。

“对不起，我迟到了。”她关上车门，随即说道，听起来没有一点跟他一样的紧张。

“没关系。”他说，重新戴上帽子，双手插在裤袋里。

“我转错了一个弯，需要绕回去，但是我也有幸在国王镇里溜达了一圈。”

他看看地下，脚尖在草地上滑动着。“你觉得如何？”

“你说得没错，这个镇并不是那么繁华，但是居民很友善。一个坐在长凳上的老人为我指明了方向。”她说，“你好吗？”

“我很好。”他说，终于抬头看了看索菲亚。

如果索菲亚看出了卢克现在是多么的缺乏勇气，她也没有丝毫表露。“你干完该干的活了吗？”

“我查看了牛群，劈了一些柴，在商店里买了一些东西。”

“听起来不错。”她说。索菲亚用手遮挡阳光，在原地慢慢转圈，打量牧场四周。这时，狗跑过来进行自我介绍，在她的腿边转着圈。“我猜它就是你说的‘狗’。”

“如假包换。”

她蹲下来，抚摸着他耳朵后面的皮毛。它摇着尾巴表示感谢。“你被起了一个很糟糕的名字，‘狗’。”她细声说，给予它很大的关注。它只能把尾巴摇得更厉害，表示受宠若惊。“这里真美，这些地方都是你的吗？”

“是我妈妈的。的确，这里是牧场的一部分。”

“牧场有多大？”

“4800多亩。”他说。

她皱了皱眉。“我对这个数字没有任何概念，你知道的。我来自新泽西，城里姑娘，还记得吗？”

他喜欢索菲亚说话的方式。“这么跟你说吧，”他说，“牧场起于你转弯进来的那条路，一直往前延伸2400米左右，到那条河为止。牧场呈扇形，靠近路的地方更窄，向着河的方向越来越宽，最宽的地方达到3200米左右。”

“的确有帮助。”她说。

“是吗？”

“其实不是，这个牧场有多少个街区那么大？”

她的问题让卢克摸不着头脑，他的表情把索菲亚逗乐了。“我也不知道。”

“我开玩笑的，”她抬起手说，“这里真的很让人印象深刻，我从来没来过牧场。”她指着她身后的房子，“这是你住的地方吗？”

他转过身，随着她的目光看过去。“这是我几年前自己盖的房子。”

“你是说这所房子是你自己盖的……”

“我盖了大部分，除了排水和电力设施，我没有做这些东西的执照。但是房子的布局和框架，都是我自己设计建造的。”

“当然是你造的。”她说，“我敢说，如果我的车坏了，你都会修。”

他斜眼看看她的车。“有可能。”

“你真的很传统，是男人中的男人。现在很多年轻人都不知道怎么做这些事情了。”

他不知道她是真的对他印象深刻，还是在取笑他，但是他意识到，他喜欢这种不确定性。不知为何，卢克觉得索菲亚比其他姑娘要成熟很多。

“很高兴你来这里。”他说。

索菲亚有一小会儿好像不知道该如何接卢克的话。“我也很高兴来这里，谢谢你的邀请。”

他清了清嗓子，若有所思。“我有个主意，要不我带你到处转转，看看这个地方。”

“骑马去吗？”

“河那边有一个很美丽的地方。”他说，没有直接回答她的问题。

“那是一个很浪漫的地方吗？”

卢克不知道该怎么回答她。“我喜欢那儿，我觉得是吧。”他有些支支吾吾地说。

“那太好了。”她笑着说。她指着卢克手上拿着的靴子。“那个是借我穿的吗？”

“这是我妈妈的，不知道你穿得合不合脚，但是穿着好蹬马镫。我在那里放了一些我的袜子，可能有点大，但是很干净。”

“我相信你。”她说，“你会修车，又会盖房，肯定知道怎么用洗衣机和烘干机。我能试一下靴子吗？”

卢克把靴子递给她，索菲亚走向门廊的时候，他试图不去赞叹她穿着的贴身牛仔裤。狗跟在她后面，摇着尾巴，舌头在嘴边耷拉着，就像找到了一位新任的好伙伴。索菲亚坐下的时候，狗就开始用鼻子碰她的手，这是一个好迹象，狗平常对人可没这么友善。他看着索菲亚在阴凉处脱下她的平底鞋。她的动作优雅流畅，穿上袜子后把脚舒适地伸进了靴子里，她站起来试探性地走了几步。

“我从来没有穿过牛仔靴，”她盯着她的脚说，“看起来怎么样？”

“你看起来像是穿着牛仔靴。”

她轻松而欢快地笑了，在门廊上迈了几大步，然后又盯着脚上的靴子看。“我想也是。”她转头看着他说，“我看着像是女牛仔吗？”

“你还缺少一顶牛仔帽。”

“让我试试你的帽子。”她朝他伸出手说。

卢克朝她走过去，摘下帽子，感觉昨天晚上骑牛时的状况都比目前的更在自己的掌控中。他把帽子递给索菲亚，她随手戴在头上，帽子向脑后方向倾斜。“如何？”

完美，他心想着，比他以前遇到的任何姑娘都要完美。他微笑着，喉咙突然变得很干，想着自己这次真的是遇上大麻烦了。

“现在真的像女牛仔了。”

她咧嘴笑着，很高兴听到卢克那么说。“如果你没意见的话，我今天就戴着这顶帽子了。”

“我还有很多帽子。”他几乎听不到自己的声音。他又摆动了一下靴子，试图保持重心稳定。“你昨晚还好吧？”他问道，“我一直在想你后来有没有遇到什么别的麻烦。”

她从门廊上走下来。“我很好，玛西亚还在原地。”

“布莱恩没有再骚扰你吧？”

“没有，”她回答道，“我想他是担心你可能还在附近。而且，我们后来也没待多长时间，只待了差不多半个小时。我那时候累了。”此时，索菲亚走近卢克，“我喜欢这双靴子和帽子，穿着很舒服，我应该去谢谢你妈妈，她现在在吗？”

“不，她住在主屋。但是我可以晚点告诉她。”

“什么？你不想我见她？”

“不是，只是她今天早上有点生我的气。”

“为什么？”

“说来话长。”

索菲亚微微倾着头看着他。“我昨晚问你为什么要骑牛的时候，你也是这么说的，”她评论道，“我想你的‘说来话长’的真实意思是‘我不想谈论这个话题’。我说得对吗？”

“我不想谈论这个话题。”

她欢快地笑了，脸色泛红。“接下来做什么？”

“我们直接去谷仓吧，”他说，“你说你要去看看那个地方。”

她挑起一边眉毛说：“你知道我来这里并不是为了看那个谷仓的，对吗？”

七

索菲亚

这话刚说出口索菲亚就暗自想，这样是不是有点太直接了。

这都怪玛西亚，要不是她纠缠索菲亚一个晚上加整个上午，问她昨晚发生了什么，以及今天去卢克家牧场的事；要不是她让索菲亚换了两次自己挑的衣服，还不停地说“我真不敢相信你要和那位性感先生去骑马！”，索菲亚是不会那么紧张的。玛西亚说起卢克从来不用他的名字，而是以“万人迷”“性感先生”“惹火男”来称呼他。比如，“所以万人迷先生英雄救美了？”或者“你跟那个惹火男聊了什么呀？”或者只是“他真性感啊！”不难想象她为什么会在下高速后走错了出口。当她终于把车停好之后，感觉身上都有点冒汗。索菲亚此时正在焦虑的边缘，每当这个时候，她都会语无伦次，像是玛西亚和玛丽·凯特。然后她会犯老毛病，说出一些不该说的话。比如现在，比如昨天晚上她竟然说她想去骑马。

卢克的出现并没有缓解索菲亚的紧张情绪。他穿着棉条纹衬衫和牛仔裤朝她的车走来，牛仔帽下面露出棕色卷发，长长的睫毛后面一双蓝色的眼睛略带羞涩地看着她，让她不由得怦然心动。她喜欢他……真的喜欢。不仅如此，她对卢克还有一种说不清的信任感。在索菲亚的心里，卢克是一个明辨是非、充满正义感的人。他不会伪装，而且让人一目了然。当索菲亚使他惊讶的时候，她立即就能看出来；而当她开他玩笑的时候，他也乐于自嘲。就在他终于说起谷仓的时候，她真的是情不自禁。

当索菲亚发觉卢克有点脸红的时候，他把脸侧向一边进屋取了另一顶牛仔帽。他回来的时候，两个人就一左一右地出发了，脚步声很有节奏感。狗在他们前面，不时转头跑向他们，不时又朝另一个方向飞奔而去，简直是活力的代名词。走着走着，索菲亚紧张的心情渐渐平复了。他们绕过了房前的小树林，走向牧场的主干道。牧场的全景展现在她眼前。一片高大的树林前面是牧场的主屋，远远就可看到主屋的大门廊和黑色的百叶窗。主屋后面便是那座老谷仓，水草茂盛的草场一直延伸到绵延起伏的青山下，远处的小湖边，可以看到星星点点的牛群，蓝色的天际线下烟雾缭绕的大山就像一张风景优美的明信片。主干道的另一边整齐地种着几排圣诞树，风吹过树林，发出优美绵长的声响。

“真不敢相信你在这样的地方长大。”她深吸了一口牧场的新鲜空气，指着那栋主屋问道，“那是你妈妈住的地方吗？”

“实际上我出生在那间农舍里。”

“真的吗？是因为马跑得不够快，没法及时送你妈妈去医院吗？”

他笑了，看起来比索菲亚刚到那会儿放松了很多。“隔壁牧场有一个接生婆，是我妈妈的好朋友，何况在家接生可以省不少钱。我妈妈就是那样的人，在持家方面，她是很会精打细算的。”

“在生孩子这事上也是这样吗？”

“我觉得她不会被生孩子这事影响，住在牧场上，生产这事见多了，更何况她自己也是在这栋屋子里出生的。她可能觉得这没什么大不了的。”

索菲亚的靴子踩着路上的小石，发出细碎的声响。“你们家拥有这个牧场多久了？”她问道。

“很久以前，我的曾外祖父在20世纪20年代买下了这座牧场的大部分土地，在大萧条时期，他扩充了牧场，他是一个很精明的生意人。从那以后，我外公继承了牧场，现在是我妈妈在管理，她22岁就接手了这座牧场。”

卢克回答的时候，索菲亚眺望整个牧场，尽管邻近高速公路，牧场看着仍然很广阔。他们穿过农舍，在远处是一些历经沧桑的木制建筑，周围竖着一圈篱笆。起风的时候，索菲亚可以闻到松树和橡树的芳香。对于长时间待在大学校园的她来说，这里的一切都是那么新鲜。就像卢克一样，她想，试图让自己的注意力放在观察牧场上。她指着那些建筑。“这些都是做什么的？”

“最近的这个是鸡舍，我们在那里养一些小鸡；后面那个是养猪的地方，不多，每次只养三四头，我昨晚跟你说过，我们牧场主要养牛。”

“你们有多少牛？”

“超过200对，”他说，“另外，我们还有9头公牛。”

她皱了一下眉，问道：“对？”

“一头母牛和一头小牛。”

“那为什么你不干脆说你们有400头牛？”

“我猜牧场计数的规矩就是这样的，这样你就知道当年可供销售的牛的数量了。我们不卖小牛，有些牧场卖，那叫作小牛肉。但是我们牧场主打的产品是纯天然吃草的有机牛肉，供应给一些高端的餐厅。”

他们沿着篱笆围栏，走到一棵古老的橡树下。橡树枝叶繁茂，像蜘蛛的脚一样伸向四面八方。茂密的枝叶汇成绿色的穹顶，当他们进入树荫下的时候，惊起了一片鸟鸣。他们继续向前走着，不一会儿，那个谷仓映入索菲亚眼帘。它确实如卢克所言，看上去破败不堪。整个纤细的框架由腐烂的木板连接着。藤蔓和野葛爬满谷仓一侧，屋顶处还有一部分瓦片已经缺失。

他对着谷仓点点头。“你觉得如何？”

“我在想你为什么不发发善心，干脆把它铲平了。”

“它比看起来牢固得多，我们是为了给来访的客人留下一种年代久远的印象。”

“也许吧。”她带着些许怀疑的表情说，“或者是你从来没有修缮过它。”

“你怎么能这么说呢？你应该看看它没被修缮前的样子。”

她笑了，觉得卢克真的很风趣。“这是你关马群的地方吗？”

“你是开玩笑吧？我才不会把它们放在这个死亡陷阱里。”

这次，她情不自禁地大笑了。“那这个地方是用来做什么的？”

“大部分时候是作为储藏间的。机械牛就放在里面，这也是我练习的地方。除此之外，这里主要放着废旧的东西：几辆报废的卡车、一辆20世纪50年代的拖拉机、用过的水泵、坏了的热力泵、被掏空的发动机。这些东西大部分都是破铜烂铁，但是就像我跟你说的，我妈妈对开支控制得不是一般的紧。有时候我可以从这堆东西里面找到修其他东西可以用的零件。”

“你经常可以从里面找到有用的东西吗？”

“不是很经常，但是在我订购一个零部件之前，一定要去里面翻一遍，这也是我妈妈设立的规矩之一。”

谷仓一边是一个小马厩，用一面开门的中等大小的畜栏围着，马厩里三匹挺拔的骏马打量着走过来的他们，索菲亚看着卢克打开了马厩的门，从手里一直带着的麻布袋里拿出三个苹果。

“‘马’过来！”随着卢克一声命令，一匹栗色的马向他走来。另外两匹马紧随其后。“‘马’是我的，”他解释道，“另外两匹叫作‘友善’和‘魔鬼’。”

她犹豫了一会儿，双眉紧锁地沉思着。“我想我应该骑‘友善’，对吧？”她说。

“我不会让你骑它的，”他说，“它会咬人，会试图把你摔下马背。除了我妈妈，它谁也不让骑。‘魔鬼’反而要温顺很多。”

她摇摇头。“你到底是怎么给这些动物起名字的？”她转向牧场的时候，“马”已经走到跟前了，它个子很高，让索菲亚觉得自己矮了很多。她快步后退，但是“马”好像只关注着卢克和苹果，根本没有注意到她。

“我可以摸摸它吗？”

“当然可以，”他说着，把苹果喂到马儿嘴边，“它喜欢别人摸它的鼻子和挠它耳朵后面的部位。”

她还没有准备好要去碰它的鼻子，但是她用手指温柔地抚摸着它的耳后部位，看着它的耳朵舒服地倾斜着，嘴里继续嚼着苹果。

卢克让“马”站住不动，索菲亚看着他做骑马前的准备工作：先是绑好缰绳，然后放好衬垫，最后才放上马鞍。卢克每一个动作都很熟练自然，他弯腰的时候，牛仔裤撑得很紧，看得索菲亚面红耳赤。卢克真是她见过的最性感的男人。卢克给“马”上完马鞍，转身去给“魔鬼”上马鞍，此时，她快速转身，假装看着梁架。

“好了，”他说，调整好马镫的长度，“你准备好了吗？”

“没太准备好，”她承认道，“但是我会尝试，你确定它很温顺？”

“它就像婴儿一样温顺，”卢克让她放心，“抓住马鞍的顶角，把左脚上的靴子伸进马镫里，然后另一只脚跨过马背。”

她按照卢克说的那样去做，爬上马背的瞬间，心跳就开始加速。她挪了挪臀部让自己舒服一些，这时她才意识到自己坐着的是一团巨大的肌肉，随时准备运动。

“嗯，比我想象中要高很多。”

“没事的。”他说，把缰绳递给她。她还没来得及拒绝，卢克已经轻松自如地跃上了马背。

“骑‘魔鬼’不需要做很多，”他说，“只需要拉一下脖子上的缰绳，它就会转向，就像这样；要让它往前走，就用你的脚后跟碰一下它的肚子两侧；要让它停下来，就往后拉缰绳。”卢克示范了几次，确保索菲亚掌握这几个动作要领。

“你没忘记这是我第一次骑马吧？”她问道。

“你告诉过我。”

“你知道就好，我不想有任何疯狂的举动，不想摔下马背。我们寝室里有个姐妹，就因为骑马摔断了胳膊，我可不想跟她一样戴上石膏，我还得写毕业论文呢。”

他挠了挠自己的脸颊，等待着。“你说完了吗？”他问道。

“我只是说一下基本原则。”

他叹了口气，摇摇头，被索菲亚逗乐了。“城里姑娘。”他说，抖动一下手腕，“马”转身开始往前走。一会儿之后，卢克往前探身，提起谷仓的门闩，然后推开门，走出去，畜栏挡住了她的视线。

“你跟着我走就行。”他对着索菲亚的方向喊。

她的心跳得很快，嘴里像锯末一样干燥，她深呼吸，心想自己没有理由做不到。她会骑自行车，骑马跟骑自行车也没什么大不相同，是吧？有些人天天骑马，有些小孩都会骑马，这能有多难？就算很难，那又怎样？她可以努力学习。阿尔代尔教授的英国文学很难；当她的朋友们都去城里玩，而她却在熟食店连续工作14个小时很难；布莱恩的背叛让她伤心欲绝的时候也很难。她鼓起勇气，抖动缰绳，用脚踢了一下“魔鬼”两侧的肚子。

没有任何反应。

她又踢了一次。

它的耳朵动了动，但还是像座雕塑似的站着不动。

好吧，真不是那么简单，她暗自思忖。“魔鬼”很明显想待在家里不走。

卢克和“马”往回走了走，他抬起帽子的一边，问道：“你要过来吗？”

“它就是不动。”她解释道。

“用脚踢它一下，告诉它你要它做什么。学会用缰绳，要让它感觉到你知道自己在做什么。”

她想，这事真是希望渺茫，她自己都不知道自己在做什么。她又踢了一下马肚子，还是没反应。

卢克指着它就像老师责骂一个小孩一样。“不要乱来，‘魔鬼’，”他终于开口喊道，“你吓到她了，快点过来。”奇迹出现了，索菲亚什么都没做，卢克的这些话就让“魔鬼”开始往前走了。但是它突然走起来让索菲亚有点不知所措，她坐在马鞍上突然后倾，为了保持平衡，身体本能地前倾。

“魔鬼”的耳朵又动了动，好像在想自己现在经历的一切是不是在开玩笑。

她双手紧握缰绳，正准备让它转弯，但是“魔鬼”根本不需要索菲亚指示。它穿过畜栏的门，对着“马”喷了一口气，然后停下来，卢克关上她身后的畜栏门，然后回到索菲亚身边。

他骑着“马”，缓慢而平稳地走着，而“魔鬼”也安然自在地走着，不需要索菲亚任何指示。他们一起穿过车道，走到一条小道上，小道的一边排列着一排圣诞树。

这儿浓郁的常青树香味更浓烈了，让她想起了假期。索菲亚逐渐习惯了“魔鬼”行走的节奏，感觉身体放松了很多，呼吸也恢复了正常。

小树林的尽头是一片不大的森林，大概一个足球场那么大。马儿们挑了一条杂草丛生的路，在其中漫不经心地散步，上坡，下坡，渐渐深入野外的世界。他们离身后的牧场越来越远，索菲亚逐渐感觉她身处在一片异境。

他们走进森林深处的一路上，卢克任由索菲亚沉浸在自己的思绪中。狗跑在他们前面，鼻子冲着地面，东窜西窜，一会儿消失在树林中，一会儿又出现在他们前面。索菲亚低下头躲过垂得较低的枝叶，她用眼角的余光看着卢克也在做同样的动作。路上的石头越来越多，铺着厚厚的落叶。森林中长着一簇簇黑莓树丛和冬青树丛，簇拥着长满青苔的橡树树干。松鼠在山胡桃树间飞速蹿动，不时发出警示的叫声；一束束阳光穿过厚厚的树叶层，洒在地上，让索菲亚感觉身临梦境。

“这里真美。”索菲亚说，她的声音在自己的耳朵中也有点陌生。

卢克坐在马鞍上转头看索菲亚。“我希望你喜欢这个地方。”

“这里的土地也是你们的吗？”

“有一部分是，我们和相邻的牧场共有这块地，作为防风林和牧场范围边界。”

“你经常骑马来这里吗？”

“我以前常来，但是最近来得少。只有栏杆坏了，或者有牲口走到这里，我才会过来。”

“你不会常常带别的姑娘来这里吧？”

他摇摇头说：“我从来没带过别的姑娘来这里。”

“为什么不呢？”

“我想我只是从来没有想到这事。”

说到这里，卢克跟索菲亚一样对此感到有些惊讶。狗小跑回来，看看他们俩有没有问题，然后又独自溜达去了。“那么跟我讲讲你的前女友安吉吧，我没叫错吧？”

他轻微挪动了一下身体，有些惊讶于她还记得安吉的名字。“真没有什么可讲的，就像我之前跟你说的那样，那只是高中时代的事情。”

“你们是为什么分手的？”

卢克看似思考了一会儿，然后回答说：“我高中毕业后那周参加了比赛巡回比赛，那时候我没钱坐飞机去参赛，只能长途跋涉开车去。一般情况下，我周四出发，到下周一、周二左右才能到家。有些时候，一连几周都不回家，她不想过这种生活，我也不怪她，更何况长期在外将会是我的生活常态。”

她琢磨着卢克的话。“那么它是怎么运作的呢？”她挪了挪在马鞍上的坐姿，“我的意思是你要如何才能成为一名骑牛选手。”

“其实也没什么，”他回答道，“你要通过PBR拿到入场券……”

“什么是PBR？”她打断他说。

“职业牛仔联盟，”他说，“他们是比赛的运营方，运营模式基本上是这样的：注册后缴纳参赛费。比赛的时候，通过抽签抽出一头牛，然后他们让你骑。”

“你的意思是任何人都可以参加？比如我有一个哥哥，他决定明天就开始骑牛，他就可以参加比赛是吗？”

“差不多。”

“这太荒唐了。要是有些人根本就没有经验呢？”

“那他们很可能受伤。”

“那还用说？”

他笑了，挠了挠帽檐下的部位。“规则一直都是这样的。在竞技比赛中，大部分奖金都来自选手的参赛费。那就意味着高手总是希望遇到更多差劲的对手。那样的话，他们就可以从比赛中获得丰厚的收入。”

“听起来有些无情。”

“不这样那该怎样？你大可在家训练，但是要看看自己到底行不行，唯一方式就是参加比赛，真刀真枪地干一场。”

回想昨晚，她估摸着有多少选手是第一次参加比赛。“好吧，如果这个人跟你一样获得了比赛胜利。接下来会怎样呢？”

他耸耸肩。“骑牛比赛和传统的竞技比赛有所不同。如今骑牛比赛有它自己的巡回赛，更准确地说有两种巡回赛。一种是我们经常在电视上看到的那种大型比赛，一种是小型巡回赛，就像小职业球队联盟。如果你在小职业球队联盟中获得足够的积分，就能晋升到职业联盟。在骑牛比赛中，只有正式的大型比赛才有丰厚的奖金。”

“那昨晚的比赛呢？”

“昨晚的比赛属于小型比赛。”

“那你参加过大型比赛吗？”

他弯下身，拍了拍马的颈部。“我在大型比赛中有5年的参赛经历。”

“你表现好吗？”

“还可以。”

她评估了一下他的答案，记得他在昨晚比赛获胜时也是这样说的。“为什么我觉得你比你暗示的要厉害很多。”

“我不知道。”

她注视着卢克。“你最好还是跟我说实话，别忘了，我可以在网上搜索你。”

他身体坐直。“我连续4年参加职业骑牛联盟世界锦标赛。要参加世界锦标赛，世界排名必须在35名之前。”

“也就是说，你是最优秀的选手之一。”

“那只是以前了，我现在算是重新开始。”

他们聊着聊着，就到了河边的一小片空地处，他们在河岸高地处让马站住。河并不宽，但是给索菲亚一种静水流深的感觉。几只蜻蜓轻触水面，激起层层涟漪，圈圈的波纹扩散到河岸边，打破了水面的平静。狗躺在地上，无力地喘息着，舌头耷拉在嘴边。在不远处的大橡树下，索菲亚看到一块像是露营处的阴凉地，那里有破旧的野餐桌和遗留的篝火堆。

“那是什么地方？”她整了整帽子问道。

“我爸爸以前经常带我来这里钓鱼。那块水域的水下有一棵被淹没的树，是抓鲈鱼的好地方。我们以前在这里一待就是一天，这里就像是仅仅属于我们俩的秘密空间。我妈妈讨厌鱼腥味，所以我们抓到鱼后，就地清洗、煮好，然后带回农舍。有些时候，我爸爸会在训练完后带我来这里看天上的星星。虽然他没有上过高中，但是他可以在星空中找出每一个星座指给我看。在这个地方，我曾度过我生活中最美好的岁月。”

她抚摸着“魔鬼”的鬃毛。“你很想他吧。”

“一直都很想，”他说，“来到这个地方让我能更好地记住他，他应该被这样记在我的心中。”

索菲亚听出了卢克话中的失落之情，也感觉到他身体有些发紧。“他是怎么死的？”她声音轻柔地说。

“我们参加完在南卡罗来纳州格林维尔市举办的比赛，开车行驶在回家的路上。那时候已经很晚，爸爸很累了，一头鹿突然间跑到高速上，想横穿公路。他根本没有时间打方向盘，那头鹿撞破了前挡风玻璃。卡车在公路上翻滚了三圈，一切都太晚了，强烈的撞击折断了他的脖子。”

“那时候你也在车里吗？”

“是我把他从卡车残骸中拖出来的，”他说，“我记得我抱着他，发疯般的想让他醒过来，直到救护车到来。”

索菲亚脸色苍白。“我甚至都想象不了这样的事。”

“时至今日，我还是难以接受，”他说，“一分钟之前，我们还在聊着我的比赛，一分钟之后，他就永远离开我了。这一切是那么的不真实，现在想起来，我还是缓不过神。他不仅是我的爸爸，也是我的教练、搭档、好友，而且……”他沉浸在过去的思绪之中，然后慢慢地摇着头，“我不知道我为什么告诉你这些。”

“没事的，”她声音温和地说，“我很高兴你跟我说这些。”

听了她的话，卢克感激地点了点头。“跟我说说你的父母吧！”

他说。

“他们很有激情，”她开口说道，“对任何事情都是那样。”

“你的意思是？”

“你要跟我们生活过才能理解。他们可以在我们面前疯狂秀恩爱，一会儿之后又针锋相对破口大骂。他们对很多事情都有深刻的见解，从政治到环境，从我们饭后该吃多少饼干，到我们今天应该说哪种语言……”

“语言？”他突然插嘴问道。

“我父母希望他们的孩子们会说多种语言，所以周一时我们说法语，周二时说斯洛伐克语，周三的时候说捷克语。刚开始的时候，这真是把我和我的妹妹们逼疯了，特别是当我们的朋友来我们家玩的时候，因为他们谁也听不懂我们在说什么。我父母对我们的学习成绩要求很苛刻，我们要在厨房里学习。考试前，我妈妈会考我们。我跟你讲，如果我考了一个不怎么理想的分数回家，对我父母来说就像是世界末日。我妈妈会拧她的手，我爸爸会当面告诉我他对此有多么失望。然后我就会感觉很愧疚，不得不把考过的课程重新学习一遍。我知道他们这样是为我好，不想我跟他们一样辛苦地活着，但是有时候真的感觉很有压迫感。除此之外，我们大家都要在熟食店里帮忙，这就意味着我们常常生活在一起……后来大学生活开始了，我终于可以选择过自己想过的生活。”

卢克抬起一边眉毛说：“而且你选择了布莱恩。”

“你这话有点像我父母的口吻，”她说，“他们从一开始就不喜欢布莱恩。虽然他们在有些事情上比较疯狂，但他们还是很聪明的，我应该听他们的话。”

“大家都会犯错误，”他说，“你会说多少种语言？”

“4种，加上英语。”她像卢克那样往上推了推帽檐，回答道。

“一种，加上英语。”

她笑了，很喜欢他的回复，也很喜欢他。“我不知道这对我有什么好处，除非我要去欧洲的博物馆工作。”

“那你想去吗？”

“也许吧，我也不知道。现在我愿意去任何地方工作。”

他安静地听着索菲亚把话说完，思索着索菲亚对他说的话。“听你说这些，我有些后悔上学那会儿不上心。我不是一个坏学生，但也不算优秀。那时候我学习不太用功。但是现在，我忍不住会想要是自己也能上大学就好了。”

“上大学的确比骑牛要更安全一些。”

索菲亚虽然是开玩笑才这样说的，但是卢克并没有笑。“你说得很对。”

离开河边的空地之后，卢克带她参观了牧场的其他地方，他们的话题也从一个换到另一个。狗在他们不远处闲逛着。他们在圣诞树之间骑行，绕开蜂房所在的区域，卢克带她穿越连绵起伏、牲口成群的草地。他们无话不谈，从他们各自喜欢的音乐和电影，到索菲亚对北卡罗来纳的印象。索菲亚跟卢克讲她妹妹们的事情，在城市中成长的经历，还有在与世隔绝的维克森林大学中生活的点点滴滴。虽然他们的世界不尽相同，但是索菲亚惊奇地发现卢克感觉她的世界很精彩，就像索菲亚觉得卢克的世界很丰富一样。

骑着骑着，索菲亚在马鞍上变得更加自信。她开始让“魔鬼”小跑，最后开始慢跑。卢克一直和索菲亚并行着，告诉她身体不要太靠前也不要太靠后，提醒她放松缰绳，并随时准备抓住可能摔落的她。她不喜欢骑马小跑的感觉，但是当马开始慢跑的时候，索菲亚发现自己更容易适应这种稳定、起伏的节奏。他们从围栏的一侧骑到另一侧，然后又折回，这样来回骑了四五个来回，每一个来回都比之前更快一些。对自己更加自信一些后，索菲亚踢了踢“魔鬼”，催促它跑得更快些。卢克稍不留神，索菲亚就跑开了，卢克花了一小会儿才赶上她。他们再次并肩骑行的时候，索菲亚感觉到清风拂面的清爽，紧张与兴奋交织在一起。在回去的路上，索菲亚催促“魔鬼”跑得更快，几分钟之后，他们才让马停下来，索菲亚开怀大笑，肾上腺素激增的紧张感和兴奋感充斥全身。

当回荡在牧场上的笑声平息之后，他们往马厩方向徐徐骑行。到马厩之后，两匹马都还在喘着粗气，身上冒汗。卢克把马鞍卸下来之后，索菲亚和他一起梳着马毛，让它们平息下来。索菲亚给“魔鬼”喂了一个苹果，她已经初次感觉到了骑马后两腿的阵阵酸痛，但她丝毫不在意。她终于学会骑马了，一股骄傲和满足感油然而生，她挽着卢克的手臂，往房子方向走着。

他们悠闲地散着步，谁也没有开口讲话。索菲亚在脑海中回顾着今天的事，对自己来到这里感到开心。她可以看出，卢克也跟她一样内心平静而满足。

他们快到家时候，狗朝门廊上的水碗跑去，它一边喘息一边用舌头喝着水，喝完之后就趴在地上了。

“它累坏了。”她说，被自己的说话声音吓了一跳。

“它会没事的，我每天早上骑马出去的时候它都跟着我。”他摘下帽子，抹去眉毛上的汗水，“你要喝点什么吗？”他问道，“我不知道你现在什么感觉，但是我真的很想喝瓶啤酒。”

“听起来好极了。”

“我马上回来。”他说完往屋里走去。

他走开的时候，索菲亚打量着他，试图理解他对她来说不可抗拒的魅力。这种事谁能说得清道理呢？当她思绪还停留在这件事上的时候，卢克拿着两瓶冰啤酒出现了。

他拧开瓶盖递给索菲亚一瓶，这时他们手指轻微碰触。他示意索菲亚朝摇椅走去。

她坐下来，背靠着摇椅深呼一口气，她的帽子因此有点前倾。索菲亚几乎忘了自己还戴着帽子，她把帽子摘下放在腿上，然后喝了一口啤酒，感觉很冰爽。

“你骑得很好。”他说。

“你的意思是对于初学者来说，我骑得不错。我还没准备好参加竞技比赛，但是真的很好玩。”

“你天生的平衡感很好。”他注意到。

但是索菲亚并没有在听，她的目光被房子墙角处突然出现一头小牛吸引过去了。它看起来对卢克和索菲亚非常感兴趣。“我想你的一头牛跑出来了。”她指着卢克身后的方向，“是一头小牛。”

他顺着索菲亚的目光看过去，他的脸上露出欢乐的神情。“那是‘泥打滚’，我不知道它是怎么做到的，但是它每周都来这里几次，一定是围栏某个地方破了，但是我还没找到。”

“它喜欢你。”

“它爱慕我。”他说，“去年3月，天气又湿又冷，它不小心陷入泥潭中。我用了几个小时的时间才把它拉出来，之后我不得不用奶瓶喂了它几天。从那以后，它就经常来这里转悠。”

“真好。”她说，试图不过分盯着他看，但发现这很难做到，

“你在这里的生活很有趣。”

他摘下帽子，用手指理了理头发，然后喝了一口啤酒。他开口说话的时候，声音里少了些她已经习惯了的保留。“我可以跟你说一件事吗？”他过了好一会儿才继续说，“而且我希望你不要误解。”

“什么事？”

“是你让这里的生活看起来比实际上有趣许多。”

“你在说什么？”

他开始揭瓶子上的标签，用大拇指剥落标签纸，她感觉卢克不是在寻找答案，而是在等待答案。他把脸转向她。“你是我遇到过的最有趣的女孩。”

她想说点什么，说点什么都好。但是她感觉自己已经淹没在那双碧蓝色的眼睛中，她的语言似乎已经干涸。与此同时，她看着卢克慢慢靠近自己，犹豫了一下，然后头微微倾斜，接下来她只知道，她的头也跟着慢慢倾斜，他们的脸慢慢靠近。

这个吻并不长，也不那么热烈，但是当他们的嘴唇接触的时候，她突然很确切地感觉到，从来没有哪件事情像这个吻一样从容自然，这一吻是这个完美下午的完美结尾。

八

艾勒

我这是在哪？

我想了一会儿这个问题，然后在座位上移动了一下，一阵剧痛给出了答案。我手臂和肩膀爆发出一阵白热化的剧痛，像是瀑布般汹涌而下。我的头很痛，像是裂成碎片的玻璃，我的心脏开始跳动，好像压在胸口的一块石头被挪开了。

过了一夜，车已经变成了一个冰屋。挡风玻璃上的雪泛着微光，这说明太阳已经升起来了。现在是2011年2月6日星期天早上，我眯着眼看了一下表盘，此时是7点20分。昨晚，太阳是5点50分下山的，之后我在黑夜中开了大概一个小时，然后我就冲出了高速。这就是说，我已经困在车里超过12个小时了，虽然我还活着，但是此时此刻我能感觉到的只有恐惧。

我以前经历过这种恐惧。陌生人肯定看不出来我打过仗。就像来店里的顾客那样，他们知道我参加过二战后都很惊讶。我从来没有提起过这事，只跟露丝讲过一次战争中我身上发生了什么，之后我们再也没有提起过。那时候，格林斯博罗还不是现在这个样子，从很多方面来说，它只是一个小城镇，很多跟我从小到大认识的人都知道我在欧洲打仗时受过伤。但是他们像我一样，战后并不想谈起战争的事。对一些人来说，那段记忆实在是难以忍受；而对另一些人来说，未来比历史更能引起他们的兴趣。

如果有人问起来，我会说我的故事不值一提。如果对方还是坚持要听更多细节，我会告诉他们我是1942年6月参加美国空军的，在入伍仪式后，我和其他新兵一起坐上了前往位于圣安娜的空军招待中心。这是我第一次西部之旅，再之后的一个月，我在那里学会了服从命令、洗厕所和正确的行军姿势。之后，我被送到奥克斯纳德的米拉洛马飞行学院的初级飞行班，在那里我学习了一些飞行基础知识，如气象学、导航学、空气动力学和机械学。这段时间，还有一个导师教我飞行，我第一次独立飞行也是在米拉洛马。在这里的三个月时间，我累积了足够多的学时，之后我来到了塔夫特的加德纳基地进行下一阶段的训练。后来，我又辗转到新墨西哥州罗斯威尔接受更多的训练，然后再回到圣安娜，最终开始飞行员正式训练。然而，在那里的训练完成之后，整个训练还没有结束。我又被送到萨克拉门托的马瑟基地，加入了高级飞行学院，学习如何通过星星及地面上的可见参照物使用航迹推算法，辨别飞行方位。在那之后，我才最终接到了军队的任命。

又过了两个月，我才被送到欧洲战场。在这之前，我们先是被送到得克萨斯州，被分配到B-17轰炸机方队，最后才到英格兰。到了1943年10月，我才第一次接受战斗任务，在这之前我已经在美国本土训练了近一年半的时间，离真正的战场说有多远就有多远。

别人或许不喜欢听这样索然无味的战争故事，但这确实是我的亲身经历。我的战争经历无非就是训练、转移、接着训练，同时，享受着闲暇的周末。在军队的这段时间，我第一次去到加利福尼亚海滩，也是在那里第一次看到太平洋；我也有幸来到了加利福尼亚州北部，看到了令人震撼的巨型水杉。破晓时分，我感受到飞越沙漠时心中油然而生的敬畏之情。当然，说起我的战争经历，不能不提到乔·托里，我一生的挚友。

我和乔并没有什么共同点。他是个来自芝加哥的天主教徒，同时也是个棒球运动员，一笑起来可以看到他牙齿之间缝隙很大。他每说两句话必有一句带脏字；经常开怀大笑，也爱开自己的玩笑，周末放假的时候，每个人都愿意拉他一起玩。他们会邀请乔一起玩扑克，跟他一起出市区溜达，因为很多姑娘似乎也认为乔有着难以抗拒的魅力。但是乔常常选择跟我待在一起，其中的缘由至今都还是一个谜。因为乔，我在军队中有了难得的归属感。我第一次喝啤酒是和乔一起，那时候我们坐在圣塔莫尼卡码头；我第一次，也是唯一一次抽烟，也是跟乔在一起；我对露丝思念难耐时，是乔在我旁边一直倾听我的诉说，直到我感觉好一些。跟我一样，乔在老家也有一个未婚妻在等他回家，是一个名叫玛拉的美丽女子。他曾对我说他并不那么在乎参军会发生什么事，只要他可以回到他的爱人身边。

很巧的是，乔和我被分配在同一架B-17轰炸机上。我们的队长是巴德·拉姆齐上校，他是一名真正的战斗英雄，也是一名天才飞行员。他已经完成了一轮战争任务，现在再次被委以重任。他在万分紧急的情况下仍然能够保持沉着冷静，我们很荣幸由他作为我们的指挥官。

我真正的作战经历始于那年10月2日，我们奉命袭击位于埃姆登的潜艇基地。两天后，我们和其他300架轰炸机组成了一个空中中队汇聚于法兰克福。10月10日，我们轰炸了位于明斯特的火车枢纽站，然后到了10月14日，那天成为这次战争中著名的黑色星期四，我的战争经历也是在那一天彻底终结。

那天我们的轰炸目标是一个位于施韦因富特的滚珠轴承工厂。几个月前，这个地方已经被我军轰炸过一次，但是德国人的修缮工作做得很快。由于轰炸地点离基地很远，我们的轰炸机编队并没有战斗机的掩护，而敌军已经预料到了这次的轰炸行动。当我们快到轰炸目标上空的时候，海岸线上空出现了成群的德军战斗机，他们一路夹击我们的空军中队。当我们到达轰炸范围的时候，高射炮在空中不停地炸响，整个城市笼罩在厚厚的烟雾之中。我们刚刚投下飞机上装载的炸弹，很多敌军战机突然从四面八方飞来，把我们团团围住。一架架轰炸机被打中，机身着火，盘旋着冲向地面。仅仅过了几分钟，我们整个空中编队就已经被撕得支离破碎。我们的机枪手前额中弹，摔向飞机尾部。出于本能，我爬到他的座位上开始射击。我浪费了将近500发子弹，都没有伤到敌机皮毛。那时候，我并没有想到自己会幸存下来，因为恐惧，我只知道不停地扫射。

飞机一侧已经被敌机的炮火击中，随即是另一侧。从我的位置可以看到机翼上被撕扯出了一个巨大的洞。我们的飞机失去了一个引擎，开始剧烈震动，发出我从未听过的巨大轰鸣声，而巴德仍在卖力地操控着飞机。飞机突然倾斜，急转而下，后面拖着滚滚硝烟。战斗机还在纠缠着我们，更多的高射炮射穿了机身。我们的飞机开始快速下降。300米，600米，1500米，2400米……但是巴德还是奇迹般的把飞机控制住了，机头不知怎么地开始上升，我们的飞机很神奇地又飞起来了。此时我们已经脱离了编队，在敌人的领空孤军奋战，而高射炮还在飞机附近炸响。

巴德把飞机掉头，竭尽全力地往回飞。这时高射炮弹撕碎了飞机副驾驶，乔被击中了，他出于本能地转头看向我，眼睛因难以置信而大大地睁着，试图呼唤我的名字。我冲向他，想做些事情，做点什么都好。但是突然间我摔倒了，全身无力。我理解不了发生了什么。那时候，我还没意识到自己也被打中了。我尝试站起来，去乔的身边帮他，但是我感觉到一阵刺骨的剧痛。我低头一看，我的下半身鲜血直流，眼前的世界开始压缩变小，然后我昏过去了。

我不知道我们是如何返回基地的，只能说巴德·拉姆西创造了一个奇迹。后来在医院的时候，我听说在我们的飞机降落之后，很多人都争相拍照，惊讶于我们的飞机竟然可以飞得动。但即使后来我恢复了体力，也一直没有勇气去看那张照片。

听人说，我本可能会死的。我们的飞机终于抵达英国的时候，我全身一半以上的血都流光了，脸色像天鹅般苍白。我的脉搏太弱，以至于医生很难在我的手腕上感觉到。但是他们还是把我推进了急救室。医生们都认为我活不过当晚，或者接下来的一晚。军方已经给我父母发了电报，告知我受了重伤，后续消息将随后告知。关于这个“后续消息”，空军部队指的不是别的，无非就是我的死讯。

但是第二封电报一直都没有发出去，因为不知道为何我活了下来。我之所以能活下来并不是因为所谓英雄般的意志力；我不是什么英雄，那段昏迷不醒的日子里，我毫无意识。醒来之后我不记得我做过任何梦，抑或是到底有没有做过梦。但是不知为何，在手术后的第五天，我突然醒了，汗水打湿了全身。听护士说，那时候我神志不清，痛苦地叫唤着。紧接着我腹膜炎发作，再一次被送进了急救室。我对这件事，或者是接下来的几天都没有任何记忆。我的发烧持续了13天，每当说起我的病情，医生都无奈地摇摇头。虽然当时我并不知道，但巴德·拉姆齐和其他活下来的机组人员来看过我，他们后来被派到其他飞机上继续战斗了。与此同时，一封宣布乔·托里死讯的电报被送往了他的父母手里。之后，英国皇家空军轰炸了卡塞尔，战争还在继续。

日历被翻到11月的时候，我的烧终于退了。当我睁开双眼的时候，我不知道自己身在何处。我想不起来发生了什么事，身体好像也不能动弹。我感觉自己好像是被活埋了，用尽浑身力气，才勉强发出点声音。

露丝。

此时阳光更亮，风也吹得更猛烈，但还是没人发现我的车。之前我感受到的那种恐惧感终于平息了，代替它的是我的思绪开始了神游。我意识到，下雪天被困在车里这事并不只发生在我一人身上。不久前，我在天气频道看过一个短片，说的是在瑞典，一个人跟我一样在大雪天被困在车中。那个小镇叫作于默奥，离北极圈不远，气温常常在零摄氏度以下。但是报道里说，大雪覆盖的车变成了冰屋一类的东西。如果这个人完全暴露在自然环境中，恐怕活不了多久。好在车内的温度比外面要高很多，而且那人穿得比较暖和，还带着一个睡袋。这个报道最精彩的部分还不是这个，最让人震惊的是这个人被困在车里64天后，终于得救了。医生说，他虽然没有食物没有水，仅靠吃几口雪，但是他的身体基本上进入了休眠状态，他的新陈代谢变得很慢很慢，所以才得以生存这么长时间。

天哪！整整64天。我刚看到这个报道那会儿，根本不敢想象这样的事情，但是现在想来，倒是有了一些实际意义。对于我来说，要是在车里待上两个月，意味着到4月初的时候才会有人找到我。那时候，雪早已融化，杜鹃花都已盛开，而且天气已经有了一丝的夏意。如果我是在4月份得救，救我的人想必是穿着登山裤、涂着防晒霜。

我确信有人会在此之前找到我。这点本应该让我感觉安心一些，但是并没有。虽然我这里的温度没有那么低，而且车里还有两个三明治，我并没有因此感到安心。我毕竟不是那个瑞典人。他只有44岁，而且没有受伤，而我已经91岁高龄，手臂和锁骨都断了，而且失血过多。我恐怕任何举动都可能导致自己昏厥，坦白讲，我的身体过去十年来就已经处于休眠状态了。如果新陈代谢再慢一些，恐怕就要永远躺着不动了。

如果说我还有一线生机的话，那就是我现在还不饿。对我这个年纪的人来说，这很正常。这几年来，我一直都没什么胃口。早上的时候，我都是勉强喝下一杯咖啡和一块烤面包。我现在很渴，我的喉咙像是被指甲抓了一样，但是我不知我能做些什么。虽然车里有一瓶水，但试图找到这瓶水将带来的折磨让我感到恐惧。而且我很冷，真的很冷。自从战争中负伤住院以来，我已经很久没有经历过这种让人全身颤抖的寒冷了。那次做完手术，烧也最终退了之后，我原本以为我的身体开始恢复，但是剧烈的头疼袭来，我喉咙处的腺体开始肿胀。我又开始发烧，在每个男人都不希望的部位，我感到一阵阵的酸痛。起初，医生满怀希望地认为，这次发烧应该与伤口相关。但是并不是，我隔壁床上的那个人也有同样的症状。几天之内，我们病房里又多了三个同样症状的病人。我们得的是流行性腮腺炎，这本是小孩子常得的病，但是放在成年人身上则更加严重。在所有人里，我的病情是最严重的，我的身体最虚弱，导致病毒吞噬我的身体长达三周的时间。当病情最终缓解的时候，我体重只有52公斤，身体十分虚弱，没人搀扶根本站都站不住。

又过了一个月我才出院，但是我没有再次获准飞行。我的体重依然很轻，而且没有战友可以倾诉。我得知巴德·拉姆齐的飞机在德国领空被击落，机上无人生还。起初，空中部队不确定如何安排我，但是他们最终还是决定把我送回到圣安娜。在那里，我成为一名新兵的教练，和别的教练一起工作直到战争结束。1946年1月，我退伍了。退伍之后，我坐火车去了一趟芝加哥，看望乔·托里的家人，然后回到了北卡罗来纳。

就像所有退伍老兵一样，我也想忘掉战争，但是我做不到。我既愤怒又痛苦，而且我恨我所变成的样子。除了施韦因富特上空的那次战斗，我的战斗经历并不多，但是战争的记忆在我心头阴云不散。整个余生，我都身负战争留下的创伤，这些创伤不在表面，但却不可能抹去。乔·托里和巴德·拉姆齐都是最好的人，但是他们都死了，我却活下了来，这份罪恶感一直都没有真正消失。那颗撕开我身体的高射炮弹给我的身体留下了一辈子的后遗症，一到冬日早晨，我步履维艰；我的胃也和以前不一样了：我不能喝牛奶，不能吃辛辣食品，我的体重也一直都没有恢复到从前那样。自从1945年以来，我就再也没有坐过飞机，我没法看完一场关于战争的电影，我也不喜欢医院。对我来说，这场战争和在医院的那段时光，彻底地改变了我的人生。

“你在哭。”露丝对我说。

要是在其他时候，其他地方，我会用手背抹去脸上的泪水，但是此时此刻，我实在做不到。

“我没有意识到。”我说。

“你睡觉的时候常常会哭，”露丝对我说，“我们刚结婚那会儿，我晚上会听到你的哭声，这让我心碎。我会抚摸你的后背，让你平静下来.你有时候会转过身然后安静下来，但是有时候，你一整夜都在哭泣，到了早上的时候，你就告诉我你忘了自己为什么会哭。”

“有时候我没忘。”

她盯着我看。“但是你有时候会忘。”她说道。

我透过眼角的余光看着她，她形态好像液体，我就像是透过夏天柏油路面升腾起的热浪看她一样。她穿着海军蓝色的连衣裙，戴着白色的发带，她的声音听起来成熟了很多。我想了一会儿，才意识到这时她23岁，当时我刚退伍回到老家。

“我刚才在想乔·托里。”我说。

“你的朋友，那个在旧金山一口气吃完5个热狗、请你第一次喝啤酒的那个朋友。”她说道。

我没有跟她说起过那支烟的事，她要是知道肯定不同意我这么做的，她很讨厌烟味。这好像是在说谎，但很早之前我就说服自己这才是正确的选择。“是的。”我说。

晨光给露丝笼罩了一层光环。

“要是我能见见他就好了。”她说。

“你会喜欢他的。”

露丝清了清嗓子，思索着，然后转过头去。她看着被雪覆盖的车窗，沉浸在自己的思绪之中。这辆车是否会成为我的坟墓？

“你也在想在医院里发生的事。”她喃喃道。

我点点头，同时她发出一声满是倦意的叹息。

“你没听到我说的话吗？”她再次转向我说，“我不在乎那个，我不会对你撒谎。”

“你不是故意对我撒谎的。”我回答道，“但是我想，也许有时候你是在骗自己。”

她听到我的话很是惊讶，因为我从来没有这么直截了当地对她说这件事，但是我知道这样做是对的。

“这就是你不再给我写信的原因吧，”她说道，“你回到加利福尼亚之后，信就越来越少了，最终干脆一封都没有了，我一连6个月没有你的任何音讯。”

“我停止写信给你是因为我记得你曾经对我说过的话。”

“因为你想结束我们俩之间的感情。”从她的声音中可以听到愤怒的暗流在涌动，我不敢直视她的双眼。

“我希望你快乐。”

“但是我并不快乐。”她突然说道，“我很疑惑，也很心痛，我不知道到底发生了什么。我每天都在为你祈祷，希望你能敞开心扉让我帮助你。但是不管我给你写了多少封信，我每次去查看信箱，都是空手而归。”

“对不起，我那样做是不对的。”

“你看过我写给你的那些信吗？”

“你寄给我的每一封信，我都读了很多很多遍，其实我很想写信告诉你事情的真相，但是一直都找不到合适的语言。”

她摇摇头。“你连快要回家的消息都没有告诉我，还是你妈妈告诉我的。我原本想去火车站接你，就像以前我回家你总是去火车站接我一样。”

“但是你并没有来接我。”

“我想看看你是不是会来找我，但是一天天过去了，然后一个星期时间过去了，你都没有出现在犹太人集会活动上，我这才开始明白你是在故意避开我。所以我才去你家的店里找你，告诉你我想跟你谈谈。你还记得那时候你对我说了什么吗？”

我一生说过的所有话中，这些话是我最后悔的。但是露丝还在等待我的回答，脸上凝固着严肃的表情，流露一股严厉的挑战之意。

“我对你说，我们之间的订婚取消，我们结束吧。”

她抬起一边眉毛说道：“是的，你就是这么说的。”

“我那时候不知道该说什么，我……”

我不知道如何往下说，露丝接过我的话。“你很愤怒，”她点点头，“我从你的眼神中看得出来。但甚至是在那时候，我知道你还是爱着我的。”

“是的，”我承认道，“我依然爱着你。”

“但是你的那些话真的很伤人，”她说，“我回到家，哭得像个小孩，我妈妈走进来抱着我，我们俩都不知道该怎么办。我已经失去了那么多，我不能再失去你。”

她指的是她的家庭，那些留在维也纳的亲人。那时候，我没有意识到自己的自私，也不知道露丝对这些话会作何反应。这段记忆也一直刻在心头，挥之不去。如今在被困在车里，我仍然感觉到那份深埋的愧疚。

但是露丝，我的梦中情人，知道我此时此刻的感受。她再次开口说话的时候，声音变得很温柔。“但是如果说我们之间真的要结束，我也想知道到底为什么。所以第二天，我来到你家店铺对面的饮料店，点了一杯巧克力味苏打水。我坐在靠窗的位置上，看着你工作。我知道你看到我了，但是没有过来找我。我连续去了三天，第三天的时候，你才终于穿过街道来找我。”

“是我母亲让我去找你的，”我承认道，“她告诉我你应该得到一个解释。”

“你总是这么说，但是我知道你心里也一直想过来找我，因为你也很想我，你心里清楚只有我才能帮助你疗伤。”

听了她的话，我闭上眼睛。她说的这些话毫无疑问都是对的，露丝总是比我自己更懂我。

“我坐在你对面，”我说，“一会儿之后，一杯巧克力苏打水送到我面前。”

“那时候你很瘦，我想你需要我的帮助来增加体重，就像我们刚遇见那会儿。”

“我从来都没有胖过，”我否认道，“我参军那会儿体重都几乎没有增加。”

“是的，但是当你回家的时候都已经变成皮包骨了。你的西装穿在身上好像大了两号。你过马路的时候，我都会想你会不会被风吹走，这让我担心你身体能不能恢复到从前，我不确定你是否可以变回我曾经深爱的那个人。”

“但是你还是给了我这个机会。”

她耸耸肩，眼睛闪耀着说：“我别无选择，那时候大卫·艾波斯坦都已经结婚了。”

我情不自禁地笑了，然后身体开始痉挛，神经元像是在燃烧着，我感到一阵恶心。我咬紧牙关，缓慢地呼吸着，感觉到疼痛慢慢地退去，露丝等我呼吸平稳之后才开始继续说。

“我承认我很害怕，我很想我们之间能回到从前，所以我装作什么都没有发生一样，向你讲述我的大学、我的朋友们、我学了哪些东西，以及我父母是怎么一同出现在我的毕业典礼上给我惊喜。我跟你讲了我在犹太教会拐角处的学校做代课老师的经历，还有我在秋天的时候面试了一个全职小学教师的工作，那是一所乡村小学，就在这个城镇的郊区。我还跟你说，我爸爸已经和杜克大学艺术史学院院长谈过三次，我父母很可能会搬去达勒姆。我很疑惑自己是不是要放弃新工作，和他们一起搬去那里。”

“就在那一瞬间，我知道我不想你走。”

“所以我才这么说，”她微笑着，“我想看你的表情，就在那一刻，曾经的艾勒回来了，我心里再也不害怕你会永远离开。”

“但是你并没有叫我送你回家。”

“你还没有准备好，你心中还有太多的怒气，所以我提议我们每周见一次面，喝一杯巧克力苏打水，就像以前一样。你需要时间，我也愿意等你。”

“等一段时间，而不是永远等待。”

“是的，不是永远等待。到2月底的时候，我就开始想你还会不会再吻我。”

“我很想，”我说，“我每次跟你在一起的时候都很想吻你。”

“我知道，这也是我为什么感觉如此疑惑的原因，我不知道到底出了什么事，也不知道是什么让你犹豫不决。你为什么不相信我，你应该知道不管发生什么事，我都依然爱你。”

“我知道，”我说，“所以我才没有告诉你。”

当然，我最后还是告诉她了，那是在3月初一个寒冷的夜晚。我打电话给她，让她来公园见面。我和她在那里一起散步过无数次。那时候，我还没有打算告诉她，我让自己相信我只是需要找个朋友来倾诉，家里的氛围真是太压抑了。

我父亲在战争中的生意做得还不错。战争一结束，家里的生意又回到了之前的男装经销商。店里的缝纫机也搬走了，取而代之的是几货架的西装，对于走过这家店的人来说看起来跟战前相比没有什么不同，但是实际上发生了很大变化。我父亲变了，他不再像从前那样在店里招呼客人，他会花整个下午待在后屋听广播里的新闻，他想弄清楚这场疯狂大屠杀的原因。这是他唯一感兴趣的事情，大屠杀变成了我们饭桌上和空闲时间每次都提起的话题。与之相反，他谈得越多，我母亲就更加专注于缝纫工作，因为她丝毫不能忍受去想这事。这场大屠杀对我父亲来说毕竟只是感到深深的恐惧；但是对我母亲来说，跟露丝一样，这场大屠杀让她失去了很多亲人和朋友，这种痛是我父亲体会不到的。由于他们对这些事实截然不同的反应，我父母的生活也开始慢慢疏远。

作为他们的儿子，我并不想偏袒哪方。和父亲在一起的时候，我耐心倾听；和母亲在一起的时候，我则沉默不语；但当我们三个人在一起的时候，我感觉我们都忘记了一家人到底意味着什么。虽然我父亲会陪同我和母亲参加犹太人集会活动，但是这对缓解我们之间的关系无济于事，我和我母亲之间的那种亲密的交谈也彻底成为过去式了。当我爸爸让我成为店铺经营的一分子的时候，我都快绝望了，这意味着我们三个人每天都在一起，我不知如何逃避不断渗入我们生活的压抑和郁闷。

“你在想你的父母。”露丝对我说。

“你对他们总是很好。”我说。

“我很爱你的母亲，”露丝说，“尽管我们之间年龄相差很大，但是她是我在这个国家交的第一个朋友。”

“那我的父亲呢？”

“我也爱他，怎么会不爱呢？他是我的家人。”

我微笑着，记得那些年，露丝对我父亲比我要有耐心得多。

“我能问你一个问题吗？”

“你可以问我任何问题。”

“你为什么要等我，甚至在我停止给你写信之后？我知道你说过你爱我，但是……”

“我们又回到这个话题了，你想不通我为什么会爱你。”

“你本可以选择另一个人。”

她把身体倾向我，声音温柔地说：“这一直是你的问题，艾勒。你没有发觉自己身上的亮点，但是别人看到了。你觉得你自己不够英俊，但是你年轻时很英俊。你认为自己既不那么风趣又不那么聪明，但是你真的很风趣也很聪明。你没有意识到你身上正直的品格让你很有魅力。你总是看到别人身上的好，就像你总是看到我的好一样。你让我感觉与众不同。”

“但你是真的与众不同。”我坚持道。

她开心地举起双手。“我说的就是这个，”她笑着说，“你有一颗善良的心，总是为他人着想，看到你身上这个闪光点的不止我一个人。你的好友乔·托里也感觉到了这点，我敢肯定这才是他愿意和你待在一起的原因。我妈妈也感觉到了，所以当我以为我已经失去你的时候，她会抱着我，因为我们都知道像你这样的男人真的很少。”

“我很高兴你那晚来公园见我了，”我说，“我真的很需要你。”

“而且当我们开始在公园散步的时候，你终于准备好将事实真相和盘托出。”

我点点头。在我写给露丝的最后一封信中，我简单地告诉过她施韦因富特上空的轰炸行动和乔·托里的事，我提了我受的伤和之后的感染，但是我并没有告诉她所有实情。那个夜晚，我从头开始讲述了所有的细节，没有丝毫保留。坐在长凳上，她听着我的述说，一言不发。

之后，她伸出双臂抱着我，我抱紧她。我心中跌宕起伏，她在我耳边说着安慰的话语，唤起我一直都试图埋藏心底的记忆。

我不知道过了过久，心中的波澜起伏才渐渐平息下来，那时候，我已经筋疲力尽了。但是我还有一件事没有跟露丝说，这件事连我的父母都不知道。

在车里，露丝沉默着，我知道她在回想着那晚我对她说的话。

“我告诉过你，我在医院的时候得了流行性腮腺炎，是医生见过的最严重的病例，然后我告诉你医生对我说的话。”

露丝还是保持着沉默，但是她的眼角闪烁着泪花。

“他说流行性腮腺炎可能导致不育，”我说，“这就是为什么我要结束我们之前的感情。因为我知道，如果你嫁给我，我们将来很可能会没有孩子。”

九

索菲亚

“然后呢？”玛西亚问道。她站在镜子前面涂第二层睫毛膏，而索菲亚回顾着在牧场的一天。“不要告诉我你跟她上床了。”她说这话的时候，从镜子里观察着索菲亚。

“当然没有！”索菲亚坐在床上，把一条腿搭在另一条上，“并不是你想的那样。我们只是接吻了，然后又聊了一会儿，当我离开的时候，他在车里又吻了我一次，确实很甜蜜。”

“哦。”玛西亚说，没有继续涂更多睫毛膏。

“不要隐藏你的失望。我说的是真的。”

“什么？”她宣布道，“你刚才的表情让我觉得你很想那么做。”

“我才刚刚认识他！”

“才不是呢！你算算跟他在一起多长时间了。昨天晚上一个多小时，今天白天六七个小时。这已经是很长时间了，可以聊很多东西。你们还一起骑马，喝了几瓶酒……如果是我，早就抓住他的手，把他拖到床上去了。”

“玛西亚！”

“我只是说说而已。他真的很性感，你注意到了，对吧？”

索菲亚真的不想再谈这些关于“性感”的话题，“他是个不错的小伙子。”她说，试图转移话题。

“不只是不错吧？”玛西亚对她眨了眨眼说。她在嘴唇上涂了一层发亮的唇膏，然后伸手去取发夹。“好吧，我懂。你跟我不同，而且我尊重你的作风，真的。我很高兴你和布莱恩之间终于没有感情纠葛了。”

“从我跟他分手那时起，我们就再无瓜葛。”

“我能看得出来，”她说，把厚厚的棕色头发梳成整齐的马尾辫，然后用一个亮晶晶的发夹固定，“你知道我跟他聊过，对吧？”

“什么时候？”

“在牛仔竞技场，那时候你跟‘性感先生’走开了。”

索菲亚皱着眉说：“你为什么不告诉我？”

“这有什么好说的？我只是想要转移他的注意力。顺便一提，那些杜克大学的人很讨厌他。”玛西亚很有艺术范地从马尾辫上梳出几缕头发，然后从镜子中和索菲亚对视了一眼，“你不得不承认，我是有史以来最好的室友，对吧？说服你跟我们一起出去。如果不是我，你还一整天都在房间里闷闷不乐呢。说到这儿，我什么时候才有机会见你的新欢呢？”

“我们并没有谈到什么时候再见面。”

玛西亚的脸上露出怀疑的神情。“你们怎么能不谈这件事呢？”

因为我跟你不同，索菲亚想。也因为……她真的不知道为什么，除了他的那个吻让她有点眩晕，头脑一片空白。

“我只知道他下周末要离开这里去诺克斯维尔参加骑牛比赛。”

“那就打电话给他，在他离开之前邀请他来我们宿舍。”

索菲亚摇摇头。“我才不打电话给他。”

“要是他也不打电话给你呢？”

“他说他会打给我的。”

“很多时候，男人们仅仅是说说而已，你之后再也没有他们的音讯。”

“他不会那样的。”她说。好像是要证明她的观点没错，她的电话突然响了。来电显示是卢克的号码，索菲亚抓起手机，从床上跳起来。

“不要告诉我他这就打电话来了。”

“他说过他会打电话给我确保我已经安全到家了。”

索菲蹦蹦跳跳地奔向门口，接着就溜到走廊上去了，几乎没有注意到她室友的惊讶和她的自言自语。“我一定，一定要见见这个人。”

周四傍晚，太阳还没有下山。玛西亚转头看向她的时候，索菲亚已经梳好了头发。玛西亚一直站在窗边看着卢克的卡车有没有来，这让原本就很紧张的索菲亚愈发的紧张了。玛西亚已经否决了索菲亚试过的三套衣服，还借了一对金色垂坠感的耳环和与之相配的项链给她，她跳跃着走向索菲亚，毫不掩饰她的兴奋之情。

“他来了，我要下楼去门口接他。”

索菲亚长舒了一口气。“好吧，我准备好了，走吧。”

“不，你先在房间里待几分钟，不要让他感觉到你是在等他。”

“我可没在等他，是你在等他。”索菲亚说。

“你知道我的意思，你要闪亮登场，你要让他要看着你一步一步走下楼梯，你最不希望的就是让他觉得你很迫不及待。”

“你为什么要把这件事弄得这么复杂？”索菲亚抗议道。

“相信我，”玛西亚说，“我很清楚我在做什么。三分钟之后下楼，数一百个数或者什么的。我得走了。”

她很快就消失了，留下紧张的索菲亚一个人在房间里，心中七上八下。这很奇怪，毕竟之前连着三个晚上，他们每晚都聊一个小时以上，而且每次都接着他们上次挂电话时的话题开始聊起。他常常在黄昏时分给索菲亚打电话，索菲亚会在阳台上接电话，想象着卢克的样子，回顾着他们在一起那段时间的点点滴滴。

跟他在牧场的时候是一回事，那儿很轻松。在这儿，在女子联谊会宿舍则是另一回事。他到这里就像火星人到地球一样。她住在这里的三年时间里，来到这里的男人除了从家里来的兄弟、爸爸、男友，就是兄弟会的成员们，或者是毕业不久的兄弟会成员，不然就是别的学校的兄弟会成员。

索菲亚本想间接提醒他，如果他来到学校宿舍，那群姑娘们很可能会觉得他是外来生物的样本，就算他离开了，也会成为女孩口中的谈资，但是这话索菲亚不知该怎么跟卢克说。她本想建议在学校外面见面，可卢克之前又说没来过维克森林大学，想来校园走走。她强忍着不冲下楼，把卢克拉出门去。

想到玛西亚的意见，索菲亚做了一次深呼吸，然后照着镜子检查了一下自己的样子。牛仔裤、衬衫、单鞋，跟上次见卢克时差不多，只不过这次是升级版的。她前面、侧面、后面都看了看，心想，我能做到的只有这样了。接着她腼腆地笑了笑，在心里对自己说，其实也不差。

她看了看表，又过了一分钟才走出房间。周一到周五，男性只允许进到门厅和客厅。客厅里摆着一些沙发和一个巨型的宽屏电视，这是姐妹们常待的地方。当索菲亚来到走廊楼梯口的时候，她听到楼下玛西亚的笑声——要是没有她的笑声，大厅里还挺安静的。她加快脚步，祈祷她和卢克可以悄悄逃离现场。

她一眼就看到了卢克，他正站在客厅中间，就在玛西亚旁边，手里拿着帽子。跟往常一样，他穿着牛仔裤和靴子，腰上别着又大又亮的银色腰带扣。当索菲亚发现门厅中除了卢克和玛西亚还有别人，她心中一沉。事实上，此时的客厅比平时人更多，但是出奇的安静。门厅里的三个兄弟会的男孩，穿着工装短裤、Polo衫和帆船鞋，跟沙发对面的玛丽·凯特一样，以一种诧异的眼神看着卢克。还有珍妮、杜鲁和布列塔尼也是一样。在远角处，还有四五个姑娘安静地聚拢在一起，所有的人都在试图搞清楚这个不速之客到底是何方神圣。

在索菲亚看来，聚集在卢克身上的各种审视目光对他毫无影响。他看起来很放松地听着玛西亚的唠叨，看着玛西亚各种夸张的手势。当她到达客厅入口的时候，卢克抬头看到了索菲亚，脸上瞬间浮现出他的招牌笑容，两个酒窝也随之出现。他给人的感觉就是眼前的玛西亚突然消失了，整个房间只剩下他和索菲亚两个人。

索菲亚深吸了一口气然后走进客厅，感觉到所有人的注意力都投向了她身上。就在这个时候，珍妮靠向杜鲁和布列塔尼，小声地说着什么。虽然她们都听说她跟布莱恩分手了，但是很显然没人知道卢克的事，索菲亚在想布莱恩有多快就会知道有一个牛仔来宿舍来接她。在这个团体中，消息传播速度是很快的。索菲亚都可以想象到，在她和卢克还没到达卡车前，就有很多人已经开始打电话了。

这意味着布莱恩很快就会知道这件事，也很容易就能猜到今天来学校的牛仔就是这样上周末羞辱他的那个。他和他的兄弟们是不会对此感到高兴的。如果他们喝了很多酒，很有可能会失去理智进行报复，而且今天是周四，他们恐怕早已经开始喝了。想到这里，索菲亚突然开始感到不安，为什么自己之前没有想到这件事呢？

“嘿。”她说，尽可能地隐藏心中的焦虑。

卢克微笑着说：“你美极了。”

“谢谢。”索菲亚轻声说。

“我喜欢他。”玛西亚插嘴道。

卢克有点惊讶地看了玛西亚一样，然后看向索菲亚：“很明显，我已经见过你的室友了。”

“我刚才还在打听他有没有单身的男性朋友来着。”玛西亚承认道。

“然后呢？”

“他说他会帮我张罗张罗。”

索菲亚偏了偏头示意道：“我们走吧？”

玛西亚直摇头。“别走，他才刚到这里。”

索菲亚看着玛西亚，希望她能知道自己在暗示什么。“我们真的不能在这里久留。”

“别这样，”玛西亚挽留道，“让我们先喝一杯，今天可是周四，记得吗？我想听他讲讲骑牛的事。”

另一边，把线索拼凑齐的玛丽·凯特的表情好像被人掐了一下。毫无疑问，上周六当晚那件事结束之后，布莱恩回到桌上肯定跟大伙说了他被一群牛仔围攻的事情。布莱恩和玛丽·凯特一直都是朋友，当她拿起电话起身离开客厅的时候，索菲亚意识到最坏的事情可能会发生。

“我们不待在这里了，我们订好了位置。”她语气坚定地说。

“什么？”玛西亚眨了眨眼，“你怎么没跟我说过，在哪呢？”

索菲亚头脑一片空白，她能感觉到卢克看看了她，然后清了清嗓子突然说：“法比安餐厅。”

玛西亚把注意力换到了卢克身上，“我相信他们不会在意你们晚到几分钟的。”

“不巧的是，我们已经迟到了，”卢克说，“你的东西都带好了吗？”他问道。

索菲亚感觉到一阵轻松，她整了整肩上的背包带子，“我准备好了。”她说。

卢克轻轻抓着索菲亚的手肘朝门口走去。“很高兴见到你，玛西亚。”

“我也很高兴见到你。”玛西亚略感困惑地说。

他打开门，停下戴上帽子，脸上露出愉悦的表情，好像是被客厅里那些困惑的女孩们逗乐了。他咧嘴笑着，和挎着自己胳膊的索菲亚一起走了出去。

他们身后的门关上之后，索菲亚听到客厅里突然叽叽喳喳地热闹起来。就算卢克听到了，他也表现得对此毫不在意。他淡定地领着她朝卡车走去，打开车门，然后绕过车门去到驾驶座一侧。在他这么做的时候，索菲亚看到一排好奇的脸通过客厅的窗户看着他们，里面也包括玛西亚的。她在想是要挥挥手跟她们打个招呼，还是直接忽视她们。卢克若无其事地爬进车里，砰的一声关上车门。

“你让她们很好奇啊。”他说。

她摇摇头。“她们好奇的可不是我。”

“哦，我知道了。”他说，“是好奇我为什么这么瘦，是吗？”

索菲亚笑了。这时她感觉到自己不在乎其他人在想什么、做什么，或者说他们什么。“谢谢你把我从客厅里面解救出来。”

“怎么了？”

她告诉卢克自己担心布莱恩的报复和对玛丽·凯特的怀疑。

“我也想到这事了。”他说，“你之前说过他在监视着你，在里面的时候，我也在想他随时可能会破门而入。”

“那你为什么还要来？”

“我必须来，”他耸耸肩，“你邀请我了。”

她头靠着座椅，很喜欢他说这话的感觉。“不好意思，今晚我不能带你参观学校了。”

“小事儿。”

“我下次带你逛，”她保证道，“当他不知道你在这里的时候，我带你逛逛学校里所有好玩的地方。”

“一言为定。”卢克说。

近看，他的眼睛是那么清澈、湛蓝、纯洁无瑕。她拔了拔裤腿上其实并不存在的线头。“现在你想干什么去呢？”

他想了想。“你饿了吗？”

“有一点。”她承认道。

“你要去法比安餐厅吗？我们没有预约，可能进不去，但是我们可以试一下。”

她想了想，然后摇摇头。“今晚就不去那里了，我想去一个小众点的地方，去吃寿司如何？”

他没有立即回答。“好吧。”他说。

她注视着卢克。“你以前吃过寿司吗？”

“我虽然生活在牧场，但是我还是见过世面的。”

然后呢？她想。“你还没回答我的问题。”

他摆弄了一会儿钥匙，然后把车钥匙插入钥匙孔。“没有，”他承认道，“我从来没有吃过寿司。”

索菲亚不由得大笑起来。

索菲亚为卢克指路，他们开到了日本樱花餐厅。几乎所有的桌子都满了，寿司吧台也坐满了。他们等着服务员过来，索菲亚看了看四周，希望不要遇到什么熟人。这并不是学生们常来的地方，汉堡和比萨是所有大学生的最爱，但是樱花餐厅对他们来说也不陌生。她偶尔会跟玛西亚来这里，虽然并没有看到任何熟人，她还是要了一个露台上的位置。

露台一角的加热灯泛出了温和的光亮，释放出毛毯般的温暖，减轻了夜晚的寒意。露台上另一张桌子旁也坐着一对男女，很快就要走了，这里难得的安静。虽然周边景色不是太好，但是日式灯笼散发出柔和的黄色光线，给这个地方添加了一缕浪漫色彩。

他们落座之后，索菲亚倾向卢克："你觉得玛西亚如何？"

"你的室友？她感觉人还不错，但是就是有点爱动手动脚。"

她头微微倾斜。"你的意思是有点毛躁？"

"不是，我的意思是她跟我说话的时候，总碰我的胳膊。"

她摆摆手。"她就是那样的，她对每个男人都是这样，世界上最爱调情的人。"

"你知道她对我说的第一句话是什么吗？那时候我都还没走进客厅。"

"我都不敢问。"

"她说：'我听说你吻了我最好的朋友。'"

这个不奇怪，索菲亚心想。"好吧，这就是玛西亚。她基本上想到什么说什么，从来不过一遍大脑。"

"但是你喜欢她。"

“是的，”索菲亚承认道，“我确实喜欢她。她一直在我需要的时候罩着我。她觉得我有点天真。”

“那她的想法对吗？”

“有些方面是的。”索菲亚承认道。

她拿起一双一次性筷子，然后掰开。“上大学之前，我从没交过男朋友。高中时代，我算是一个书呆子，而且还有工作，基本上没有时间去参加聚会和别的事情。我的意思是，我并不是一个两耳不闻窗外事的隐士，我知道他们周末都去做什么。我知道学校里有毒品、性爱和别的东西，但是对我来说都是道听途说的流言蜚语，并没有真正目睹过。我刚上大一的时候，对于学校里开放的氛围很是震惊。我在学校公寓里经常听到女孩们谈论某个刚勾搭上的男生，但是我还不太知道这到底意味着什么。直到现在，我都还不是很确定，好像对不同的人有不同的意思。对一些人来说，勾搭意味着亲热；对另一些人来说，意味着上床；对有些人可能是介于两者之间，如果你明白我的意思的话。大一的时候，我花了不少时间尝试解码这些大学术语。”

卢克微笑着，索菲亚继续说道。

“而且，姐妹会跟我想象中的很不一样。大学里总是有各种派对，对很多人来说，这意味着酒精、毒品和别的东西。我承认我也喝多过几回，之后就在洗手间吐晕过去。我并不为此自豪。但是大学里有些人每个周末都过着这样的生活。在学校宿舍或者校外公寓，每个地方都无休止地上演着这样那样的派对。但是我确实不太喜欢这样的场合，对很多人来说，也包括玛西亚，我这样是一种幼稚的表现，再加上我不信奉那种‘勾搭文化’，所以很多人都认为我是一个假正经的人，连玛西亚都认为我有一点点。她从来都不能理解为什么有人会想在大学找个真正的男朋友。她总是跟我说她最不想要的就是这种正式的关系。”

卢克也拿起他的筷子，学着索菲亚把筷子掰开。“我想有些人会对这种女孩子特别感兴趣。”

“不是，别这么说，因为虽然她自己都这么说，但是我知道这不是真的。我想她其实也想要更真实的感情，只是不知道怎么才能找到感觉对的人。在大学里，这样的男孩子并不多。如果女孩子这么随意放纵自己，那么男孩子怎么会认真呢？我是说，如果你真的爱一个人，你跟他上床我能理解，但是如果你才刚刚认识他呢？这有什么意义呢？这样就把很多东西都践踏了。”

她突然安静了，意识到自己以前从来没有跟任何人说过这事，这真的很奇怪，是吗？

卢克摆弄着他的筷子，拔走刚才筷子上掰开的地方留下的细丝，花了一阵时间想了想，然后探身靠近灯笼的光线说：“如果你问我的话，听起来是有些太成熟。”

她拿起菜单，显得有点尴尬。“事先告诉你，如果你不想吃寿司也可以不吃的，他们这里也有照烧鸡肉和牛肉。”

卢克研究着他的那份菜单。“你要点什么？”

“寿司。”她回答道。

“你是怎么喜欢上吃寿司的？”

“在高中的时候，”她说，“我一个好朋友是日本人，她总是跟我说在埃济沃特有一家很好的日式餐厅，她每次想家的时候都会去吃那家店的日式料理。当你吃多了熟食店的东西之后，就会想换换口味，于是有一天我就跟她去那家日本料理，结果我爱上了吃寿司。所以有时在课余时间，我们就会开车去埃济沃特，后来我们就成为那家名不见经传的小店的常客。从那里以后，我定期就会想吃寿司，就像今晚这样。”

“我懂了，”他说，“在高中的时候，每次参加四健会比赛，去州博览会上的时候，我都要吃炸奶油夹心饼。”

她盯着卢克说：“你拿炸奶油夹心饼跟寿司相比？”

“你吃过炸奶油夹心饼吗？”

“听起来很恶心。”

“好吧，你没有吃过就不能乱评价。那个东西真的很好吃，但是吃太多了也不好，有可能会得心脏病。但是偶尔吃几块，绝对是人间美味。比炸奥利奥要好吃很多。”

“炸奥利奥？”

“如果你要给你家的熟食店增加什么新特色，就像我刚才说的，我的建议是炸奶油夹心饼。”

起初，她不知道该如何回答。然后，她语气严肃地说：“我想东北地区没人会吃这样的东西。”

“你会惊讶的。”他说，“这可能成为那儿新的大热食品，人们全天排队购买。”

她微微地摇了摇头，看着菜单。“这个四健会是什么？”

“我小时候就参与这项比赛，它是关于猪的。”

“那到底是什么？我的意思是，我听过这个词，但是一直都不知道是什么意思。”

“这本来是美国农业部推广的一个旨在培养年轻人的品德、领导能力和生存技能的非营利性青年组织。但是一旦牵扯到比赛，这件事就变成了学习如何选择一头优秀的小猪。如果可以的话，你可以查看一下它的父母，看一下照片，或者别的方式，然后找出一头将来可供展览的明星猪。其中的大原则就是你选择的这只猪要肌肉发达、脂肪较少而且没有什么斑点瑕疵。然后，你基本上需要养一年的时间，给它喂吃喂喝，照看好它；在某种意义上，它们跟宠物差不多。”

“让我猜猜，你把你养的所有猪起名叫‘猪’。”

“实际上不是。我的第一头猪叫作艾迪斯，第二头叫福瑞德，第三头叫玛吉。如果你想知道的话，我可以一直往下挨个说。”

“这么多年，你总共养了多少头？”

他手指在桌上敲了一下。“我没记错的话，应该是9头。我三年级的时候开始参加这项活动，一直到高二。”

“然后等它们长大的时候，你们在哪比赛？”

“在州博览会上，裁判会仔细检查每一头参赛猪，之后公布结果，你就知道你是不是赢了。”

“如果你赢了呢？”

“你会得到一条绶带。但是不管最后是赢是输，你都会把猪卖掉。”他说。

“那么卖掉之后，这头猪会怎么样？”

“跟所有猪一样的归宿，”他回答道，“它们会被送去屠宰场。”

她眨眨眼。“你的意思是，你把小猪养大，给它取名字，照顾它一年的时间，然后把它卖掉，送去屠宰？”

他看着她，表情有些好奇。“那你要把一头猪怎么样？”

她有点摸不着头脑，不知道该怎么回答。最后，她摇摇头。“我只是想让你知道，我从来没有遇到过像你这样的人。”

“我想我可以对你说同样的话。”他回答道。

十

卢克

看了一遍菜单之后，卢克还是不知道点什么。他知道自己可以做出保险的选择，比如索菲亚说的照烧鸡肉或者牛肉，但是他还是不想这么做。他听过别人对寿司赞不绝口，知道自己也应该尝试一下。生活中应该有各种不同的经历，不是吗？

问题是他对菜单里写的那些东西毫无头绪，不知道该怎么点。在他看来，生鱼就是生鱼，而菜单上的图片也毫无帮助，他只知道自己应该点红色的、粉色的或者白色的，但菜单上并没有写每种颜色的鱼都是什么味道。

他从菜单上端偷看了索菲亚一眼。跟来牧场的那天相比，她这次涂了更多的睫毛膏和口红，让他想起了第一次见到她的那个晚上。现在过去还不到一周的时间，但这一切都让卢克感觉很不可思议。虽然卢克更喜欢自然美，他也不得不承认，化了一些妆让她外表更加精致了。在他们从门口走到座位上的时候，不止一个人在看她。

"手握寿司和寿司卷有什么区别？"他问道。

索菲亚也在看着菜单，当服务员过来的时候，她点了两瓶札幌啤酒，是一种日式啤酒，一人一瓶。他也不知道这酒是什么味道。"手握寿司指的是一块鱼放在一个饭团上，”她说，“寿司卷指的是用海苔包裹着的生鱼寿司。”

“海苔？”

她眨眨眼。“味道很好，你会喜欢的。”

他抿了抿嘴，难掩他心中的怀疑。透过窗户，他看到里面桌子上的人在享用着自己的食物，筷子使得很娴熟。至少用筷子他是没问题的，以前在路途中，他经常用筷子吃用薄薄的纸盒打包的中餐。

“你直接帮我点吧，”他把菜单放在一边说，“我相信你。”

“好吧。”她点头同意。

“我应该尝尝什么呢？”

“很多，”她说，“有鳗鱼、金枪鱼、青花鱼和甘油鱼，等下再点别的。”

他拿起酒瓶，准备喝一口。“你知道这些话对我来说只是一些音节。”

“Anago就是鳗鱼的意思。”她澄清道。

卢克的酒瓶在半空中停住。“鳗鱼？”

“你会喜欢的。”她向卢克保证，脸上并不掩饰欢乐的表情。

服务员过来的时候，索菲亚很专业地点完了所有的东西，然后两人开始轻松地交谈，只有上菜的时候才打断一会儿。他简单介绍了一下他的童年生活，除了在牧场上做的那些事情以外，别的都很典型。他高中时代连续三年都是学校摔跤队的成员，参加了四次返校舞会、两次毕业舞会，还有一些难忘的派对。他告诉索菲亚，夏天的时候，他们会拉着马去布恩附近的山里面玩几天，在那里他们进行越野骑马，这是他们家唯一的度假方式。他还谈到了利用谷仓里的机械牛练习骑牛的事情，以及他的父亲如何修整机械牛，让动作更剧烈一些。

这种锻炼在他还在读小学的时候就开始了，他的父亲总是在旁边指导他的每一个动作。他还提到了这些年受过的伤，讲述了他在参加专业骑牛联盟世界锦标赛时是多么的紧张。有一次，他打入锦标赛并成功进入最后一轮，但最后只获得了第三名的成绩。整个过程中，索菲亚听得很认真，偶尔问几个问题打断卢克的讲述。

他感觉到索菲亚全神贯注地看着自己，认真地听着每一个细节，直到服务员把他们的盘子端走。索菲亚的一切，从她轻松愉悦的笑，到她轻微可辨的北方口音，都深深地吸引着他。此外，虽然他们之间有很多不同，但是卢克感觉跟她在一起的时候可以放松地做自己。和她在一起的时候，他可以很快缓解他身上的那些压力，来自牧场的，来自他妈妈的，还有如果他的计划落空，会产生什么后果……

他沉浸在自己的思绪之中，过了一会儿才意识到索菲亚在注视着他。

"你在想什么呢？"她问道。

"怎么了？"

"你走神了差不多一分钟。"

"没什么。"

"你确定吗？我希望不是因为鳗鱼。"

"不是，我就是在想这周末走之前要做完哪些事情。"

她皱了皱眉，看着他。"好吧，"她终于说道，"你什么时候走？"

"明天下午。"他说，感谢她放了自己一马，"我开车去诺克斯维尔，比赛结束之后在那住一晚，周六晚上的时候开始往回走。我会回来得比较晚，但是这是我们开始卖南瓜的第一个周末。今天白天的时候，我把所有万圣节要准备的东西都弄好了，其中包括我和何塞用干草垛堆出来的大迷宫。但是这一天会有很多人来到牧场，就算有何塞帮忙，我妈妈还是忙不过来。”

“她就是因为这事对你生气吧？因为到时候你不在家？”

“这是部分原因吧，”他说，把一块亮粉红色的姜推到盘子边缘，“她生气是因为我还要骑牛，就是这样。”

“她到现在还没有习惯吗？还是因为你骑大丑牛的时候受伤了？”

“我妈妈是担心我出什么事情。”他小心斟酌着自己要说的话。

“但是你以前也受过伤，次数也不少。”

“是的。”

“你是不是有什么事情瞒着我？”

他没有马上回答。“这样吧，”他放下筷子说，“当时机成熟，我会告诉你一切。”

“我可以问你的妈妈，你知道的。”

“你是可以，但是你要先见见她。”

“好吧，也许我周六的时候可以去牧场见她试试。”

“去吧，但是如果你真去了，要准备好干活，你可能要搬一整天的南瓜。”

“我也是有肌肉的好不好？”

“你有没有搬过一天的南瓜？”

她身体前倾。“你有没有卸过一卡车的肉和香肠？”卢克没有做声，索菲亚脸上露出得意的表情，“看，我们确实有很多共同点，我们都很勤劳。”

“而且我们俩都会骑马。”

她笑了。“这也是共同点。你觉得寿司如何？”

"很好吃。"他说。

"我感觉你会更喜欢连骨猪排。"

"我什么时候都可以吃连骨猪排，那是我的拿手好菜。"

"你会做饭？"

"在烤架上烤，"他说，"我爸爸教我的。"

"我也想尝尝你烤的猪排。"

"你想吃什么我就做什么，只要是汉堡、牛排、猪排之类的。"

她身体更靠前。"接下来做什么？你想不想碰碰运气参加一些兄弟会派对？我确定他们现在已经开始了。"

"碰到布莱恩怎么办？"

"我们去别的兄弟会派对，那个他从来不去的，而且我们又不待很久，但是你得摘下帽子。"

"如果你想去，我同意。"

"我随时都可以去，你想不想去？"

"这个派对是什么样的？"他问道，"音乐和一群喝酒的大学生，是这样的吗？"

"差不多。"

他想了想，随后摇摇头。"我对那种场合不怎么感兴趣。"他承认道。

"我想也是。如果你愿意的话，我们随时都可以逛逛校园。"

"我想还是保留这项吧，这样的话下次还可以再约你出来。"

她用手指划着水杯边沿。"那你想做什么？"

他没有马上回答。他第一次想，要是他没有下定决心重新参加骑牛比赛，现在的一切将会有多么不同。现在他妈妈很不高兴，实际上他自己都不确定这是一个好主意。但这让他和一个让自己终身难忘的姑娘约会了。

“要不我们去开车去兜兜风。我知道一个地方，保证不会遇到熟人，那里很安静，但夜景真的很美。”

回到牧场，当他们下车的时候，银白色的月光正洒向大地。狗在黑暗中变得模模糊糊的，从门廊处飞奔过来，在索菲亚的身边停住，好像是在等着他们。

“我希望你不会有意见，”他说，“我实在不知道去什么地方了。”

“我知道你会带我来这里，”索菲亚说，蹲下来抚摸着狗，“如果我不愿意，我会跟你说的。”

他指了指房子的方向。“我们可以坐在门廊上，或者去湖边，那里有一个好地方。”

“不是河边吗？”

“你已经去过河边了。”

她看了看四周，然后看着卢克。“我们又要坐在卡车车斗里吗？”

“当然了，”他说，“相信我，我不会愿意坐在草地上的，那是一块放牧的草场。”

他看着狗开始围着索菲亚的脚转。“我们可以带上狗一起吗？”她问道。

“不管我愿不愿意，它都会跟过来的。”

“那就去湖边吧。”她说。

“我想去屋里拿些东西，等等。”

他走进屋子，拿了一个小型车载冰箱，胳膊下夹着几块毛毯，他把东西放在卡车后座上，然后上车，发动机随即发出轰鸣般的响声。

“你的卡车听起来像是一辆坦克，”她大声说道，“不知道你有没有意识到。”

“你喜欢吗？我改装了排气系统才会有这种声音，我还加了一个消音器和别的东西。”

“不会吧，没人会这么干。”

“我确实这么干了，”他说道，“很多人都这么做。”

“也许是住在牧场上的人吧。”

“不只是我们，打猎和打鱼的人也这么做。”

“也就是说任何有枪的、对户外活动充满激情的人都会这么做。”

“你的意思是这世上还有另外一种人吗？”

索菲亚微笑着，卢克把车倒出去，开到主道上，经过了主屋。客厅里的灯还亮着，他不知道他妈妈在做什么，他想了想刚才对索菲亚说出口的话，还有没说出口的。

为了放空思绪，他摇下车窗，手肘搭在车门上。卡车颠簸着前行，透过眼角的余光，他看到索菲亚麦色的头发在风中散开。她透过副驾驶一侧的车窗看着外面，他们开过谷仓，车里的气氛舒适而安静。到了草场，卢克跳下车，打开一道门，上车缓缓地穿过这道门，之后又把门关上。他把车灯调到最亮，缓慢地开着以免破坏草场。到达湖边的时候，他停车，把车掉头，就像那天在牛仔竞技场一样，然后把引擎熄火。

“注意脚下，”卢克提醒道，“我刚才说了，这是草场的一部分。”

他摇下她那侧的车窗，打开收音机，然后来到卡车后面。他帮助索菲亚爬上卡车，然后放好椅子。然后就像不到一周前那样，他们坐在卡车车斗里。与上次不同的是，这次有条毛毯盖在索菲亚的腿上。他打开车载冰箱拿出两瓶啤酒，打开，递给索菲亚一瓶，看着她喝了一口。

他们眼前的湖水像一面镜子，倒映着夜空中的一轮新月和满天繁星。远处河对岸的牛群聚集在一起，白色的腹部在黑暗中闪着微光。牛群中不时传来一牛哞声，飘过平静的湖面，和草场上的蛙叫和蛐蛐的叫声交汇在一起。空气中弥漫着青草和泥土的味道，一切都充满了大自然气息。

“好美。”索菲亚轻声说道。

卢克觉得这句话也可以用来形容她，但他只是想着，并没有说出口。

“这里有点像河边的那块空地，”她补充道，“但是要更加开阔一些。”

“确实有点，”他说，“但就像我以前跟你说的那样，当我想我父亲的时候，我会去那里。想别的事情的时候，我选择来这里。”

“比如呢？”

湖水平静清澈，像一面明镜映照着夜空。“很多事情，”他说，“比如生活、工作、感情。”

她侧着看了他一眼。“我还以为你并没有多少感情经历。”

“所以我才需要去思考这个问题。”

她咯咯地笑着。“感情的问题当然很棘手，我也不太懂。”

“如果我要征求你的意见呢。”

“我会说你可以去问更合适的人，比如你的妈妈。”

“也许吧，”他说，“她和我父亲相处得很融洽，特别是他放弃参加巡回竞技比赛，帮忙照看牧场之后。如果他还继续参加比赛，我不知道他们还能不能在一起。她又要管理牧场，又要照顾我，这对她来说太难了。我相信我母亲跟我父亲也述说了自己的困境，所以他放弃了继续比赛。从小到大，我每次问起这件事，他都会说，娶你的母亲比骑牛更加重要。”

“听起来你为她感到骄傲。”

“是的，”他说，“虽然我的父母工作都很勤劳，但是她是真正把牧场经营带上正轨的人。当她从我外公手上接手牧场的时候，牧场的经营状况很不景气，牛肉市场波动很大，有些年头基本上挣不了什么钱。后来妈妈提出要专注于做有机牛肉，是她开着车各地宣传牧场，发放小册子，和餐厅老板协商。如果没有她，就没有今天的柯林斯牛肉。对你来说这或许并不意味着什么，但是对北卡罗来纳的高端牛肉消费者来说还是挺重要的。”

索菲亚想了一会儿，然后看了看远处的农舍。“我想见见她。”

“我本想带你去见见她的，但是她很可能已经睡着了。她睡得比较早，但是我周日在牧场，到时候你可以过来。”

“我想你就是要我帮你搬南瓜。”

“我在想你可以过来吃晚饭，像我说的，白天会很繁忙。”

“如果你妈妈愿意的话，我没问题。”

“她会愿意的。”

“大概几点？”

“6点左右？”

“可以，”她说，“差点忘了，你说的那个迷宫在哪？”

“就在南瓜地附近。”

她皱了皱眉。“我们那天去那里了吗？”

“没有，”他说，“其实那里离主路很近，就在圣诞树旁边。”

“刚才在路上的时候，为什么我没看到？”

“我也不知道，也许是因为天黑了？”

“那个迷宫很恐怖吗？有吓人的稻草人或者蜘蛛什么的吗？”

“当然有，但并不是真的那么恐怖。它主要是给小孩子玩的。有一次，我爸爸做得有点过，把好几个小孩子都吓哭了。从那里以后，我们就把迷宫弄得并不怎么吓人了。但是迷宫中还是有各种各样的装饰，蜘蛛、幽灵、稻草人，看起来很友好那种。”

“我们可以去吗？”

“当然可以，我很乐意带你去看看，但是你要知道那个迷宫并不是给大人玩的，所以你比草垛高，可以看到迷宫的全景。”他挥挥手赶走几个虫子，“顺便一提，你还没有回答我的问题。”

“什么问题？”

“关于感情的问题。”他说。

她又整了整毯子。“我以前觉得自己懂一些基本原则，我的意思是，我父母结婚的时间也很长了，我自认为还是学到一点的。但是我想我并没有学到最重要的一点。”

“最重要的是？”

“一开始的时候就要做出正确的选择。”

“你怎么知道你的选择是正确的？”

“这个，”她没有正面回答，“这就是问题的棘手之处。但是如果非要我说的话，我认为首先就是两个人要有共同点，比如要有相同的价值观。举个例子，对爱情忠诚对我来说很重要。布莱恩明显遵从着一套完全不同的价值观。”

“至少你还可以拿这事开玩笑。”

“当你不在乎一件事的时候，很容易拿这件事来开玩笑。但是这件事确实曾经伤害过我。去年春天，当我发现他和别的女人有染，我几周都吃不下任何东西，体重下降了十多斤。”

“你的身体承受不了体重下降十多斤。”

“我知道，但是我能怎么办呢？有些人难过的时候可以疯狂地吃东西，但是我是另一种人。去年夏天我回家的时候，我父母都被我吓到了。每当我好转一点的时候，他们都求我吃点东西。我到现在都没完全恢复体重。当然，开学以后，我也还是有点吃不下去东西。”

“那么我很高兴你跟我一起吃东西。”

“你并没有给我压力。”

“尽管我们没有太多共同点？”

这话一说出口，他担心她会听出这话外的担忧，但是她好像并没有觉察到。

“我们的共同点比你想象的要多，在某些意义上，我们的父母很像。他们婚姻时间都很长，都在努力维持着家里的生意，而且都希望子女能够搭把手。我父母希望我学习好，你爸爸希望你成为一个骑牛冠军，我们两个人都实现了他们的期望。我们都是按照他们的要求成长为现在的自己，而且可能永远都不会改变。”

听了她的这些话，卢克感觉到一阵轻松，这让他自己也觉得吃惊。“你准备好去看迷宫了吗？”

“要不我们先喝完啤酒再走吧。这里真是太美了。”

他们慢慢喝着啤酒，轻松地聊着天，看着横跨在湖面上的月光。虽然他很想再吻她，但是他忍住了。回想着她之前说过的那些话，关于他们的相似点，他想她是对的，希望这些理由足够让她继续来牧场。

过了一会儿，他们的谈话进入了平静的间歇期，卢克感觉自己不知道索菲亚现在在想什么。出于本能，他把手放到索菲亚盖着的毯子上。索菲亚似乎也觉察到他的举动，默默地握着他的手。

夜晚的空气变得更清新，星星也明亮而闪烁。卢克抬头看着满天繁星，然后看着索菲亚，她用大拇指顺着他手的轮廓游走，他也用同样的方式回应她。此时此刻，卢克知道自己已经彻彻底底地爱上她了，这世上已经没什么可以让他停止。

他们漫步穿过南瓜地走向迷宫的时候，卢克还在牵着索菲亚的手。不知为何，这个简单的动作感觉比之前的那个吻更加重要、更加隽永。他想象着自己在未来，每次他们一起走路的时候，自己都牵着索菲亚的手。意识到自己在想这些，卢克吓了一跳。

“你在想什么？”

他继续往前走了几步才回答。“很多事情。”他终于开口说道。

“有没有人说过你说话有点含糊其辞？”

“这让你感到不舒服了吗？”他反问道。

“我还不知道，”她说，捏了捏他的手，“等我知道了，我会告诉你的。”

“迷宫就在那边，”他指着，“但是我想先带你看看南瓜地。”

“我可以摘一个吗？”

“当然。”

“你可不可以帮我雕一下，万圣节的时候用？”

“晚饭后我们再雕。你要知道，雕南瓜我算个专家。”

“是吗？”

“我这个星期已经雕了15到20个了。表情有吓人的，也有开心的，各种各样。”

她以审视的眼光看了一眼卢克。“你真是个多才多艺的人。”

他知道她在跟他开玩笑，但是他喜欢这样。“谢谢。”

“我真是迫不及待地想见你妈妈。”

“你会喜欢她的。”

“她是什么样子的？”

“那么说吧，你不要把她想象成那种穿着花边裙子，戴着珍珠项链的女士；把她想象成那种，穿着牛仔裤和靴子，头发上还粘着稻草的牧场农妇。”

索菲亚微笑着。“我知道了，还有别的我需要知道的吗？”

“我妈妈是一个先驱。有什么事要做，她立马就做，而且她希望我也是这样的。她有些严肃，而且很坚强。”

“我可以想象。牧场上的生活确实不易。”

“我的意思是，她真的很强悍。不怕痛、不抱怨、不发牢骚也不哭泣。三年前，她从马上摔下来，摔断了手腕。你知道她是怎么做的吗？她什么都没说，继续做那天剩下的工作，还煮了晚饭。之后她才自己开车到医院。我根本都没注意到，直到第二天看到她手上的石膏才知道。”

索菲亚跨过胡乱生长的蔓藤，小心不踩坏任何一个南瓜。“提醒我一定要表现出最好的自己。”

“你会没事的。她会喜欢你的，你们俩比你想象的还要像。”

索菲亚看了卢克一眼，他继续说道：“她很聪明，不管你相不相信，在高中毕业的时候，她是致告别辞的那个最优学生。直到现在她都保持着阅读的习惯，还做读书笔记，生意也做得很好。她很固执，但对自己比对别人要求高。如果非要说她有什么缺点的话，那就是她无法抵挡牛仔的诱惑。”

她大笑。“我也是这样吗？不能抵挡牛仔的诱惑？”

“我不知道，你是吗？”

她没有回答。“你妈妈听起来真的很棒。”

“是的，”他说，“谁知道呢，如果她心情不错，可能会跟你讲讲她的故事，我妈妈很爱讲故事。”

“什么样的故事？”

“各种各样的都有，但是它们都很发人深省。”

“跟我讲一个。”她说。

他停下脚步，在一个巨大南瓜边蹲下。“好吧，”他把南瓜挪到另外一边，“当我赢得全国高中牛仔竞技比赛冠军的时候……”

“等等，”她打断他说，“稍等一下，这里的高中也有牛仔竞技比赛吗？”

“哪里都有，怎么了？”

“新泽西就没有。”

“那里也有，参赛选手来自各个州，只要是高中生就行。”

“然后你赢了？”

“是的，但是这不是重点，”他说，然后站起来牵起索菲亚的手，“我想跟你说的是，这是我第一次获得冠军，而不是第二次，”他开玩笑道，“我喋喋不休地说着我的理想和将来要做什么。当然，我爸爸只是照单全收。但是我妈妈一言不发，开始清理桌子，过了一会儿，她打断我对未来的宏伟构想，给我讲了一个故事，这个故事我一生难忘。”

“她讲了什么故事？”

“有一个年轻人，住在海边一个破败不堪的小屋里。他每天都摇着小船出海打鱼，不只是因为他需要食物，也是因为他在水面上感觉到平静。此外，他也想改善自己和家人的生活，所以他辛勤工作，捕到的鱼也越来越多。挣到了钱之后，他买了一艘更大的船，然后又赚了更多的钱。于是他又买了第三艘船，然后第四艘。一年年过去了，他的生意持续扩大，最后，他拥有了一整艘船队。此时，他很成功也很富有，住着豪宅，生意也蒸蒸日上，但是管理公司带来的各种压力最终压垮了他。他突然意识到，当自己退休之后，他最想过的生活还是住在海边的小屋里，每天摇着小船出海打鱼……因为他想重新拥有年轻时的那种平静和满足感。”

她头微微倾斜：“你妈妈是一个充满智慧的女人，这个故事里蕴含着很多真理。”

“你也这么觉得？”

“是的，”她说，“我觉得这个故事想说的是：人们常常不明白，没有什么事是和我们想象中一模一样的。”

此时，他们已经到达了迷宫的入口，卢克领着她走进迷宫，指出那些经过各种弯弯绕绕之后还是死胡同的错误入口。这个迷宫占地差不多4000平方米，对小孩子来说，真的是一个不小的挑战。

当他们到达出口之后，他们走向已经被摘下的南瓜那里。很多南瓜叠成一排，还有些放在箱子里，剩下的散着堆放着，还有几百个南瓜在前面的地里。

“就这些。”他说。

“这么多，弄好这些花了多长时间？”

“三天，但是其间我们还做了别的事情。”

“那是当然了。”

她挑了挑，最后选中了一个中等大小的递给卢克，然后走回卡车，他把南瓜放在车斗里。

他转身的时候，索菲亚站在他面前，她厚厚的金发在星光下微微泛白。卢克出于本能地牵起她一只手，然后是另一只手，在他能阻止自己之前，话语就从他嘴里涌了出来。

“我想知道你的全部。”他轻声说道。

“你已经知道很多了，”她说，“我跟你讲了我的家庭和我的童年，我还讲了我的大学和我以后想过怎样的生活，已经没有太多别的事情可以告诉你了。”

但还是有的，还有很多，而他想知道全部。

“你为什么会在这里？”他低声说道。

她不清楚他是什么意思。“因为你把我带到这里？”

“我的意思是你为什么跟我来到这里。”

“因为我想来这里。”

“我很开心。”他说。

“是吗？为什么呢？”

“因为你又聪明又有趣。”

她微微抬起头，表现得诱人。“上次你说我有趣的时候吻了我。”

他什么也没说，身体慢慢靠近索菲亚，看着她慢慢闭上眼睛。当他们嘴唇相碰的时候，他有一种发现新大陆的感觉，就像一个探险家终于到达了想象中或是传说中的遥远海岸。他吻了她一次又一次，然后抵着索菲亚额头，深呼吸，努力控制自己的情绪，他知道自己对索菲亚的爱不只是此时此刻，而是永不停止爱她。

十一

艾勒

现在是星期天下午，等到天一黑，就意味着我已经被困24小时了。疼痛起伏不定，我的双脚也已经冻木了，靠在方向盘上的脸也开始痛起来，我能感觉到淤青正在形成。但对我来说，最大的折磨还是渴，喝水的念头折磨着我，每一次呼吸都带来一阵喉咙的刺痛，我的嘴唇干裂，就像是长期干旱的土地。

水，我不停地想。再没有水，我就要死了，我需要它，可以听见水在召唤我。水、水、水、水……

对水的渴望占据了我所有的思绪，让我把别的念头都排除在外。我一生中从未如此渴望过这样一种简单的东西，从没有花数个小时的时间思考如何得到这个东西。而且我要的也不多，只要一点点，就算是一小瓶盖水就能彻底改变一切，哪怕是一滴水也能带来巨大的转机。

但我保持着一动不动。我不知道那瓶水在哪，就算找到，我也不确定能否打开它。我担心如果解开安全带，我可能会前栽下去，无力避免锁骨撞向方向盘，我可能会倒在车里一蹶不振，然后卡在车里，再也无法逃离。我现在连从方向盘上抬起头的念头都不敢有，更何况是要在车里面翻找。

但是，对水的渴望依旧召唤着我，这种渴望持续而迫切，随之一阵绝望感袭来。我将要死于缺水，我想着，我将会死在这里，我会的。我不可能爬到后座上去，如果是这样的话，急救人员就不能像拉一根冻鱼条一样把我拉出车外。

“你有一种病态的幽默感。”露丝说，打断了我的思绪，我提醒自己她只不过是一个梦。

“我认为目前这种状况需要这种幽默感，你不觉得吗？”

“你还活着。”

“是的，但是还能再活多久呢？”

“记录是64天，一个瑞典男人，我在天气频道看过那个报道。”

“不对，是我在天气频道看到的。”

她耸耸肩。“这难道不是同一回事吗？”

她说得有道理，我想。“我需要水。”

“不，”她说，“现在，我们需要聊聊，这样就可以转移你的注意力了。”

“就像一个骗局。”我说。

“我不是什么骗局，”她说，“我是你的妻子，我要你听我说。”

我听着她的话，看着她，让自己的思绪继续游荡。我的眼睛终于闭上了，我感觉自己漂浮在河面上，顺流而下。各种画面浮现，一个接着一个，把我从现实带到了过去。

漂荡，漂荡……

最终，各种画面凝固成了现实景象。

在车里，我睁开眼睛，眨了眨眼，看到露丝坐在副驾驶座上，跟上次的幻觉又变了一个样子。跟其他记忆不同，这段记忆对我来说很深刻、很清晰。眼前的露丝是1946年6月的露丝，这点我很确定，因为这是我第一次见她穿休闲的夏装。战争结束了，她跟所有人一样发生着改变，服装也在改变。这一年晚些时候，一位名叫路易斯·利尔德的法国工程师发明了比基尼。我盯着露丝看的时候，注意到她手臂呈现的优美曲线。由于和她父母在海边度了几个星期的假，她的皮肤散发着胡桃木一般的色泽。为了庆祝自己正式被杜克大学聘任，露丝的爸爸带着他们全家去了外滩群岛。他去了很多地方参加面试，甚至包括一所坐落于深山之中的实验艺术学院，但还是杜克大学的哥特式建筑让他更有回家的感觉。从那年秋季开始他将重新任教，对露丝全家来说，这是一件值得高兴的事，否则那一年将因哀悼而变得更加困难。自从公园里那晚之后，我和露丝的关系发生了变化。对于我说出的真相，露丝并没有多说什么，但是我送她回去的那天晚上我并没有给她一个晚安吻。我知道她很心烦意乱，后来她自己都承认接下来的那几个星期情绪很不好。我下一次见到她的时候，我发现她已经摘下了手指上的订婚戒指，但我并不怪她。她正处于震惊当中，而且她的气愤也是有道理的，我瞒了她这么久，直到那天晚上才告诉她真相。战争夺走了她在维也纳的很多亲人，我的事对她来说是又一个重大打击。爱一个人是一回事，但是爱一人意味着要放弃梦想就是另一回事了。而且生小孩，组建自己的家庭，对于在战争中失去很多亲人的露丝来说，有着尤其重要的意义。

我从直觉上能理解这些，接下来的几个月，我们俩谁也没有强迫对方。我们并没有给彼此什么承诺，但是我们还是会偶尔见见面，差不多一周两三次。有时候我会带她去看一场演出或者吃晚餐，有时候去市中心逛逛。那里有一个她很感兴趣的美术馆，我们俩经常一起去。里面大部分的作品在主题和表达方面都不那么容易被记住，但是露丝常常可以看出一些我看不出的特殊东西。跟她的父亲一样，她对现代艺术充满激情，因为它孕育了梵·高、塞尚和高更这样的画家。即便是最平凡不过的作品，露丝都能够很快找出这些画家对它们的影响。

这些参观美术馆的经历，再加上她的艺术造诣，为我打开了一扇通往全新世界的大门。有时候我也会想，我们是不是把谈论艺术当成避免谈论我们俩未来的手段。这些关于艺术的讨论形成了我们俩之间的距离，但是我还是希望能够这样下去。即使在那些时刻，我也渴求着原谅，渴求着她能够接受和我一起有一个未来，不管这种未来会是怎样的。

从公园那个命运般的夜晚开始，露丝对和我的事情一直没有下决定。她对我的态度一直不冷不热，所以当她父母邀请我去海边跟他们一起度假的时候，我惊讶不已。过几个星期放松的生活，就那么静静地在海滩上一起散步——这也许正是我们俩需要的，但是我没法离开那么久。我父亲整日都在后屋，几乎粘在了收音机旁，所以照看生意的事情落到了我的身上，而且生意前所未有的忙。店里常常会有准备找工作的退伍军人来店里买西服套装，花光手头上所剩不多的钱，希望能找到一份谋生的工作。但是当时公司都不景气，招聘人数十分有限，每当我看到这些近乎绝望的人走进店里的时候，我总会想起乔·托里和巴德·拉姆齐，所以每次我都尽我所能帮助这些退伍军人。我说服我父亲屯一些利润微薄但物美价廉的衣服，而我母亲提供免费改衣服务。于是，我们店的口碑越来越好，虽然周六不再营业了，但是营业额与日俱增。

虽然如此，我还是说服父母把车借给我，这样的话我就可以赶上他们假期的尾巴。于是，周四上午我就上路了。这一路开了很长时间，最后几个小时是在沙滩上行驶的。战后最初这几年，外滩群岛给外界呈现的是一种野性之美。这个地方因为地理位置与其他州隔开，生活在这里的人世代靠海为生。一路上，锯齿草点缀着风吹而成的沙丘，远处的树就像是小孩子捏出来的奇形怪状的泥塑。路边不时能看到野马，我开过它们身边的时候，它们时不时会抬起头来，甩着尾巴驱赶苍蝇。沿途一边是海洋，一边是连绵起伏的沙丘，我摇下窗户，呼吸着这海与沙的气息，忍不住想我将到达的目的地该是多么的美丽。

夕阳西下的时候，我终于开到了沙砾石铺就的车道上，我很惊喜地看到露丝正在门口等着我。她打着赤脚，就穿着现在这身衣服。我下车，凝视着她，脑中只能想着，她是如此的光彩照人。她头发松散随意地披在肩上，脸上露出微笑，其中仿佛隐藏着只有我们二人才知晓的秘密。当她向我招手时，我看到了她手指上的小钻石在夕阳中闪烁，那是过去几个月中不见踪影的订婚戒指。我的呼吸都要停止了。

我瞬间停住脚步，但是露丝无所顾忌地走下台阶，从沙地中朝我走来。当她投入我的怀抱时，她身上散发着海的盐味，和海风的味道夹杂在一起。从此，在我的记忆中，这个味道与露丝以及那个特殊的周末永远联系在一起。我把她抱得更紧，尽情享受着我们身体彼此相拥的感觉。这三年来，我无时无刻不在怀念和期待这种心有灵犀的拥抱。

“你在这里真好。”长长的拥抱之后，露丝在我的耳边小声地说，就在这海浪呼啸、海风拂面的夕阳下，我吻了露丝。当她回吻我的时候，我瞬间知道露丝已经做出了决定，我的世界斗转星移。

这不是我们俩的初吻，对我来说却是我最刻骨铭心的吻，因为这是我最渴望且最需要的一个吻，这标志着我人生中最幸福阶段的开始。

在车里，露丝对我微笑，她穿着那件长裙，美丽而平静。她鼻尖微红，被风吹散的头发散发着海风的芬芳。

“我喜欢这段回忆。”她说。

“我也喜欢。”我说。

“是的。因为那时候我还年轻，头发很好，没有皱纹，皮肤紧致。”

“你一点都没变。”

“乱说。”她不以为意地摆摆手说，“我变了，我老了，老了真不好，原本很简单的事情都变难了。”

“你说话的口气听起来有点像我，”我说道。她耸耸肩，对于我揭穿此时的她只不过是我记忆中的一个幻影不以为意，反而又把我们的回忆带回到外滩群岛上。

“你能来这里跟我们一起度假，我真的很高兴。”

“但是很遗憾陪你的时间很短。”

她停顿了一会儿才说：“我想我一个人安静地待几个星期也挺好。我父母似乎也知道这点。这段时间百无聊赖，基本上就是坐在门廊上或者走在沙滩上，静静地喝杯酒，看着夕阳西下。这样我就有很多时间去想一些事情，想想我，想想我们。”

“所以我出现的时候，你迫不及待地投入我的怀抱。”我开玩笑道。

“我才没有迫不及待地投怀送抱，”她愤愤不平地说，“你的记忆有点扭曲了。我走下台阶，给了你一个拥抱。我可是一个淑女，只是正常地迎接你。那些夸张的修饰只不过是你的记忆的产物而已。”

也许是，也许不是，过了这么多年，谁能记得所有细节？但这又有什么关系呢？

“你还记得后来的事情吗？”她问道。

我觉得露丝好像是在考验我。“当然记得，”我回答道，“我们走进屋，问候了你的父母。你妈妈在厨房里切番茄，你爸爸在后面门廊外烤金枪鱼。他告诉我这条鱼是他下午从码头边的一个渔民手里买过来的。他对此很自豪，那个傍晚，站在烤架前的他看起来很不一样，是那么地放松。”

“那对他来说也是一个很美好的夏天。”露丝同意道，“那时候，他管理着工厂，日子也不再那么艰难了。这么多年来，我们第一次有足够的钱可以出来度度假。最主要的原因是，他对即将重新开始的教学生涯充满期待。”

“而且你妈妈也很高兴。”

“我爸爸的乐观心态很有感染力。”露丝停顿了一会儿说，“而且，跟我一样，她开始喜欢这个地方。格林斯博罗永远都不可能成为维也纳，但是她现在学会了英语，也交了一些朋友。她开始体会到当地人们的温暖和慷慨。我想，在某种意义上，她终于开始把北卡罗来纳当作自己的家了。”

车窗外，风把树枝上的几团雪吹落，没有落到车上，但这足以提醒我现在身陷何处。不过此时此刻，我并不在乎。

“你还记得我们吃晚餐的时候天空多么清澈吗？星星有那么多。”我说。

“因为那里很暗，没有来自城市的光污染。我父亲也注意到了。”

“我一直都很喜欢外滩群岛，我们应该每年都去。”我说。

“如果我们每年都去，这个地方可能会失去它的魅力，”她回答道，“每过几年去一次会更好，就像我们一直做的那样。因为我们每次回到那里，感觉一切都很新鲜，富有野性而清新脱俗。很何况，如果我们每年都去，什么时候才有空呢？我们总是夏天的时候出去旅行，去纽约、波士顿、费城、加利福尼亚，当然还有黑山。我们有机会能环游这个国家，这是多少人都梦寐以求的事情。没什么比这更棒了。”

是的，我心想，知道露丝是对的。我们的家里放着这些旅行带回来的纪念品。但奇怪的是，除了我们第二天早上在海边找到的一个贝壳，家里没有别的来自外滩群岛的纪念品，但是在那里的记忆从来都没有变淡。

“我很喜欢你和父母一起吃饭，你爸爸知识渊博，什么都懂。”

“是的，”她说，“他的爸爸是老师，他的兄弟是老师，他的舅舅也是老师。我爸爸出自书香世家。但是他对你也很感兴趣，他对你在战争中作为空军飞行员的经历很感兴趣，虽然你不怎么提起这件事。我想这反而让他对你更加尊重了。”

“你妈妈可不这样。”

露丝停顿了一会儿，我知道她是在斟酌词句。她摆弄着一缕被风吹起的头发，然后说道：“那时候，她还是很担心我。她只知道你几个月前伤了我的心，尽管我们后来又开始来往了，我心里还是有烦心事。”

露丝说的是流行性腮腺炎对我们的未来可能带来的影响。这些事情她过了几年之后才告诉她妈妈。当她知道真相，自己一直没能做外婆的疑惑也转为伤心和焦虑。露丝很委婉地说出我们要不了小孩的真相，但是并不把所有的错都怪在我身上。其实露丝完全可以这么做，但是她真的很善良，对此我心中一直很感激。

“在餐桌上的时候，她没怎么说话，但是后来，她还是对我报以微笑，我也终于舒了一口气。”

“她很欣赏你吃完饭后主动要求洗碗。”

“我能做的就只有这个了。直到今天为止，那都是我吃过的最好吃的一顿饭。”

“那顿饭确实做得很好吃，”露丝回忆道，“早些时候，我妈妈找到一个卖新鲜蔬菜的路边摊，她还烤了面包。而我爸爸原来还有摆弄烤架的天赋。”

“洗好碗后，我们就出去散步了。”

“是的，”她说，“你那晚很大胆。”

“我又没做什么，只不过是要了一瓶酒和一副眼镜。”

“是的，但是对你来说这些举动以前都没有过。我妈妈从来没有见过你的另一面，这让她有些紧张。”

“我们都是成年人了。”

“这就是问题所在，你是一个男人，在她看来男人都有欲望。”

“难道女人就没有吗？”

“当然也有，但不像男人，女人不被自己的欲望控制。我们是文明的。”

“这些是你妈妈跟你说的吗？”我带着怀疑的口吻说。

“我不需要我妈妈告诉我这些。你想要做什么我很清楚。你的眼里充满了欲望。”

“如果我记得没错的话，”我礼貌地说，“那天晚上我绝对是个绅士。”

“是的，但是看着你努力控制自己的欲望，我还是觉得很有意思，特别是当你拉开夹克拉链，我们坐在沙滩上喝酒的时候。海洋仿佛吸收了月光。虽然你努力掩盖，我还是能感觉到你想要我。你把我抱在怀里，我们聊天、接吻，然后接着聊天，然后我就有点喝醉了……”

“那是一个完美的夜晚。”我开口说道。

“是的，”她同意道，“那是一个完美夜晚。”她怀旧的表情中夹杂着些许忧伤，“我知道我想嫁给你，我很确切地知道，我们在一起会很幸福。”

我停顿了一下，很清楚地意识到她心里在想什么。“你心里头还是希望医生说的话是错的。”

“我记得我说不管发生什么都是上帝的安排。”

“这跟我说的是同一回事，不是吗？”

“也许吧，”她回答道，然后摇摇头，“但是我可以确信的是，当我们坐在沙滩上时，我感觉到上帝在跟我说我做出的这个选择是对的。”

“然后我们看到了一颗流星。”

“它照亮了所划过的夜空。”她说，语气中现在都还带着惊讶之情，“我从来没有见过那样的流星。”

“我让你赶紧许个愿。”我说。

“我许愿了，”她看着我的眼睛说，“而且我的愿望在几个小时之后就实现了。”

露丝和我到回屋的时候已经很晚了，但是她妈妈还没睡，坐在窗户边看书。当我们走进门的时候，我感觉她在打量我们，像是在找有没有分开的和扣错的扣子，头发上有没有沙子。她起身迎接我们的时候，很明显地放松了很多，虽然她努力假装什么事都没有。

我回到车上去取行李箱的时候，她和露丝聊了一会儿。这栋房子和别的海边的房子一样，都是两层的。露丝和她父母住在楼下，她妈妈把我带到离厨房较远的二层房间。我们三个人在厨房里待了一会儿，露丝就开始打哈欠了。随后她的妈妈也跟着打了哈欠，这意味着今晚就到此为止了。露丝没有当着她妈妈的面给我一个晚安吻，那时候我们还没这么做过。露丝离开了厨房，她妈妈也很快跟着她一起走了。

我关上灯后来到后屋门廊，月光照耀的水面和吹拂着我头发的风安抚了我。我在外面坐了很长时间，温度渐低，我的思绪从露丝和我飘到了乔・托里，再到我的父母。

我尝试想象我父母也来到这样的一个地方度假，但是我实在想不出来。我们从来没有度过假，店铺把我们固定在一个地方，就算可能的话，我们的假期也不会像这样的。我已经无法想象我父亲一只手拿着酒杯，另一只手在烧烤的样子，就像我不能想象他登顶珠穆朗玛峰一样。这不知怎么的，这个念头让我感到伤心。我意识到，我父亲根本不知道如何放松，他的生活已经被工作和焦虑填满了。跟我父母不同，露丝的父母好像在享受着生活的每一分钟。露丝的父母对待战争的态度也让我很震惊。虽然方式不同，但这场战争让我的父母都沉寂在过往之中，而露丝的父母却拥抱未来，像是在极力珍惜把握这来之不易的生存机会。他们选择让现有的生命绽放，并对他们拥有的一切充满感恩。

我回到屋里的时候，一切都安静了下来。我想到露丝，忍不住踮脚走下楼。走廊的两头各有一个房间，但门都关着，我不知道哪个是露丝的房间。我站在原地，来回看看了两个房间，最后还是原路返回。

我回到房间，脱掉衣服爬到床上。月光透过窗户照进房间，给整个房间镀上了一层银色。我能听见一阵一阵的海浪声，这一成不变的声音安抚着我，过了几分钟，我渐渐入睡。

过了一段时间，我听到开门的声音。起初我以为这不过是我的想象。我睡眠一直不深，参军后睡眠就更浅了，虽然门开后我只能看到一个人影，但是我知道是露丝。我在疑惑中坐起来，她走进屋，轻轻地把身后的门关上。她穿着一件浴袍，在她快走到床边的时候，很流畅地打开腰上的浴袍带，浴袍滑落到地板上。

随后，她爬到床上，身体滑向我，我们皮肤接触的时候，我感觉她的皮肤好像带着电。我们开始接吻，两人舌头缠缠绵绵，我的手指顺着她的头发游走到她的背上。我们都知道不能发出声音，极力保持安静让人更加兴奋。我把她翻过去，背冲着我。我吻着她的脸颊，之后用热切的吻描绘着她的颈部，接着又吻回她的嘴唇，迷失在她的美和这段时光中。

我们做爱了，一个小时后又做了一次。在这之间，我把她抱在怀里，在她的耳边小声告诉她我有多么爱她，而且只爱她一个人。这段时间里，露丝几乎没怎么说话，但是从她的眼神和她的触碰中，我能感受到她的回应。黎明前的时候，她给了我一个温柔绵长的吻，然后穿上浴袍。她打开门，回过头看着我。

“我也爱你，艾勒。”她小声说，然后就走了。

我躺在床上难以入睡，回味着这几个小时发生的事情，直到天色开始变亮。我不知道露丝是睡着了还是醒着，我在想露丝是不是也在想着我。透过窗户，我看着太阳如同被海洋慢慢托起，我一生中从来没有见过如此壮观的日出。我听到厨房里她父母在小声地说话，怕把我吵醒，但是我没有离开房间。最后，我听到露丝也来到厨房，但我还是等了一会儿才穿上衣服，打开门。

露丝的妈妈站在橱柜边，倒了一杯咖啡，露丝和她爸爸坐在桌上。露丝妈妈回头对我微笑。

“睡得还好吗？”

我尽可能地不看露丝，但是透过眼角的余光，我分明看到了她唇间一抹几乎觉察不出的微笑。

“我做了一个好梦。”我回答道。

十二

卢克

在诺克斯维尔竞技场，露天看台基本上已经满座。卢克上一次来这里骑牛已经是六年前的事了，他待在跑道里，体验着熟悉的肾上腺素激增上涌。整个世界突然间压缩了，他只能模糊地听见广播员讲述着他职业生涯中的高潮和低谷。露台上的观众都安静下来。

卢克并没有感觉自己准备好了。他的手早些时候一直在抖，恐惧感袭来，让他很难集中注意力。他身下，一头名叫克罗斯的公牛不安分地前后扭动，逼着他必须马上集中注意力。牛身下的绳子由其他几个牛仔帮忙拉紧，卢克开始调整绑在手上的绳带，他还是使用自己骑牛生涯以来惯用的自杀式绳带，骑大丑牛的时候他也用的是这种绳带。调整好手上的绳带后，克罗斯把腿用力地靠在围栏上，帮忙拉紧绳子的牛仔们则用绳子把牛往回拉。克罗斯移动了一下，卢克很快把腿挤进位置。他调整了自己的身位，在准备好后的那刹那，卢克简单地说了一句："走！"

跑道的门打开，公牛野蛮地一跃，冲出跑道，牛头朝下，后腿朝天。卢克努力保持好重心，克罗斯身体向左急转时，他伸出手臂保持平衡，他应对着公牛的每一个动作，对它接下来的动作进行预判。公牛弓背跃起，突然转向，卢克没有预测到这个动作，有点失去平衡，勉强地骑在牛上。他快速调整好自己的位置，前臂用力抓住牛身上一切可以抓住的东西。克罗斯再一次弓背跃起，正准备转向的时候，结束信号声响起。卢克快速解开了绑在手上的绳带，从牛的身上跳了下来。他四肢落地，很快站了起来，头也不回地向竞技场地围栏走去。他爬到围栏上坐下来时，克罗斯正在被拉离竞技场。卢克等着广播宣布他的得分，身上的肾上腺素开始慢慢减退。随着观众的一声欢呼，广播里面宣布他的得分是81分，虽然没进前四，但他还有获胜的机会。

但即使卢克恢复平静后，他也不确定自己是否还能再继续比赛。第二头牛似乎感觉到了他的紧张，比赛不到一半，卢克就被甩了出去。落地之前，他感觉到一阵恐慌。他单膝落地，感觉身体某个部位剧烈地扭了一下，然后一瘸一拐地逃到一边。他有些头晕，但还是出于本能地做出了反应，没有被牛袭击。

因为第一轮的得分，卢克勉强排进前十五，短暂休整之后，卢克还是参加了最后一轮的比赛，最终排在第九名。

比赛结束后，卢克没有久留。给妈妈发了条信息后，他就发动卡车驶出停车场，凌晨4点多一点他才回到牧场。看到主屋里的灯还亮着，他估摸他妈妈可能已经起床，但她更有可能是彻夜未眠。

他又给她发了条信息，然后熄火下车，并不期待能收到回复。

跟往常一样，他的确没有。

天亮后，卢克断断续续地睡了两个小时，跛着走进农舍。他妈妈差不多做好了早餐，半熟的煎鸡蛋，几根香肠，还有薄煎饼，香味充满了整个厨房。

“嘿，妈妈。”他说，伸手去取一个杯子。他尽可能地掩饰着自己的一瘸一拐，走向咖啡壶，想着自己需要不止一两杯咖啡才能冲下抓在手里的止痛药。

他倒咖啡的时候，他妈妈观察着他。“你受伤了。”她说，语气并没有他想象的那么愤怒，更多的是关心。

“不太严重，”他倚着橱柜说，尽力避免脸部肌肉抽搐，“开车回家的路上膝盖有点肿了，放松一下就好了。”

她双唇紧闭，琢磨了一会儿他说的是不是实话，最后才点点头说：“好吧。”然后把煎锅转移到旁边没着火的炉灶上。随后她给了卢克一个拥抱。这些星期以来，这是第一次，而且时间比以前要长很多，好像是要弥补那些遗失的时光。拥抱结束后，卢克注意到他妈妈的眼袋，意识到她和自己睡得一样少。她拍了拍卢克的胸膛说：“去坐吧，我把早餐端过来。”

他慢慢地移动，以免洒掉手上的咖啡。他坐在桌边，把腿伸直，让自己更舒服一些，这时他妈妈已经把早餐盘子摆好了。她把咖啡壶端过来放在桌上，然后在他旁边坐下。她盘子里的食物只有卢克的一半。

“我知道你昨晚到家会比较晚，所以今天早上我已经喂了牲口，查看了牛群。”

她还是不承认自己一直在等着他回家，卢克不感到意外，他妈妈对此也毫无怨言。

“谢谢，”他说，“昨天来了多少人？”

“差不多200人，但是昨天下午下了点雨，所以今天人会更多。”

“我需要补货吗？”

她点点头。“何塞昨天回家前已经补了一些，但我们可能还需要更多的南瓜。”

他安静地吃了几口东西，“我被甩出了牛背，”他说，“我的膝盖是这么受伤的。我落地的方式不对。”

她的叉子轻敲盘子说：“我知道。”

“你是怎么知道的？”

“莉兹，竞技场办公室的那个姑娘给我打电话了，”她说，“她跟我大概讲了一下你的比赛情况，我和她很早以前就认识，记得吗？”

这是他没有预料到的。一开始他也不知道该说什么。他往嘴里塞了一块香肠，嚼着，急切地想转移话题。

“我走之前跟你提过索菲亚要过来的事，对吗？”

“是的，过来吃晚餐，”她说，“我想甜点就吃蓝莓派吧。”

“也不用，太麻烦了。”

“我已经做好了。”她说，用叉子指着柜台方向。在柜子下面的角落处卢克看到了他妈妈最爱的陶瓷蛋糕盘，盘子边缘有蓝莓汁烤干的痕迹。

“你什么时候做的？”

“昨天晚上，”她说，“昨天顾客散了之后，我有些时间。要我做炖菜吗？”

“不用了。”他说，“我想我会烤些牛排。”

“那就是要做土豆泥，”她补充道，已经想到前头了，“还有青豆，我再做一个色拉。”

“你不用全部都做的。”

“我当然要做，她是客人。而且我吃过你做的土豆泥，如果你还想她再来的话，最好还是我来做吧。”

他咧嘴笑了笑，这时他才注意到，她除了烤蓝莓派还收拾了厨房，很可能把房子也打扫了一遍。

“谢谢，”他说，“但是不要对她太苛刻了。”

“我不对任何人苛刻。还有跟我说话的时候后背要挺直。”

他笑道：“我想你终于原谅我了，是吧？”

“一点也没有，”她说，“你执意要参加这些比赛还是让我很生气，也很束手无策。不过这个赛季已经结束了，我想明年1月前你会想明白的。你有时候做事很鲁莽，但你是我养大的，我相信你不会一直这么鲁莽下去。”

他什么也没说，不想又开始什么争吵。“你会喜欢索菲亚的。”他转移了话题。

“我想也是，她可是你第一次邀请来我们家的姑娘。”

“安吉以前没少来我们家。”

“她现在已经嫁给别人了。而且你们那时候只不过是小孩子，那不算。”

“我可不是小孩子，那时我已经上高三了。”

“那也是小孩子。”

他又切了一块煎饼，然后裹了些糖浆。“虽然我不完全认同你说的话，但是我很高兴我们又开始说话了。”

她叉起一块鸡蛋说：“我也是。”

对卢克来说，接下来的这段时间过得有些心不在焉。要是在平常，早餐后他一般立马开始工作，尽可能根据工作的要紧程度，把该做的事情一件件做完。有些事情必须马上开始，比如在顾客大批量涌来之前把南瓜准备好，或者查看一下受伤的动物。

按照以前，时间应该过得很快。从一件事情到另一件事情，他还没什么感觉就已经到了午餐时间，下午也是如此。很多时候因为没有完成既定的任务，他都会感觉有点沮丧。等他走进屋的时候，基本上已经到了吃晚饭的时间，不得不感叹时间怎么过得那么快。

正如他妈妈预计的那样，今天甚至比周六更忙。轿车、卡车、小型货车排满车道两边，都快排到主路上了。到处都是孩子。虽然膝盖上的疼痛还没有消失，他还是坚持搬南瓜，帮助家长们找迷宫里的孩子，然后给几百个氦气球充气。氦气球、热狗、薯片还有汽水都是今年新加的项目，摆着桌上由他妈妈负责。今天卢克做事的时候，发现自己总是在想着索菲亚。他时不时地看表，本以为一个小时应该过去了，结果只过去了20分钟。

他很想见她。周五和周六的时候他们在电话里聊过，卢克每次给索菲亚打电话时，在她接起来之前他都有些紧张。他很清楚自己对索菲亚的感觉，但是他不确定索菲亚对自己的感觉是不是也一样。每次拨号之前，卢克都可以想象到索菲亚接电话时那种不温不火的感觉。虽然在电话里的时候，她很开心也很能聊，但是挂电话之后，他都会重温一下电话里的对话，还是搞不清索菲亚对自己的感觉，为此他很是困扰。

这是他经历过的最奇怪的事情。他并不是个轻浮又执迷不悟的青少年。他从来没有那样过。这是他人生中第一次这样不知所措。他只确定一件事，就是自己很想和索菲亚待在一起，希望晚餐时间快快到来。

十三

索菲亚

“你知道这意味着什么，对吧？跟他妈妈一起吃晚餐？”玛西亚边说，边小口地吃着盒子里的葡萄干。索菲亚知道，这些葡萄干构成了她的一日三餐。玛西亚跟宿舍里的很多女孩们一样，把一天的卡路里指标留到晚些时候的鸡尾酒会上用，或者是用葡萄干弥补头一天晚上鸡尾酒带来的多余卡路里。索菲亚正在戴一个发夹，差不多准备好出发了。

“我想这意味着我们会吃东西。”

“你又开始敷衍我了，”玛西亚说，“你都还没告诉我你们周四晚上做了什么。”

“我不是告诉过你，我们聊了一会儿天，然后去吃日本料理，吃完之后开车去了牧场。”

“喔，”她说，“我都能想象你们那一整晚的各种细节。”

“你想我说什么？”索菲亚厌恶地说。

“我需要细节，你既然不想告诉我，我只能猜你们一晚上搞得很火热。”

索菲亚戴好发夹。“我们没有，我在想你为什么对这件事情这么感兴趣。”

“哇，我可不知道为什么。也许是因为你在房间里到处转来转去？因为星期五晚上你在派对上见到布莱恩时那么淡定？还有在看足球比赛的时候，明明快要进球了，你却走开去接宝贝牛仔的电话。依我看，你们俩之间已经不是那么简单了。”

“我们俩上周末才认识，还没到那种程度。”

玛西亚摇摇头。“不对，我不相信。我觉得你比自己嘴上承认的要更喜欢他。但是我要提醒你，这样发展下去可能不好。”

索菲亚转身看着她，玛西亚把最后一点葡萄干倒到手上，然后把盒子扭成一团，向垃圾篓扔去，一如既往地没有进。“你刚刚结束一段感情，现在还是在失恋期，失恋期开始的恋情是不会有结果的。”她很有把握地说。

“我不在失恋期，我和布莱恩分手已经很久了。”

“没有多久，而且他还没忘了你。虽然上周末发生那样的事，他还是想你回到他身边。”

“那又怎样？”

“我只是想提醒你，分手以来你只和卢克一起出去过，这就是说你根本没有时间想清楚你要找什么样的人，你还不在状态。你还记得自己上周末的反应吗？你看到布莱恩的时候完全被吓坏了。在这种感情状态下，你找到了另一个人。这样开始的感情是不会有什么结果的，因为你的情绪还不稳定。卢克不是布莱恩，我知道这点。我想跟你说的是，过几月时间，你会发现，你需要的人远远不是一两句简单的话就能概括的。到那个时候，如果你不小心的话，受伤的人不是你就是他。”

“我们只是去吃个晚饭，”索菲亚反对道，“没什么大不了的。”

玛西亚把最后一些葡萄干放进嘴里。“希望如你所说。”

有时候，索菲亚真受不了她的室友，比如现在，在开车去牧场的路上。过去的三天时间，索菲亚心情都很好，甚至享受着派对和周五的足球比赛。今天早些时候，她还写了一大段文艺复兴艺术课程的论文，这个论文要下周二才交。总而言之，这是一个完美的周末。当她正准备给这个周末一个完美结尾的时候，玛西亚就开口把这些疯狂的想法灌输到了她的脑子里。有一点她很确信，那就是她已经走出了失恋期了。

对吧？

事实上，她和布莱恩之前的感情不只结束了，她还对此感到高兴。从去年春天开始，这段感情让索菲亚觉得自己就像是《圣诞颂歌》里那个名叫雅各布·马利的鬼魂，一辈子都戴着生活的枷锁。布莱恩第二次出轨之后，她对他的感情已经淡了很多，虽然她没有很快就结束这段感情。她仍然爱着他，但是不像以前那样盲目、单纯、无所保留，她内心深处知道他是不会变的。那个夏天，这种感觉变得更加强烈，之后发生的事情证明她的直觉是对的。等到他们终于分手的时候，她感觉这段恋情已经结束了很久。

是的，分手的时候，她承认自己是有些难过，但是谁又能不难过呢？他们在一起差不多两年时间，如果不伤心就太奇怪了。但是让她更难过的还是他做的其他事情，那些电话，那些信息，在校园里到处跟踪她。玛西亚怎么会不理解这些呢？把这些事情理清之后，索菲亚感觉了满足。她驶出主路，朝牧场的方向开去。玛西亚不知道自己在说什么。索菲亚现在的情绪状态很好，也不在什么失恋期。卢克是个好男人，他们还在互相了解的阶段。她又不是要马上爱上他，她也从来没有这么想过。

对吧？

索菲亚很快开到牧场车道上，脑中还在尝试着把室友恼人的声音逐出去。此时，她不知道是该把车停到卢克房子边，还是开到主屋那边去，这是天已经黑了，外面开始弥漫起一层薄薄的雾气。虽然开着前灯，索菲亚还是要身体前倾，才能看清自己前面的路。她开得很慢，茫然地想着狗会不会来带路。就在这个时候，她看到它从岔道那边走到路上。

狗在车前小跑着，偶尔回头看看，直到她到达卢克的小屋。索菲亚把车停到上次停的地方。屋子里的灯亮着，她透过窗户看到卢克站在似乎是厨房的地方。她关掉引擎走下车的时候，卢克已经走出门廊，向她走来。他上身穿着白衬衫，袖子挽到胳膊肘的位置，下身穿着牛仔裤和靴子，这次没有戴着帽子。她深吸一口气，让自己淡定下来，再一次希望自己之前没有听到玛西亚说的那些话。即使在夜色中，她也知道卢克在对她微笑。

“嘿。”他喊道。他走近索菲亚身边的时候，探身吻了她，她闻到了洗发露和香皂的味道。这个吻虽然只是用来打招呼的，时间很短，但是他还是感觉到了索菲亚的迟疑。

“有事情在让你烦心。”他说。

“我没事。”她否认道。她很快地笑了一下，但发现自己很难看向他。

他没有马上说话，而是点点头说：“好吧，我很高兴你能来这里。”

虽然卢克很坚定地看着她，但是她意识到自己并不知道他在想什么。“我也是。”

他往后退了一步，一只手插在口袋里。“你写完论文了吗？”

这个距离让她更容易思考。

“没有全写完，”她回答道，“但是我已经开了个好头，你这边怎么样？”

“还好，”他说，“我们卖了绝大部分南瓜，剩下的那些反正也只能用来做南瓜派。”

她第一次看到卢克的头发有些潮湿。“你们怎么处理这些南瓜呢？”

“我妈妈会把它们做成罐头，接下来一年，她会用这些罐头做出世界上最好吃的南瓜派和南瓜面包。”

“听起来像是又一桩不错的生意。”

“可能性不大，不是因为她做不到，而是因为她讨厌整天待在厨房里。她更喜欢户外的感觉。”

“我想她肯定是。”

接下来他们俩谁也没说话。自从她遇到卢克以来，第一次感觉到安静得有些尴尬。

“你准备好了吗？”他问道，朝农舍走去，“几分钟之前，我已经烧好木炭了。”

“准备好了。”她说。他们并排走的时候，索菲亚在想卢克会不会牵她的手，但是他没有，而是让索菲亚沉浸在自己的思绪中。这时他们已经绕过了那片树林，雾越来越厚，远处的牧场已经不见踪影，谷仓也是剩下一个影子，而农舍里的灯光亮着，光线微弱柔和，就像万圣节的南瓜灯。

索菲亚能听到脚踩碎石的清脆声音。“我才想起你从来没有告诉我你妈妈的名字，我叫她柯林斯太太可以吗？”

这个问题让他有些犯难。“我也不知道，我就叫她妈妈。”

“她的名字叫什么？”

“琳达。”

索菲亚在心里默念这个两种叫法。“我想还是叫她柯林斯太太吧，”她说，“这毕竟是我第一次见她，我想让她喜欢我。”

他转身面对索菲亚，让她惊讶的是，她感觉到卢克牵起她的手。“她会喜欢你的。”

他们还没来得及关上厨房的门，琳达·柯林斯就关掉了搅拌机，先是看了一眼卢克，然后细细打量了一番索菲亚，然后又看向卢克。她把搅拌机放在橱柜上，搅拌机的刀片上包裹着一层土豆泥。她在围裙上擦了擦手，就像卢克预料的那样，她穿着牛仔裤和短袖衬衫，但是靴子换成了便鞋，灰色的头发扎了一个松松的马尾辫。

“这就是你一直藏着不让见的那个姑娘，是吧？”

她张开双臂，拥抱了一下索菲亚。“很高兴见到你，叫我琳达就好。”

她的面容呈现了一种常年在太阳下工作的色调，她的皮肤却没有索菲亚预想中的那样饱经风霜，她的拥抱中带着潜在的力量感，那种来自辛劳工作的肌肉感。

“很高兴见到你，我是索菲亚。”

琳达微笑道：“我很高兴卢克终于决定把你领过来见个面了。有一阵子，我忍不住在想他是不是为我这样的老母亲而感到难为情。”

“你知道我不会这样。”卢克说，他妈妈眨了眨眼，也上去拥抱了他一下。

“你干吗不去烤牛排呢？它们已经腌好了放在冰箱里。也让我和索菲亚互相认识一下。”

“好吧，但是记住你答应过不对她苛刻的。”

琳达露出一副难掩欢乐的表情。“我真不知道他为什么这么说，我是一个很好相处的人。你要喝点什么吗？我下午的时候泡了一些阳光茶。”

“那再好不过了，”索菲亚说，“谢谢。”

卢克给了她一个祝你好运的表情，然后就去门廊上了。琳达给索菲亚倒了一杯茶，然后递给她。然后琳达走到炉灶边，拧开一罐青豆，索菲亚猜青豆也是自家园子里种的。

琳达放了一些青豆到平底锅里，往里加了一些盐、胡椒还有黄油。“听卢克说你在维克森林大学读书？”

“是的，我读大四了。”

“你家是哪里的？”她问道，把火关得小了一点，“我猜你应该不是本地人。”

她提问的方式跟卢克那晚问的时候一模一样，好奇但是不做任何评判。索菲亚一一回答琳达的问题，跟她粗略地讲了一下自己生命中的那些人、事、地方和时间点。同时，琳达也跟她分享了一些牧场生活的细节，她们之间的聊天就像和卢克聊天一样轻松自如。从琳达的描述来看，她和卢克在牧场事务上的分工是相互交叉的，他们俩都会做所有的事情，只不过琳达更多时候处理的是记账和煮饭方面的事，而卢克主要负责户外的一些工作和机械维修，这种分工更多的是出于偏好。

她煮好之后朝桌子走去，这时卢克也回来了。他给自己倒了一杯茶，然后走出去继续烤牛排。

“有时候我也希望自己能上大学，”琳达继续说，“如果上不了大学的话，至少可以上一些相关课程。”

“你想学哪些方面的东西呢？”

“会计，或许再上一些农业和畜牧业管理的课程。这些东西我都要自学，而且也犯过很多错误。”

“你现在做得很好。”索菲亚说。

琳达没有说什么，只是拿起杯子喝了一口茶。“你说你有妹妹？”

“三个。”索菲亚说。

“她们都多大了？”

“19岁和17岁。”

“有一对双胞胎？”

“我妈妈跟我说过，有两个女儿就够了，但是我爸爸很想有个儿子，于是他们决定再试一次，她说当她在医生办公室听到这个消息的时候，差点心脏病发作。”

琳达端起茶杯。“这么多姐妹在同一栋房子里一起长大一定很有意思吧？”

“我们住的是一套公寓，现在还住在那里。但是确实挺有意思，虽然有时候会比较挤。我很怀念和我妹妹亚历桑德拉住在一个房间的日子，我一直住到我离开家去上大学。”

“那么你们之间的感情很好。”

“是的。”索菲亚承认道。

琳达以敏锐的洞察力观察着她，就像卢克经常做的那样。“但是？”

“但是现在不一样了。他们还是我的家人，我们一直都会很亲近，可在我离开家去维克森林大学上学以后，情况就开始改变了。亚历桑德拉虽然也去罗格斯大学读书了，但是她每两周回家一次，有时候回得更多。布兰卡和戴雷娜就住在家里，她们正在上高中，同时都在熟食店帮忙。而我一年中离开家八个月。暑假的时候，我刚刚觉得有点回到从前，又该回学校了。”她的指甲在遍布磨痕的木桌上滑着，“问题是，我不知道该怎样再次融入他们。我再过几个月就毕业了，除非我在纽约或新泽西找到一份工作，否则我真不知道要多久才能回家一次，也不知道那时候会发生什么。”

索菲亚感觉琳达一直在注视着她，她意识到这是她第一次跟别人说出这些心里话。她不知道为什么，也许是之前和玛西亚的对话让她的情绪有点失常，亦或是因为琳达是那种她可以信任的人。当她把这些话都说出来的时候，她突然意识到自己一直都很想找一个能懂她的人倾诉这些心思。

琳达身体前倾，拍了拍她的手。“这种事的确很难，但是要记住，每个家庭都会遇到这样的问题。人长大后要跟父母兄弟姐妹们分离，因为每个人都要继续自己的生活。但是很多时候，过了一些年，他们又会变得更亲近，就像德雷克和他的弟弟……”

“德雷克？”

“我的丈夫，”她说，“卢克的父亲，他和他的弟弟很关系很近，但是当德雷克开始参加巡回比赛之后，他们几年都难得说上一句话。之后，德雷克停止参加比赛了，他们又开始走得很近了。这就是家人和朋友的区别。不管发生什么，不管相隔多远，家人永远都在那里。也就是说你会找到保持紧密联系的方法的，更何况你已经意识到这件事的重要性了。”

“是的。”索菲亚说。

琳达叹气道：“我也一直希望有兄弟姐妹，”她坦白道，“我一直都觉得那样会很有趣，有人一起玩，有人可以说说话。我以前总是跟我妈妈说这事，但是她总是说‘看情况’。后来我长大一些才知道，我妈妈因为流产次数太多，所以……”她的声音在说下去之前颤抖了，“她再也不能要小孩了。有时候，事情是不尽如人意的。”

她说这话的时候，索菲亚很明显地感觉到琳达可能也受过几次流产的折磨。她刚意识到这点的时候，琳达就把椅子往后一推，结束了这个话题。“我去切一些番茄做色拉用，”她说，“牛排应该随时就要好了。”

“需要我做什么吗？”

“你可以帮忙摆一下桌子，”她赞同道，“盘子在那里，餐具在那边的抽屉里面。”她边说边指了指。

索菲亚把餐具拿出来，然后摆好。琳达把番茄和黄瓜切片，撕碎了一些生菜，然后放在一个亮彩色的碗里拌好。这时候卢克也拿着牛排回到厨房。

“这个需要静置几分钟。”卢克说，随后把牛排放在桌上。

“时间刚刚好，”他妈妈说，“让我放一些青豆和土豆泥到碗里，然后就可以吃饭了。”

卢克坐下来。“你们刚才在聊什么？在外面的时候我感觉你们对一些严肃的话题进行了深入交流。”

“我们在聊你。”他妈妈转身说，一只手拿着一个碗。

“我希望不是。”他说，“我没那么有魅力。”

“你还有点希望。”他妈妈风趣地说，把索菲亚逗乐了。

晚餐在轻松愉快的氛围中度过，不时被笑声和故事打断。索菲亚跟他们讲了一些校园宿舍里发生的滑稽故事，比如太多女孩患有贪食症，把水管都堵住了，不得不重新更换排水设施。卢克讲了几个在参加比赛期间遇到的奇葩故事，比如有个朋友，名字记不清了，他在酒吧找了一个女伴，结果这个女伴和他想象中的……并不一样。琳达跟她讲了几个卢克小时候的故事和他高中时的光辉历史，这些故事都不是很离谱。就像她认识的很多高中生一样，他遇到过一些麻烦。但是她也得知卢克除了骑牛很厉害以外，还是个摔跤高手，他高二、高三的时候连续两届赢得州冠军，怪不得布莱恩没有威胁到他。

整个晚餐过程中，索菲亚看着他们，听着他们说话。随着时间的推移，玛西亚的警告对她来说越来越模糊。索菲亚感觉跟琳达和卢克吃晚餐的这段时间很放松。和他们交流就像和自己家人交流一样，轻松而又充满活力，跟大学里的那种自我意识过剩的社交完全不同。

他们吃完饭的以后，琳达端上了她烤的蓝莓派，这大概是索菲亚吃过的最好吃的东西。之后，他们三个人一起收拾厨房，卢克负责洗盘子，索菲亚把盘子擦干，琳达把剩下的食物包起来收好。

这种和谐舒服的分工方式跟在自己家差不多，这让索菲亚有点想家，她心里也第一次想她父母会怎么看卢克。

走到门口的时候，索菲亚拥抱了琳达，卢克也拥抱了她，她用力的时候，索菲亚又一次注意到了她手臂上明显的肌肉线条。她和卢克拥抱结束的时候，琳达冲他眨了眨眼。“我知道你们还要去看看，但是记住索菲亚明天还要上课，不要让她睡得太晚了，你自己明天也要早起。”

"我每天都起得很早。"

"你今天就没早起，还记得吗？"然后她转向索菲亚，"很高兴见到你，索菲亚。有时间再来玩，好吗？"

"我会的。"索菲亚保证道。

卢克和索菲亚走进冰凉的夜色中，周围的雾更厚了，给整个牧场增添了一种梦幻般的感觉，索菲亚小口地喘息着，挽着卢克的胳膊向他的小屋走去。

"我喜欢你妈妈，"她说，"跟我想象中完全不一样，她不是你描述的那样。"

"你想象中她是什么样的？"

"我原以为我会怕她，猜测她可能不流露什么感情，毕竟腕关节断了还接着干一天活的人我可没见过。"

"今晚是她表现最温和的时候了，"卢克解释道，"相信我，她很多时候不是这样的。"

"比如她生你气的时候。"

"对，比如她生我气的时候，"他同意道，"还有其他时候也是。如果你看到她和供应商谈生意，或是牛群到该卖的时候，或者别的时候，她还是很冷酷的。"

"不管你怎么说，我觉得她贴心、聪明又有趣。"

"我很高兴你喜欢她，她也喜欢你，我看得出来。"

"是吗？你是怎么看出来的？"

"她没有把你弄哭。"

她用肘轻推他一下。"你对她好点，不然我可要回去告诉她你在说她的坏话。"

"我对她很好的。"

“不总是那么好，”她带着一半调侃一半刺激他的口吻说，“否则她怎么会那么生你的气。”

当他们走到卢克屋子边的时候，他第一次邀请索菲亚进屋。他先走向客厅的壁炉，柴火和引火柴就堆放在壁炉边。在从壁炉架上取下一包火柴后，卢克蹲下点燃了火柴。

就在他给壁炉生火的时候，索菲亚的目光打量着客厅和厨房，适应着不拘一格的室内装修。线条充满现代感的几张低矮棕色皮沙发旁边放着一个生锈的咖啡桌，咖啡桌下铺着一张牛皮地毯。风格不太协调的茶几上放着一个铁制台灯。壁炉上方的墙上嵌着一个带着鹿角的雄鹿头。房间功能齐备而不张扬，没有奖杯、奖状或者积压的剪报。虽然索菲亚在客厅的相框里看到了几张卢克骑牛的照片，但它们夹在更多的老照片中间：一张大概是他父母结婚纪念日的照片；一张小时候的卢克和他父亲的照片，照片里他们握着一条刚钓上来的鱼；还有他妈妈和一匹马的照片，照片里他妈妈对着镜头微笑着。

另一边厨房的搭配更加奇特。跟他妈妈的厨房一样，中间摆着一张桌子，但是枫木橱柜和台面没有什么磨损的痕迹。另一个方向，一条并不长的走廊通向浴室和另一个房间，她猜是卧室。

火开始燃烧，卢克站起来，手在牛仔裤上擦了擦。

“感觉如何？”

她朝壁炉走去。“很暖和。”

他们在壁炉前站了一会儿，让身体温暖起来，然后走向沙发。索菲亚坐在卢克旁边，她能感觉到卢克向她投来的目光。“我能问你一个问题吗？”卢克说道。

“当然。”

他犹豫片刻。“你还好吗？”

“我怎么会不好呢？”

“我不知道。刚来那会儿，你看起来像是有什么烦心事。”

索菲亚开始什么都没说，不知道该不该回答这个问题。最后她做出决定，为什么不呢？她抬起卢克的手腕，卢克明白索菲亚的意思，他一只手绕过索菲亚的后肩部，让索菲亚可以靠在他身上。

“因为玛西亚说的一些话。”

“关于我的？”

“也不是，更像是关于我的。她认为我们进展得太快，认为我在情感方面还没准备好，她确信我还在失恋期。”

他身体后倾，观察着她。“你是吗？”

“我也不知道，”她承认道，“这段时间对我来说是全新的体验。”

他笑了，然后变得更加认真。他把索菲亚拉近，吻了吻她的头发，“那么好吧，不知道这能不能让你感觉更舒服一些：我以前也没有过这种体验。”

夜更深，他们坐在壁炉前，就像初次见面的那晚一样，他们静静地交谈。火堆噼啪作响，偶尔溅起点点火星，整个房间映照着温暖舒适的微光。

索菲亚回想起跟卢克在一起的时光，她不只是感觉到轻松，而且有一种不可名状的自然和亲切。和卢克在一起的时候，她可以做自己，可以毫无顾忌地跟他分享任何心里话，而他凭直觉就能够理解。

如今他们依偎在一起的时候，她很奇妙地感觉到自己和卢克是如此的性情相投。

这种感觉跟和布莱恩在一起的时候完全不同。跟布莱恩在一起的时候，她总是担心自己不够好；更糟糕的是她时常会怀疑自己是不是真的了解他。她常常会觉得她和布莱恩之间隔着一道屏障，一道永远都不能攻破的屏障。她会想是不是自己做错了什么，无意间造成了他们俩之间那道不可逾越的鸿沟。然而跟卢克在一起的时候感觉并不是那样。索菲亚感觉自己好像认识他很久了，他们在一起的这种轻松愉快的感觉让她知道自己一直缺少的是什么。

壁炉里的火还在稳定地燃烧，玛西亚的话越来越模糊，直到索菲亚再也听不到了。不管他们之间的进展是不是太快，她喜欢卢克，享受和他在一起的每一分钟。虽然她现在还没有真正地爱上卢克，但是随着自己的身体感受着卢克胸膛的起起伏伏，她感觉到自己对卢克的感情在下一分钟可以就会发生改变。

之后，他们来到厨房开始雕刻她的南瓜。今晚即将结束，而索菲亚很明显地感觉到一些眷恋与不舍。她站在卢克身边，全神贯注地看着他缓慢但是精准地把南瓜灯雕得栩栩如生，比她小时候做的那种要复杂很多。橱柜上摆着各种尺寸的刻刀，每一把刀都有各自的用途，索菲亚看着卢克刨去南瓜的部分表皮，于是嘴和牙齿就出现了，南瓜灯咧嘴笑的表情也就跟着出现了。卢克时不时地身体后倾，评估着自己的作品。之后出现的是眼睛，卢克又刮去一些南瓜皮，雕刻瞳孔细节，然后仔细地切除剩余部位。他一脸苦相地把手伸进南瓜里取出切下来的南瓜片和南瓜瓤。“我一直都受不了这种又黏又滑的感觉。”卢克说，惹得索菲亚咯咯地笑。最后，他把刀递给索菲亚，问她想不想接手完成剩余部分。卢克告诉她要切哪个地方，切成什么形状，他的体温压在她身上，让她的双手不禁颤抖。不知怎么的，南瓜灯的鼻子居然刻得还不错，但是一边眉毛有些弯曲，给整个南瓜灯的表情增添了一股狡黠意味。

雕刻完成之后，卢克往南瓜灯里插入一根无烟蜡烛，接着点亮，然后把南瓜拿到门廊上。他们坐在门口的摇椅上安静地聊天，发光的南瓜灯对着他们露齿而笑。卢克把座椅挪得离索菲亚更近，这让索菲亚很容易地就在心中想象了像今晚一样和他坐在一起的成千个夜晚。之后，当卢克陪着索菲亚向车的方向走去的时候，她感觉他心中也在想象着同一件事。卢克把南瓜灯放在副驾驶座上，然后握着她的手把她拉得离自己更近些。此时，索菲亚能从他的表情中可以看出他的欲望，他的拥抱告诉索菲亚他很想她留下；当他们嘴唇碰触的时候，她知道她也想留下。但是她不会这样做，不是今晚。她还没有准备好，但是这些充满渴望的吻让她感受到，她已经迫不及待地想步入这些吻承诺着的未来。

十四

艾勒

夕阳徐徐隐没于地平线下，夜晚渐渐逼近，这本该让我忧心忡忡。然而此时此刻，我脑中只充斥着一个念头。

水，任何形式的水。冰、湖、河流、瀑布或者水龙头中流出的水，只要能消除卡在喉咙中的凝块都行。我能感觉到它是一个凝块，不是肿胀。这个凝块从别的部位凝结过来，而且随着每一次的呼吸，它都在肿胀膨大。

我意识到自己在做梦。这个梦不是关于汽车事故的，汽车事故是真的，我知道，这是唯一真实的事情。我双目紧闭，凝神冥思，努力回忆细节。但我因为干渴而意识不清，很难理清这一切是怎么发生的。我想避开州际公路，那里的人都开得太快了，于是我在厨房抽屉里找到的地图上画出单车道的公路。我记得自己驶离公路去加油，加完油后就不知道该往哪个方向开了。我依稀记得穿过一个叫克莱蒙斯的小镇，后来，我意识到自己方向开反了的时候，我就顺着一条土路开，最后终于开到了一条叫421的公路，看到了一个写着亚德金维尔镇的牌子。天气逐渐恶化，我不敢停车。眼前的一切都越来越陌生，但我还是沿着曲曲折折的公路往前开，之后我不知不觉地开到了另一条公路，这条公路一直通向山里头。我不知道这条公路的编号，但是这已经不重要了，这时雪愈发猛烈。车外一片漆黑，以至于我没到看弯道。我冲过围栏，听到金属扭曲变形的声音，之后连车带人冲下路堤。

如今我独自一人，被困在车里一整天，还没人发现我。我一直在梦着我的妻子。露丝已经过世了。去世的时候她安详地躺在家里的床上，而不是我的副驾驶座上。我很思念她，这九年来，我对她的思念绵延不绝，其中大部分时间都花在希望先走的是我而不是她这个念头上。这样形单影只的生活露丝可以比我适应得更好，她可以继续勇敢地生活下去。她总是比我坚强，比我聪明，各方面都比我好。我再次想了想我们两个人的结合，我很久以前做出了比她更好的选择。我现在依然对她为什么会选择我而百思不解。她是那样的与众不同，而我是那么的平凡。我生命中最大的成就就是毫无保留地爱她，这种爱矢志不渝。但是我现在真的累了，饥渴让我感觉到自己的仅剩的力量在流失。是时候停止挣扎，去找露丝了。我闭上眼睛，想着如果我睡着了，我就永远和她在一起了。

“你还不能死。”露丝突然打断我的思绪，她的声音急切而紧张，“艾勒，还不到时候。你想去黑山，还记得吗？你还有事情没有完成。”

“我记得，”我说，但是轻轻说出这几个字都很难。我感觉舌头在嘴中肿胀，堵塞喉咙的凝块变得更大，让我很难呼吸。我需要水，需要湿润的东西，任何可以帮助我吞下凝块的东西。我必须马上吞下凝块，否则就不能呼吸了。我努力地吸了一口气，但是并没有吸入足够的空气，我的心脏因缺氧而剧烈跳动。

一阵眩晕袭来，眼前的景象和声音开始变得扭曲。我想我要走了，我闭上双眼，准备好……

“艾勒！”露丝抓住我的胳膊，靠近我大声喊道，“艾勒！我在跟你说话！你给我回来！”她要求道。

虽然隔着一段距离，虽然她努力克制自己的情感，但是我仍能听出她语气中的惧意。她用力地推我的胳膊，但是我的胳膊却纹丝不动，这又说明了身旁的露丝只是一个幻觉。

“水。”我声音嘶哑地说。

“我们会拿到水的，”她说，“现在你必须用力地吞咽，这样才能呼吸。因为事故，血块卡在你的喉咙里，它堵塞了你的呼吸道，这会让你窒息。”

她的声音听起来微弱而遥远，我没有回答。我感觉自己好像醉了，醉得很死。我的思绪涣散，头抵在方向盘上，我唯一想的事情就是睡过去，然后消失……

露丝又在晃动我的胳膊。“你不要想着自己现在被困在车里！”她大声喊着。

“但是事实就是这样。”我咕噜着说。我现在虽然神志不清，但是我知道我的胳膊根本没有动，她的话只不过是我的想象而已。

“你在海滩上！”她在我耳边呼吸，突然变得诱惑起来。她的脸离我很近，我能感觉到她长长的睫毛划过我的脸，感觉到她呼吸的温度。“那是1946年，你还记得吗？那是我们第一次做爱后的早晨，”她说，“如果你努力下咽，你就会回到那里。跟我一起来到沙滩上。你还记得那天早上你从你房间里出来，我给你倒了一杯橙汁，然后递给你。我现在就把橙汁递给你……”

“你不在这里。”

“我在这里，我端着杯子！”她坚持道。当我睁开眼睛的时候，我看到她端着杯子。

“你现在需要喝下去。”

她把杯子伸到我嘴边，然后向着我的嘴唇倾斜。“吞下去！”她命令道，“洒在车上也没关系！”

这真是太疯狂了，但就是最后那句话，关于洒在车里，对我震动最大。这让我想起了露丝和她每次命令我做重要事情时的强制语气。我试图下咽，一开始嘴里还是像砂纸一样干涩，没有任何作用，然后……突然间，我呼吸完全停止了。

我瞬间惊慌失措。

求生的本能是如此强大，我对接下来的命运无能为力，也不能控制自己的心跳。此时，我发自本能地下咽，一直不停地下咽，喉咙处微弱的疼痛变成了含铜的酸性味道。我继续下咽，直到这种味道终于流进我的腹部也没停止。

整个过程中，我的头都抵在方向盘上，我像大热天里的狗一样气喘吁吁，过了一会儿呼吸才恢复正常。随着呼吸正常，那段遥远的回忆也重新浮现于我的脑海。

我们跟她的父母吃完早餐之后，整个早上就待在海滩上，她的父母在门廊上读书看报。地平线处，小片的白云慢慢成形。从昨天开始就起风了，下午的时候，露丝父母走过来问我们想不想跟他们一起去基蒂霍克走走，那是奥维尔·莱特和威尔伯·莱特试飞人类史上第一架飞机的地方。我小时候去过那个地方，现在我也想再去一次，但是她摇摇头，她告诉他们，自己选择在最后一天好好放松一下。

一小时之后，他们走了。此时，天空开始灰暗下来，露丝和我漫步回家。在厨房里，我从后面抱住她，望向窗外。然后，我一句话也没说，拉着她的手来到我的房间。

虽然我眼前朦胧一片，我能依稀看到露丝又坐在我旁边了。也许是因为我思念成疾，但我发誓她现在穿着我们第一次做爱当晚的那件浴袍。

“谢谢你帮我恢复正常呼吸。”我说。

“你知道该做什么。”她说，“我只是提醒你而已。”

“没有你我不可能做到的。”

“你可以做到的，”她坚信地说，然后，她摆弄着浴袍的领口，语气中满是诱惑，“那时候我们还没结婚，那天在海滩上，当我父母去基蒂霍克之后，你很直接。”

“是的，”我承认道，“我知道我们只有几个小时的二人世界。”

“好吧，那很让我惊讶。”

“你怎么会惊讶呢？”我说，“我们旁边没有别人，而且你又那么漂亮。”

她拉了拉浴袍。“我本应该将那视作警告的。”

“警告？”

“对于即将发生的事情，”她说，“那个周末之前，我从不知道你是那么充满激情。但那个周末之后，我发现自己有时候还是想之前那个艾勒。那个腼腆的、总是会节制自己的艾勒，特别是当我想睡觉的时候。”

“我有那么糟糕吗？”

“不，”她说，头往后微微倾斜，眼睛透过厚厚的眼睑注视着我，“恰恰相反。”

我们在床上缠绵了一整个下午，比之前那晚更加充满激情。房间很温暖，我们俩全身都是汗，露丝的头发快湿到发根。之后，露丝去洗澡了。雨开始下，我坐在厨房里，听着雨打屋顶的声音，感觉到前所未有的满足。

她父母在那之后很快就回家了，因为瓢泼大雨而浑身湿透。此时，露丝和我正在厨房里忙碌地准备晚餐。晚餐我们简单地吃了一些肉酱意面，之后我们四个人坐在厨房桌上，听她爸爸谈论今天的见闻。之后他们谈论的话题和往常一样转向了艺术，他说起野兽派、立体派、表现主义和未来主义，这些词我从来没有听过。我不只震惊于他对这些流派细微区别的描述，也为露丝求知如渴地听着她父亲说的每一个词而内心震动。事实上，他说的大部分东西我都不懂，我掌握不了这些知识，但是这点露丝和她爸爸都没有注意到。

饭后雨停了，夜幕降临，露丝和我去到海边散步。空气有些湿热，脚下的沙滩比雨前更紧实，我用大拇指温柔抚摸着她的手背。向海面看去，海鸥逐浪捕食。而在碎浪区再过去一点，一群海豚保持队形跃出水面。露丝和我看着它们，直到它们消失在海面上的薄雾之中。这时，我转身面对露丝。

“你父母8月就要搬走了。”我终于开口说道。

她捏了捏我的手。“我们下周就要去达勒姆找房子。”

“而你9月就要开始教书了？”

“是的，除非我跟他们一起走，”她说，“那样的话我就得在那里重新找一份工作。”

从她的肩膀上方看去，房子的灯已经亮了。

“那么我们别无选择了，”我对她说，我踢着紧实的沙子，最终鼓起勇气看着她的眼睛，“我们8月份必须结婚。”

想起这段回忆，我忍不住微笑，但是露丝的声音打断了我的幻想，她的语气中可以听出明显的失望。

“你本可以更浪漫一点的。”她有点生闷气地说。

有那么一会儿，我感到有点困惑。“你是说我的求婚？”

“不然我还能在说些什么？”她抬起了手，“你本可以单膝跪地，说你会永远爱我。你本可以更正式地向我求婚。”

“这些我之前都做过了，”我说，“在我第一次对你求婚的时候。”

“但是那次你停止了，你应该再求一次。我也想要故事书里面写的那种求婚仪式。”

“你要我现在就做吗？”

“太晚了，”她说，打消我这个念头，“你错过了那次机会。”

她的话中带着充满挑逗意味的弦外之音，我迫不及待地想要重温那段回忆。

我们从沙滩回家后，很快就领了结婚证。1946年8月的时候，我和露丝结婚了。按照典型犹太人的传统仪式，我们的婚礼也是在彩棚中举行的，但是参加的人并不多，其中大部分都是我妈妈在犹太人集会活动上认识的朋友，但这就是我和露丝想要的样子。露丝太过务实，不想办更铺张浪费的婚礼。虽然店铺经营得还不错——也就是说我还过得不错——我们两个人都想多存些钱，来支付我们将来想买的房子的首付。我打碎了玻璃酒杯，代表我们的婚姻契约再也不能解除，我看到我们的母亲们鼓掌欢呼着。我知道和露丝结婚是我生命中最大的转折点。

关于蜜月的地点，我们选择向西部去。露丝和我从来没有去过北卡罗来纳州西部，我们选择下榻在阿什维尔的格罗夫公园度假酒店。这个酒店现在仍是美国南部最著名的度假胜地。在那个度假地点可以纵观蓝岭山脉，它也因徒步路线和网球场闻名，还有那个在无数杂志上出现过的游泳池。

然而露丝对这些东西不怎么感兴趣。与之相对地，我们一到那儿，她就坚持要去城里。那时候我们疯狂相爱，只要在一起就行，我根本不在乎去什么地方。跟她一样，我也没来过这里，但是我知道阿什维尔在夏天是著名的避暑胜地。那里空气清新，气候宜人，这就是为什么在镀金时代，乔治・范德比尔特向世人展示了比尔特莫庄园，这座美国历史上最大的私人住宅。其他富有的美国人跟随他的步伐，阿什维尔最终成为了美国南部最负盛名的艺术和美食基地，各大餐厅聘请来自欧洲的世界名厨，艺术画廊遍布城镇主街。

我们来到镇里的第二天下午，露丝缠住一家画廊的主人并和他交谈，那时我第一次听说了黑山。黑山是一个很小的、几乎算是农村的小镇，从我们度蜜月的地方沿着公路一直往开就到了。

更准确地说，我听说了黑山学院。

尽管从小到大我一直都住在这个州，我从来没有听过这个学院；对于过去近半个世纪生活在北卡罗来纳大部分人来说，跟他们提起这个名字只能得到对方茫然的注视。如今，在这所学院关闭半个世纪之后，几乎没人记得黑山学院曾经存在过。但是在1946年，黑山学院进入鼎盛期，也许可以说任何地方、任何时代、任何大学都未曾有过那么辉煌灿烂的时代。当我们走出画廊的时候，从露丝的表情可以看出她之前对这所学院已有所耳闻。晚餐的时候我问起这件事，她告诉我她爸爸春季到那里访问过，回来后跟她热情洋溢地描述了那个地方。让我惊讶的是，露丝之所以选择这个地方作为蜜月目的地，黑山学院就是原因之一。

晚餐过程中，露丝热情洋溢地给我介绍黑山学院。黑山学院是一所自由主义艺术学院，建于1933年，学院教员中不乏现代艺术运动的先锋人物。每个夏天，这里都会举行艺术作坊，由一些来访的艺术家主导。露丝飞快地说出这些艺术教员的名字，但是我都不认识。想着我们要去这所学院游玩，露丝变得愈加兴奋。

对此我怎么会说不呢?

第二天早上，天气晴朗，阳光灿烂，我们开车前往黑山镇，顺着指示牌，我们找到了黑山学院。命运似乎早有安排，对此我一直都深信不疑，因为露丝每次都发誓自己之前并不知道这件事。此时学院的主楼恰好正在举行艺术展览，展览一直延伸到主楼后面的草地上。虽然展览是对大众开放的，但是来到这里参观的人并不多，我们推开大门的时候，露丝惊讶地驻步了，她握紧我的手，痴迷地看着眼前的景象。我好奇地看着她的反应，试图理解这些东西为何如此吸引她。对于我这种对艺术一窍不通的人来说，这些作品跟之前在画廊里看过的那些画没什么不同。

“但是确实很不一样。”露丝宣称道，我知道她还在想我怎么会这么愚钝。在车里，她穿着我们第一次参观黑山时穿的带领连衣裙，她的声音中带着跟那时候一样的惊喜。“这些作品跟我之前见过的都不同。这些作品不像超现实主义画家的作品，甚至不像毕加索的。这些作品是……全新的、具有革命性的，是想象力的飞越。想到这些作品都在那里，在一个名不见经传的小镇中的小学院里，这种感觉就像是找到了，找到了……”

她停顿了一会儿，找不到合适的词来形容。看着她纠结的表情，我接过她的话说。

“一个宝藏。”

她突然抬起头。“是的，”她立刻说道，“就像在最不可能的地方找到了一个宝藏。但你当时还不能理解这点。”

“那时候，大多数作品对我来说只不过是一些杂乱无章的颜色和线条。”

“那叫作抽象表现主义。”

“对我来说是一回事。”我开玩笑道。

但是露丝沉浸在那天的回忆中。“我们在那里逛了差不多三个小时，一幅画一幅画地看。”

“更像是五个小时。”

“但是你还是嚷嚷着要走。”她责备道。

“我饿了，”我回答道，“我午餐都没吃。”

“看着这么多优秀作品，你怎么还会想到吃？”她问道，“我们有这样的机会跟那么优秀的艺术家交流。”

“我听不懂你在跟他们说什么。你跟那些艺术家说着外语，谈论着色彩明度和自我否认，时不时地丢出未来主义、包豪斯建筑学派、综合立体画派这样的词。对于一个卖衣服为生的人来说，这些词就像是胡言乱语。”

“在我爸爸跟你解释这么多之后你还这么觉得？”露丝看起来有点恼怒地说。

“你爸爸是试图跟我解释过。这还是有区别的。”

她微笑道：“那你为什么不逼我离开？为什么不直接拉我上车？”

她之前也问起过这个问题，但是问题的答案她一直都没有真正地理解。

“因为，”我像以往一样回答，“我知道留下来对你来说很重要。”

她对这个答案尽管有些不太满意，但还是继续追问道：“你还记得我们第一天见的人吗？”

“伊莱恩。”我不经思索地说。我虽然不懂艺术，但是记住人名和人脸还是不在话下的。“当然，我们也见了她的丈夫，虽然那时候我们还不知道他后来也在这所学院教书。下午的时候，我们见到了肯恩、雷伊和罗伯特。他们都是学院的学生，至于罗伯特，他是后来成为那里的学生的，你跟他们也聊了很长时间。”

从她的表情中可以看出我的回答让她很开心。“他们那天教了我很多东西，通过跟他们的交流，我更能理解他们对艺术最初的影响，也帮助我更深刻地了解了未来艺术的走向。”

“但是你也喜欢他们的为人。”

“当然，他们引人入胜，在各自的领域都是天才。”

“所以我们接下来几天都去那里，直到展览结束为止。”

“我不能错过这个宝贵机会，我很幸运能够当面跟他们交流。”

现在看来，我明白她是对的。不过那时候，对我来说最重要的是让她的蜜月旅行尽可能的难忘而满足。

“你也很受他们欢迎，”我指出，“伊莱恩和她的丈夫很开心地跟我们共进晚餐。在展览的最后一天晚上，我们被邀请参加在湖边举行的私人鸡尾酒会。”

露丝回忆着这段珍贵的记忆，有一会儿什么都没说。她认真地注视着我的眼睛。

“那是我生命中最美的一周。”她说。

“因为这些艺术家？”

“不，”她微微摇头回答道，“因为你。”

展览的第五天，也就是最后一天，露丝和我几乎没怎么在一起。并不是因为我们之间有什么问题，而是因为露丝急切地想要见到更多的教员，而我也心满意足地在各个作品之间穿梭，和我们已经认识的艺术家闲聊。

随后展览就结束了。我们接下来几天进行的更多是新婚夫妇蜜月期间典型的活动。早上，我们沿着自然小径散步，下午我们在泳池边看书或者游泳。我们每天晚上都去不同的餐厅吃饭，蜜月最后一天，我打完电话，把行李箱装到后备厢中，露丝和我坐进车里，彼此都感觉到前所未有的放松。

我们的回程会最后一次经过黑山，在我们到达高速公路岔道的时候，我看了一眼露丝，能感觉到她很舍不得那里。我故意驶出高速，朝学院开去。露丝看着我，双眉抬起，不知道我想做什么。

“就是停一下，”我说，“我想给你看些东西。”

我穿过小镇，然后拐了一个弯，露丝知道这条路。就和我预计的一样，露丝开始微笑。

“你是我带我去主楼旁边的伊甸湖，”她说，“展览的最后一晚，我们在那里参加了鸡尾酒会。”

“那里的景色好美，我想再看一次。”

“是的，”她点头道，“那时候你是这么跟我说的，而且我还信了你的话。但是你并没有跟我说实话。”

“你不喜欢那里的景色吗？”我无辜地说。

“我们去那里不是为了看风景，”她说，“我们去那里是因为你为我做的事。”

这时，轮到我露出了笑容。

我们到学院的时候，我让露丝闭上眼睛。她勉强同意，我温柔地牵着她的胳膊，领着她走在通往河边的砾石小径上。那天早上有些阴，而且有点凉，景色没有鸡尾酒会那天好，但是这些真的都不重要。我把露丝带到特定地点时，告诉她睁开眼睛。

眼前的画架上摆着六幅画，都是露丝最欣赏的艺术家的作品，也是和她交流最多的几位艺术家的作品，肯恩、雷伊、伊莱恩和罗伯特的各一幅，伊莱恩的丈夫两幅。

“一开始，我有些不理解。我不知道你为什么把这些画摆出来给我看。”露丝对我说。

“因为我想让你在自然光下欣赏这些作品。”我说。

“你的意思是你买下了这些作品。”

当然，这就是露丝忙着见那些教员时我在做的事。早上的电话也是要确保这些画都摆在河边了。

“是的，”我说，“我买下了这些画。”

“你知道你做了什么，对吧？”

我小心翼翼地斟酌用词。“我让你开心？”我问道。

“是的，”她说，“但是你知道我在说什么。”

“那不是我买下这些画的原因，真正的原因是你对它们充满热情。”

“但是……”她说，想让我接着说出实情。

“但是，这些画也没花多少钱，”我坚定地说，“他们那时候还没有那么出名，那时候他们只是年轻的艺术家。”

她靠近我，逼我接着往下说：“然后……”

我轻轻地叹了口气，知道她想听什么。

“我买下它们，”我说，“因为我自私。”

这是真话，虽然我买下这些画是因为我爱露丝，而露丝爱这些画，但这些画也是为我自己买的。

很简单，那周的展览彻底改变了露丝。我们之前也去过数不清的画廊，但是在黑山学院的这段时间唤醒了露丝心中的一些东西。这段经历以一种奇怪的方式放大了她的女人味和天生的魅力。当她端详一幅画的时候，她眼睛变得更加炯炯有神，皮肤泛着光泽，全身散发出强烈的专注度，身边的人都会注意到她。她自己完全不知道这些时候她身上发生的改变。但我相信，这就是为什么这些艺术家对她回应得如此强烈。就像我一样，他们也被露丝吸引，这也是为什么他们舍得割爱。

这种电流，这种热情的性感氛围，在展览结束我们回到酒店之后依然弥漫着。晚餐的时候，她因为自我的提升而双目闪烁，举止散发出我从未见过的优雅。我几乎等不及把她带回房间，而床上的她也变得特别大胆创新而激情四射。我只记得那时候脑海里唯一的想法就是，不管是什么原因激发了她，我希望她永远都这样下去。

换句话说，就像我刚才告诉她的那样，我是出于私心。

“这不是自私，”她对我说，“你是我见过的最不自私的人。”

在我眼里，露丝就像蜜月最后一天早上、我们站在河边时一样魅力四射。“还好我从来没让你和别的男人见面，否则你的想法会有所不同。”

她开心地笑了。“是的，你可以开玩笑，你总是爱开玩笑。但是我要告诉你的是，改变我的并不是艺术，改变我的人是你。”

“你不知道。你没有看到自己的变化。”

她又笑了，然后恢复了沉默。她突然变得很严肃，想要我认真听她接下来要说的话。“这是我内心的真实想法。是的，我爱这些艺术作品。但是跟这些作品相比，我更爱的是你愿意花这么多时间陪我做我爱做的事情。你知道这对我来说有多么重要吗？知道自己嫁了一个对自己这么好的男人？你认为这没什么，但是我要告诉你：这世上没有多少男人愿意在蜜月期花五六天的时间跟陌生人交谈和观赏艺术作品，特别是这个人还对这些东西基本上一无所知。”

“你的意思是？”

“我想告诉你，改变我的并不是艺术，是我看艺术作品时你看待我的方式改变了我。换句话说，是你真正地改变了我。”

这些年我们曾很多次谈起这个话题，我们对此明显意见不同。我们彼此都改变不了对方的想法，但我想这也没什么关系。无论如何，这次蜜月旅行开启了我们一生都在进行的夏季传统。最后当那篇重要的文章出现在《纽约客》上之后，这些作品被定义为夫妻共同收藏。

这6幅我随意卷起放在后座带回家的画是我们最开始的收藏，之后我们陆续收藏了成百幅画，到最后超过1000幅。凡·高、伦勃朗、达·芬奇这些艺术家的名字让人耳熟能详，但是露丝和我专注于20世纪美国现代艺术作品，这些年我们见过的艺术家创作出了很多博物馆和收藏家垂涎的作品。安迪·沃霍尔、贾斯培·琼斯和杰克逊·波洛克的名字逐渐变得家喻户晓。其他并没有那么出名的艺术家，像劳申贝格、德·库宁和罗思科创作的某些作品也最终都在苏富比和克里斯蒂拍卖行拍出上千万美元的天价，有时候更高。威廉·德·库宁创作的《女人Ⅲ》在2006年拍出1.37亿美元，还有其他数不清的作品，像肯·诺兰、雷伊、约翰逊创作的某些作品也都拍出百万美元高价。

当然，并不是每个现代艺术家都名扬天下，我们这些年买下的作品并不都是那么值钱，但是我们购买一幅画的准则从来不是因为它有多值钱。这些年来对我来说最珍贵的画一文不值，它是由露丝以前的一个学生画的，现在就挂在家里的壁炉上，是张只对我珍贵的业余作品。那个《纽约客》的记者完全忽视了这幅画，我也不打算跟她解释这幅画对我如此珍贵的原因，因为我知道她不会明白的。毕竟，她也不明白我说我一点也不在乎这些画到底值多少钱是什么意思。她唯一感兴趣的就是我们如何能做到挑选这些画作为收藏，就算我跟她解释之后，她好像还是不太满意。

“她为什么不明白呢？”露丝突然问我。

“我也不知道。”

“你告诉她我们经常说的那些了吗？”

“是的。”

“那为什么还这么难理解？如果是我，我会告诉她这些作品对我的影响……”

“然后我只要观察你说话时的表情，”我替她说完，“就知道这幅画到底要不要买。”

这种选画的方式并不科学，但是对我们很有用，那个记者对这个解释感到挫败。度蜜月的时候，这种挑选方式完美无瑕，那时候我们俩都不清楚这在50年后的今天意味着什么。

并不是每个新婚夫妻都能在他们蜜月期购买肯·诺兰和雷伊·约翰逊的作品，还有露丝的新朋友伊莱恩的作品，如今她的画作收藏在世界各大博物馆中，其中包括大都会艺术博物馆。当然，也很难想象露丝和我能买到一幅罗伯特·劳申贝格的优秀作品和两幅伊莱恩的丈夫威廉·德·库宁的作品。

十五

卢 克

尽管自那晚相遇之后，卢克就满脑子都是索菲亚的影子，但那种思念跟接下来的这种迷恋不可同日而语。在远处的草场上修补更换围栏中腐烂的柱子时，卢克时不时地发现自己在想着她傻笑。即使一场寒冷的秋雨把他浇成了落汤鸡，也没有浇灭他高涨的热情。晚餐时，他妈妈的脸上挂着毫无掩饰的笑容，卢克对索菲亚的痴迷她早已看出端倪。

晚餐之后，他给索菲亚打电话，两人畅聊了一个小时，接下来的三天也是这样度过的。周四的晚上，他开车去了维克森林大学，这次他终于有机会在校园里四处逛逛。索菲亚先带他参观了维特教堂和雷诺兹会堂。之后两人手拉手，漫步于赫恩和曼彻斯特广场。此时的校园静谧安宁，教室中早已不见了往日的喧闹。树叶开始簌簌落下，给树下的地面铺上一层厚厚的地毯。学生公寓中，灯光绽放着绚丽的光彩。卢克隐约听见了音乐声，学生们开始迎接着周末的到来。

周六，索菲亚又来到牧场。两个人先骑了一会儿马，之后卢克开始忙牧场的工作。她跟在卢克的身后，随时提供力所能及的帮助。他们又跟卢克母亲共度晚餐，之后去到卢克的住处，那里摇曳的火苗和上周一样热情。和往常一样，当火苗缓缓燃尽时，索菲亚便返回公寓——她还没有做好与卢克共度夜晚的心理准备。次日，卢克载着她来到了飞行山州立公园，他们用了一下午的时间爬上了山顶。在那儿，他们一边野餐，一边沉醉于迷人的景色中。他们已经错过了一周左右前的层林尽染，然而在万里碧空之下，无尽的地平线一直绵延到弗吉尼亚州，眼前美景依旧。

万圣节过去一周后，索菲亚再次邀请卢克来到公寓中。她们在周六的晚上有一个派对。这次，大家除了跟他打个招呼之外，已经没有之前那么关注了。看来，卢克牛仔的身份以及他跟索菲亚约会的新闻效果已经淡去。他警觉地搜寻着布莱恩的影子，但是不见他的踪影。他们出来时，他跟索菲亚提起了这事。

“他到克莱姆森踢足球去了。”索菲亚说，“所以今晚是来这里的绝佳机会。”

第二天早晨，他来到女子联谊会公寓接索菲亚，两人先在古老的塞勒姆漫步，陶醉在优美的风景中，然后回到牧场，这是他们连续第三次在卢克母亲那儿欢度周末。最后，当他们在索菲亚的车旁道别时，卢克问她下个周末是否有空——他想带她去一个他小时候度假的地方。在那儿，他们可以在风景优美的蜿蜒小路上骑马游玩。

索菲亚吻吻他，然后微微一笑。“听起来太完美了。”

索菲亚到达牧场时，卢克已经把马装到了拖车上，然后关上卡车。几分钟之后，他们驶到高速路上，一路西行。索菲亚拨弄着收音机，搜到一个嘻哈音乐台，然后把声音不断调高。最后，卢克实在是听不下去了，换到了一个西部乡村音乐台。

“我在想你到底能撑多久。”她一副幸灾乐祸的样子。

“我只是觉得乡村音乐更适合现在的心情，我们车上可是拉着马呢。”

“我觉得你从来没试过去欣赏一下其他类型的音乐。”

“我也听其他类型的音乐。”

“哦，真的吗？比如？”

“比如嘻哈音乐，刚才就欣赏了半个小时。但是我换台是对的，我感觉自己都快扭起来了，我可不想在开车的时候失控。”

她咯咯一笑。“我就知道。你猜怎么着？我昨天买了一双靴子，一双完全属于自己的靴子。看到没？”她洋洋得意地抬起双脚，沉浸在卢克赞美的眼光中。

“当把你的包放到卡车上时，我就注意到了。”

“然后呢？”

“你真要变成乡下人了。不出几日，你就能像职业牛仔一样用绳子套牛了。”

“这可说不好。”她说，“在我看来，博物馆可不是一个牛群乱逛的地方。你能不能在这个周末教我套牛？”

“我没带绳子来。但是我给你带了顶帽子。这可是一顶很有纪念意义的帽子。我在参加PBR世界锦标赛时就是戴着这顶帽子。”

她注视着他。“为什么我有时候感觉你在试图转变我？”

“我只是想让你……变得更好。”

“你可要小心啊，我会把你的话转告给我妈妈。我让她相信了你是个好男人，而你只会想让她觉得你好的。”

他笑了。“我会记住了。”

“那么告诉我，我们这是要去哪儿。你说过你小时候去过那儿，对吧？”

“我妈妈发现了这个地方。当时她为了生意路过那儿，机缘巧合地发现了那里。过去它是一个生意惨淡的夏令营。现在它的新主人灵机一动：如果把这个地方向骑马爱好者开放的话，那么一年到头会来玩的人就会把屋子都住满。于是他们改造了小木屋，还在每个小木屋的后面建了马厩。我妈妈爱上了这个地方，我们到那儿的时候你就明白了。”

“我等不及了。但你是如何说服你母亲给你放这个周末假的。”

“走之前我把所有的工作都做完了，而且我给何塞多付了一点钱，让他在我离开期间过来帮忙。所以我妈妈应该忙得过来。”

“我记得你说过牧场上永远都有事做。”

“确实，但是没有我母亲应付不了的事情。而且也没有什么要紧的事件。”

“她离开过牧场吗？”

“非常频繁。她每年至少拜访一次全国各地的顾客。”

“她度过假吗？”

“她对度假不感冒。”

“任何人都需要偶尔放松一下。”

“我知道，而且我也告诉过她。有一次我甚至都已经给她买了游轮票。”

“她去了吗？”

“她把票给退了。本来应该出去放松的一周，她却拿着退款开车去佐治亚州查看一头对外出售的公牛，最后把它买回了家。”

“用来骑？”

“不，为了配种。这头牛还在。顺便一提，它是个脾气暴躁的家伙，不过它能完成自己的任务。”

她思忖着这个信息。“她有朋友吗？”

“有一些。她还时不时地去拜访他们。有一段时间她参加了一个桥牌俱乐部，会员是来自城镇的几位女士。但是最近，她一门心思都在想着如何增加畜群的数量，这占了她很多时间。她希望再添几百对牲口，但是我们草场的面积不够大，所以她试图另找一个圈养它们的地方。”

“为什么？她认为你们现在还不够忙吗？”

他用另一只手握住方向盘，接着叹了一口气。“目前，”他说，“我们别无选择。”

他察觉到索菲亚投来疑问的目光，但是他不想多谈，所以扯开了话题。“感恩节的时候你回家吗？”

“回家。”她说，“前提是我的车还能开到那儿。每次开动时，它便发出尖锐刺耳的声音，就像发动机在尖叫。”

“很可能是某根传送带松了。”

“嗯。那么修理起来应该会花不少花钱，而我现在经济也挺紧张的。”

“如果你愿意的话，我或许能修好它。”

她转头望着他。“我为什么会不愿意呢？”

到达营地需要两个多小时。云朵开始缓缓爬满天空，绵绵不绝，一直连到地平线上星罗棋布的青顶山峰上。高速路渐行渐高，空气也变得稀薄，愈发的沁人心脾。他们停在一个杂货店旁，购置一些用品，然后把它们全都放在卡车车厢的冷却箱里。

出了城镇，卢克驶离了主干道，转入一条好像从山间劈出的蜿蜒小道。索菲亚那侧的山峰很陡峭，透过车窗，树的顶部清晰地映入眼帘。好在路上车辆较少，每当有车反向驶来时，卢克便双手把住方向盘，拖车的轮子几乎贴在沥青路的边缘上。

因为数年没有来过这儿，卢克放慢了车速，搜寻着岔道。就在他开始怀疑已经开过了时，那条岔道进入了视野。那是条土路，比他记忆中的更加崎岖。他把卡车调至高速挡，然后缓缓驶过。岔路两旁浓密的树木铺天盖地般压过来。

他们终于抵达了营地。卢克的第一印象是这里变化并不大。12个小木屋从一个兼做办公室的综合性商店处分散排开，形成一个半圆形。商店后方是一个湖，湖面波光粼粼，湖水呈现出山间独有的水晶蓝。

卢克办了登记手续，然后卸下冷却箱中的物品，在马的饮水槽中倒满水。索菲亚朝山谷边走去，山谷有1000英尺之深，她感受着这一美景。卢克忙完后，也来到深谷旁陪伴她，他们的目光在一个个山顶之间欢快地跳跃着。他们脚下聚集着许多农舍，一条条碎石路穿插其间，路旁耸立着一排排的橡树和枫树，就像三维景观中的小模型，一切都浓缩在了一个美妙的微观世界中。

两人比肩而立，索菲亚的激动之情溢于言表，和卢克小时候每次来这儿时一样。“我从未见过这么壮观的景色。”她喃喃道，口气中满是惊讶，“这里美到让我觉得难以呼吸。”

卢克目不转睛地望着索菲亚，心中不由得好奇，为什么这个女孩能在这么短暂的时间就对他来说如此重要。他研究着索菲亚优雅的身段，确定自己从未遇见过这么漂亮的女孩。

“我也这么觉得。”

十六

索菲亚

他们在小木屋中只待了片刻。索菲亚用这点时间把一些物品放在冰箱中。当她第一眼看到浴室中的浴缸时，一种老旧而温馨的家的感觉油然而生，这个舒适的地方是度假留宿的完美选择。卢克之前从商店中买了些水果、薯条和瓶装水，为了搭配上主食，他正精心准备着三明治。

卢克把午餐打包装进挂包中，然后两人沿着营地中纵横交错的小径出发了。和往常一样，卢克骑“马”，索菲亚骑“魔鬼”。在卢克给“魔鬼”装马鞍的时候，它用鼻子轻轻蹭了蹭索菲亚的手，口中发出友好而低沉的嘶鸣，她禁不住想：虽然历时弥久，但“魔鬼”还是习惯了她。“魔鬼”对这个地方比较陌生，然而索菲亚只需轻轻拉动缰绳，“魔鬼”便配合地前行。

小径逐渐走高，在繁茂的树林中蜿蜒伸展。有些地方的树木密密匝匝，极难通行，索菲亚甚至怀疑是否有人踏足过此地。有时候，小径为他们呈现出一片只在明信片上才能欣赏到的辽阔的景色。当他们骑马穿过茂密的绿草地时，索菲亚在脑中构想着夏日野花盛开、群蝶乱舞的场景。她庆幸自己带了夹克和牛仔帽，因为稠密的树林把大部分的小径遮盖在阴影中，而且随着他们行至高处，空气愈发清冷。

行至小径窄处，两人无法并排骑行时，卢克向她示意让她先行，有时候稍稍落下一段距离。每每此时，索菲亚便幻想自己变成了一个移居者，在这片广阔无垠、纯洁无染的大地中，向西部渐渐靠拢。

他们一连骑了几个小时，然后在靠近坡顶处的一片空地上停下来吃午餐。他们坐在空地的圆石上，一边享用着午餐，一边欣赏着一对在脚下山谷中盘旋的苍鹰。午餐之后，他们沿着小径又骑了三个小时，有时候他们会骑过通向陡峻悬崖的小道，危险感让索菲亚神经紧绷。

日落前一小时，两人回到了小木屋中。他们梳去马身上的灰尘，给它们喂了些饲料外加几个苹果。忙完后，月亮已悄然升起，圆如明镜，月色皎洁，几颗星星若隐若现。

“我想在晚餐之前泡个澡。”她说。

“如果你不介意的话，我先去冲个澡？”

“只要你保证不把热水用光就行。”

“我很快完事。我保证。”

卢克先进了浴室，索菲亚则来到厨房，把冰箱打开。里面有一瓶夏敦埃红酒和一提六罐装的内华达淡色麦芽酒。她思索着该喝哪一种，然后从抽屉中翻出开瓶器。

橱柜中没有酒杯，但是她找到了一个果冻罐，也能凑合着用了。她用熟练的动作打开了瓶子，往罐子中倒了些红酒。

她摇晃着罐中的夏敦埃酒，感觉自己就像一个模仿大人的涉世未深的小孩。细想一下，她经常会有这种感觉，虽然她很快就要大学毕业了。比如，她从未租过公寓；除了在家里的店里帮忙以外，她从未真正意义上工作过；她也从未自己交过电费。尽管她远离家门，但是维克大学与真正的生活还是天壤之别。大学生活并不是现实生活，大学只是一个世外桃源般的世界，与数月之后她将面临的社会大相径庭。她的课早上十点开始，下午两点就结束。这与社会上的工作节奏截然不同。他们夜晚和周末的时光全被耗在了玩乐、社交和藐视成规上。至少在她看来，这与她父母的生活有着天壤之别。

虽然大学里充满了欢乐，但她有时候禁不住会想，过去几年的生活就像搁浅了，停滞不前。后来，卢克的出现才让她意识到，自己在校园中所学甚少。

和索菲亚不同，卢克看起来像个成年人。他没上过大学，但是他懂得真实的生活：那是一种由人、人际关系和工作构成的现实。他是骑牛界的佼佼者，在这个世界上活出了自己的精彩，而且索菲亚相信他会再创辉煌。他会修理任何东西，还建了自己的房子。无论以何种标准作为参考，他这一生已经掌握了很多事。此时，她突然难以置信地意识到：在未来的三年中，即使是在完全不同的领域，自己也几乎无法取得这样的成绩，她甚至不确定能否在自己的专业领域找到一份有稳定收入的工作……

此时此刻，卢克陪在她的身边——这是她唯一能确定的事情。某种意义上，这让她感到自己终于向前迈步了。因为他们之间的关系都发生在真实的世界中，而不是在大学那虚无缥缈的幻影中。卢克是她遇到过最真实的人。她听到卢克关掉了水阀，水管中随即传来一声闷响，打断了她的思绪。她手中端着盛满红酒的果冻罐，在小木屋中漫步观摩。厨房面积较小，但非常实用，里面设有廉价的橱柜。厨房桌的台面开始剥落，洗涤槽上已是锈迹斑斑，然而它们却洋溢出苏打水和漂白粉的味道。地板近期刚打扫过，表面一尘不染。

狭小的起居室中铺着经久磨损的松木地板，墙壁上铺有雪松木板，整个房间恰好能装下一条老旧的格子沙发和一对摇椅。蓝色的窗帘镶嵌了窗户，屋角处立着一盏孤灯。索菲亚穿过房间，把灯打开，发现它不比厨房中的那个灯泡亮多少。这也解释了为什么咖啡桌上摆放了蜡烛和火柴。窗户对面的架子上放着一摞参差不齐的书。她猜这可能是过往的其他客人留下的。除此之外还有一些打猎用的诱饵：几只鸭子和一只做成标本的松鼠。柜子中间是一个装有兔耳形天线的小型电视机。虽然没费心去打开它，索菲亚仍怀疑这个地方能否真的搜到超过两个频道。

她听到水声再次响起。当浴室的门吱呀一声打开的时候，卢克走了出来。他看起来整洁干净，穿着牛仔裤和系扣的白衬衣，袖子挽起。他没有穿鞋，湿漉漉的头发看起来更像是用手指捋过，而不是用梳子梳过。隔着房间看，卢克脸颊上有一道小小的白色伤疤，她之前从未注意到。

“浴室归你了。”他说，“我已经为你放好了热水。”

“谢谢。”她说。从他身旁经过时，索菲亚给了他一个短暂的吻，“我可能需要三十到四十分钟的时间。”

“慢慢来。反正我需要时间做饭。”

“又 个拿手好菜？”她在卧室中一边问他，一边抱起行李袋。

“反正我自己很喜欢。”

“还有别人喜欢吗？”

“这问题不错，我想答案很快就会揭晓，对吧？”

就像他说的一样，浴盆中已经装满了水。水温比想象的要热。于是她打开冷水阀门，让水温低些，希望要是有泡沫浴和有香味的婴儿油就好了。

她脱掉衣服，感到腿部和腰背部一阵酸痛，但愿明天身体不会僵硬到走路都有困难。她伸手拿过酒，溜进热水中。尽管房屋朴素，她还是有一种奢华的感受。

浴室中有一个淋浴隔间，杆子上挂着卢克用过的毛巾。一想到不久之前卢克还在这儿赤身裸体，她的下腹部便涌动着一种莫名其妙的燥热。

她已经预见这个周末将发生什么。这是第一次他们没有在汽车旁相互道别，今晚她也没有返回女子联谊会公寓。然而有卢克的陪伴，她感到很自然。虽然她承认自己对这种事情没多少经验，但此时她觉得这样做感觉很对。布莱恩是第一个也是唯一一个和她发生过关系的男生。故事发生在圣诞舞会那天，那时候他们交往两个月了。当晚，她并没有预见之后发生的事情。和舞会上的其他人一样，她玩得很开心，也喝了很多酒。后来布莱恩把她带进房间，两人上了床。当时，布莱恩急不可耐，而她感到整个房间天旋地转，事情一件接一件地发生了。次日早晨，她不知该对昨晚的事情作何感想。布莱恩也没有留在身边帮助她。她依稀记得当时他只是在某个房间中，与一些朋友谈论着昨晚喝血腥玛丽的事情。当跌跌撞撞地来到淋浴间时，她感到头部涨得厉害。随着水花在身上拍打，她脑中闪过无数个念头。想到终于做了这件事情，她感到一丝放心。和所有人一样，她曾好奇这是一种什么样的感觉，而且很高兴自己的第一次是和布莱恩在床上完成的，而不是在什么车后座或其他同样让人难以启齿的地方。然而她又有一种不可名状的伤感。她可以想象到母亲的反应，或者父亲的反应——老天爷，千万别让爸爸知道。不过说真的，在她之前的想象中，第一次应该……更有意义。它应该是一次非同寻常的、浪漫而难忘的经历。然而实际上，她当时最大的念头就是赶快回学校。

自那之后，布莱恩的举止和大部分男生一样。每当两人独处时，他总是遮掩不住内心的欲望，曾有那么一段时间，她自己也有同样的感觉。后来她发现，布莱恩似乎满脑子中只装着这个念头。于是，甚至在布莱恩出轨之前，她对此已经开始烦恼了。

而现在，自布莱恩以来这是她第一次和一个男生在外留宿。她诧异此时自己为何没有紧张感，但她的确没有。她用浸满香皂的毛巾滑过肌肤，脑海中想象着卢克在厨房中在做什么。她好奇他是否在想象自己泡澡时的模样，甚至也许是她的裸体。想到这，她再次感到下腹部一阵躁动。

她意识到自己对这种事情满是渴望。她希望与自己信任的人坠入爱河，而她非常信任卢克，他从没有强迫她做过任何她不喜欢的事情。一直以来，他就像一位绅士，对她礼貌有加。与他相处得越久，她越感到卢克是她遇到过的最性感的男生。她认识的人中，有谁能够像卢克一样能干手巧？有谁能够让她这样开怀大笑？有谁像他一样聪慧过人、魅力四射、自食其力而又温情脉脉？又有谁能够带她骑马穿行在这世间美不胜收的世外桃源？

浸泡在浴盆中抿着红酒，索菲亚第一次感受到超乎自己年龄的成熟。她喝掉红酒，一股暖流和轻松感袭遍全身。水温开始下降时，她爬出浴缸，用毛巾擦干身子。她翻找旅行袋，企图找出一条牛仔裤来穿。但是她随即意识到，自从他们相识以来，她只穿过牛仔裤。于是她改变了主意。她取出一件紧身有形的衬衫和一条裙子，迅速穿在身上。她整理了一下发型，很庆幸自己没忘把卷发钳和吹风机带过来。接下来是化妆，她涂了比平时更多的睫毛膏和眼影。其间，她不断地擦拭着那面老镜子上的水蒸气。最后，她戴上一对金耳环，完成了整个造型。那是去年圣诞母亲买给她的礼物。装扮好后，她又一次打量了一下镜子中的自己。之后她长吁一口气，拿起空空的果冻罐，走进过道中。卢克站在厨房里，背对着她，在炉子上的一个锅中搅拌着什么。他身旁的桌台上放着一盒饼干和一瓶啤酒。她看着卢克伸手取过酒瓶，喝了一大口酒。

卢克没有听到从浴室中走出来的索菲亚的声音。她静静地注视着卢克，欣赏着那条合身的牛仔裤和他做饭时不慌不忙、灵活敏捷的动作。她轻轻走到茶几旁，弯下身点上蜡烛。之后她起身后退，环视四周，然后走过去把灯熄灭。房间暗了下来，氛围变得更加温馨，蜡烛的火焰欢快地跳动着。

卢克注意到光线的变化，于是回过头来。“哦，嘿。”看到索菲亚向他走来，他禁不住叫出声来，“我没注意到你都洗完澡了……”

当看到索菲亚从阴影中走出，置身于厨房那柔和暗黄的烛光中时，他的目光追随着她。有那么一会儿，他沉醉在她的目光中，从她的眼神中读出了和自己一样的爱欲和渴望。

“索菲亚。”他口中喃喃道，声音低沉柔和，索菲亚只能隐隐听到。但是以她的名字起誓，她真真切切地感受到了他没能说出口的全部的话。那一瞬间，她知道卢克已经深深爱上她了。或许这只是一个幻觉。但在那一瞬间，她感受到无论发生什么，或者要付出什么代价，卢克都会爱她。“这样盯着你真是很抱歉。”卢克说，“你真是太美了。”

她微微一笑，继续朝他走去。而在他探身去吻她的时候，她清楚就算自己之前没有爱上他，现在的她毫无疑问已经爱上了。

接吻之后，索菲亚一时心绪紊乱，她感到卢克也一样无所适从。他转过头，把炉灶的火调低，伸手去拿他的啤酒，却发现他已经把那瓶酒喝光了。他把空酒瓶放在洗涤槽一旁，就在他准备从冰箱中再取一瓶时，他注意到索菲亚手中的果冻罐。

“你想再加点红酒吗？”他问。

索菲亚害怕自己失言，所以只是点点头，然后把杯子递给他。他们手指相触，一股暖流传遍她的手。他把瓶盖拔出，往果冻罐中倒入一些酒。

“如果你想的话现在就可以吃了。”他说着把果冻罐递给索菲亚，然后塞上瓶塞，“但是如果小火再多炖半个小时的话会更好吃的。你要是饿了可以吃些我们早先买的奶酪，我把它们切好片了。”

“听起来不错。”她说，“那我们在沙发上等吧。”

他把酒放回原处，又给自己取出一瓶啤酒，然后拿起盛奶酪的盘子，他之前在里面还加上了一些葡萄。跟着索菲亚走向沙发时，他顺手拿过那盒饼干。

他把食物放在茶几上，啤酒则留在手中。两人挨着坐在沙发上，卢克张开一条胳膊，索菲亚便依偎到他怀里，背部舒服地靠在他胸口。接着，她感到卢克张开的胳膊在她腹部渐渐收拢，她也呼应着他把自己的胳膊放在他的胳膊上。随着蜡烛渐渐燃烧，她静静地感受着卢克胸口的起伏和沉稳的呼吸。

索菲亚说道：“这里真安静啊，我听不到外边的任何声音。”与此同时，卢克把啤酒放在茶几上，然后另一只胳膊也抱住她。

“等会儿说不定你会听到马鸣声，”卢克说，“它们可不是什么安静的动物，而且此刻它们就在卧室外边。而且有时候，浣熊会溜进走廊，它们能把所有的东西掀翻。”

“你之前为什么不再来这儿了？”她问，“是因为你父亲吗？”

卢克的声音变得低沉：“我爸爸去世后，许多事情都变了。我妈妈孤身一人，而我得参加巡回赛。我在家的时候，总是感觉我们已经被抛下了……其实这只不过是个借口而已。对于我妈妈来说，这是她和爸爸两人的世外桃源。小时候，我在外面骑马、游泳、玩耍，一刻也不消停，所以晚饭之后，我在床上倒头便睡。而我父母在这儿享受着美妙的二人世界。后来我上了高中，有时候他们俩会自己来这……而现在，她无心来了。我问她为什么，她只是摇头。我想，她想记住的只是父亲健在时与她在此度过的欢乐时光吧。”

她又抿一口酒。“刚才我还在想你的生活阅历是那么的丰富。从某些方面讲，你的生活已经很圆满了。”

“我可不希望这样，”他说，“我不想被当成一个经历丰富的老古董。”

她笑了。意识到两人身体的碰触，尽量不去想一会儿可能会发生什么。

“你还记得我们第一次见面的场景吗？那时我们聊得很开心，之后你带我去看牛。”

“当然记得。”

“那个时候你能想象我们能发展到今天吗？”

他拿过啤酒，喝了一小口，然后把酒瓶放在她旁边的沙发上。她能感觉到在自己大腿附近的酒瓶的凉意。“那个时候，你能跟我说话就让我很惊喜了。”

“有什么值得惊喜的？”

他吻吻她的头发：“这还需要问吗？你太完美了。”

“我并不完美。”她抗议道，“我一点都不完美。”她摇晃着罐中的红酒，“不信你去问布莱恩。”

“他的所作所为与你无关。”

“或许没有关系吧，”她说，“但是……”

卢克默不作声，耐心等着索菲亚构思着语言。她转过头，与他四目对视。

“我告诉过你去年春天我曾一度心灰意冷对吧？因为茶饭不思，我瘦得不成样子。”

“你说过。”

“那一切都是真的。但是我没有告诉过你，有那么一段时间，我甚至想过自杀。当然，这并不是说我几乎对自己下手了。自杀只不过是一个念头，一个黏附在我心中的念头，它会让我觉得好些。那时，每天醒来之后，我茶不思饭不想，对任何事情都心灰意冷。后来，我脑中浮现出一个念头：有一种方法能摆脱我的痛苦，就是结束生命。即使在当时，我也知道这是一种疯狂的想法。就像我说的那样，我从没有想过把这种念头付诸实施。但我意识到知道自己还是有选择余地的，这让我感觉自己还可以把控自己。当时我迫切地需要这种感觉——这种把控生活的感觉。渐渐地，我振作了起来。这就是为什么布莱恩再次对我不忠时，我能够顺利地离开他。”她双目紧闭，往昔的回忆就像一个影子从她眼前闪过，“现在你是不是在想自己原来犯了个大错误？”

“一点儿没有。”他说。

“你不觉得我很疯狂？”

“你并不疯狂，你自己都说从未真正想过自杀。”

“那为什么当时我迟迟放不下这个念头？为什么我甚至能这么想？”

“你现在还有这种想法吗？”

“再也没有了。”她说，“那个春天过后就没有过。”

“那么我就不怎么担心了，在这世界上你可不是第一个想自寻短见的人。从随便想想到认真考虑，这之间还是有很大区别的，真要去尝试更是难上加难了。”

她思索着他的话，理解了他的观点。“你对整件事情分析得太过理性了。”

“或许是因为我都不知道自己在想什么。”

她捏了捏他的胳膊。“顺便说一句，我没有告诉过任何人。我父母，甚至连玛西亚都不知道。”

“我会替你保密的。”他说，“但是如果这种事情再次发生，你应该想着找个比我更聪明的人倾诉，一个懂得安慰你、或许能帮你指点迷津的人。”

“我会考虑的，希望这种事情不会重演了。”

他们静静地坐着，他的体温抵在她身上。“我仍然认为你很完美。”他重复道，这句话把她逗笑了。

“你嘴巴真甜。”她捉弄道。她头部微抬起，在他脸颊上留下一个吻。“我能问你一件事情吗？”

“随便问。”他回答道。

“你说过你妈妈想把牛群的数量增加一倍，而当我问你为什么的时候，你说她别无选择。这是什么意思？”

他用一根手指在她手背上轻轻滑动。“这说来话长了。”

“又来了！那么你回答我这个问题：这件事与大丑牛有关系吗？”

有那么一瞬间，她感到卢克的肌肉不自主地抽动了一下。“你为什么这么问？”

“就当是我的直觉吧。”她说，“大丑牛的故事你也是只讲到一半。所以我猜这两回事可能有着某种联系。”她迟疑了一下，“我猜对了，是不是？”

索菲亚感觉到卢克长吸了一口气，然后缓缓吐出来。“我当时以为自己很了解它的脾性。”卢克开始讲述他的故事，“起初很顺利，然而比赛到一半时，我犯了个错误。我身体倾得过于靠前了，结果大丑牛头部猛地往后甩，我被撞得昏了过去。我被掀翻在地之后，它拖着我满场跑。结果，我的肩膀脱了臼，但这还不是最糟糕的。”卢克抓了抓脸颊上的胡茬，然后，用一种近乎事不关己的平淡语气接着往下说，“当我躺在污泥中时它攻击了我，情况真的很糟。结果我被送到了重症监护室……好在医生们妙手回春，我的运气也很好。当我醒来时，我身体复原的速度比我预期的还要快。但是我仍需长期住院接受治疗。紧接着是一连几个月的康复疗程。而我妈妈……”

他的声音越来越弱。他讲述这段往事时，索菲亚在脑中构想着他受伤的场景。虽然他语气平淡如水，但她感到自己的心跳在加速。

“我妈妈……她做了母亲们都会做的事情。为了保证我得到最好的治疗，她倾尽了家产。问题是，我没有什么医疗保险。因为骑牛极具风险，骑牛士几乎得不到医保。至少在那个时候这毫无可能。主办方提供了基本范围内的金额，但与我的治疗费用相比只是九牛一毛。所以我妈妈不得不把牧场抵押给了银行。”他顿了顿，整个人忽然变得很沧桑，“抵押的条款不太好，而且明年夏天还要调整利率。抵押期限将至，牧场的收入却不足以偿还贷款，而且现在我们已经是捉襟见肘了。过去一年中，我们试尽了各种方法，试图从什么地方挤出点钱来，但一切都是徒劳。我们与最后的偿还额仍相差甚远。”

“这意味着什么？”

“这意味着我们必须卖掉牧场，或者银行会把它收回。而经营牧场是我妈妈唯一擅长的事情。是她把牧场的生意一手做起来的，她一直都生活在这片牧场中……”卢克长长地舒了一口气，然后接着往下讲，“她已经55岁了，除了牧场她还能去什么地方？除了经营牧场她还能做什么呢？而我还年轻，我可以去任何地方。但是让她为了我失去一切？我不能这样对她，我也不会这么做。”

“这就是为什么你重新开始了骑牛。”索菲亚说道。

“是的。”他承认，“我这样做有助于减轻还贷的负担。再过几年，我可以用比赛奖金还我们的欠债，这样我们有可能把贷款的本金降到可控的范围内。”

索菲亚抬高膝盖。“那她为什么不支持你参加比赛？”

卢克好像在小心翼翼地斟酌着字眼：“她不希望我再受伤，但是我别无选择。我甚至再也不想骑牛了……对我来说。骑牛已经变得不同了。但是我不知道除了骑牛我还能做什么。据我估计，我们能够坚持到6月，或者是7月。但那之后……”

他满是内疚和痛苦的语气让她感到胸中无比的压抑。

“说不定你们能找到另外一片牧场呢。”

“或许吧。”他说，语气听起来不太确定，“总之，这就是我们牧场的情况：不怎么乐观。这也是我带你来这儿的一个原因。和你在此共度周末，我可以把这些烦心事抛在脑后，我可以不为这件事犯愁。来到这儿之后，我满脑子想的都是你，以及你带给我的快乐。”

正如卢克所料，一匹马发出一声长长的嘶鸣。房间中越来越冷，山间的冷风从窗户和墙缝中渗进小屋中。

“我该去看看饭做得怎么样了。”他说，“确保没有烧糊。”

索菲亚不情愿地坐了起来，让卢克从身旁挤过去。卢克深信是自己把牧场带到了毁灭的边缘，他这种强烈而真实的愧疚感驱使索菲亚从沙发上起身，跟着卢克走去。她要让卢克知道，她会陪在他的身边抚慰他；并不是因为卢克需要她的安抚，而是因为她想这么做。对卢克的爱改变了她的人生，她希望卢克也能感觉得到。

在卢克搅拌红辣椒饭时，她走到他的身后，悄无声息地伸过胳膊搂住他的腰。在索菲亚紧紧抱住他时，他的身体站得更直了。接着她松开了自己的怀抱，卢克转过身，把她拉到身边。他们的身体又一次紧紧贴在一起，她依偎在他的怀抱中。很长一段时间，他们只是静静地抱着对方。

卢克为她带来了一种美妙的感受，她感到他那颗炽热的心在胸膛中剧烈地跳动，她听到他温柔舒缓的呼吸。她把脸埋在他的脖子中，他的男性气息让她如痴如醉。她的欲望在体内膨胀，而之前她从未有过这种美妙的体验。她开始慢慢地吻他的脖子，他的呼吸声愈发急促。

“我爱你，索菲亚。”卢克喃喃道。

“我也爱你，卢克。”她用温柔的细语回应他。他们的脸越靠越近。当两人开始接吻时，她脑海中只有一个念头：这才是应有的感觉，它应该持续到永恒。起初，两人稍有迟疑，但随即，他们的吻变得越来越激烈。当她抬起头时，她知道自己眼中写满了欲望。她想拥有卢克的全部。她从来没有对任何人有过这样强烈的渴望。她又给了卢克一个吻，然后把手伸到他的身后，关上了煤气灶。当和卢克四目相对时，她拉过他的手，开始一步一步把他带到卧室中。

十七

艾勒

傍晚再次来临，我仍困在这儿，深陷于无尽的寂静，笼罩于雪白的寒冬中，无法动弹。

我已经撑了一天多了。我一把年纪，考虑到这样艰难的处境，这已经是值得庆祝的事了。但是我体力却渐渐不支。只有痛苦和饥渴让我感到我的身体渐渐衰竭，我现在力所能及的便是努力睁着眼睛。它们迟早会再次合上，我心中的一部分思忖到时它们是否还能再睁开。我凝视着露丝，好奇她为什么沉默不语。而她并没有看我。我看到的只是她的侧影。随着我每眨一次眼，她似乎都在变化。她时而年轻、时而变老，接着又恢复年轻。我好奇她在每次变化时心里都在想些什么。

尽管我深爱着露丝，我不得不承认在某种意义上，她在我心中仍是一个谜。在无数个早晨，当我们坐在餐桌旁时，我总能捕捉到她凝眸窗外的情形。那时的她跟此时如出一辙，我的眼睛总是随她的目光看去。我们静静地坐着，望着鸟儿们在树枝间欢快地跳跃，或者抬头望着天上缓缓成形的云朵。有时候我试图揣测她的心思，但是她最终只用一个微笑来回应我，非常得意地将我置于一片茫然中。

我喜欢她的这一点。我喜欢她为我的生活带来的这丝神秘感。

我喜欢我们之间偶尔出现的沉默，因为这是一种让彼此舒心的沉默。这是一种充满情意的沉默，扎根于爱与希望。我经常想是我们与众不同，还是所有夫妻间都有这种独特的沉默。想到只有是我俩是特例，我就会觉得难过不已。但我已经活得够久了，久到能得出这个结论：我和露丝是一对不寻常的、被上天眷顾的爱侣。此时的露丝还是闭口不言，或许她也在重温我们共度的那些旧日时光吧。

度蜜月回来之后，露丝和我开始共建我们的幸福生活。那个时候，她的父母已经搬到了达勒姆去住，露丝和我则跟我的父母一块儿住，同时在物色着我们的新家。尽管那个时候很多格林斯博罗的新社区都落成了，我们俩还是倾向于寻找一个有特色的房子。在这个历史悠久的地方，我们走街串巷，最终找到了建于一个1886年的房子——安妮女王之家。它有一个前置的山形墙、圆形的塔顶，屋前屋后都建有门廊。我第一感觉是这房子未免太大了些，很多空间我们俩根本用不了。而且它极度需要修缮。但是露丝对这屋子的构型和精湛的建筑工艺情有独钟，而我视露丝为珍宝，所以当她提出让我做决定时，我当天下午就开了个价。

我们的银行贷款手续即将办理稳妥——我们一个月之后便能搬进来。这期间，我回到服装店工作，露丝则投身于教书。我承认我为她感到担心。她在一个乡下小学教书，学生主要是在农场上长大的孩子们。他们中有一半人家里没有排水装置，许多孩子甚至常年只穿一套衣服。开学第一天，就有两个学生赤着脚出现在教室。把学习当回事的孩子屈指可数，而其中很多都只字不识。露丝从未目睹过这种贫穷，与其说这是物质的贫乏，不如说是梦想的贫瘠。在开始上课的起初几个月，我从未见过露丝如此的精疲力竭，之后一生中也从未如此。即便是在最优秀的学校，一个老师也需要投入大量时间和精力做好课程规划，这样才能应用自如。所以我经常看到露丝工作到深夜，在厨房的餐桌旁，绞尽脑汁地想着如何鼓励自己的学生努力学习。

尽管第一个学期让她心力交瘁，然而很明显可以看出，露丝教育这些学生不仅是出于使命感，更是满怀热情地全心投入，这种热情甚至超越她对收集画作的热情。她对这份工作有种执着的信念，这让我颇为震撼。她不仅想让她的学生积极学习，更希望学生们能够像她一样重视教育。教育这些处于劣势的孩子给她带来挑战，也激发了她的工作激情。在吃饭的时候，她跟我讨论她的学生，向我展示他们取得的“小胜利”。这些“小胜利”能让她接连好几天都满怀欣喜。她是这样描述她的学生的。“艾勒，”她会这样说，“今天我的一个学生在课堂上小有成就呢。”然后她便跟我讲述事情的经过。她会给我讲某个孩子将自己的铅笔与他人分享，或者孩子们的书法是如何进步的，或者为某位学生读完人生中第一本书而感到骄傲。不只如此，她对他们关怀备至。学生心情不佳时，她会及时察觉，然后像一位母亲一样安慰他们；当她发现许多家境窘迫的学生连午饭都吃不上时，她开始在早晨多做一些三明治。久而久之，学生们自然而然地体会到她的关怀，对露丝爱的渴望就像幼苗渴望阳光雨露一样。

曾经，她对孩子们能否接受自己还担心过一段时间。因为她是犹太人，但她教书的学校几乎全是基督徒。因为她来自维也纳，带有德国的口音，所以露丝并不确定孩子们会不会觉得她是个外来者。她从未直接跟我提过这些，但是在12月的某天晚上，当我发现她在厨房里哭泣时，她哭得又红又肿的眼睛把我吓了一跳。起初我以为是她的父母出事了，或着她遭遇了什么意外。但之后我注意到她的桌子上摆满了自制的小礼品。她告诉我这些是她的学生送给她的光明节的礼物——每个学生都送了。她一直想不通学生们是如何得知的：她从未告诉过他们这个节日，而且学生中也没有人懂得庆祝光明节的含义。后来她告诉我说，她偶然听到某个学生跟另外一个学生解释说："光明节是犹太人庆祝耶稣生日的节日。"但这并不重要，学生们送她的这些小礼品让露丝感动不已。多数礼物都很简单：涂彩的石头、自制的贺卡、贝壳串成的手环——但是，每个礼物都带着孩子们浓浓的爱。我后来意识到，也就是在这一刻，露丝终于把北卡罗来纳州和格林斯博罗当成了自己的家。

尽管露丝工作忙碌，我俩仍有时间布置我们的新家。婚后第一年，我们利用许多周末的时间购置古玩。露丝在选取家具方面的天赋和她的艺术品鉴别能力如出一辙，这让我们的屋子变得不仅精致漂亮，而且友善温馨。

夏季来临，我们开始修缮工作。这间屋子需要换一个新房顶、新厨房和新洗手间，尽管原来的设施仍能使用，但是与露丝的喜好不符。地板需要磨平，许多窗户需要更换。我们在购买房屋的时候就已决定在夏天开始装修工作，因为那个时候露丝有时间亲自监督装修工作。

露丝主动承担起这个责任，这让我舒了一口气。我父母在服装店工作的时间越来越少，然而在露丝聘为教师的那一年，店内的生意愈发忙碌。仿效父亲在战时的做法，我租用了隔壁的空间，扩大了店面，而且另外雇佣了三个店员。即便如此，我还是只能勉强能应付店里的生意。和露丝一样，我也经常忙到深夜。

房屋的整修比预期花了更长时间、更多的资金，自不必说整个过程也比我们想象的更为烦琐。直到1947年7月末，工人们才终于收工。但是整修带来的变化——无论是细微的变化还是其他显著的变化——最终把这房子改造成了我们想要的样子：至今为止，我在那儿住了已有65年之久。和体态羸弱的我相比，这个房子依然结实地屹立着：管道中的水依然流动顺畅，柜子开关仍旧灵活自如，地板平滑得像个台球桌，而我只能借助一根拐杖才勉强在房屋之间走动。如果非要说这个屋子有什么缺憾的话，那就是它太能通风了，这竟使我习惯了长期的寒冷，忘掉了温暖的滋味。然而，对我来说，屋子中仍然充满了爱，这让活到这个岁数的我已别无他求了。

“它可是塞得满满当当的。”露丝嗤笑道，“我指的是这个房子。”

我在露丝的语气中察觉出些许的反对，瞥了她一眼说道：“我喜欢它现在这样。”

“这样做很危险。”

“没有什么危险。”

“没有危险？要是发生了火灾怎么办？你怎么逃生？”

“如果发生火灾的话，即使房子中空无一物，我照样很难逃离。”

“你只是在找借口。”

“我老了。我可能要糊涂了。”

“你没有老糊涂。你只是固执。”

“我喜欢回忆。这与固执可不一样。”

“这对你没什么好处。回忆有时候只会让人痛苦。”

“或许吧。”我边说边与她对视，“但是回忆是我唯一剩下的东西。”

露丝说回忆会给我带来痛苦，这固然不错。但是她关于房子的那些话也是对的。屋内中并非充斥着垃圾品，而是挂满了我们收集的艺术品。很多年来，我们一直把这些作品保存在按月租用的、温度可控的存储间中。露丝喜欢这种保存方法——她总是担心发生火灾——但是她去世以后，我雇了两个工人把所有的画作运回了家。现在，家里的每一面墙上都挂满了五颜六色的油画，5间卧室中的4间都塞得满满的。此外，就连客厅和餐厅的每一寸角落也都被画作占据了，以至于一连几年它们都无处落脚。这些画中，只有几百个配上了框架，其余的大部分都被无酸的纸隔开，储存在许多平整的橡木盒中，这些橡木盒是我雇佣木匠打造的，并且按打造的年份贴上了标签。我承认这个房子中散发着一种凌乱的奢侈感，可能给一些人带来一种幽闭压抑的感觉——例如来我们家的那位记者在房间中徘徊时，惊讶得嘴巴大张——但是家里面却很干净。保洁服务处会派清洁女工每周来我家两次，把我现用的房间打扫得一尘不染。尽管这些年来，这些清洁工中只有少数人会说英语，但我知道露丝会为我雇佣她们感到高兴的。露丝向来不喜欢灰尘，对任何形式的脏乱都无法忍受。

屋内的混乱非但没有让我烦心，反而让我得以重温婚后的最美时光，尤其是我们的那些黑山学院之旅。房屋修缮结束后，我们两人都需要一个假期进行休整。我们的第一个结婚纪念日和我们的蜜月一样，都是在格罗夫公园酒店度过的。我们又一次去学院参观，但这一次有朋友招待我们。伊莱恩和威勒姆这次不在，招待我们的是罗伯特和肯恩，他们把我俩介绍给了两位杰出的艺术家——苏珊·韦伊和帕特·帕斯洛夫，他们的作品如今也在许多博物馆中陈列着。那一年我们回到家时，收藏的画作中又增加了14个新成员。

即使在那个时候，我们两个人也并没有想过要成为收藏家。毕竟，我们的生活并不阔绰，购买这些画作让我们的生活更为拮据，尤其是在修缮房屋之后。我们也没有立刻把它们挂起来。露丝根据心情把它们轮番置于不同的房间，所以有时候我回到家，会发现房子既熟悉又陌生。1948年和1949年，我们又去了阿什维尔和黑山学院而且买了更多的画作。当我们回到家时，露丝的父亲建议我们认真思考一下我们的这一嗜好。和露丝一样，他也能从我们购买的画作中发现艺术价值，而且他给我们灌输了一种想法——建立一套真正意义上的画作收藏，将来它们的价值可能抵得上一个博物馆。可以看出，露丝对这个想法颇感兴趣。尽管没有做出任何形式的正式决定，我们开始将露丝近乎所有的积蓄都攒起来，露丝也开始用大量的时间给我们熟悉的艺术家写信，向他们征求对我们可能喜欢的其他艺术家的观点。1950年，结束了外滩群岛的旅程后，我们开启了首次纽约之旅。在那里，我们花了三周时间走遍了这个城市的每一个画廊；通过朋友的介绍，我们得以与画廊主人和艺术家们相见。也是在那个夏天，我们打造了一个艺术界的人际圈，这个圈子在以后的40年中将持续发展壮大。夏日结束时，我们回到了最初的起点——我们似乎也别无选择。

记不清是在什么时候，我们第一次听到黑山学院可能会停办的传言——我想可能是1952年或者1953年吧——但是和那些我们已视为挚友的艺术家和教员一样，我们丝毫不想理会。但是在1956年，我们的担心变为现实。当露丝听到这个消息后，她哭了，她意识到这对我们来说意味着一个时代的结束。那年夏天，我们又一次游遍东北部。尽管时过境迁，一切都无法回到从前，我们的旅途终点仍是阿什维尔，在那儿度过了我们的结婚纪念日。和以往一样，我们开车去黑山学院。但是当我们站在伊甸湖边，凝望着人去楼空的校园时，我忍不住想我们在黑山学院度过的那些诗一般的日子是否只是一场梦。

后来，我们走到之前我为露丝陈列最初6幅作品的地点。我们伫立在湖边，湖水静谧幽蓝。我开始想伊甸湖这个名字跟这个地方真是太相配了。毕竟，这个地方一直是露丝和我的伊甸园。我知道，无论我们的人生之路将通向何方，我们永远不会将此处遗忘。在这儿，我递给露丝一封我在昨夜写的信，这让她颇为惊讶。这是我在战后写给露丝的第一封信。读完它后，露丝投入我的怀中。那一刻我知道，这个地方将永驻我的心间。第二年，在我们结婚十一周年的时候，我又为她写了一封信。她也是在这儿，在伊甸湖边，在同一棵树下，读了这封信。从这里开始，我们的婚姻开启了一项新的传统。

这些年，露丝一共收到了45封信，每一封她都珍藏着。她把它们储存在她衣柜顶上的一个小盒子中。有时我看到她在读它们，从她的微笑中，我看出她在回想一些尘封在记忆中的往事。这些信成了她的日记。年迈时，她愈发频繁地取出它们，有时候甚至整个下午都在读信。

这些信给她带来了心灵的平静，我想这也是为什么到后来她决定给我写信。直到她离世后，我才发现她的那封信。这封信在很多方面都扮演了我的救命良药。她知道终有一天我会需要它，因为她比我更了解我自己。

但是，露丝并没有读到我写的每一封信。有些信她再也无法读到了。这些信不仅是写给她的，也是写给我自己的。在她离世之后，我在原来的信盒旁边放了一个新的盒子。我把用颤抖的手写出来的信放在里面，这些信上只印有我的泪痕，没有她的。我是在本应该是我们结婚纪念日的日子写下这些信的。有时候，我想读读它们，就像露丝之前一样，但是一想到露丝再也没有机会读到它们，我便心如刀绞。

所以我只是将它们拿在手中，当我伤心欲绝、无力承受时，便在屋子中徘徊，凝视那些画作。有时候，我想象着露丝在我浏览画作时来到我身边，就像现在她出现在我的车中一样。因为她知道，即使到了现在，没有她的日子我仍然难以支撑下去。

“没有我你也可以活得很好。”露丝对我说。

车子外面，风力渐渐衰弱，黑夜中似乎有了些许的光亮，我想这是月光的缘故吧。然后我发现天色变得清澈起来。明天晚上——如果我还支撑到那个时候的话——天气状况会大大改善，到了周二，雪会开始消融。一时间，我心中充满了乐观，但这丝希望就像昙花一现，稍纵即逝。我不可能活到那个时候的。

我的体力渐渐不支，以至于我眼前的露丝也变得模糊不清。我头晕目眩，感到整个世界天旋地转。为了寻找平衡感，我想伸手拉住她的手，但是我知道这并不可能。我试图回忆起她抚摸我的感觉，但是这种记忆触不可及。

“你在听我说话吗？”她问。

我紧闭双眼，试图驱走这股眩晕，但它反而变本加厉，我的脑海中似乎迸发出混乱的彩色螺旋。终于，我干燥的嗓子中挤出一个有气无力的回答：“在的。”但是极度的饥渴感报复式地折磨着我。情形越来越糟，已无力回转。我已经一天多没有进过一滴水了，我对水的渴望随着急促的喘息声愈发强烈。“水壶就在这儿。”露丝突然对我说，“我想它就在我脚下的底板上。”

她的声音柔和细腻、抑扬顿挫，就像一支悠扬的旋律。我把注意力集中在她的声音上，尽量把自己的糟糕处境抛之脑后。“你怎么知道？”

“我也不太确定。但它还能在哪儿呢？它也不在车座上啊。”

她是对的，我想。它极有可能在地板上，但是我无力去捡它了。“无所谓了。”我最后绝望地说道。

“当然有所谓。你必须想方设法够着它。”

“我做不到。”我说，“我现在真的很虚弱。”

她似乎理解了我的话，一时间竟无言以对。我依稀听到她的呼吸声在车中响起，但我随即意识到那是我自己的喘息。我的喉咙又堵塞了。

“你还记得那个龙卷风吗？”她突然问我。她声音中有种恳求我打起精神的关切之意。我试图弄明白她指的是什么意思。龙卷风？起初我对这个词毫无印象，但慢慢地，一段封闭的回忆浮现在我脑中。

当时我下班在家。一小时之后，天空突然蒙上了一层不祥的灰绿色。露丝走出门查看发生了什么，我还记得当时抓住她的手，把她拖到房子中部的洗手间内。这是她生命中经历的第一个龙卷风，我们的房子安然无恙，街上有一棵树却被连根拔起，砸坏了邻居家的车。“那是1957年。”我说，“是4月。”

“是的。”她说，“就是那个时候发生的。你能记得这些，我并不感到惊讶，因为你总能把天气熟记于心，哪怕是很久之前的事。”

“我能记住它们是因为当时我很害怕。”

“但是，你也能记住此时此刻的天气。”

“我总是看天气频道。”

“不错。那个频道上有很多优秀的节目。有时候你能学到很多新东西。”

“我们为什么在谈这个话题？”

“因为，”她对我说，语气中尽是关切，“有件事情你必须记起来——另外一件事。”

我没理解她的意思。但是因为气衰力竭，此时我竟毫不在乎她真正的意思了。我的喘息愈发严重，于是我闭上眼睛，感觉自己在一片黑色的海洋中漂荡，海上暗涛汹涌，海水把我送向远方的地平线，我离这儿越来越远，离露丝越来越远。

“你最近看到了一件有意思的事情！”她朝我大声说道。

此时的我仍是魂飞天外，我感觉自己在漫天的星月下轻飘飘地游荡。夜空明澈澄清，狂风也已偃旗息鼓，但是此时身心俱疲的我料定自己将长睡不醒。我感到四肢轻盈，失去了重量。

“艾勒！”露丝朝我大喊，语气中充满了惊慌，“有件事你必须想起来！天气频道上曾经提过这件事。”

她的声音就像一串回音，缓缓从远方传来。

“有一个瑞典人！”她大声说，“他没有食物、没有水。”

尽管我几乎听不到她的声音，她的话却起到了作用。没错，这个记忆片段开始在我脑中像龙卷风一样渐渐成形。发生在于默奥。北极圈以内。撑了64天。

“他活了下来！”露丝喊道。她向我伸过手，把手搭在我的腿上。

就在那一瞬间，我从迷离的状态中惊醒。当我再次睁开眼时，我回到了现实中。

他连人带车被埋在了雪中。没有食物，没有水。

没有水……

没有水……

露丝向我靠近，我可以闻到她身上淡雅的玫瑰香。“是的，艾勒。”她表情凝重地对我说，“没有水。那么他是怎样活下来的呢？

你一定要想起来！”

我眨了眨眼，感觉眼睛上都长出了鳞片，就像爬行动物身上的那种。“雪。”我说，“他是靠吃雪活下来的。”

她与我四目对视，我知道她在催促我把目光转向别处。“这儿也有雪。”她说，“车窗外就有。”

听到她的话，我感到虚弱的身体内涌出一股激流。尽管我害怕活动身体，但是我仍然轻轻举起我的左胳膊，把它缓缓移到大腿上，然后继续将它抬高，使它能够碰触到车门的扶手。这些动作艰难吃力，我歇息片刻才缓过气来。露丝说得对，水近在咫尺。我将手指移向按钮。虽然我担心车窗有可能打不开，但还是伸了伸手指。我体内原始的求生欲望迸发而出。我希望车的电池仍然能用。我对自己说：它之前还运转正常，事故之后也一样正常。终于，我的手指触到了按钮，我将它按下。

奇迹发生了，逼人的寒气瞬间扑向车内。这股寒意侵肌刺骨，一小片雪落到我的手背上。离成功越来越近了，但是我的头却朝着反方向。我必须抬起头来。这对我几乎是不可逾越的挑战，但是水在呼唤着我，我无法拒绝这种诱惑。

我抬起头来，我的胳膊、肩膀和锁骨几近崩裂。我的眼前先是一片空白，随即一片漆黑。我感到面部肿胀，有那么一瞬间，我甚至感觉自己不可能做到。我希望重新低下头来。我希望终止这种剧痛，但是我的左手已经向我移过来。雪已经融化，我能感觉到水在往下滴，而我的手继续移动着。

在我几乎就要放弃的瞬间，我的手触到了我的嘴。雪水非常美妙，我的嘴似乎又复原如初了。我可以感觉到舌头的湿润。这水冰冷、刺激，但又富有灵性，我感到它一滴滴地流进我的嗓子。这个奇迹让我重新振作起来，于是我又伸手抓了一把雪。我将它们咽下去后，体内针刺一样的剧痛缓缓消失了。我的嗓子瞬时恢复了生气，就像朝气蓬勃的露丝一样。尽管车内仍然充斥着透骨的寒冷，我却感受不到了。我继续吃了一把雪，然后又一把，终于，之前充斥在我体内的萎靡现在已经消失殆尽。我仍然感到疲倦虚弱，但是相比之下，现在我勉强能承受得住。当我再次看向露丝的时候，她清晰如画。此时的她正值30岁的年纪，容光焕发——这是她一生中最漂亮的时候。

“谢谢你。”我终于说道。

“你不应该谢我。”她耸耸肩，“但是，现在你应该关上车窗了。要不你会冻坏的。”

我按她说的做了，但是我的目光却从未离开她的眼睛。“我爱你，露丝。”我用沙哑的声音说道。

“我明白。”她说，她的柔情似水，“这也是我为什么出现在这里。”

水，以一种不可思议的方式让我起死回生，而数小时之前这几乎是不可能的事情。虽然这么说，我恢复的只是精神。我身体的状况依旧很糟，而且我并不敢活动。但露丝为我的好转备感欣慰。她静静地坐在我身边，倾听着我的心声。大多数时间，我内心都在想是否有人会发现我……

在这个世界上，我已经或多或少地变成了一个透明人。即使在我加油的时候——现在我想，正是这个举动让我迷了路——柜台的那位女士的目光也是绕过我，投向一个穿牛仔裤的年轻人。我已经变成了年轻人最害怕成为的那种人——默默无闻、老弱不堪、无所奉献的老年群体中的一员。

我的晚年生活不值一提，它由一个个简单的时刻和更为简单的快乐堆砌而成。我吃饭、睡觉、怀念露丝；我在房中踱步、凝视画作；我早上会喂养聚在我后院的鸽子。我的邻居为此没少抱怨。他认为鸟类是疾病丛生的污秽之物。他或许说得有道理，但是他也砍掉了那棵横跨我们两家之间的巨大枫树，仅仅是因为他厌倦了打扫枫叶。因此，我认为他的判断力不值得信任。不管怎么样，我喜欢那些鸟。我陶醉于它们轻快的咕咕声，喜欢看它们追逐我撒给它们的种子，看它们头上下摆动的样子。

我知道大多数人将我视为隐士，那位记者就是这么描述我的。尽管我对这个词和它的隐含意义鄙夷不屑，她对我的描述还是有一定的真实度的。我已成为鳏夫多年，膝下无子，而且据我所知，我并没有尚在人世的亲人。除了我的律师豪伊·桑德斯，我其他的朋友们都相继离世。而且，自从《纽约客》杂志刊登的那篇文章引发了那场媒体风暴以后，我很少再出门。这样做让我的生活更为容易。但我也时常反思我起初是否应该跟那位记者交谈。或许不应该吧。但是当贾妮思，或许是珍妮特，不管叫什么名字吧，当这位不速之客拜访我家时，她乌黑的头发和闪烁着智慧的眼睛让我想到了露丝。我知道的下一件事就是，她已经站在了客厅中，并在接下来的六个小时都没离开。我至今也无法弄清楚她是如何获悉我们的收藏品的。或许是从北方艺术商那儿得到的——他们比女学生还喜欢八卦——即便如此，我并不为后来发生的事情责备她。她只是在做分内的工作。我本可以让她离开的，但是我却老老实实地回答了她的提问并允许她拍照。她离开之后，我很快将这件事抛之脑后了。数月之后，一位声音尖细的年轻人打来电话，他自称是一位杂志社的核查员，需要对我的话进行核实。我天真地给他提供了他需要的答案。几个星期之后，我在邮箱中收到了一个小包裹。那位记者可谓是体贴备至——她给我寄了一份刊登着那篇文章的杂志。毋庸置疑，这篇文章让我恼羞成怒。读完她的文章之后，我就把它丢掉了。冷静下来后，我把它从垃圾堆中捡回来，又重新读了一遍。现在回想起来，她没能理解我当时话中的真意——这并不能怪她。毕竟，在她的头脑中，这些收藏品才是整个故事的主角。

那是六年前的事情了，但是它将我的生活翻了个底朝天。从那时起，我的窗户上安装了栅栏，院子周边也建上了围栏。我还安装了一个安全系统，就连警察也开始一日至少两次从我家门口经过。我淹没在了无尽的来电中。呼叫者中有记者，有制作人，有一位承诺将我的故事搬上荧幕的编剧，有三四位律师，有两位声称是与露丝家有亲戚关系的远房表兄弟，还有一些指望着碰碰运气、捡些便宜的陌生人。最终，我拔掉了电话线，因为他们所有人——也包括那位记者——只是从钱的角度去看待艺术。

他们中没有一个人能明白这些画作与钱无关，真正有意义的是它们所承载的回忆。如果说露丝拥有我写给她的信，那么我则拥有这些画作和回忆。当我看到德·库宁、劳申贝格和沃霍尔的画作时，我回忆起我们伫立于湖边时露丝拥抱我的样子；当我看到杰克逊·波洛克的画作时，我俩在1950年的首次纽约之旅便映入脑海。当时旅行到一半时，我们心血来潮，驱车去了斯普林村，那是靠近长岛东汉普顿的一个小村庄。那是一个美好的夏日，露丝穿着黄色的连衣裙。那个时候她只有28岁，而且一日日地愈发漂亮。波洛克自然注意到了这一点，我深信正是露丝优雅的举止打动了波洛克，所以他才允许两个陌生人走进他的画室。这也解释了为什么波洛克最终破例，允许露丝购买了那幅他刚完成不久的画作——他很少（也可能从未）再这样做过。那天下午，在我们返回城市的路途中，露丝和我停留在水磨村的一个小咖啡馆里。那是个迷人的地方，有着磨损的地板和让屋里光照充足的窗户。店主把我们领到一个晃晃悠悠的户外桌子旁。那天，露丝点了白葡萄酒，我们一边抿着杯中清醇甜美的酒汁，一边凝视着海峡上的旖旎风光。微风轻拂，天气暖洋洋的，当看到远方偶尔经过的船只时，我们会不约而同地想象着它们将驶往何方。

那幅画作旁边挂的是贾斯培尔·约翰斯的作品。这幅画我们购于1952年，那年夏天是露丝头发最长的时候。她的眼角首次出现了模糊的细纹，这让她的面容更具女人味。那天早晨，我们两个站在帝国大厦的顶层，后来，在安静的旅馆房间内，我和露丝缠绵了几个小时，直到最后她在我的怀中睡去。我却无法入睡，我静静地凝视露丝，看着她胸口缓缓地起伏，她温暖的肌肤和我的贴在一起。在微弱的光线中，她的头发披散在枕头上，我不禁问自己：世界上还有比我更幸福的男人吗？这就是为什么深夜里我会在房中徘徊，这就是为什么这些收藏品保存得完好无损，这也是为什么至今我一幅画也没有卖。我怎么可能会出售它们？在这些颜料和色彩中储存了太多我对露丝的回忆，每一幅画作都让我回忆起我们生命中的一个篇章。对我来说没有任何东西比这更有价值。我的妻子给我留下的只剩这些，而我对我妻子的爱甚至超越了生命本身。我会继续凝视它们，继续沉浸于回忆中，直到我离开这个世界的那天。

在她离世之前，露丝有时候会陪我一起长时间踱步，因为她和我一样，也喜欢重温旧日的时光。她也喜欢重述故事，即便她从没有意识到自己就是所有故事中的女主角。我们在房屋间来回踱步时，她挽着我的手，我们两个人都陶醉在美好的旧日时光中。

我的婚姻为我的一生带来了无比多的幸福，但最近却是无尽的凄凉苦楚。我明白爱和悲痛不可分割，两者相依相随，谁也不能独立存在。即便如此，我也止不住思索这种平衡是否合理。我想，一个活过一生的人终究会死去；在临终之际，他身边应该簇拥着那些他深爱的人，他们守候着他、安慰着他。

但是我已经知道，在生命的最后一刻，我将孑然一身。

十八

索菲亚

接下来的几个星期对于索菲亚来说，充满了珍贵美好的插曲，让她觉得一切都不可能更完美了。

大学的课程令她兴奋，她的成绩出类拔萃，虽然她尚未收到丹佛艺术博物馆的回复，她的导师已经推荐她去纽约现代艺术博物馆见习，她将在圣诞假期参加面试。这个职位没有薪水，而且如果被聘用的话，她很有可能需要从家到博物馆上班，但这毕竟是纽约现代艺术博物馆啊。她就是做梦都不敢相信自己能有这个机会。

在联谊会公寓中——她很少花时间来这儿——索菲亚发现玛西亚走路的时候昂首阔步、神气活现——每当她的注意力落在某个特殊的男生身上时她便会这样做。她心情甚佳、乐不可支，尽管她并不承认这与某位男生有关系。玛丽·凯特除了只参加一些强制性的会议之外，在联谊会已经不怎么管事了。索菲亚也基本上被免去了大部分联谊会的义务。也许正是那种漠不关心的态度导致了这一结果，但是管他呢，只要管用就行。更重要的是，她在校园中再也没有碰到过布莱恩，他也再没有给她打过电话或发过短信，这样忘记他们曾经交往过也变得更为容易。

当然，还有卢克。

这是她第一次理解了爱一个人的真正含义。自从他们在小屋里度过那个周末以后，之后每个周六晚上她都和卢克在牧场中共度良宵，感恩节除外，因为那天她回家探望父母。在亲吻的间隙，他的皮肤仿佛带着电流，摩挲着她。她沉醉于他一遍又一遍地告诉自己，他有多么爱她，对他来说有多么重要。在黑暗中，她会用手轻轻抚过他的伤疤，有时候也会发现一个她从未注意到的新痕；他们一直聊到凌晨，当不再聊天时，取而代之的是又一次的缠绵。他们沉醉于这种狂热的爱恋中，在和布莱恩在一起时她从未那么感觉过，这是一种超越肉体的情感联结。她开始喜欢上了卢克每天早上轻手轻脚下床去喂牲口、检查牛群的习惯，他尽力不去吵醒她。通常情况下，她会再次陷入浅睡，醒来时卢克已候在她身旁、为她准备好了一杯热咖啡。有时候，他们在门廊里消磨掉一个钟头左右的时光，或者只是一起做早餐。他们总会把马牵到外边，有时候整个下午都在骑马。冬日干燥的空气让她的脸冻得发红、手也发痛，但正是在这样的时刻，她感觉到自己与卢克息息相通，与这个牧场融为一体，她总是忍不住地想为什么自己等了这么久才等到他。

随着假期临近，他们周末的大部分时间都在圣诞林中忙碌着。卢克主要负责砍树、托运、捆绑，索菲亚则负责账务。在休息的时候，她便准备期末考试。

卢克也开始了勤奋刻苦的机械牛训练。她有时会来到那个摇摇欲倒的谷仓，坐在一个生锈的拖拉机机罩的上面观看卢克训练。机械牛固定在一个临时的模拟赛场中，里面铺满了泡沫塑料，以防卢克倒地。通常，卢克以慢速度开始，这种训练只是为了活动一下肌肉，然后再把速度调高。机械牛会在骤然间旋转、下沉、改变方向，但卢克却能稳坐牛背，那只空着的手臂高悬在头顶。他骑上三四次，然后坐到索菲亚身旁，同时恢复着体力。然后他回去接着练习。他的训练有时会持续两个小时。尽管他从未抱怨过，索菲亚还是能够从他身体姿势的转变或走路时偶尔的面部抽搐中看出他的酸痛。他周日的晚上通常会躺在点满蜡烛的卧室中，索菲亚按摩着他的肌肉，为他驱走疲劳和疼痛。

虽然他们很少在学校约会，但他们有时候会一起出门吃晚饭或者看场电影，有一次他们甚至去了一个乡村酒吧，在那儿看到了两人初次见时表演的那支乐队。也是在那儿，卢克终于教会了她如何跳排舞。卢克让她的世界变得更加生动而真实，当他不在身边时，索菲亚发现自己总会不由自主地想起他。

12月的第2个星期，一阵寒流提前袭来，伴随而至的是一场源自加拿大的大风暴。这是这一季的第一场雪。第二天下午，虽然大部分雪已经融化，但是那天早上，索菲亚和卢克沉醉于牧场银装素裹的美景中。之后，两人一番跋涉，又来到了圣诞林中，在那儿度过了最为忙碌的一天。

两人随后去拜访了卢克的母亲，这已经成为了一种习惯。当卢克忙着更换他卡车上的刹车片时，琳达则教索菲亚烘焙。卢克没有撒谎，琳达做的馅饼的确非常好吃。她们俩在厨房里度过了一个愉快轻松的下午，两人谈笑风生，围裙上沾满了面粉。

与琳达共度的美好时光让索菲亚想起了她的父母，想起了他们为她的付出。看到琳达和卢克互开玩笑的样子，索菲亚不禁思忖自己和父母的关系能否有一天变得如此轻松自如。他们记忆中的那个小女孩已经不在了，现在的索菲亚不只是他们的女儿，也许还可以称之为一位朋友。自从融入了卢克的生活，她感到自己长大了。大学生活仅剩下一个学期，她也不再纠结于大学的意义何在了。她发现，生活中的起起伏伏、希望和挣扎都只是旅程中的一部分——这是一段通向国王镇附近的一个牧场的旅程，正是在这儿让她与一个叫卢克的牛仔坠入爱河。

“又要去那儿？”玛西亚发着牢骚。她双腿盘着坐在床上，并把她那件特大号的毛衣往下拉以盖住她的打底裤。“什么？在牧场上连续度过12个周末还不够？”

“你太夸张了吧。”索菲亚翻了翻眼珠，并涂上了最后一层唇膏。她旁边的小包已经整理好了。

“我是有点夸张。但是这可是圣诞假期之前的最后一个周末。我们周三就要离校了，整个学期我几乎都没跟你在一起待过。”

“我们一直在一起啊。”索菲亚抗议道。

“哪有！”玛西亚说，“我们过去总在一块儿玩。而现在，你几乎每个周末都和他一起在牧场上。上周末你连冬日舞会都没去，那可是属于我们的冬日舞会啊。”

“你知道我对这类的活动一直都不感冒。”

“你的意思是说，他对此没有兴趣吧？”

索菲亚合上嘴唇，她不愿让自己听起来是在自我防御。但玛西亚说话的口气开始让她感到一丝的恼怒。“我们俩都不想去，可以吧？他当时很忙，而且需要我的帮助。”

玛西亚把手伸到头发中，明显很恼火。“我不知道怎样说才能让你不生气。”

“说什么？”

"你正在犯一个错误。"

"你是什么意思？"索菲亚放下她的唇膏管，转头面向她的朋友。

玛西亚举起双手说："你这样想一想——我们两个人互换角色。比如说我谈了一场两年之久的恋爱……"

"不大可能。"索菲亚打断了她。

"好吧，我知道这不容易，就是假设一下。我这可是为你考虑。假如说我经历了一场撕心裂肺的分手，一连几周把自己的关在房间里。突然之间，一个男生出现了。于是我和他愉快地交谈，第二天去找他，然后给他打电话，下一个周末又去他的住处。不出几日，我便将他视为我的全部，每分每秒都希望和他在一起。你会怎么想？难道我恰好在那次痛苦的失恋期遇到了我的白马王子？我要说的是：这也太巧了吧？"

索菲亚感到全身的血液都在沸腾涌动。"我不知道你想要表达什么。"

"我是在说你可能是在犯错误。如果你不谨慎对待的话，最后很可能会受伤的。"

"我并没有在犯错误。"索菲亚一边厉声说，一边拉上背包，"我也不会受伤。我喜欢和卢克在一起。"

"我知道。"玛西亚的语气缓和了下来。她拍拍旁边的床面。"坐到我旁边来。"她央求道，"拜托。"

索菲亚踟蹰了片刻，然后穿过房间，在床上坐下来。玛西亚面对着她。

"我明白你喜欢他。"她说，"真的。我很高兴又看到了你开心的样子。但是，你觉得你们的关系以后怎么发展？我是说，如果换作我的话，我会开开心心地和他度日，对以后的发展一边观望，一边及时享乐。但是我根本不会考虑要跟那个男人共度余生。”

“我也没有考虑过这个。”索菲亚插嘴道。

玛西亚扯着自己的毛衣。“你真这样想？你给我的感觉可不是这样。”她顿了顿，表情几近伤感，“你不应该爱上他。你和他度过的每一分钟只会让自己越陷越深。”

索菲亚满脸通红。“你为什么要给我说这些？”

“因为你还没有想通。”玛西亚回答道，“如果你真想通了，你便会面对现实——你是一个大四的学生，来自新泽西州的艺术史专业的高才生，而卢克是个牛仔，住在北卡罗来纳的乡下的牧场中。看在上帝的份上，你应该考虑一下，六个月之后，也就是你毕业之后，你们将如何继续。”她停顿了一下，迫使索菲亚认真考虑她真正的意图，“你能想象自己未来五十年都是在牧场上度过吗？你真愿意整个下半生都在骑马、牧牛、清扫畜栏？”

她摇摇头。“不……”

“哦。”玛西亚打断她的话，继续说，“那么，在你构想的未来中，是不是卢克在纽约市定居，而你在博物馆工作？抑或，未来每个周日的早晨，你们俩都在最新最潮的早午餐店里度过，一边饮着咖啡一边读《纽约时报》？你是这样想象自己的未来的吗？”

索菲亚没有回答。玛西亚伸出去紧握住她的手。

“我知道你有多关心他。”她继续说，“但是你们的未来在不同的轨道、不同的世界。这就意味着从现在起，你必须控制好自己的感情。如果做不到的话，到头来你可能会心碎。”

“你今晚很沉默啊。”卢克一边抿着热可可一边说。他俩正在睡椅上，索菲亚的手紧握着杯子，凝眸望着窗外纷飞的白雪。这是这个冬天的第二场雪，但这一场好像并不会下很久。和往常一样，卢克点燃了壁炉，却无法驱走索菲亚心中的寒意。

“抱歉。”她说，“我只是有点累。”

她能感受到他的关切，这让今晚的她感到一种莫名其妙的不安。

“你知道我怎么想吗？”他问道，“我猜是玛西亚跟你说了什么话，让你很苦恼。”

索菲亚并没有立刻回答。“你为什么这么说？”她问，声音比她想的还要无力。

卢克耸耸肩说：“当我打电话告诉你我已经在路上时，你简直都粘在了电话上。但是当我到你们房间时，你却沉默不语了。我注意到了你和玛西亚之间相互对视的样子，就好像你们之间刚刚说了一些心里话，这让你们都不怎么高兴。”

杯子的热量在她手上散开。“你作为一个能一天都不说话的男人，真的很有洞察力。”她说着，抬头凝视着卢克。

“这正是我为什么富有洞察力。”

听到卢克的回答，索菲亚想起了是什么让他们在如此短暂的时间里变得亲密无间。而现在，她再也不敢确定这种发展是否合理。

“你又陷入思考了。”他责备道，“这让我开始觉得紧张。”

尽管气氛很尴尬，索菲亚还是笑了。“你觉得这场关系会如何发展？”她突然问出了玛西亚之前的问题。

“你是指我们之间的关系？”

“我春季就要毕业，离现在只有几个月了。到时候会怎么样？如果到时候我回家了，或者在别的地方找了份工作——事情会变成什么样子？”

他探身向前，将杯子放在桌子上，然后缓缓转过脸，再次面对索菲亚。“我不知道。”

“你不知道？”

他的表情让人读不透。“我和你一样，都无法预知未来。”

“这听起来是在找借口。”

“我没有在找借口，”他说，“我只是在说实话。”

“但是这等于没有说！”她喊道，听到了自己语气中的绝望，她厌恶这种感觉。

卢克努力稳住自己的语调。“那么这么说如何？我爱你。我希望和你在一起。我们会想方设法实现它的。”

“你真相信它会实现？”

“如果我没信心，就不会这么说了。”

“如果说这意味着你必须搬到新泽西去住呢？”

在火光的映照下，他的半边脸隐在阴影中。“你想让我搬到新泽西去住？”

“新泽西又怎么了？”

“没什么。”他说，“我告诉过你我之前去过那儿，我也说过我喜欢那儿。”

“但是呢？”

他的眼睛低垂下来，这还是第一次。“在我确信我母亲一切没问题之前，我是不会离开牧场的。”他斩钉截铁地说道。

她理解他的理由，但是……

“你想让我留在这儿，”她说，“在我毕业之后。”

“不。”他摇摇头，“我绝不会要求你这样做。”

她无法掩盖自己的懊恼。“那么，还是老问题，我们该怎么做？”

他将双手放在膝盖上。“我们不是第一对遇到这种问题的情侣。我的感觉是，如果我们真是天生一对的话，我们一定找到解决的办法。的确，我现在不知道答案是什么，同样，我无法告诉你我们的将来会怎样。如果你今天就要离开，我会措手不及。但是我们还有六个月的时间呢，到时候事情说不定会有转机……或许我到时会成为出色的骑牛士，无需再为牧场费心；或许哪一天我挖起一个栅栏柱子，结果发现一堆埋藏的财宝；或者最终我们还是失去了整个牧场，到时候我无论怎样都必须搬家了。更或者你在夏洛特找到了一份工作，那个地方离这儿很近，可以通勤上下班。我也不确定啊。”他靠得更近了，很明显是为了强调自己的话，“我唯一可以确定的是如果我们真想在一起，那么我们会有办法的。”

她明白，卢克只能这么说，但是这些关乎未来的问题仍然让她心存疑虑。尽管如此，她没有吐露心声，而是走近卢克，依偎在他的臂弯里，让他的体温温暖自己。她长舒了一口气，希望时间会永远停在此刻，哪怕是慢下来也行。“好吧。”她轻轻地说道。

他吻吻她的头发，然后把下巴栖在她的头上。“你知道的，我真的很爱你。”

“我知道。”她声如细丝，“我也爱你。”

“你不在的时候我会想你的。”

“我也是。”

“但是你能和家人团聚，我真替你高兴。”

“我也很高兴。”

“或许我会开车去新泽西，到时候给你一个惊喜。”

“对不起，”她说，“你不能。”

“为什么不可以？”

“我并不是说我不欢迎你来。我只是说这已经不是什么惊喜了。你已经让这个惊喜提前曝光了。”

他想了想说：“我想刚才我确实把这个惊喜给毁掉了，不是吗？好吧，或许我会给你另外一个惊喜——不去看你。”

“你最好来吧。我的父母都希望见见你。他们从来没见过牛仔，我猜他们的想象中的你，手持六发式左轮手枪，大步走着，满口说着‘你好啊，搭档！’类似的牛仔话。”

他大笑。“我想我要让他们失望了。”

“不会的。”她说，“你是不会让他们失望的。”

听到这话，卢克笑了。“新年前夜怎么样？你到时候有空吗？”

“我不确定。到底有没有空呢？”

“你现在就可以确定了——有空。”

“太好了。但是你不能在晚上突然出现。就像我之前说的，你需要和我的父母相处一段时间。”

“有道理。”他说，同时朝角落里点点头，“你要不要帮我装饰一下这棵树？”

“什么树？”

“它原来在圣诞林里。昨天我把它选出来，拖回了家里。它体形较小，枝叶稀少，不大可能有人买。但是我想把它放在家里应该不错，这样你就知道你错过了什么。”

她扑倒他怀里。“我已经知道了自己会错过什么了。”

一个小时之后，索菲亚和卢克退后几步，欣赏着他们的杰作。

“这样还不太对。”卢克双臂交叉，细心审视着这棵挂满装饰品的树，“它还缺了点东西。”

“我们对它是爱莫能助了。”索菲亚说，伸手着调整一串彩灯，“许多树枝已经开始下垂了。”

“我说的不是这个。”他说，“而是……等等，我很快回来。我很清楚它还缺什么。等我一分钟……”

索菲亚望着他消失在卧室中，返回时手里拿着一个中等大小的礼物盒，上面系着彩带。他从她旁边走过，把礼盒放在树下，然后回到她身旁。

“好多了。”他说。

她盯着他，问道：“这是给我的？”

“对，是送给你的。”

“这不公平啊，我没有给你准备任何礼物。”

“我不需要任何礼物。”

“或许你真不需要，但是现在我感觉很自责。”

“千万别。你以后可以补上。”

她审视着他。“你料到我会这么说，是不是？”

“这都在我的计划之内。”

“里面装的是什么？”

“去吧，”他催促着她，“去打开它。”

她走近那棵树，拿起盒子来。盒子轻得让她能猜到里面的东西。她解开彩带，打开盒盖，然后把礼物取了出来，放在身前仔细端详它。它是由稻草做成的，染成了黑色，上面用珠子装饰着，一条圆环把一根小小的羽毛定在上面。

“这是牛仔帽？”

“一顶非常好看的牛仔帽。”他说，“专给女生戴的。”

“这有区别吗？”

“嗯，我从不会戴一顶有羽毛和珠子的帽子。我想因为你经常来这儿，所以你需要有自己的牛仔帽。”

她探过身子吻了他。“这太完美了。谢谢你。”

“圣诞快乐。”

她戴上帽子，抬起头，调皮地望着他。“我看起来怎么样？”

“很美。”他说，“你是一直都很美。”

十九

卢克

距离赛季还有不到一个月的时间，索菲亚现在也回到了新泽西，卢克于是加大了训练的强度。圣诞节前几天里，他不只把每次骑机械牛的时间延长了5分钟，同时也在训练项目中增加了体能训练。他对举重向来没有兴趣，但是现在不管忙什么工作，他都坚持从每个小时中抽出的一段时间练习俯卧撑，每次50下，有时候一天之内能完成四五百个。最终，他增加了引体向上和核心肌群的训练，以增强腹部和腰背部的力量。当一天结束时，他瘫在床上，倒头便睡。

尽管训练让他肌肉酸痛、精疲力竭，但他渐渐恢复了往日的水平。他的平衡感日益改善，这让他能更加稳固地坐在机械牛身上。他的直觉也越来越敏锐，这让他能够更好地预测到急剧转向与角度倾斜。圣诞过后的4天里，他开车去了亨德森，在那儿他练习骑真牛。他认识的一个朋友有一套训练设备，尽管他那里牛的质量不是顶级的，但是机械牛的训练效果毕竟有限。有生命的动物变化无常、难以预测。虽然他戴着头盔、穿着护身夹克，但是在训练之前，他还是感受到了10月在麦林斯维勒镇的那种忐忑不安。

他不遗余力地拼命鞭策自己。赛季将于1月中旬开始，而他需要一个成绩优异的开端。他需要获胜，或者尽可能地排名靠前，只有这样才能积够分数以晋级3月的大联盟巡回赛。等到6月份的那场可能就太迟了。

他的母亲看到他的训练，又一次渐渐变得沉默寡欢。她的恼怒溢于言表，她的悲伤也不言而喻。这个时候，卢克很希望索菲亚能在他们身边，这样说不定能缓解他和母亲之间与日俱增的紧张气氛。索菲亚回新泽西之后，卢克的平安夜过得无比安静，圣诞节那天也是索然无味。直到下午的时候他才去母亲的住处，而她的紧绷情绪显而易见。

圣诞树的销售忙完了，这让他感到很高兴。虽然销量不错，但是在圣诞林中忙碌了整整一个月的时间，加上糟糕的天气，这意味着牧场其他方面的工作更加荒废。随着任务日益加重，卢克愈发忧心忡忡，主要是因为新的一年即将到来，到时他会频繁离家参加比赛。他不在的时候，母亲会更为艰辛。

除非，他能立刻取胜。

每次都会回到这个话题上来。过去，卢克的母亲通常用卖圣诞树挣的钱为牛群添置七对新牛，但这对于还债仍是九牛一毛。卢克总是怀揣着这些心事，迈着沉重的步伐到谷仓中训练。他数着时间过日子，终于在除夕夜，他又见到了索菲亚。

他清晨早早就出发了，在午饭之前便抵达了泽西城。他与索菲亚的父母和妹妹们共度了一个下午。在此之后，因为两人都没有兴致去时代广场与庆祝新年的人群挤成一团，他们便选择了一个非常低调的泰国餐厅，静静地吃了一顿晚餐，最后回到了卢克的旅馆。

午夜过后，索菲亚趴在床上，而卢克则用手轻轻在她腰背部画着小圆圈。

“别这样。”她一边摆动身体一边说，“这样可不行。”

“什么不行？”

“我已经告诉你了我不能留在这儿。我有宵禁在身。”

“你都21岁了。”他抗议道。

“但是我还跟父母一块儿住，而且他们给我下了规矩。实际上，让我在外边逗留到凌晨两点，他们已经够宽容大度的了。平常我一点就得回家了。”

“如果你留下来会发生什么？”

“他们可能会认为我们一块儿睡了。”

“我们的确一块儿睡了啊。”

她转头望着他。“他们不需要知道这个。而且我也不想把它捅开。”

“但是我在这儿只住一个晚上。我明天下午就得离开了。”

“我知道，但是规矩就是规矩。另外，你可不想惹我父母不高兴。他们很喜欢你。不过我的妹妹们说因为你没有戴牛仔帽，她们很失望。”

“我想融入你们。”

“你做得很不错了，尤其是你又开始谈四健会的时候。你应该也发现了，听你讲到你卖掉的宠物猪面临被宰的命运时，她们和我有着同样的反应。”

“我其实想谢谢你，因为是你提起了这件事。”

“不必客气。”索菲亚说，她的表情调皮可爱，“当我解释的时候，你有没有看到戴雷娜的表情？我当时想她的眼睛差点就要蹦出来了。顺便问一句，你的母亲最近还好吧？”

“她很好。”

“我想她还在生你的气？”

“可以这么说。”

“她会理解你的。”

“希望如此吧。”他俯下身来，亲吻她。尽管她也还他一个吻，她的手却移到他的胸膛，轻轻地把他推开。

“你可以随心所欲地吻我，但你还是必须送我回家。”

“你能把我偷偷带进你的房间吗？”

“有我妹妹在就不可以。这样太奇怪了。”

“如果我知道你不会在这儿过夜，我或许就不会大老远地开车来这儿了。”

“我不信。”

他大笑起来，之后表情严肃地说：“我想你。”

“不，你没有。你太忙了，根本没有时间想我。每次我给你打电话的时候，你总是忙得不可开交。你在工作和训练之间可能都没有空想我。”

“我想你。”他又一次说道。

“我明白。我也很想你。”她伸过手，抚摸他的脸庞，“但是很不幸，我们还是得穿上衣服。你明天要来我家吃早午餐呢，还记得吧？”

回到北卡罗来纳后，卢克决定将训练强度再次加倍。距离本赛季的第一场赛事还有不到两周的时间。在新泽西的两日时光让他的身体得到了休整，这也是数周以来他第一次感到如此舒服。目前唯一的问题是，这儿的气温和新泽西一样低，他对谷仓内的寒气颇感畏惧，甚至在他朝谷仓出发时，这种畏惧感就已泛起。

就在他刚刚打开谷仓内的灯，为夜晚的骑牛训练做准备活动时，他听到了谷仓的门被打开了。他转过身，与此同时，他的母亲从暗处走了出来。

“嘿，妈妈。”他诧异地说。

“嗨。”她说。她和卢克一样都穿着厚厚的外套。“我刚才去了你屋子里，发现你不在那儿，于是我猜你可能在这儿。”

卢克什么都没有说。他的母亲无声无息地走进了铺满垫料的场地中，走一步，陷一步。最后，她站在卢克的对面，他们只有一牛之隔。出乎意料的是，她伸出手来抚摸着机械牛。

他母亲说道：“我记得你父亲第一次把它带回家时，骑牛之风还很盛行。因为那个约翰·特拉沃尔塔主演的老电影，人们都对骑牛跃跃欲试，甚至每个乡村酒吧中都设有一头机械牛，不出一两年，骑牛的热情就退却了。当其中的一家酒吧倒闭时，你父亲向他们买下了这头机械牛。它的价格并不贵，但那个时候已经超出了我们的支付能力，我还记得当时对他非常恼火。他去了爱荷华州，也或许是堪萨斯州或者其他地方，又一路开车把它载回到家里，然后他又转身去了得克萨斯州参加另一组比赛。等他再次回到家时，才发现这头牛已经不能用了。他必须对这头牛从零开始进行再造，结果他花了整整一年的时间才将它打造成理想中的样子。但是那个时候，你出生了，他也差不多退休了。而这头牛便被闲置在了这儿，直到有一天他把你放在了它背上……我想那个时候你只有两岁。尽管当时这头牛几乎没有动弹，我对此还是非常生气。我隐约意识到你会跟随你父亲的脚步。说实话，我从不想让你成为骑牛士。我向来把骑牛当成一种疯狂的谋生方式。”他从母亲的声音中听到了一丝并不像她的酸楚。

“你为什么以前什么都没说过？”

“有什么可说的？你和你父亲一样着迷。你在5岁骑小牛的时候摔断了一只胳膊。但是你并不在乎。你不高兴也只是因为一连好几个月都无法再骑牛。我还能做什么？”她并没有期待卢克的回复，只是叹了口气，然后继续说：“很长时间以来，我都希望你长大后就会厌倦它。我可能是这世界上唯一祈祷着自己的年轻的儿子被车、女孩子或者音乐吸引的妈妈，但是你一直都没有改变。”

“我也喜欢这些东西。”

“或许吧，但是你把骑牛当成了生活。骑牛是你唯一真心想做的事情。它是你真正的梦想，而且……”她闭上双眼，好久才睁开。“你有当明星的潜质。尽管我并不喜欢这一点，但是我早就知道你有能力、有欲望和动力成为佼佼者。我也为你自豪。即使如此，我从来没有因此高兴过。不是因为我对你没有信心，主要是因为我知道你会为了实现梦想甘冒一切风险。我眼睁睁地看着你一次次地受伤，又一次次地重新尝试。”她换了个姿势，“你必须记住，对于我来说，你永远是一个孩子，是那个在出生之后就在我怀抱中的长大的孩子。”

卢克沉默不言，一股似曾相识的愧疚感涌上心头。

“告诉我，”母亲审视着他的脸，问道，“是不是如果不让你骑牛，你就活不下去了？你心中是否依然充满了成为第一的强烈欲望？”

他低头看着自己的靴子，之后很不情愿地抬起头来。

“不。”他承认道。

“我可不这样认为。”她说。

“妈——”

“我明白你为什么这样做，就像你也理解为什么我不希望你这样做一样。你是我的儿子，但是我无法阻止你，这点我非常清楚。”

卢克深深地吸了一口气，他注意到母亲已稍显疲态，整个人笼罩在无奈之中。

“你为什么来到这个地方，妈妈？”他问道，“不只是为了告诉我这一切吧。”

她忧伤地笑了笑。“不，其实我是来这儿看看你，想确保你平安，也想问问你的旅行怎么样。”

他知道她来此还有别的原因，但是他还是回答了她。

“这趟旅行很不错。但是我感觉我在卡车中度过的时间比和索菲亚共处的时间都长。”

“应该是这样。”她表示赞同，“她的家人呢？”

“他们很友好，一家也很和睦。我们在吃饭时非常开心。”

她点点头。“好。”她叉起双臂，揉着她的袖子，“那么索菲亚呢？”

“她也很好。”

“我看到你看她时的眼神。”

“是吗？”

“你对她的爱很明显。”他母亲指出。

“是吗？”他再次问道。

“这样很好。”她说，“索菲亚是个特别的女孩。认识她我非常高兴。你认为你们俩会有未来吗？”

他换了换双脚的位置。“我希望如此。”

他母亲严肃地看着他。“那么或许你应该告诉她。”

“我已经跟她说了。”

“不。”他母亲摇摇头，说：“你应该告诉她。”

“告诉她什么？”

“医生嘱咐我们的那些话。”她不留余地地说道，“你应该告诉她如果你继续骑牛的话，你可能会在一年之内死掉。”

二十

艾勒

“你晚上在屋中徘徊时，”露丝突然说，“你并没有真正按你说的那样去做。”

“这话是什么意思？”经过了长时间的沉默，她突然响起的声音让我大吃一惊。

“这些画作跟你为我写的信不同。我会读你写的每一封信，但你却没有欣赏每一幅画。它们大都堆在拥挤不堪的房屋中，数年来你都没有看过它们。还有那些你存在橡木盒子中的画，你也不曾看过它们一眼。现在你都打不开那些盒子了。”

事实的确如此。“或许我应该找人来帮忙。”我说，“我可以把这些画挂回墙上，就像你过去一样。”

“没错，但是在摆列这些画作时，我更懂得如何布置才能达到最佳效果。你的品位比不上我。你只是让小工们随便找个空白墙挂上去。”

“我更喜欢收藏带来的感觉。”

“你那哪儿叫收藏。你摆放得不仅俗气、混乱不堪，还容易着火。”

我得意地笑道：“好在没人来拜访我。”

“不。”她说，“这可不是什么好事。你或许性格内敛，但是你总能从别人那里汲取力量。”

“你才是我的力量之源。”我说。

尽管车内漆黑一片，我还是看到露丝翻了翻眼珠。

“我是在说你的客户。你与客户打交道有一套，这也是为什么他们一直都是你忠实的客户。你把店面卖掉之后它就倒闭了，原因也在这儿：因为新的店主关心的不是如何服务客户，而是如何赚钱。”

露丝或许是对的，但有时候我在想店的倒闭可能更多是因为市场的变动。其实在我退休之前的几年里，店铺的客户已经日渐稀少。格林斯博罗的其他地方出现了更大的商店，提供了更多的选择，同时人们也开始离开城市并向郊区迁移，市中心的商业开始变得不那么不景气。我为此告诫过新店主，但他仍是固执己见，于是我便放手了，我知道在这次交易中我是公平待他。尽管我再也不是店主，但是在意识到这个九十多岁的老店就要濒临关门时，我心头还是感到一阵强烈的愧疚。我经营了几十年的那种男装定制店，就像有篷马车、马鞭和旋转拨号电话一样，渐渐淡出了人们的视野。

“尽管如此，我的工作却和你的截然不同。”我终于说道，“我并不像你爱教书一样爱我的工作。”

“我可是能享受整个夏日假期的时光啊。”

我摇了摇头。更确切地说，我想象着自己摇了摇头。“这都是因为孩子们。”我说，“你可能启发了他们，但是他们也启发了你。我们两个人的夏日时光固然难忘，但是假期结束时，重回教室的念头总能让你振奋不已。因为你想念孩子们。你想念他们的欢声笑语、他们的好奇心和他们天真无邪的世界观。”

她眉毛上扬，惊讶地看着我。“你怎么知道这些？”

“因为你告诉过我。”我说。

露丝教小学三年级。对她来说，三年级是学生一生中最关键的受教育时期。三年级的学生大都是八九岁，她认为这个年龄正是教育的转折点。这个年龄的孩子足以理解一年前对来说他们还比较陌生的概念，而同时也年幼到能对大人们的指导有着近乎毫无质疑的信任感。

同时，露丝还认为，三年级是学生们在学习上真正拉开差距的第一年。一些学生开始跻身前列，而另一些则渐渐不济。虽然这是由诸多原因引起的，但是在这个特殊的学校、这个特殊的地方，她的许多学生，也包括他们的家长，对这一现象毫不在乎。这些学生来到学校念书，但上到八年级或九年级后便辍学回到农场干活。这对露丝来说是个难以克服的棘手问题，这些孩子让她夜不能寐，终日忧心忡忡。一连几年，她孜孜不倦地编订课程计划，苦苦思索如何才能说通学生、说服家长。她让学生在迪克西纸杯里种上种子并贴上标签，以此鼓励他们识字；她甚至让学生们捕捉小虫儿并给它们起名字，希望通过这种方法激发他们对自然界的好奇心。她出的数学考试题总会与农场或钱有关，比如：乔从每棵桃树上收获4篮子桃子，共有6排桃树，每排有5棵桃树，那么乔能够卖几篮子桃子？或者：假如你有200美元，你花120美元买种子，最后你剩多少钱？这让学生理解了学习的重要性，并且在多数情况下，她都能成功说服他们。尽管有些学生最终还是辍学了，他们还是会时常拜访她，感谢她教会了他们读书识字和购物时所需的最基本的数学计算。

她为此感到骄傲，当然也为那些最终坚持到毕业并考上大学的学生自豪不已。但是，偶尔也会有个别学生让她意识到自己当初选择教师这一职业的初衷。这种思绪将我带到了壁炉上的一幅画前面。

她对我说："你现在是在想丹尼尔·麦卡勒姆。"

"是的。"我说，"你最喜欢的学生。"

她表情愉悦动人。我知道她对丹尼尔的记忆就像初见时一样清晰。当时她已经有了15年的教龄。"丹尼尔当时可是个大难题。"

"那是你告诉我的。"

"他刚来上课时粗野不堪，穿的工装裤总是脏兮兮的，而且从来不会老老实实地坐着。我每天都会批评他。"

"但是你还是教会了他识字。"

"我教会了所有学生识字。"

"但他可不一样。"

"没错。"她说，"他块头要比其他男孩子大，在课间动不动打同学几拳，给他们胳膊上留下淤斑。正是因为这家伙，我的头发都变白了。"

时至今日，我仍记得她对丹尼尔的抱怨。但是，和此刻一样，她的抱怨中总是流露着喜爱。

"他之前没上过学，不懂学校的纪律。"

"他知道学校的纪律，但是起初他并不在乎。当时坐在他前面的是一个很漂亮的小女孩，叫艾比盖尔，而他动不动就扯人家头发。我警告他说不可以这样，但是他依旧我行我素。最后我不得不把他挪到前排，这样我好盯着他。"

"也就是那之后你发现他不识字。"

"没错。"时隔多年，她的语气中仍然透露着凄凉。

“后来你去找他父母谈话时才发现他的双亲都已经去世了，丹尼尔现在是由继兄和他的妻子抚养，但两位监护人都不愿他上学。你也看到他们住的地方了—— 一个简陋的小棚屋。”

“你那天也跟我一块儿去了他住的地方，所以你才知道这些。”

我点点头。“回家的路上你一直沉默不语。”

“那是因为我一想到在这个富裕的国家仍有人像他们一样艰难为生就很痛心。而且丹尼尔居然连个在乎他的人都没有，这也令我难受。”

“所以你决定不仅要教他，而且还要辅导他，无论是上课前还是放学后。”

“他坐在最前排。”她说，“如果他什么都没学到，我就不称职。”

“但是你也为他感到惋惜。”

“我怎能坐视不理？他是个命苦的孩子。但是最后我发现原来还有很多孩子和丹尼尔一样。”

“不。”我说，“对我们两个人来说，这样的孩子只有一个。”

10月初，丹尼尔第一次来我家，当时的他身材瘦削、头发蓬松泛黄，浑身散发着乡下人的土气，而且还有我并没预期到的羞涩。他第一次见我并没有跟我握手，也没有看我的眼睛。他只是站在那里，手塞进口袋，低头盯着地板。尽管露丝之前在课后给他做过辅导，但是那天傍晚她继续陪着他在餐桌上做功课，而我则在客厅里听收音机。之后，露丝坚持让丹尼尔留下来吃晚饭。

丹尼尔并不是露丝第一个请到家里吃晚餐的学生，但他却是唯一一个定期来我家的学生；这部分是因为丹尼尔的家庭问题——露丝是这样解释的。丹尼尔的继兄和他的妻子艰难维持着牧场，而且对当地治安官让他们送丹尼尔去学校读书的命令愤愤不平。同时也能看出来，他们也并不想让丹尼尔在他们的牧场工作。露丝拜访他们时，他们坐在门廊前，抽着烟，对露丝的问题他们只用只言片语回应，态度十分冷淡。第二天早上，丹尼尔带着一脸的淤青来上课，一只眼睛红彤彤。看他伤成这样，露丝的心如刀绞，她更坚定了要帮助他的信念。

但让露丝担心的并不只是丹尼尔受虐的累累伤痕。在课后给他辅导时，露丝经常听到丹尼尔的肚子咕咕叫，尽管每次问他时丹尼尔都不承认这是饥饿所致。当丹尼尔终于承认自己有时一连几天都没吃饭时，露丝的第一反应是去向当地治安官反映。丹尼尔求她千万别去，否则他就无家可归了。最终，露丝邀请丹尼尔一起吃晚饭。

第一次受邀来我家之后，丹尼尔开始每周两三次来我家吃晚饭。我们日渐熟悉，最终他初始的羞涩感渐渐退去，取而代之的是一种近乎正式的礼貌。每次见面时他都与我握手，称我为莱文森先生，并且总是一本正经地向我问好。他的举止风范严肃认真，这让我既伤心又感到钦佩。或许这是由他的早熟和艰苦生活所导致的，但是我初次见他就喜欢上了，而且岁月的流逝让我对他的感情越积越深。而对露丝来说，她甚至把丹尼尔当成了自己的孩子。

我知道在当今这个时代，用“孩子”一词形容老师对学生的感情并不恰当，或许在当时也是如此。但是露丝对丹尼尔有着一种母亲般的关爱。终于，在露丝的呵护下，丹尼尔开始显露锋芒。我听到露丝一次次地鼓励丹尼尔说她对他信心十足，他长大后可以成为任何想成为的人。她还反复强调只要他想，他甚至可以改变世界，让世界变得更美好，他自己和别人也会更幸福，而丹尼尔似乎对露丝深信不疑。

让露丝开心成了他的第一使命，于是丹尼尔在班里不再捣乱。在辛勤的努力下，他越来越优秀，而露丝对他轻而易举地拿到优异成绩大感惊讶。尽管之前没有接受过任何教育，但是他天资聪慧，到1月的时候他的阅读能力已经赶上其他同学了。到了5月，无论是在阅读还是其他学科上，他都达到了五年级的水平。他记忆力惊人，就像一块极富弹性的海绵，将露丝和我讲的所有内容全盘吸收。

露丝通常会在晚饭之后带丹尼尔参观我们的房子，向他展示我们收集的作品。似乎是由于迫切想要了解露丝的内心，丹尼尔对墙上的这些画作显示出了浓厚的兴趣。在露丝讲解画作的时候，他挽着她的手，眼神在露丝的脸和画之间来回闪烁。最后他记住了所有画家的名字以及他们的艺术风格，由此我知道他开始像露丝关心他一样关心露丝了。有一次露丝让我给他俩来个合照，她把照片拿给他看，结果他整个下午都紧握着这张合照。后来我又有几次发现他凝视着它，脸上洋溢着奇异的光芒。每次露丝送他回到家时，他总不忘感谢露丝带给他的快乐时光。学校里的最后一天，在他跟朋友一块儿去玩之前，丹尼尔告诉露丝说他很爱她。

那个时候，邀请丹尼尔住进我家的想法已经在露丝的心中扎了根。我俩为此商量过，事实上我本来也不介意。丹尼尔总能给我们带来快乐，我也一直这么跟露丝说。但是学期末时，露丝却不知道如何向他提出这个想法。她不确定丹尼尔能否同意，即便是他愿意，她也不知道如何向他继兄开口。而且，这样做是否合法都不敢说。基于这些原因，期末的最后一天她什么都没说。相反，她决定在我们夏日旅行结束后再重提此事。然而，在旅途中，丹尼尔成了我俩之间频繁的话题。于是我俩决定竭尽我们所能达成这个愿望。然而，当我们回到格林斯博罗时，那个棚屋已经人去屋空，很明显几周前就被遗弃了。8月开学时丹尼尔也没有返校，学校也没收到任何转寄他的档案的要求。没有人知道他去了何方以及他家里出了什么事情。学生们和其他老师很快把他给忘了，但是露丝没有。她一连几周不停地哭泣，最后终于意识到丹尼尔已经走了，再也不会回来了。她访遍了周围的农场，希望能从一些人那儿得知他们的去向。在家里，她迫切地翻找邮件，希望能找到一封丹尼尔的来信，但是一天天过去了，她连只言片语都没能等到，这时她无法掩饰自己的失望。丹尼尔填补了露丝心中的一片空白，这片空白在我们的婚姻中挥之不去，而我却无能为力。我永远无法给露丝一个孩子，而那一年，丹尼尔成了她渴求已久的孩子。

我真想告诉你们露丝和丹尼尔又联系上了，他在我们晚年联系到了她，告诉她自己的现状。多年来，露丝一直为丹尼尔担心，但是随着时间的流逝，这个名字开始淡出了她的念叨，到最后她再也没说起过。但是我知道，她从未忘记过他，她心底的某个角落从未放弃过寻找。当我们驾车穿行在静谧的乡间小路、经过破败不堪的农场时，她总会不由自主地搜寻丹尼尔的影子。每次她从远方的画室和画廊度完暑假返校时，她最想看到的仍是丹尼尔。有一次，在格林斯博罗举办退伍军人节游行时，她觉得自己在街上看到了他，但是当我们从人群中挤出来时，他已经消失不见了——如果他真的在那儿出现过的话。

丹尼尔走后，我们再也没有邀请过任何一个学生来家里。

车子里冷气冻彻心骨，这都是我之前打开车窗子的缘故。仪表盘上结了一层闪耀的霜花，我每次艰难的呼吸都在嘴边留下白气。尽管饥渴的感觉现在已经消失，但是我的五脏六腑已经被冻透。内外夹击的寒冷让我全身发抖。

一旁的露丝看着窗外，远处的星光透过玻璃映入我的眼帘。虽然光线黯淡，但月光让栖在树上的白雪闪烁着银色的光，由此我判断最糟糕的天气已然过去了。今晚，车上的雪会继续冻结凝固，但是明天或后天的某个时候气温将回升，雪也会开始融化，到时整个世界便会从冬天的冷宫里挣脱出来。

这对我是喜忧参半。雪融化了我的车子便能在路边显露出来，这是好事；但是雪支撑着我的生命，而一两天之内，它便会消融殆尽。

“你现在的状态很好。”露丝告诉我，“先不要为明天担心，等它来了再说。”

“你说得轻巧。”我愤愤地回应道，“现在可是我在这儿遭罪。”

“没错。”她用一种平淡无奇的口气说道，“但是这只能怪你，你本不应该开车的。”

“我们现在又要纠结这个问题吗？”

露丝回过头来，脸上苦笑着。她现在是40岁的年纪，留着齐耳的短发。她的裙子线条简练，色彩是她一向喜欢的鲜红色，当然还有大号的纽扣和优雅的口袋。和所有20世纪60年代的女性一样，露丝也是杰奎琳·肯尼迪的忠实粉丝。

“这个话题是你扯出来的。”

“我是为了博取同情。”

“你纯属是在抱怨。而且越老越喜欢抱怨。你在和邻居砍树时抱怨不休，在加油站那个当你不存在的女孩面前也是这样。”

“我哪是在抱怨。我是在观察。这两点完全不同。”

“你不该抱怨。这点可不招人待见。”

“我早就过了招人待见的年纪了。”

“不是这样的。”她反驳道，“这一点你可不对。你的心灵仍然善良美丽，眼神依旧和蔼可亲，你还是那个心地善良的老好人。这些品质让你永葆魅力。”

“你是在和我调情吗？”

她眉毛上扬。“我不知道，你说呢？”

她是在和我调情，我心想。事故发生后，我第一次感到了温暖，哪怕只有一瞬间。

我俩的一生真是奇异美妙，我想。几次的机缘巧合，加上后来坚定的决心、果断的行动和满怀的热忱，我们最终造就了注定属于我们的未来。当我看到露丝的第一眼时脑中就闪过这个想法。当我告诉露丝，我们初次相见后就注定会结婚时，我可不是在编故事。

但是经历告诉我命运有时非常残酷，有时候只有满腔的希望是远远不够的。在丹尼尔进入我们的生命中时，露丝就深刻体会到了这一点。那个时候，她已经年过四十，我还要年长。这也是丹尼尔离开之后她不停哭泣的另一个原因。那个年代，社会的规则与现在还不一样，我俩很清楚我们已经过了收养孩子的年龄。当丹尼尔从我们生命中销声匿迹时，我想命运最后一次狠狠地捉弄了她一回。

露丝知道我得了腮腺炎，但还是和我结了婚。我明白，在她心里一直抱有一丝希望，希望这是医生的误诊。其实我承认我对此也有一丝的希冀，毕竟也没有十足的证据表明我无法生育，所以我并没有太把它当回事。结婚最初的几年里，我们频繁地做爱，尽管每个月露丝都会意识到和我结婚所做出的牺牲，但这起初并不会让她烦心。她坚信仅凭自己的满腔希冀和对孩子的渴求，她的愿望就会成真。她认为我们总有一天会有孩子，我想正是因为这种藏在我们内心的愿望，我们从未讨论过领养的问题。

这是一个错误。我现在终于想通了，然而那个时候却毫不知情。20世纪50年代来去匆匆，画作渐渐填满了我们的屋子。露丝在学校教书，我在家经营商店，尽管年龄渐长，那丝希望仍然在留在她内心的某个角落。后来，丹尼尔出现了，就像上天终于为虔诚的祈祷回赐了一个企盼已久的答复。起初他只是她的学生，后来又成了她多年期待的孩子。但是当幻觉终于破灭时，留在她身边的只有一个我。这远远不够。

后来的几年对我们来说非常煎熬。她责备我，我也因此责备自己不争气。我们婚姻伊始那片纯净幽蓝的天空灰暗下来，风雨接踵而至，我们的世界一片阴凉凄冷。我们之间的谈心变得僵硬，开始第一次吵架。有时候她似乎无法忍受和我共处一室。好几个周末她都是在她父母家度过的——那时候他父亲的身体日渐衰退——有时候我们甚至好多天都不说话。晚上，我们之间的隔阂就像太平洋一样，浩瀚无际，不可逾越。她没有心情开口说话，而我害怕尝试开口。于是两个人越来越疏远。有一段时间，她甚至犹豫是否还要跟我一块儿过下去，到了晚上，在她上床睡觉时，我独自坐在客厅里，幻想着自己变成了另外一个人，另外一个能够达成她心愿的人。

但是我做不到。我是一个残缺的人，战争剥夺了我身上唯一让她期待的东西。我为她痛心，为自己动怒，更痛恨我们的遭遇。为了让她高兴起来，我愿意献出我的生命，但是我不知道如何做；听着蟋蟀在温暖秋夜里的鸣叫，我以手掩面，止不住地大哭。

“我永远不会离开你。”露丝向我保证，“抱歉我让你那么想了。”她的话语中充满了愧疚。

“但是你有过这种念头。”

“没错。”她说，“但并不是你想的那样。我当时并不是认真这么想的。所有婚后的女人偶然都会有这样的念头，男人也一样。”

“我从没这样想过。”

“我知道。”她说，“那是你与众不同。”她笑了，她伸出手，拿起我的手，轻抚着嶙峋的瘦骨，对我说，“有一次在客厅里我看到过你。”

“我知道。”我说。

“你记得后来发生了什么吗？”

“你走过来然后抱住我。”

“自从战后在公园里那个晚上，这是我第一次见你哭。”她说，“我为此非常担心。我不知道到底是哪儿出了问题。”

“是我们之间出了问题。”我说，“我不知道该如何做。我不知道如何能让你开心起来。”

“你什么都做不了。”她说。

“你当时对我那么……愤怒。”

“我当时是伤心。”她说，“伤心不等于愤怒。”

“这有什么区别？伤心也好，愤怒也罢，和我在一起你就不开心。”

她捏了一下我的手，她的肌肤柔软地贴在我的手上。“艾勒，你头脑聪明，但有时候你真是不了解女人。”

我知道这一点她是对的。

“当丹尼尔离开的时候我整个人都崩溃了。我真心希望他能成为我们家庭的一分子。的确，我为我们从未有过孩子伤心，但同时我也为自己年过四十而难过。虽然这种伤心对你来说毫无道理可言。在20岁的时候我并不介意，正是那个时候我人生中第一次意识到自己已经是个成年人了。但是，女人到了40就不容易接受了。过生日的时候，我禁不住想着自己人生的一半已经过去，而且，我站在镜子前面时，那个与我对视的面孔已经不再年轻。这无济于事，我懂，但我仍因此烦心。另外，我父母年事已高，这也是为什么我频繁地回去看他们。那个时候，我的父亲退休了，但是他身体不好，你是知道的。我母亲也很难照顾好他。换句话说，那个时候，没有什么简单的方法能让事情好转。即便丹尼尔跟我们住在了一块儿，那些年仍然会困难重重。”

我对此大感惊讶。她之前跟我说过这样的话，但是我有时候怀疑她说的是否都是真的。

“那晚你的拥抱对我意义很大。”

“我还能做什么呢？”

“你可以转身回到卧室去。”

“我绝不会这么做。看到你伤心欲绝，我更是痛心。”

“你的吻驱走了我的泪。”我说。

“是的。”她答道。

“后来，我们两个躺在床上紧紧相拥。我们好长时间都没有这样过。”

“是的。”她又说了一遍。

“然后情形就逐渐好转起来。”

“也是时候了。”她说，“我已经厌倦了伤心。”

“那时候你是知道的，我依然深爱着你。”

“是的。”她说，“我一直都知道。”

1964年的纽约之旅让我们又一次体会到了蜜月的美妙与甜蜜。这次旅行没有精心的筹划，我们也没做什么超乎寻常的事情；它更像是一个为了忘却沉痛过去而做的庆祝。我们手挽着手，一起欣赏画展，我们又有了欢声笑语。她的微笑从来没有像那个夏天一样富有感染力，到现在我仍然这么想。那个夏天也是艺术家安迪·沃霍尔的巅峰时期。

安迪·沃霍尔的画是商业作品，但独具一格。它们对我来说毫无吸引力，因为我对汤罐头之类的绘画并不感冒。露丝也是一样，但是在与安迪·沃霍尔的初次见面中，她为他所折服。我想这是她唯一一次因为一个艺术家的人格魅力而买他的画作。仅凭直觉她就断定这位艺术家很可能主导20世纪60年代的画风，所以我们买了他4幅原作。那个时候，他的画价格已经不菲——当然这都是相对的，尤其是和现在的价值比较——购买了画作之后我们的钱所剩无几。仅一周之后，我们继续北上，回到了北卡罗来纳州，在外滩群岛的沙滩上租了一个小屋。那个夏天，露丝第一次穿上了比基尼，但也只是在屋后凉台上穿，为了挡住别人的视线，凉台的栏杆上还搭着毛巾。结束了沙滩之旅，我们按照惯例又去了阿什维尔。我们站在湖边，我给她读我写的信。时光不停地流转，林登·约翰逊当选美国总统，公民权利法案得以通过，越南战争硝云弹雨、战况激烈，国内消除贫穷运动此起彼伏，甲壳虫乐队风靡一时，而女性也陆续加入了劳动大军。这一切露丝和我都关注着，但是我们更珍视的是我们的小家生活。我们重复着我们的生活轨迹：夏天收集画作、在厨房里吃早餐、在晚饭时分享彼此的故事。我们购买维克托·瓦萨雷里、弗兰克·斯特拉、埃尔斯沃斯·凯利的画作，欣赏并收藏朱利安·施坦查克和理查德·安努斯科维奇的作品。露丝在精心挑选每幅画作时的表情都让我难忘。

也是在那个时候照相机进入了我们的生活。但奇怪的是，在这之前相机从来没有成为我们的首选工具，而且在我们漫长的一生中，我们只积累4本相册。但是这足以让我一边一页页慢悠悠地翻看，一边陪着露丝慢慢变老。相册中有一张露丝在1970年我50岁生日时给我拍的照片，还有一张是两年后她50岁生日时我拍的。1973年我们租了第一个存储间来储藏我们的收藏品。1975年，露丝和我搭乘QE2号轮渡去了英国。到那个时候，我还是不敢坐飞机。我们在伦敦住了3天，在巴黎玩了两天，之后乘火车去了维也纳，在那儿我们留了两周。对露丝来说，回到曾经的家乡既勾起了她无限的怀念，又引起了她幽幽的伤感。虽然我经常能感受到她的思绪，想办法安慰她，但我大部分时间都花在了揣摩用词上。

1976年，吉米·卡特击败了曾经取代理查德·尼克松的杰拉尔德·福特，当选美国总统。经济陷入了衰退，在加油站人们排着长队。但是露丝和我对当时的势态毫不关心，因为我们的心被一种名为抒情抽象主义的新艺术潮流吸引住了。这种艺术源于波洛克和罗斯科两位大师。那一年，露丝终于不再染发，也是在那一年我们庆祝了我们三十周年的结婚纪念日。这次的庆祝没少破费，我还贷了一笔款，购买了两幅毕加索的小型作品送给露丝，这两幅作品分别来自毕加索的蓝色时期和玫瑰时期——这也是我唯一一次自己选购的画作。那天晚上，她把它们挂在卧室里，做爱之后，我们躺在床上，一连数小时凝视着这两幅画。

1977年，西服店里的生意几乎停滞了，于是我在空暇时从手工店买了一些小部件开始学做鸟舍。这种爱好持续了三四年，最终由于我的手笨拙不堪，只能放弃，里根的时代也随即开始。尽管我在新闻中获悉欠债并不是什么大事，但是我还是把买毕加索作品的钱还清了。露丝扭伤了脚踝，整整一个月都撑着拐杖走路。1985年，我把店铺卖了，开始领取社保；1987年，露丝也告别了40年的讲台，学校和社区为她举办了一个告别派对。她在任教生涯中曾3次获得“年度优秀教师”的称号。那个时候，我的头发由黑变灰，最后满头银发，而且一年比一年稀少。我们脸上的皱纹越来越深，最后两人都意识到没有眼镜我们远处和近处都看不清了。1990年，我年逾古稀。1996年，在我们结婚五十周年时，我给露丝看了我给她写过的最长的一封信。她大声地读了信的内容，当她这样做时，我意识到自己几乎听不到她的声音。两周之后，我配上了助听器。但是我心平气和地接受了这个事实。

是时候了，我已经老了。尽管在我们的婚姻中，露丝和我再也没有经历过丹尼尔消失之后那种黑暗的煎熬期，但是之后的时光也并非一帆风顺。她的父亲1966年去世了，两年后她的母亲死于中风。20世纪70年代，露丝的胸部检测出肿块，之后她一直以为自己患上了癌症，直到最后通过切片检查被证实为是阴性。80年代的末期，我的父母相继离世，我和露丝站在他们的坟前啜泣，我们意识到两个家庭就只剩下了我们两个人。

我无法预知未来，但又有谁有这样的能力？我不知道接下来的几年我们如何相依为命。我想我俩还可以一如既往地生活，毕竟这是我唯一熟悉的生活。我们的旅行可能会越来越少——遥远的路途和步行对我们越来越难——但是除了这些，一切如旧。我们没有子孙可以探访，也没有了出国旅行的冲动。于是，露丝把越来越多的时间花在了摆弄花草上，而我开始喂鸽子。我们开始服用维生素，我俩的胃口也日渐不济。到我们的金婚纪念日时，露丝已经比她父母更长寿——回首往事，我应该更加重视这一事实的，但是当时我却因为太过害怕，而没有考虑过这一事实的潜在后果。我无法想象没有露丝的日子，我更不想过这样的生活，但是上帝却不能事事遂人心愿。1998年，露丝像她母亲当年一样得了中风，左半身不遂。尽管她仍能够在屋内走动，我们收藏画作的日子彻底结束了，我们再也没有买过一幅作品。两年后，在一个夹杂着寒意的春日早晨，我们坐在厨房里，结果她话没说完就越来越虚弱，思路完全跟不上了，我知道她的中风又犯了。之后她被送到医院接受了三天的检查。虽然她再次回家了，但我们再也不能像之前那样轻松愉快地交谈了。

她的左半边脸已经无法自如地活动，她甚至连最常见的生活用语都开始遗忘。对此露丝比我更闷闷不乐，而在我的眼中，露丝还是那个我们初见时的美人。当然，我早已不是原来的样子了。我的面部爬满了皱纹，瘦削清癯。每次照镜子时，我总会被自己不成比例的耳朵吓一跳。我们的生活规律越来越简单，日子似水，一天一天慢悠悠地流走。早晨我给她做早餐，然后我们边浏览报纸边用餐；早餐过后，我们两个坐在院子里喂鸽子。上午我们懒洋洋地打盹，之后一整天里我们都把时间花在读报纸、听音乐或是去杂货店购物上。每周，我都会开车送她去一次美发沙龙，那里的美发师为她洗头，给她的头发塑形，我知道这样做能给她带来好心情。8月又来了，我一连几小时趴在桌子上为我的爱妻写信。在我们结婚纪念日的时候，我开车载着她去黑山，我们两个伫立于湖边，就像当年一样，她读着我给她写的信。

待到此时，我们人生的精彩之旅早已告一段落，但对我来说，漫漫征程远没有结束。那个时候，每次躺在床上，我都会紧紧抱住露丝，对这美妙的一生和这个难得的女人充满了感激。每每这个时候，我会自私地向天祈祷让自己成为先走的那个，因为那个时候我知道死亡已是不可避免的事情。

2002年的春天，我们院中的杜鹃花绽放了，花团锦簇。一星期之后的一个早晨，我们像往常一样度过，在下午时，我们俩筹划着去外面吃晚饭。我们很少出去吃饭，但那一天两个人都挺有兴致，我还记得自己给餐厅打电话预订位置。到了下午，我们俩出去散步，路程并不长，我们只是走到街道一头然后再拐回来。虽然空气中透露着一股寒气，但是露丝似乎并未察觉。我们碰上一个邻居便简短地聊了几句，这个邻居不是那个砍树的男人。之后我们回到家——到此为止可以称得上是最普通不过的一天。露丝当时感到头痛，但是她没有告诉我。傍晚来临，在我们用晚餐之前，露丝缓缓地走进了卧室。当时我并没有察觉到有什么不对——我当时正在安乐椅上读报纸，其间打了几分钟盹。当我醒来时，露丝还没有出来。于是我开始叫她。她并没有回答，我从椅子上站起来，走到走廊中，一边走一边唤她的名字。当我终于发现在床边瘫倒的露丝时，我感到自己的整颗心都跳出了胸膛。我随即意识到，她的中风又发作了，但是这次更严重。当我试着给她做人工呼吸时，我感到自己的灵魂开始一丝一缕地枯萎掉。

救护人员几分钟之后赶到。我听到他们先是敲门，之后又在砸门。当时，我将露丝紧紧搂在怀里，我不想与她分开。我听到他们进门的声音，他们大声呼喊，我便回应他们。他们冲进卧室，映入眼帘的是一位孤独的老人紧紧抱着他深爱一生的女人。

他们很善解人意，语气中满是关切。其中一个工作人员把我扶起来，另外一个则开始抢救露丝。我乞求他们救救她，试图从他们口中征得一个露丝会平安的承诺。他们给她戴上氧气面罩，把她抬到担架上，在救护车急匆匆冲向医院时，他们允许我陪在露丝身边。

在等候室里，医生来到我身边，他非常和气有礼。我们走向走廊，他搀着我的胳膊。我的眼睛很不适应这里灰色的瓷砖和荧光灯。

我问他我的妻子是否安好，我什么时候才能去探望她，但是他并没有回答我。与之相对地，他把我带到一个空病房，关上门。他的表情很凝重，当他低头把目光投向地板时，我瞬间知道他下面要说什么了。

“莱文森先生，很抱歉我们必须告诉您实情，但我们已经尽力了……”

听到这些话，我抓住旁边病床上的扶手，这样才没有倒下去。医生接着向我解释时，我感觉整个房间越缩越小，我的视野渐渐模糊，最后只能看到医生的脸。他的语言尖锐刺耳，我一句都听不进去，但是这都无所谓了。他表述得很清楚——我发现得太晚了：露丝，我亲爱的露丝在地板上死去，而我却在另一个房间里打盹。

我记不清自己是如何离开医院的，接下来的几日我过得浑浑噩噩。我的律师，也是我和露丝的挚友——豪伊·桑德斯——帮我打理了葬礼事宜。那是一个小型的私人葬礼。我们屋子里点上了蜡烛，铺满了垫子，我开始了7日的服丧期。前来吊唁的人们来了又去——那些我们认识多年的人，还有邻居们（包括那位砍倒枫树的男人）、顾客们、来自纽约的3位画廊主人，还有六七位艺术家。犹太教堂的几位女士前来帮忙做饭洗衣。这几天中，我没有一天不希望自己能从这个让我的生活分崩离析的噩梦中醒来。

但是渐渐地，人们都慢慢地散去，最后只留我孤身一人。没人给我打电话，没人可以谈心，整个房间陷入了无尽的沉默。我不知道该如何了此余生，时间也变得越来越残酷无情。日子缓缓向前蠕动。我的注意力日渐涣散。我读报纸时再也记不住任何东西。我会一连着坐上几个小时，最后竟发现收音机还没关。现在连鸟儿都不能让我振作了。我盯着它们看时，我脑海中总会浮现出和露丝一起喂鸟的画面：她坐在我旁边，两个人的手在伸进袋子取鸟食时轻触彼此。

现在任何事情都毫无意义了，我也不想再做什么有意义的事情了。孤独的日子里，我被心痛折磨着。每到深夜，我躺在半空的床上无法入睡。我的泪水滑落脸庞。擦干泪水后，露丝离世给我带来的痛苦又重新袭来。

二十一

卢克

这一切还得从骑大丑牛的那次经历说起。

那次经历让他至今心有余悸，也让他离开竞技场长达18个月之久。他跟索菲亚提过它，也跟她稍微讲过他受伤的事。

但是他并没有跟她和盘托出。母亲离开后，他站在谷仓中，身体靠在机械牛上，那段他一直都想忘记的往事重现在记忆中。

过了八天他才知道发生了什么。尽管他知道自己受伤不轻，而且根据一些提示，能模糊地记起骑牛的经过，但是他却不知道自己有多接近死亡。他当时还不清楚，除了头盖骨断裂之外，大丑牛还摔断了他的C1椎骨，他的脑内也血肿了。

他并没有告诉索菲亚，为了避免更多的创伤，医生们花了一个月的时间才给他的脸重新接上骨头。他也没提到，医生来到他的病床前告诉他他头部的伤害永远不可能彻底恢复，而且他的一段头盖骨已经被替换成了小钛板。医生还警告他，如果他的头部再次遭受同样的冲击，届时不管有无头盔，他都很可能死掉。这块移接到他碎掉的头盖骨中的钛板与脑干相距太近，届时不能有效地保护他。和医生首次谈话之后，卢克只问了几个问题，这超乎所有人的预料。当时他决定了放弃骑牛，而且他跟所有人都这么说了。他知道自己会非常怀念竞技场，或许自己一辈子都只能靠想象来体验赢得冠军的感受。但是他也不想死，那个时候，他仍然认为自己银行账户的余额还很丰盈。

余额的确还丰盈，但那远远不够。他母亲为了支付他昂贵的医疗费用，甚至将牧场作为银行抵押。尽管她反复告诉卢克她并不在意牧场，但是卢克知道，在她内心深处，她非常在意。牧场就是她的生命，她一生中只懂得经营牧场。卢克出事之后她所做的每一件事情都证实了她对牧场的感情。去年，为了阻止牧场不可逆转的命运，她拼命劳作，结果劳累过度。她可以说各种不在乎牧场之类的话，但是卢克知道真相……

他可以拯救牧场。不，他明年还挣不够还贷的钱，甚至三年之内都挣不够。但他是个优秀的骑牛士，即便只是参加小型巡回比赛，他也能够以此挣够些钱偿还贷款。他很钦佩母亲照料圣诞树、南瓜和扩大畜群的努力，但是两人都知道这些努力也只是杯水车薪。即使在牧场状况最佳的时候，他耳中也不断传来修理各种用品的花费，这让他意识到他们的生活日益拮据。

那么他该怎么做呢？他要么假装一切终将时来运转——但这几乎是不可能的——要么找出解决目前困境的方法。他非常清楚该如何摆脱困境。他需要做的就是赢得比赛。

但即使他能够赢得比赛，他仍有可能死亡。

卢克深谙其中的风险。这就是为什么每次他准备骑牛的时候手都会颤抖。这并不是因为他对骑牛感到生疏，或是参赛时的正常紧张情绪。事实上，每次当他握紧自杀式绳带时，他心中某个角落总是在想这次会不会是自己的最后一骑。

这种内心的恐惧是无法让他拿到好成绩的，除非有一种强大的信念作为支撑，对于卢克，这种信念归根结底就是牧场，还有他的母亲。她绝不能因为自己失去它。他摇摇头，不愿意去想这些事情。他知道在整个赛季中，他需要有足够的自信坚持到底且赢得比赛，但他也知道这很不容易。他最不愿意想到的一件事就是自己其实已经不能骑牛了。

或者在骑牛中死掉……

当他告诉医生说自己准备退出时，他并不是在撒谎。他知道骑牛的生活对一个人来说意味着什么。他曾看到自己的父亲在无数个早晨面部狰狞、苦苦支撑，而对这种痛苦他也身同感受。他撑过了所有的训练，发挥了最佳水平，但到头来却功败垂成。18个月之前，他对这一事实还能接受。

但此时此刻，站在机械牛的旁边，他知道自己没有别的选择。他戴上手套，深呼一口气，然后爬到机械牛的身上。他把挂在牛角上的控制装置放在保持平衡的那只手上。然而，或许是因为赛季逼近，或许是因为他尚未将所有的真相告诉索菲亚，他无法按下按钮。现在还不能。

他提醒自己他知道接下来可能会发生什么，他尝试着说服自己他已经做好了充分的准备，做好了骑牛的准备，做了万全的准备，不管结果如何。他是一个骑牛士。从记事起，他就开始骑牛，现在他又在做同样的事情。他之所以骑牛，是因为他擅长骑牛，骑牛能让所有的问题迎刃而解……

除了这样一个事实——如果他不能正确落地，他可能会死掉。

就在一瞬间，他的手开始颤抖。但他把心一横，还是按下了开关。

从新泽西返校的途中，索菲亚专门绕道经过了他们的牧场。卢克很期待她的到来，他事先还将屋子和门廊收拾了一番。

索菲亚到达的时候，天色已经黑了下来。她将汽车停在卢克的屋子前面。卢克欢呼雀跃地从门廊里迎了出来，脑中却在想自上次见面之后是否发生了什么变化。然而，当索菲亚从车里走出来奔向他时，这些疑虑瞬间消散了。

当她跃起时，卢克将她一把抱住，而她用双腿绕住他。当两人紧紧相拥时，卢克感受着她美好的触感，此时他又一次感受到索菲亚对他的意义，他想象着他们的未来会是什么样子。

那天晚上他们做爱了。但是索菲亚不能在这儿留宿。新学期开始了，她一早就有课。当她汽车的尾灯消失在路途中时，卢克又一次走向谷仓，准备另一轮的训练。他并没有心情训练，但是因为第一场比赛两周之内就要开始，他提醒自己还要完成更多的训练才行。

在他去谷仓的途中，他决定把此次训练的时间缩短到一小时之内。他很疲惫，谷仓中很冷，而且他又开始思念索菲亚。在谷仓中，他很快地热了一次身，让浑身的血液沸腾起来，然后跳到机械牛背上。在重造这个机械牛时，卢克的父亲通过调整，让它在达到最高速度时的晃动更为剧烈，同时，他也给控制开关装上了索具，这样卢克能够用保持平衡的那只手抓紧它。出于习惯，卢克将手握成半个拳头，他甚至在骑真牛的时候也这么做，从来没有人问过他为什么这么做，他们也许根本没有注意过这一点。

他做好了准备，然后开启了机器，起初将它设置成中低速，这个速度只够让他活动筋骨。然后，他依次将机器调成中速和中高速。训练期间，他把练习的时间增加至16秒，比在竞技场中的比赛时间正好多出一倍。经过父亲的调整，这个机械牛适合更长时间的练习。他父亲说这样就能让骑真牛变得更为容易。或许确实是这样。但是这让训练的难度增加了一倍。

每次骑牛之后，卢克都需要休息一段时间恢复体力，如果连续骑3次的话，他需要更长的时间。往日里，在休息期间，他脑中一片空白，但是今天晚上他回忆起了骑大丑牛的经历。他不清楚为什么这些昔日的场景在他脑海中不停地浮现，但是他无力驱走它们。当他的眼光落在机械牛身上时，他感到了自己的紧张，骑真牛的日子就要到了，那些牛的速度更快更猛烈。他父亲将机械牛的50种不同的动作方式打乱了顺序，随机排列，这样卢克便无法预料是哪一种动作。几年来，这个机械牛让他的训练颇有成效，但是现在，卢克希望自己能够预知接下来的事情。

手上和前臂的肌肉恢复之后，卢克拖着沉重的步子回到机械牛身旁，再次爬到它背上。他训练了3次，接着又3次，之后又重复了3次。加上休息的时间，他一共练习了45分钟。总共9次的练习中，他有7次都坚持到了最后一刻。然后他决定再加三轮的练习，每轮3次，之后便结束当天的训练。

他没有成功。

在第二轮第二次的练习中，他忽然失去了骑牛感觉。但那一瞬间并没有引起他足够的警觉。他被掀翻在地的次数何止千万，而且与竞技场不同的是，这个机械牛的四周的地面铺满了泡沫垫料。即使在被抛掷到空中的时候，他仍没有惧意。他更换了身体的姿势，试图以在竞技场中惯用的方式着地：要么两脚着地，要么四肢着地。

他成功地用脚着地，和平常一样，泡沫垫料吸收了落地的冲力，但是不知怎么的，这次落地打破了他身体的平衡，让他跌跌撞撞的。出于本能，他尽量保持直立，不让自己倒下去。向前跌倒的时候，他快速迈出三大步，结果他的上半身超出了泡沫垫料的范围，最终他的前额重重地磕到了坚硬的地板上。

他的脑袋中就像有一根被拨弄的琴弦，嗡嗡作响。他眼前金星乱舞，无法再集中精力。他感到整个房间剧烈转动，忽明忽暗。一阵疼痛袭来，起初就很强烈，后来愈发变得尖锐难忍，最后它渐渐演变成一种撕心裂肺的剧痛。他足足花了一分钟，才有足够的力气晃晃悠悠地站起身，靠在老拖拉机上以保持直立。他用手指谨慎地检查着额头上的隆起，恐惧感袭遍了他全身。

他的额头肿了一块，很轻很软；他摸摸伤口，然后说服自己没有进一步的损伤。他没有撞裂什么部位，对此他非常确信。据他所感觉到的，他脑部的另一部分没有受伤。卢克笔直地站着，深吸一口气，然后小心翼翼地走向门口。

走出门后，他的胃部剧烈翻滚，让他直不起腰来。晕眩又一次袭来，他开始呕吐。他只吐了一次，但这足以让他开始担忧了。他之前脑震荡的时候就会吐，他意识到自己应该是又一次脑震荡了。他甚至不用去看医生就已料到他们肯定会告诉他一周之内，或者更长的时间内，他不能再训练了。

或者，更准确地说，他们会警告他以后再也不能骑牛了。

尽管如此，他现在还没什么大问题。刚才可谓是死里逃生——虽是千钧一发——但他毕竟活了下来。尽管赛季即将到来，接下来的几天他还是会休息。他一瘸一拐地向自己的屋子走去，试着用乐观的心态看待这件事。他已经很努力地训练了，现在休息一下未尝不是一件好事。当他恢复训练时，说不定会更加优秀。尽管他尝试着安慰自己，但恐惧却如影随形，无法摆脱。

还有，他该怎么向索菲亚解释呢？

两天过去了，他还是没有拿定主意。他去维克森林大学看望她，当两人在晚间沿着校园里僻静的小路漫步时，卢克一直戴着帽子，用以遮住额头上的淤伤。他思索着是否要把这次受伤的事情告诉她，但是又担心她可能会问出的连带问题。他对这些问题没有答案。最终，她问他为什么今晚如此沉默，他谎称是因为在牧场长时间的劳作导致的疲惫——其实这也不假，因为他母亲决定在骑牛赛季开始之前将牛群带到市场上卖掉，所以一连数日，他们都忙着给牛上套、赶牛上车。

但是那时，他怀疑索菲亚已经觉察到了他和平时的自己不一样，因为她对自己已经相当了解了。接下来的周末里，索菲亚来到牧场上，她戴着卢克送她的牛仔帽，身着一件厚厚的夹克。他们备马时，尽管索菲亚默不作声，但她似乎一直在观察着自己。之后，和第一次一样，他们骑马穿过树丛，奔向河边。终于，她转头望着卢克。“好了，够了。”她宣布道，“我想知道你到底有什么心事。你已经一周不在状态了。”

“抱歉。”他说，“我还是有点累。”自从上次被摔之后，他的头疼一直没有停歇，此时强烈的阳光似乎穿透了他的头盖骨，这无疑是在给他的伤口撒盐。

“我之前见过你疲倦的样子。但是这次不一样。如果你不告诉我实情的话，我也不知道该怎么帮你。”

“我只是在为下个周末烦心。你知道的，那是今年第一场比赛。”

“在佛罗里达州吗？”

他点点头。“在彭萨科拉。”

“我听说那地方非常美丽。迷人的白色沙滩。”

“或许吧。但是我无法享受这些美景。周六比赛一结束我便回家。”他回想着昨天的训练：这是出事之后的第一次训练。一切都很顺利，他的平衡感似乎未受影响。但是头部的不适让他不得不在40分钟之后放弃。

“那会很晚的。”

“那个比赛是在下午。我两点左右就能回来了。”

“那么……我能在周日见到你吗？”

他用手敲着自己的大腿。“你来这儿就能见到我。但是，说不定那个时候我已经累垮了。”

她从帽檐下方斜眼瞪着他。“老天，不要说得那么兴奋。”

“我希望能见到你，但是我又不希望让你觉得自己必须得来。”

“那么你会不会来我们校园？你愿不愿意到我们联谊会公寓来玩？”

“并没多大兴趣。”

“那么你想在别处见面？”

“我们可以和我妈妈一块儿吃晚饭，还记得吗？”

“那么我就来这儿吧。”她等待着他的回答，但是他默不作声，这让她沮丧不已。过了一会儿，她转动马鞍，面朝卢克。“你到底是怎么了？好像你在生气似的。”

这是告诉她所有真相的最佳时机了。他尝试着组织语言，但是却不知道该如何开口。

我其实是想告诉你如果我继续骑牛的话，就有可能会死掉。

“我并没有生你的气。”他没有正面回答她的问题，“我只是在想眼前的赛季该如何应对。”

“就在这时候？”她语气中满是怀疑。

“我无时无刻不在想。而且整个赛季我满脑子也是它。你也知道，从下个周末开始，我会频繁地外出参赛。”

“我知道。”她语气中透露着一种少有的犀利，“你告诉过我了。”

“当巡回比赛到西部举行时，我可能只在周日晚上才能够回家。”

“那么，你是在说你我见面的机会越来越少，而且两人见面时，你的注意力也被比赛分散了？”

“或许吧。”他耸耸肩，“可能就是这样。”

“这多没意思。”

“我还能怎么做呢？”

“你看这样好不好？此时此刻不要想下周末的赛事。我们今天试着放松心情，好吗？因为你就要出远门了，我见你的机会也就少了。说不定最近一段时间里，这是我们在一起的最后一个整天了。”

他摇摇头。“这并不像你说的那样。”

“什么不像我所说的那样？”

“比赛一触即发，我根本无法把它抛之脑后。”他这样说，同时提高了嗓音，“我的生活和你的不一样。我的生活可不是去上上课，逛逛校园，或者和玛西亚聊聊绯闻。我生活着一个真实的世界里。我有我的责任。”他听到索菲亚倒吸了一口气，但他还是继续说了下去，口气愈发严肃，“我职业非常危险。而且我已经生疏了。我知道自己在上周里本应该进行更多的训练。下个周末，无论如何我都要拿到好成绩，否则我妈妈和我将失去一切。所以，现在我当然应全心全意投入比赛——而且你说得也没错，我确实会分心的。”

卢克的这番长篇大论让她瞠目结舌，她眨眨眼说：“哎呀！今天某人的心情不好啊。”

“我并不是心情不好。”他厉声说道。

“你本可以骗我的。”

“我不知道你想让我说什么。”

卢克第一次看到索菲亚僵硬的表情，听到她努力稳住自己的声音。“你本可以对我说尽管你很累，你仍想在周日见我。你本可以说尽管你可能会因为比赛分神，但是不要让我往心里去。你本可以向我道歉，然后说：‘你是对的，索菲亚。让我们痛痛快快地度过今天。’但是，你却只是大谈特谈自己的职业，说什么在这个现实的世界中，它和上大学根本不一回事。”

“大学并不是现实的世界。”

“你以为我不知道这点是吧？”她喊了出来。

“那么为什么你对我的话这么生气？”他反问道。

她用力拉住缰绳，让“魔鬼”停下来。“你在开玩笑吧？”她厉声说道，“因为你表现得像个浑蛋。因为你在暗示你很有责任心，而我没心没肺。你听没听到自己在说什么？”

“我只是在尽量回答你的问题。”

“通过这种侮辱我的方式回答？”

“我并没有侮辱你。”

“但是你仍然认为你要做的事情要比我的更重要？”

“它的确更重要。”

“对于你和你母亲来说才重要！”她大喊道，“信不信由你。我的家庭对我来说也很重要。我的父母很重要。接受教育很重要！而且我很有责任心。我对取得成功也很有压力。我也有我的梦想！”

“索菲亚……”

“怎么了？你现在才准备好声好气地跟我说话了？我告诉你吧，不要再费心了。因为事实是我大老远地开车来这儿，准备和你共度时光，你却一心想着跟我吵架。”

“我并没有要跟你吵架的意思。”他低声说道。

但是她没有听进去。“你为什么要这么做？”她斥责道，“你为什么这么反常？你到底怎么了？”

他没有回答。他不知道该说什么。索菲亚望着他，等着他的回答，最后她失望地摇摇头。带着这个动作，她猛拉缰绳让“魔鬼”掉了头，让它小跑起来。当她消失在马厩的方向时，卢克独自坐在树林里，不禁想为什么他找不到勇气告诉她真相。

二十二

索菲亚

“这么说，你直接开车离开留他一个人了？”玛西亚问道。

“我不知道还能怎么做。”索菲亚一边回答，一边用手托着下巴。她躺在床上，玛西亚坐在她的旁边。“当时我非常生气，我连看他一眼都不想。”

“嗯。我猜换作我的话也会很生气的。”玛西亚的口气中充满了同情，“我是说，我们俩都清楚，艺术史专业的学生对当代社会的发展举足轻重。如果这还不算是一种严肃的责任，那我真不知道还有什么是。”

索菲亚朝她怒目而视。“你闭嘴。”

玛西亚对她的话置之不理，继续说道：“尤其是在他们还没找到一份有实际收入的工作时。”

“我不是说了让你闭嘴吗？”

“我只是在和你开玩笑呢。”玛西亚用胳膊肘轻推着她说。

“好吧。但是我现在没心情开玩笑，行吗？”

“嘘，别说了。我说的又不是真心话。我只是很高兴你回到了这儿。我本已经接受了我一整天都会独自一人的事实，也包括大部分夜晚。”

“我可是在跟你谈心！”

“我知道。我真怀念我们俩那些谈心的日子，我们好久没有谈过了。”

“但如果你一味这样没个正经的话，我们可没法再谈了。你把事情变得更麻烦了。”

“那你希望我怎么做？”

“我希望你做个听众。我希望你帮我理清头绪。”

“我在听啊。”她说，“你说的我都听到了。”

“然后呢？”

“好吧，说实话，你们俩终于吵了一架，我为此感到高兴。也该是吵架的时候了。我是这样看的：真正吵架后，一段关系才会变得有意义。之前，你们只是在甜蜜乡里缠绵。毕竟，一段感情到底有多牢固，只有经过考验才知道。”她眨眨眼，接着说，“这可是我从幸运饼干的格言中读到的。”

“幸运饼干？”

“这话说得没有错。这对你们俩是件好事。因为你们只要经历过这次考验，那么你们会建立更加牢固的感情。而且，用于和好的性爱总是那么美妙。”

索菲亚做了个鬼脸。“对你来说，所有的事情都与性有关对吧？”

“不是所有的事情。但是如果是卢克的话。”她淫笑道，“如果我是你，我会尽快摆平此事。那可真是一个帅哥啊。”

“别再转移话题了。你需要帮我找到解决问题的方法。”

“那你觉得我现在在干什么？”

“你是在拼命地惹我生气。”

玛西亚露出真诚的表情。“你知道我是怎么想的吗？”她问道，“根据你告诉我的，我认为卢克对你们今后的发展开始担心了。以后绝大多数周末的时间他都会在参加巡回赛，而且你毕业的日子不知不觉间就会到来，卢克担心你可能不会留在这儿。所以他可能是在故意疏远。”

或许吧，索菲亚心想。这样的解释在一定程度上是合理的，但是……

“不仅仅是这样。”索菲亚说，“他从来没有这样过，一定还有别的事情。”

“你是不是还有别的事情瞒着我？”

他有可能会失去牧场。但是她没有告诉玛西亚这一点，她也不会说的。卢克给她吐露了这一秘密，她不想辜负他的信任。

“我知道他现在压力很大。”她说，“他想取得好成绩，他非常紧张。”

“好吧，这就是你要的答案了。”玛西亚说，“他非常紧张，满心的压力，而你却反复告诉他不要去想这事。所以他开始反驳你，对你大加苛责，因为在他看来，你并不怎么关心他的处境。”

或许吧，索菲亚心想。

“相信我。”玛西亚接着说，“现在他很可能已经后悔了。我敢说，他随时都有可能打电话给你道歉。”

他没有打电话。那天晚上没有，次日的晚上没有，第三个晚上也没有。到了周二，索菲亚一整天都在反复查看手机中是否有卢克的短信，同时也思忖着自己是否应该给他打个电话。在课堂上，尽管记着笔记，但是她心不在焉，对老师的话也一点都记不住。

到了课间，她在教学楼之间徘徊，脑子中琢磨着玛西亚的话。她承认，玛西亚的话确实有道理。尽管如此，她无法将卢克当时的情绪抛之脑后……那是什么，气愤，敌意？她不知道这些词是否合适，但是她的确感觉到卢克是在有意疏远她。

先前安逸舒适的恋人关系持续了那么久，为什么如今却在毫无防备之间迅速恶化了呢？

她感到很多方面都不太对劲。她决定自己应该拿起电话，向卢克问个清楚。根据卢克的语气。她就知道自己是不是大惊小怪了。她把手机从手提袋里拿出来。但是就在她准备拨号的时候，她不经意间扫了一眼校园，捕捉到了校园里熟悉的人潮来往：熙熙攘攘的人们背着背包、一个学生骑着自行车驶向某处、一个大学访问团停在了行政楼旁边、在远处的树荫下，一对情侣面对面站着。

一切都再平常不过，但是出于某种原因，这些场景中有一幕吸引了她的注意力，于是她放下了电话，将目光锁定那对情侣。他们的头靠在一块儿，欢声笑语，那女孩的手抚摸着男孩的胳膊。他们激情似火，索菲亚从大老远都能感受到。但这两个人她都认识。她看到的绝不仅仅是两个亲密无间的朋友，他们的接吻证实了这一点。

索菲亚无法将目光移开，她身体的每一块肌肉都瞬间绷紧了。

在她的印象中，那个男孩从来没有来过女子联谊会公寓，而且索菲亚也从来没有听到过他俩的名字出现在一块儿——这在一个没有秘密的校园里几乎是不可能的，这意味着在此之前，他们两人一直隐瞒着恋人的关系——不仅是瞒着索菲亚，也瞒着所有人。

但是玛西亚和布莱恩？

她的室友不会这样对她的，是不是？尤其是玛西亚明明知道布莱恩对她的所作所为之后。

但是，她突然想到，玛西亚最近几周内数次提过他的名字……她承认自己还在和他说话。玛西亚当时——尽管那个时候他还在缠着索菲亚——是怎么说布莱恩来着？他风趣、帅气而且有钱，哪一点不招人喜欢啊？更不用说他曾经还对玛西亚“有好感”呢——那是在索菲亚出现之前，玛西亚总喜欢提这事。

索菲亚知道不应该为此心烦。她不希望与布莱恩再有什么交集，他们之间早就结束了。玛西亚如果喜欢他，当然可以拥有他。但是当玛西亚抬起头把目光投向她时，索菲亚的眼泪夺眶而出。

“我正准备告诉你。”玛西亚说道，脸上挂出一反常态的羞涩。

她们已经回到了房间里，索菲亚叉着双臂站在窗户边。只有这样她才能稳住自己的声音。

“你们交往多长时间了？”

“没多长时间。”玛西亚说，“他在圣诞节期间来看望我，之后……”

“为什么是他？你还记得他深深伤害了我，对吧？”索菲亚的声音开始颤抖，“你本应是我最好的朋友。”

“这件事在我的预料之外……”玛西亚央求着说。

“但它还是发生了。”

“每个周末你都不在这儿，而我在许多派对上见到他。最后我们开始聊天，聊的话题通常都是你……”

“那么你是说这都是我的过错了？”

“没有。”玛西亚说，“谁都没有错。我并没有想到事情会成这样。但是我们聊得越多，我们对彼此的认识就越多……”

索菲亚打断了玛西亚的解释，她的心越拧越紧，表情也变得僵硬。整个房间一片寂静，她试图把声音放稳。

“你本应该告诉我的。”

“我说过。我跟你提过我们两人有交流。而且我也暗示过我们两个是朋友。几周之前我们还仅仅是这种关系。我发誓。”

索菲亚转过头，逼视着她最好的朋友，一股恨意油然而生。“这样做是……错误的，大错特错。”

“我以为你对他已经没有感觉了……”玛西亚含糊地说。

索菲亚面色铁青。“我是对他没有感觉了！我不希望与他有任何交集。但这件事关乎的是我们！是你和我！你在和我的前男友上床！”她的一只手插进头发中，“玛西亚，朋友之间不会这么做的。你竟然还好意思为自己辩解？”

“我仍然还是你的朋友。”玛西亚提议道，她的声音非常柔和，“我并没有想着你在的时候把他带到这儿来……”

索菲亚几乎不相信她听到的话。“他终有一天会对你不忠的，你是知道的。就像他以前欺骗我一样。”

玛西亚使劲地摇摇头。“他变了。我知道你不会相信，但是他真的不是以前那个样子了。”

听到这话，索菲亚感到一刻也待不下去了。她一把抓起了桌上的手提包，大步夺门而出。走到门口，她转过头来。

“布莱恩没有变。”她斩钉截铁地说，“我可以向你保证。”

出于习惯和绝望，她再次回到了牧场中。她从车里出来时，卢克照例走到门廊前迎接她。尽管两个人相距甚远，卢克也似乎察觉出有什么不对头了。即使他们好久没联系，他还是双臂张开，向她走去。

依偎在他的怀抱中，索菲亚大哭不止，而卢克则静静地抱住她，听着她的哭泣。

“我还是不知道该怎么做。”她靠在卢克的胸膛上，“我又不可能阻止他们两个的交往。”

卢克把她拥在怀中，两人坐在沙发上，盯着壁炉中的火苗。一连数小时，卢克都听着她絮絮叨叨，时不时地对她表示赞同，但大部分时间里，他都用沉默和坚守宽慰她。

“的确。”他同意道，“你不大可能阻止他们俩。”

“但是我们在一起的时候，我又该如何做？假装一切都没有发生吗？”

“这可能是最好的做法了。因为她是你的室友啊。”

“她迟早会受伤的。”这句话索菲亚已经说了一百遍了。

“或许吧。”

“公寓里的每个人都会议论这件事的。以后每当她们看到我时，她们要么窃窃私语，要么暗地里偷笑，要么装出过分关切的样子。我这一学期恐怕没有安宁的日子了。”

“或许吧。”

一时间，她沉默了。“你是不是要对我说的每一句话都表示赞同？”

“或许吧。”他回答道，接着大笑起来。

“我很高兴现在你已经不生我的气了。”

“我很抱歉。”卢克说，“那天你来牧场，我恰好心情不好，结果我发泄在了你身上。这样做很不对。”

“每个人都有心情不好的时候。”

他把她抱得更紧了。直到后来她才意识到，他一直没有告诉她那天到底为什么而烦心。

索菲亚在牧场上过了一夜，之后回到了女子联谊会公寓。走进公寓之前，她长长吸了一口气。她还没有做好跟玛西亚谈话的准备。但是草草扫视了一眼公寓之后，她知道无需为此担心了。

玛西亚并没有在房间里，她的床也没有睡过的迹象。

她和布莱恩一块儿过夜去了。

二十三

卢克

几天后，卢克出发去彭萨科拉，但出发时他稍有不安，因为他没做足够的训练。头部阵阵的剧痛让他难以正常思考，训练也被迫停止了。他暗示自己如果能在这些预选赛中获得满意的排名的话，他就有机会在下面的比赛之前中彻底复原。

在彭萨科拉，他抽到的第一头赛牛叫小疯子，他对它一点都不熟悉。长时间的驾驶让他没能睡好觉，他的手又开始颤抖了。尽管此时头痛稍有缓和，他仍能感受到耳朵中的嗡鸣，这种震动的声音是如此的鲜活逼真。他只认出了几个骑牛选手，剩下的选手中有一半给他的印象只是刚刚满足骑牛的年龄。他们个个漫不经心的样子，尽量保持泰然自若的状态。所有人都坚守着同一个梦想：取胜或者得个好名次，拿到奖金和积分——但无论如何，都不能受重伤，否则就无缘下周的比赛。

就像在麦林斯维勒镇一样，卢克待在他的卡车附近，他更喜欢独处。在停车场他仍能听到竞技场传来的呼喊声。当他听到观众雷鸣般的吼声以及几秒之后广播员的一句咆哮——“有时候骑牛就是这样的无情”时，他就知道有选手被摔了下来。他是第十四位出场，尽管骑牛比赛是以秒计算的，但是竞争选手参赛之间通常都会有数分钟的间隔。他想着15分钟后再去赛场，哪怕只是为了缓解紧张感。

他并不想去赛场。

虽然这个念头一直深埋在他的内心中，然而，此时此刻这种念头如此清晰还是让他措手不及。它是如此强烈、如此明确，以至于卢克感到脚下的大地为之一颤。他并没有做好准备。或许，只是或许，他永远也准备不好。15分钟之后，他开始拖着沉重的步伐朝赛场走去。

是那股味道激励着他继续前进，那股味道比什么都有效。它如此的熟悉，唤醒了他骑牛的冲动，多年来这种冲动已经变成了一种条件反射。整个世界在他眼中越缩越小。他不去理会观众和广播员的声音，而是把注意力都放在那些帮他做赛前准备的年轻训导员身上。他先扣紧缰绳，然后把绳带调整到完全顺手的状态。接着，他跨坐到牛背上。为了确保万无一失，他等了不到一秒的时间，然后他朝守门人点点头。

“我们出发吧。”

小疯子以一个并不剧烈的弓背跳跃出场，然而——瞬间之后，它四肢腾空，然后身体拼命向右扭动。但是卢克做了充分的准备，他坐在牛背上，把重心放低，力求平衡。小疯子又跳跃了两次，然后开始疯狂旋转。

卢克本能地调整姿势，坚持到底。哨子声一响，他便用保持平衡的手解下绳带。接着，他一跃而下，双脚着地，冲向竞技场的栅栏。在那只牛停止跳跃之前，他走出了围场。

观众继续为他欢呼，广播员则提醒观众说卢克曾经是世界排名第三的骑牛士。他向观众挥帽致意，然后转身向卡车走去。

途中，头部的剧痛再次席卷而来。

接下来要骑的是头名叫糖果乐园的赛牛。此时卢克排名第四。

他机械性地做着动作，整个世界在他眼中浓缩成一个微小的框架。这次的公牛更加凶猛、更加惹眼。比赛中，他听到观众赞许的欢呼声。他成功地完成了比赛，在这只牛暴怒之前及时逃离了赛场。

因为这次的成绩，他晋升到了第二名。

接下来一个小时内，他坐在卡车轮的后面，每一次的心跳都给他的头部带来彻骨的剧痛。他在伤口处补加了少量的布洛芬和泰勒诺，但是这并没有让疼痛减弱。他不确定自己的颅内是否已经肿胀，也尽量不去设想如果被摔下来会有什么后果。

最后一轮比赛时，他意识到自己大有取胜的可能。但这之前，一位进入决赛的选手拿到了当天的最高成绩。

在跑道之内，他的紧张感已消失殆尽。这不是因为他深藏的自信心被激发了出来，而是因为疼痛和疲惫让他再也无力去关心这个。

他只想尽快结束这一切。无论发生了什么，都将成为过去。

准备完毕，跑道的门再次打开。虽然比不上第二只牛的狡黠，这次的赛牛也非常优秀。它比第一头牛更具挑战性，卢克的最终成绩证实了这一点。

最后一轮比赛成绩将决定排名靠前的选手中谁是最终的获胜者。但是不久，前两轮比赛中的那位佼佼者却在第三头赛牛身上失去了平衡，最终摔进了土里。

尽管卢克在最后一场比赛中排名第二，他还是赢得了整场比赛。

于是，在本赛季的第一场比赛中，他拔得头筹，这正是他需要的名次。

他取了奖金的支票，然后向他的母亲和索菲亚发了短信，告诉她们自己在回家的路上。但是在回家的漫长车程中，他的头部仍然疼痛不止。他好奇为什么自己居然对积分毫不在意。

“你看起来很糟糕。”索菲亚说，“你还好吗？”

卢克吃力地挤出一个宽慰的笑容。大约凌晨3点，他直接倒在了床上，11点的时候才醒来，他的头部和身体同时作痛。他下意识地伸手取过止痛药，一口气咽下几片，然后一瘸一拐地走向淋浴间。在那儿，他让热腾腾的水花冲刷着青紫的皮肤。

“我很好。”他说，“我开了好长时间的车。我起床之后，还修理了一些坏掉的栅栏。”

“你确定吗？”索菲亚关切的语气中流露出对他的话的质疑。自从那天下午来到牧场之后，索菲亚就像一只忧心忡忡的母鸡，对他的一举一动颇为留心。“你的样子告诉我你好像遇到了什么事。”

“只不过是累了，就这样。这几天太漫长了。”

“我知道，但是你赢了，不是吗？”

“是啊，”他说，“我赢了。”

“这是件好事。我是说，这对牧场是件好事。”索菲亚的眉头紧锁。

“是啊。”他重复道，他的声音几乎麻木了，“这对牧场是件好事。”

二十四

索菲亚

卢克又不在状态了。和上周不同，但他肯定有什么不对劲。这不仅仅是疲惫的缘故。他面容憔悴，皮肤发白，尽管他自己并不承认，但她知道他比平日里更加痛苦。有时候，当他出乎意料地快速做出一个动作时，索菲亚发现他脸部会抽搐，或者会猛吸一口气。

和卢克母亲的晚餐气氛很尴尬。尽管琳达见到她非常高兴，但是卢克一直待在外边的烤架旁，整个过程都是她和琳达在聊天，好像卢克是在刻意回避她们似的。在餐桌前，很明显能看出三个人都刻意回避那些敏感的话题。卢克对自己显而易见的疼痛闭口不言，他母亲没有问任何关于比赛的事情，索菲亚没有提玛西亚和布莱恩，也没有提及她在公寓中熬过的痛苦一周。这一周简直糟糕透顶。

他们回到卢克的房间后，卢克直接朝卧室走去。她听到他相继从两个瓶中倒出一些药片，然后跟着他走进厨房，在那儿，他用水吞下一些东西，她猜那是一把药片。

之后，卢克身体前倾，双手搭在橱柜台的边沿，头部低悬，这引起了索菲亚的警觉。

“到底有多糟？”她低语道，双手抚在他背上，“我指的是你的头痛。”

他深吸几口长气，然后答道：“我很好。”

“很明显，你并不好。”她说，“你吃了多少药？”

“每种都吃了几片。”他实话实说。

“但是在晚饭前我看到你也吃了一些……”

“显然，我吃得不够。”

“如果真那么严重的话，你早应该去看医生了。”

“没有理由去看医生的。”他用一种迟钝的声音回复她，“我已经知道问题所在了。”

“问题是什么？”

“我头部有些震荡。”

她眨了眨眼睛。“怎么回事？从牛背上跳下来时，你是不是碰到了头？”

“没有，”他说，“几星期前我在训练的时候没有正确落地。”

“几星期之前？”

“嗯。”他承认，“然后我又犯了个错误——过早地恢复训练。”

“你是说你的头疼了有两星期了？”索菲亚内心的惊慌越来越强烈，但她尽量克制自己的语气。

“没一直这么疼。昨天的比赛让头痛加重了。”

“如果真是脑震荡的话，你为什么还要骑牛？”

他盯着地板说：“我没有选择。”

“你当然有选择。这样做非常傻。拜托！我们送你去急救室吧……”

“不行。”他说。

“为什么不行？”她问，一脸的不解，“我来开车。你需要看医生。”

“我之前就受过这种头痛，所以我知道医生会跟我说什么。他会叮嘱我休息一段时间，而我不能这么做。”

“你是说你下周还要骑牛。”

“我必须去。”

索菲亚琢磨着他的话，但是没能理解。“是不是因为这个你母亲才生你气的？因为你的表现就像个傻瓜？”

他没有立刻回答，而是先叹了口气。“她甚至都不知道我脑震荡了。”

“你没有告诉她？为什么不告诉她？”

“因为我不想让她知道。她只会非常担心。”

她摇摇头。“我真不明白你为什么还要骑牛，你明明知道它会加剧你的脑震荡。这太危险了。”

“我早就不担心这个了。”他说。

“你这是什么意思？”

卢克慢慢地直起身子，然后转头望着索菲亚，他的脸上写满了一种近乎歉意的无奈。

“因为，”他终于说道，“在我得脑震荡之前，我就不应该继续骑牛了。”

她怀疑是自己听错了，眨了眨眼。“你不该骑牛？一点都不该？”

“照医生的话说，我每次骑牛都是在冒着天大的风险。”

“这是因为？”

“因为大丑牛。”他说，“它不仅仅是撞昏了我，把我四处拖动。我告诉过你我被它踩伤了，但是我没有告诉你它还弄断了我的头骨，就是后面靠近脑干部分的头骨。现在在那个位置有一块小钛片。但是如遇不测，它根本保护不了我。”

他讲述着自己的故事，声音中毫无起伏。他的话让索菲亚感到一股寒意袭遍全身。他不可能是认真的吧……

“你是说你有可能死掉吗？”她并没有等他回答。随着她渐渐理解了真相，惊慌流遍她的全身。“这就是你要说的，对吧？你有可能会死掉。你之前都没有告诉我？你怎么能瞒着我呢？”

一切清楚了，所有的疑惑都解开了：为什么他们相见的第一天晚上他就想看看那头牛，为什么他的母亲对他如此恼火，为什么他在本赛季开始前焦虑不安。

“那么，事实就是这样了。”她继续说，拼命抑制住声音中的恐惧，“你再也不要骑牛了，好不好？一切都结束了。现在是时候再次退出了。”

他还是缄口不语。从他的表情中，她看得出她并没有说服他。她走近他，绝望地用双臂紧紧地抱住他。她能感受到他的心跳，感受到他胸部强有力的肌肉。“我不想让你再骑牛了。你不要再这样了，好吗？请你告诉我这一切都结束了。我们会有别的办法拯救牧场的，行吗？”

“没有别的办法。”

“总会有别的办法……”

“不。”他说，“没有。”

“卢克，我知道牧场很重要，但是你的生命更重要。你明白这一点，对吧？你从头再来，就会得到另一个牧场。又或者你在牧场上找份工作……”

"我不需要牧场。"他打断她的话，"我这样做是为了我的母亲。"

这话激怒了她，她把他一把推开。"但是你母亲也不希望你这么做！因为她知道这样做是不对的——她知道这样做有多么的愚蠢！因为你是她的儿子！"

"我这样做是为了她……"

"不，你不是！"索菲亚打断他的话，"你这样做是为了摆脱愧疚感！你以为自己很伟大，但实际上你很自私！这是最自私的做法……"她说不下去了，胸口不住地起伏。

"索菲亚……"

"别碰我！"她大声说道，"你也会伤害我的！你还不明白吗？你有没有用过哪怕一分钟的时间来考虑一下我的感受？我可不希望你死啊？你有没有考虑过这会让我怎么想？你没有。因为这与我无关。与你的母亲也没有关系！一切只与你自己有关——只与你的感受有关。"

她向后退了一步。"一想到你一直在对我撒谎……"她轻声地说。

"我没有撒谎……"

"这是在隐瞒真相，"她声音苦涩地说，"你撒谎，是因为你知道我不会赞同你的做法！是因为你知道我可能会离开你这个执意要做一件……一件错得离谱的事情的人。你又是为什么和我在一起呢？是不是因为你只想和我上床？是不是因为你只想着享乐？"

"不是的……"卢克的反驳在她耳中是如此的苍白无力。

她感到滚烫的泪水顺着脸颊滚落，但她无力控制。"我……我现在不知道怎么办。还有学校的事。这真是糟糕的一周，女孩子们都在窃窃私语，玛西亚也在躲着我……这一周我需要你的陪伴。我需要找个人说话。但是我也知道你需要参加比赛。我接受了，因为那是你的工作。但是现在呢？我明白了，你不在我身边的唯一原因竟然是你要去送死！”

她大脑疾速运转，这些话也跟着脱口而出。之后，她转过身，伸手抓起手提包。她无法再待在这儿了，无法再和他待在一块儿了。现在不能。“我无法接受……”

“等等！”

“别跟我说话！”她说。“我不想听你解释为什么送死就那么重要……”

“我并不是去送死。”

“你会的！可能我知道真相的时间并不长，但是你母亲早就知道了！医生也知道了。你也知道自己的做法大错特错……”她的呼吸越来越快，“当你想通后，我们再继续谈。但是在那之前……”

她没有说完，而是把手提包往肩上一甩，夺门而出，冲向汽车。她挂了倒车挡，转向时她差点把车倒进了门廊上。之后，她猛踩油门，眼泪几乎挡住了她的视线。

索菲亚大脑一片空白。

她回到公寓后，卢克给她连打了两个电话，但是她没有接。她孤身一人坐在房间里，她知道现在玛西亚和布莱恩在一起，但是她还是挺想她的。自从她们上次吵架之后，玛西亚每个晚上都在布莱恩那儿度过，但是索菲亚怀疑她这样做与布莱恩的关系不太大，主要是因为玛西亚无颜面对她。

她还在生玛西亚的气——玛西亚的所作所为真是太差劲了，索菲亚无法假装毫不在乎。最好的朋友是不会与自己的前任约会的，管这叫基本原则也好，其他叫法也好，总之朋友之间不会这样做的。永远不会。但是，即便索菲亚心中的一部分觉得她应该告诉玛西亚她们之间的友谊结束了，她还是说不出口。因为在她的心中，玛西亚不是有意这样做的。她没有策划或者蓄意伤害她。玛西亚的天性不是这样的，而且索菲亚早就领教过布莱恩下决心追女孩时锐不可当的魅力。索菲亚怀疑这次他肯定对玛西亚施展了这种魅力。因为布莱恩天性就是如此。布莱恩清楚自己的做法，毫无疑问，他这是在利用和玛西亚约会来报复自己。他蓄意通过破坏她和玛西亚的关系给她最后一次的伤害。

而且，毋庸置疑，玛西亚也终会为他所伤。她终究会看清布莱恩的真实面目。到时，她会比如今痛苦百倍。从某种意义上讲，她罪有应得，但是……

但是现在，索菲亚希望跟玛西亚谈谈心。此时此刻，她真的需要她，需要和她一块儿谈谈卢克的事。只是谈心，仅此而已。就像此时楼下过道里的姐妹们一样。她能听到从门口飘进来的交谈声。

然而，她不想接近她们。因为即便她们闭口不言，她们的表情也让她们的内心昭然若揭。最近，每当她走进公寓，房间和楼道便安静下来，她仅凭直觉就能猜到她们在想什么：你猜她此时的感受如何？我听说她和玛西亚再也不见面了。我真为她难过。我无法想象她的遭遇。

此时此刻，她无力应对这些事情。尽管发生了这么多事，她发现自己还是渴望玛西亚的陪伴。因为此时的她从未感到如此孤独过。

几个小时过去了。冬日的云朵爬上屋外的天空，月亮的银辉给它们涂上了光亮的色泽。索菲亚躺在床上，回忆着她和卢克一同仰望天空的无数个晚上。她回忆着他们在马背上的美好时光，回忆着他们做爱时的甜蜜，回忆着与卢克妈妈共进晚餐时的温馨。她还回忆起了第一次见面的那个晚上，他们坐在卡车车斗中的椅子上，这些过往都历历在目。

为什么要拿生命去冒险？她百般思索，但就是想不通。她知道他做的这一切都是出于内心的愧疚，但是这一点就值得让他去送命吗？她不这么认为，她知道卢克的妈妈也不这么想。但是卢克却执意献出自己的生命。这是她无法理解的。当他第三次来电时，她仍无法接他的电话。

天色渐晚，公寓渐渐安静了下来。索菲亚心力交瘁，但是她清楚自己将无法入眠。当她百般思索卢克为什么要选择自我毁灭这条路时，他第一次遭遇大丑牛的具体经历也激起了她的好奇心。他告诉过索菲亚他头骨中的钛片，但是索菲亚感觉实际情况可能更为严重。于是，她慢慢爬下床，走到桌子上的笔记本旁边。她的心中已经有了预感，但是了解真相的强烈欲望还是驱使她把卢克的名字输进了搜索引擎。

搜索结果中有许多信息，维基百科上还有一篇卢克的简介，她并不感到吃惊。卢克毕竟是世界一流的骑牛选手。但是索菲亚对人物传记并无兴趣，她又在卢克的名字后面加上了大丑牛一词，然后按下搜索按钮。

一个YouTube网站的视频链接瞬间出现在屏幕的上方。趁自己的勇气还在，她按下了按钮，不安地盯着屏幕，YouTube的界面出现了。

这个视频只有不足两分钟，但高达50万人的播放量让索菲亚感到一阵恶心。她不清楚自己是否真想看，但她还是按下了播放键。视频开始后，她瞬间就看到了卢克——他在跑道之内，骑在牛背上，摄像机从他头顶的某处将镜头对准他，这个角度无疑是为观众而设。观众席上座无虚席。跑道后方，竞技场的墙面上挂满了牌子和横幅。和麦林斯维勒镇的赛场不同，这个赛场设在室内，这意味着这里还可能还用于篮球赛、音乐会等用途。卢克穿着牛仔裤和红色的长袖衬衫，外面罩着一个防护背心，头上戴着牛仔帽，背心的背部绣着数字16。

卢克调整着绳带，其他的牛仔则帮他系上赛牛身体下方的缰绳。然后，卢克猛击了一下自己的拳头，夹紧双腿，再次调整了位置。他做着这一动作的同时，广播员用浓重的鼻音播报着——

“卢克在职业骑牛大赛中排名世界第三，而且被认为是世界上最佳的骑牛士之一，但是这头牛他从未骑过。

“很少有人骑过这头牛。大丑牛只被骑过两次，去年它是PBR世界锦标赛的世界冠军牛。它力大无穷、脾气暴躁，如果卢克能够坚持住，那么他的分数肯定能上90了……

“他已准备就绪……”

此时的卢克异常平静，但是这只持续了一瞬间。索菲亚看到跑道的门开了，然后传来了观众的狂吼声。

大丑牛冲了出来，迅猛无比、拼命狂跳。它的后腿在空中上下跃动，卢克的头部倾向地面的弧度。大丑牛接着向左转动，再次拼命地乱踢一通，四蹄跳离了地面，之后，它开始朝反方向转动。

四秒钟已经过去了，索菲亚听到观众开始狂暴不已。

“他就要成功了！”其中一个广播员大喊。

然而，就在此时，索菲亚看到卢克猛然前倾，身体失去了平衡，而大丑牛的头部疾速后仰。

这一动作带有令人毛骨悚然的冲击力。卢克的头部朝反方向急转，就像失去了肌肉的支撑……

“哦，老天！”

卢克从大丑牛的身上翻倒下来，整个身体瞬时间变得软弱无力，他的手还拴在绳带上。

但是大丑牛气急败坏，完全失去了控制，它继续跳跃着，凶猛无情。卢克就像一只布偶，被它上下乱甩，浑身被抽打着。之后，大丑牛再次旋转，卢克的身体被残忍地四处拖拽，他的脚在地面上掠过，就像一只陀螺。

此时，骑牛士和其他人员跳进了赛场，拼命地想解开卢克手上的绳结，但是大丑牛愣是不肯罢休。他停止了旋转，却朝着闯入的人员发动猛攻，野蛮地摇摆着牛角，将其中一位骑牛士轻而易举地掷向一边。另一位试着把卢克的手腕从绳带上解开，但是没能成功。几分钟过去了，一位骑牛士跳起来，附在牛身上并坚持着跟牛跑了很长时间，最终将卢克的手从绳带上解了下来。

之后，卢克面朝下倒在泥土中，他的头偏向一旁，纹丝不动，而那位骑牛士匆匆跑开了。

“他受伤了！赶紧叫人来，快点！”

但是，大丑牛还是不肯善罢甘休。它貌似意识到自己已经摆脱了卢克，但是仍对他先前跨在它背上的举动怒不可遏，于是它转过头来，对其他试图转移他注意力的人不闻不问。它充满杀机，低头进攻，一双牛角猛刺俯卧在地上的卢克。两个骑牛士跳进赛场，对它又拍又打，但是它却置之不理，而是继续用巨大的牛角攻击着卢克脆弱的躯体，然后，它突然向前猛冲，踏上卢克的身体，然后又开始跳跃。

不，这不是跳跃，而是践踏和旋转。吓得目瞪口呆的索菲亚听到了广播员的大喊：

“把牛从他身上赶走！”

愤怒的大丑牛上下抬动它的蹄子，猛烈地踩踏脚下的卢克，撞击着他的背部、双腿和头部。

他的头部……

那个时候，五个人已经围住了它，他们拼尽全力阻止这狂暴的一幕，但是大丑牛继续着它专注的袭击。

它猛烈地踩着卢克，一遍又一遍……

广播员继续说：

“他们必须阻止这一切！”

大丑牛似乎被附体了……

终于——终于！——它从卢克身上离开了，向一旁疾速跳开，落到了赛场的地面上，但是仍然狂跳不止。

摄像机跟着狂跳不止的大丑牛移动着，然后又聚焦到卢克俯卧的身体上，他满脸是血，让人认不出来，一些人开始赶过去救他。

此时，索菲亚掩面而泣，胆战心惊。

二十五

卢克

到了周三，卢克的头痛稍有缓解，但是他担心自己没有恢复到能够在下个周末在佐治亚州梅肯市参加比赛的程度。再下一场比赛在南卡罗来纳州的弗洛伦斯市举行，他也不确定到时身体是否会好转。其后还有一场比赛，在得克萨斯州，而他最不喜欢的就是在这种历时很长的赛季中，自己拖着病躯参加比赛。

除此之外，花销的问题也开始让他忧心忡忡。自2月开始，他需要搭乘飞机参加比赛，这意味着他必须在汽车旅馆、餐饮、汽车租赁方面有额外的花销。过去，在追逐骑牛之梦的时候，他把这些花销作为赚钱的成本，现在也是这样。但是因为六个月之后他们必须偿还3倍的贷款，所以他不得不在网络上遍寻廉价的机票，而这些机票必须提前数周才能预订。据他乐观的估计，第一场比赛的奖金能够支付接下来八场比赛的旅行费用。当然，这也意味着当还贷的日子到来时，这些奖金将丝毫不剩。比赛的重心再也不是圆梦，而是必须场场获胜，因为他别无选择。

当这些想法进入他的脑海时，他禁不住又想起了索菲亚驳斥他的那些话。她说，他所做的一切不是为了牧场，甚至也不是为了他的母亲，而仅仅是为了自己摆脱心中的愧疚。

他真的是出于自私吗？在索菲亚说这些话之前，他从未如此想过。他这样做并不是为了自己，没了牧场他也会没事的。他是为了母亲，为了她继承的牧场，为了能让她安心过日子。他并不想骑牛，他参加比赛是因为他母亲为了拯救他已经付出了一切，他必须回报她。他不能眼睁睁地看着她因为自己失去一切。否则他会于心不安。这怎能说是只为自己考虑呢？真是这样吗？

周日的晚上他给索菲亚打了三个电话，周一也打了三次，周二打了两次。他也给她发了短信，每天一次，但是没有收到任何回复。后来，一想到布莱恩的苦苦纠缠曾经让索菲亚恼火不已，他周三便没再联系她。但是到了周四，他再也忍受不了这种冷战了。于是，他爬上卡车，去了维克森林大学，他将卡车停在联谊会公寓门口。

楼前门廊的摇椅上坐着两位穿着相同的女孩，一个在打电话，另一个在发短信。她们匆匆地抬头看了一眼，等发现是卢克时，她们的脸上露出难以置信的表情。卢克敲门的时候，一阵笑声从公寓内部传来。几分钟之后，一位深色头发、每边都打着两只耳洞的女孩给他开了门。

“我去告诉索菲亚你来了。”她只说了这一句，然后移到一旁，让卢克进去。

他进去的时候，一侧的沙发上坐着三个女孩，她们伸着脖子，只为看他一眼。卢克猜刚在在门口听到的就是她们的声音。而现在，她们只是盯着他。后面的电视机发出刺耳的背景音。卢克站在门厅里，感到无所适从。

几分钟之后，索菲亚叉着双臂出现在楼梯上方。她低头看着卢克，明显犹豫着自己该做什么。紧接着，她叹了口气，极不情愿地走了过来。看到每个人的注意力都在他们身上，索菲亚一言不发，而是朝着门口方向点点头。卢克随她出了门。

她并没有在门廊上停步，而是走到了人行道上，这儿能避开公寓中的视线，然后她转头面对卢克。

“你想怎么样？”她问道，面无表情。

“我想跟你道歉。”卢克说，他双手插入口袋，“因为我没有早些告诉你。”

“好。”她说。

她没有多说一个字，这让他不知所措。之后，两人都陷入沉默。索菲亚转过头，端详着街对面的房子。

“我看了你骑牛的视频。”她说，“骑大丑牛的那个。”

卢克没有勇气看向她，而是用脚踢着嵌在人行道缝隙中卵石。“就像我说的那样，当时真的很糟糕。”

她摇摇头。“这不仅仅是很糟糕……”她转头朝向卢克，想从他表情中找到答案，“我知道骑牛很危险，但是我从没有想到它居然是生死攸关的事情。每次踏进赛场中时，你都是拿生命在冒险，而之前我对此毫不知情。还有那只牛，我看了它是如何摧残你的。它当时准备杀了你……”

她吞咽了一下，再也说不下去了。卢克也看过一次这个视频，那是在比赛结束六个月之后。当时他发誓再也不骑牛了，而且为自己能生还下来暗自庆幸。

“你当时差点没命，但是你活了下来。”索菲亚说，“命运给了你第二次机会。或许可以这么说，命运给了你一个像正常人一样生活的机会。不管你说什么，我永远理解不了你为什么会冒这种险。这在我看来这太不合情理。我之前告诉过你我曾经有自杀的念头，但我并不是真心的。我知道我绝不会这么做。但是你……好像你真愿意这样做，在取胜之前你是不会停步的。”

“我不想死。”他坚持说。

“那么就别骑牛了。”她说，“因为如果你非要骑牛的话，我无法成为你生命中的一部分。我无法假装你不是在自杀。因为那样我感觉像是自己在某种程度上纵容了你的这一行为。我就是不能这样做。”

卢克感到自己的嗓子一阵发紧，几乎说不出话来。“你是想说你不想再见我了吗？”

数日的忧虑让索菲亚心力交瘁，卢克的这个问题再次提醒了她，索菲亚感觉自己的眼泪都已经哭干了。“我爱你，卢克。但是我不能陪你度过这一切。我无法接受在我们相处的每分每秒都要为你能否活过下一周而提心吊胆。而且我也无法想象如果你发生了不幸，事情将变得如何糟糕。”

“那么我们结束了？”

“是的。”她说，“如果你继续骑牛的话，我们就结束了。”

第二天，卢克坐在厨房餐桌前，桌上放着卡车的钥匙。现在是周五的下午，如果他几分钟后出发的话，他能在午夜前到达汽车旅馆。车上已经放上了所需的装备。

他的头部仍然微微作痛，但是真正让他痛苦的是索菲亚。他并不想开车，也不想参加比赛，他唯一期待的是和索菲亚共度周末。他希望找到一个不去参赛的理由。他希望带她在牧场中骑马，希望在篝火前拥她入怀。

之前，他去看他的母亲，但是两人之间的对话非常僵硬。和索菲亚一样，她也不想跟他说话。如果因为工作，她不得不向他开口，她的语气中明显充满了愤怒。他能感受到她的担忧——那是对他的担忧、对牧场的担忧，也是对未来的担忧。

他伸手拿起卡车钥匙，然后离开椅子向卡车走去，他不确定自己是否还能把它开回来。

二十六

索菲亚

“我猜你可能会来的。”琳达站在农舍的门口，脸上写满了倦怠和焦虑，就像索菲亚一样。

“我没有其他地方可去。”索菲亚说。现在是周六的晚上，她们两人都心知肚明，那个她们深爱着的人今晚会出现在赛场上，拿生命去冒险，或许就在此时此刻。

琳达挥手让她进来，然后示意她坐在餐桌旁。“喝杯热巧克力吧。”她说，“我正准备给自己泡一杯。”索菲亚什么话都没说，只是点点头。她发现琳达的手机放在桌子上，琳达肯定注意到了她盯着它看的眼神。

“他比赛结束后会给我发短信。”琳达一边在炉旁忙碌着一边说，“他总是这样做。实际上，他过去是给我打电话。他会告诉我他的表现如何，我们会聊上一会儿。但是现在，他……”她摇摇头说，“他仅仅会给我发个短信，告诉我他很好。在等他结果的这段时间里，我无心做别的事，只能坐在这儿干等着。这个时候时间偏偏过得慢腾腾的。现在我感到自己像是一个星期没睡了。即便我收到他的消息，我也睡不着，因为我担心比赛又加剧了他的脑损伤，哪怕他告诉我一切平安。”

索菲亚用指甲抠着桌子。“他说出事后他进了重症监护室。”

“他被送到医院时已经是临床死亡的状态。”琳达说，缓缓搅动着加热的牛奶，“虽然后来医生们救了他，但是当时没人认为他能活下来。他头骨的背面……碎掉了。当然，那个时候我毫不知情。我是第二天才到医院的，当看到他时，我几乎认不出他来了。冲击力折断了他的鼻梁，打碎了他的眼眶和脸颊骨。他的脸肿得不成样子，简直是……惨不忍睹。因为脑内的损伤，他们对他的面部无能为力。他的头部包在绷带中，整个人被固定在床上以防翻动。”琳达不紧不忙地把热牛奶倒进杯子中，然后用勺盛入可可粉，“连续一周他都没睁开眼，又过了几天之后，医生不得不仓促地把他送到手术室，结果他在重症监护室中躺了将近一个月。”

索菲亚接过琳达递过来的杯子，尝了一小口。“他说他体内有个钛片。”

“的确。”琳达说，“一个小型的钛片。医生说他的头盖骨可能无法痊愈，因为有些碎片已经无法复原了。他说这个伤处就像一个已经褪色的玻璃窗，整个都摇摇欲坠。如今的情形要比去年夏天好多了，他一直都是一位优秀的骑牛士，但是……”她的声音越来越小，无法把剩下的想法说出口来，只是摇摇头。

“从病房出来之后，医生认为他能经受住路途的折腾，就把他转移到了杜克大学医院。那个时候，我感到我最艰难的一页已经翻过去了，因为我知道他能活下来，说不定还能痊愈。”她叹了口气，“但是之后，账单蜂拥而至，我希望杜克大学医院能再容纳他三个月，这样他的身体就会复原，同时也能完成他面部的复原手术。当然，那之后他还需要很多的康复治疗……”

“他给我说了牧场的事。”索菲亚轻声说道。

“我知道。”她说，“他就是用这个理由为自己辩解的。”

“这种理由站不住脚。”

“当然。”琳达说，“它不是理由。”

“你认为他能平安无事吗？”

“我不知道。”她说，同时轻敲手机，“只有收到他的短信后我才知道。”

之后的两小时慢慢吞吞地流过，每一分钟都被拉伸成了永恒。琳达准备了几块馅饼，但是她们都没有胃口。她们只是轻触着馅饼皮，焦急等待着。

等待着。

索菲亚以为和琳达待在一起或许会减轻她的焦虑，但是现在她却感觉更糟糕。看完那个视频已经让她心乱如麻了，现在又听到琳达对他伤情的描述，她感到更加反胃。卢克会死掉的。

在索菲亚的想象中，卢克必死无疑。卢克会摔下牛背，赛牛会再次转头猛击他。或许卢克骑得很好，赛牛却在他退场时追上他……

只要他还坚持骑牛，他生还的可能性几乎为零。这只是个时间的问题。

她沉浸在这些可怕的想法中，直到最后琳达的手机在桌子上震动起来。

琳达冲过去，读着手机的短信。她的肩膀突然放松了，然后舒了一口气。她把手机递给索菲亚，然后双手掩面。

索菲亚看了一眼短信：我没事，正在回家的路上。

二十七

卢 克

他在梅肯市没有获胜，但这并不代表他水平不佳，而要归因于赛牛的质量。赛牛的表现在每个选手的成绩中占一半的比例，这意味着在某种程度上，每场比赛的输赢有很大的运气成分。

第一头赛牛拼命旋转，简直就是一架螺旋桨。卢克稳坐牛背，他的表现无疑让观众大开眼界，但是当成绩宣布时，他只得了第九名。第二头牛也好不到哪去，其他选手都被掀了下来，而卢克在牛背上坚持了下来，结果他晋升第六名。第三轮比赛中，他抽到了一头蛮不错的赛牛，最终他从牛背上一跃而下，成绩显赫，晋升为第四名。虽然这不是一流的比赛，但它足以让卢克在积分榜中跻身前列，甚至增加了他的领先优势。

这本是一件好事。如果下周末的比赛成绩依然突出，那么，哪怕在之后的赛事中成绩平平，他基本上等于获得了大型巡回赛的参赛资格。尽管训练不足，尽管脑部震荡未愈，他还是取得了自己期望的成绩。

出乎他意料的是，这次的比赛并没有加重他的脑震荡。在行车回家的途中，他等待着头痛的加剧，但是它没有出现。相反，他的头部只是微微作痛，脑中响起一阵微弱的嗡嗡声，远未达到之前那种剧烈疼痛的地步。要说有什么变化的话，这种头痛比今早好了许多，他预感到明早可能就会消失了。

换句话说，这是一个不错的周末，一切计划都取得了成果。

当然，除了索菲亚。

他在黎明前的一小时到家，之后一直睡到了中午。直到洗完澡后，他才发现他并没有吃止痛片。正如他所料，头痛已经退去了。

他的身体也不像在第一场比赛中那样酸痛难忍了。他的腰背部仍有惯常性的疼痛，但对他来说不是什么大问题。穿上衣服之后，他给马装上鞍子，然后去检查牛群。周五的早晨，去梅肯市之前，他照料了一头撞到了带刺铁丝网上的小牛犊，现在他要去确认一下它是否快痊愈了。

周日的下午和周一，他都在忙着修复灌溉系统，修补那些严冬天气造成的裂口。从周二的早晨开始，他工作得更加卖力。再接下来的两天，他把母亲屋顶上的瓦板逐一换掉。

这是美好的一周，他做的都是体力活，简单纯粹。到了周五，他期待着这些工作给他带来的成就感，结果却大失所望，因为他牵挂着索菲亚。他没有给她打过电话，也没有发过短信，索菲亚也一样。索菲亚不在他身边，这有时候让他感到心里有一个大洞，如同缺失了一样最重要的东西。他渴望两人能够和好如初，他希望从弗洛伦斯的比赛返家之后，能够索菲亚度过当天余下的时光。

但是，即便是在整理去南卡罗来纳州比赛所需的物品时，他也清楚，索菲亚不可能接受他做的选择——和他母亲不一样，索菲亚可以选择离开他。

周六的下午，卢克站在南卡罗来纳州弗洛伦斯市的赛场后面观察着赛牛，那个时候，他第一次意识到自己的手已经不再颤抖。

正常情况下，这是一个好兆头，因为这意味着他不再胆战心惊。但是，他却无法摆脱这个念头：来这儿是一个错误。一小时前他停车时就感到了一股强烈的恐惧，那之后，他脑中不可名状的幻想越来越可怕，心中有一个声音不断催促他：回到卡车中，赶快回家。

趁还来得及。

不管是在彭萨科拉还是在梅肯市，他从未有过这种感觉。他不想参加之前的比赛，对这一场比赛也是毫无兴趣，这主要是因为他不清楚自己是否做好了重回赛场的准备。但是现在他感到的恐惧跟之前相比大不相同。

他好奇大丑牛是否能够感觉到他的恐惧。

大丑牛就在这个地方——南卡罗来纳州弗洛伦斯市。这和它去年10月出现在麦林斯维勒镇的比赛一样的不合理。它不应该出现在这场资格赛中。它属于那些高大魁梧的骑牛士，与他们在一起它毫无疑问能赢取世界冠军牛的头衔。卢克好奇它的主人为什么同意让它参加这种低级的比赛，很可能是承办方和它的主人达成了一项交易——与本镇的某个汽车经销商协作。赛场中像“如果你能征服它，就把崭新卡车开回家！”的宣传语让这种交易显而易见。观众对这一项新的挑战非常欢迎，但是如果可能的话，卢克却十分乐意地退出比赛。他对骑大丑牛毫无准备，其他选手很可能也一样。他担心的不是骑牛的过程，也不是被掀翻在地的可能，而是大丑牛在比赛后的反应。

他几乎用了一个小时观察大丑牛，心中不断思忖：这头牛不该出现在这里。

他也不应该。

比赛准时开始。当日，艳阳高照，虽然只是一点，但还是为赛场带来了温暖。看台上，观众穿着夹克、戴着手套，购买热巧克力和咖啡的队伍几乎排到了入口处。像往常一样，卢克待在卡车里，车内的空调吹着热风。他的周围停着许多没熄火的卡车——他的对手们也和他一样，在车里等候着。

等待期间，卢克和其他选手一样在轮到自己前走下卡车，去看特雷·米勒骑大丑牛的场面。只见跑道的门一开，大丑牛便猛然俯身，接着向内摆腿。米勒毫无成功的希望。当他落地时，大丑牛就像当年卢克参加比赛时一样迅速转身，低头冲向米勒。所幸米勒及时跑到了赛场的围栏处，然后爬了上去，安全脱身了。

大丑牛好像感觉到了乌压压的群众投来的目光，它停下了攻击，愤怒地发出哼哼声。它站在赛场中，瞪着退场的米勒，寒冷的空气似乎让它的鼻孔中冒出了烟。

抽签时卢克抽到了猛士—— 一只年轻、赛龄较短的公牛。它有望成为赛场上的新星，这次也没有让人失望。比赛中，它卖力地打转、狂蹬乱跳，但不可思议的是，整个过程中，卢克感觉它都在自己的控制之内。比赛结束后，他拿到了本赛季的最高分。他落地之后，猛士没有像大丑牛那样对他穷追不舍，而是无视了他。

这是本赛季的第三场赛事，选手人数大大增加，使得比赛之间的等待时间变得更长。卢克抽到的第二头牛叫火车头，尽管这次的成绩不如第一轮的高，他最终还是高居榜首。

前5位选手比赛之后，轮到杰克·哈里斯骑大丑牛了。比赛没有持续几秒，但是可以说，他几乎和米勒一样的幸运。摔倒在地之后，他及时地逃到了赛场的中央，大丑牛又一次转身攻击。哈里斯无处可逃。换作年轻的选手可能就要遭殃了，但是哈里斯是位经验颇丰的老骑牛士，在紧要关头，他突然移身，躲开了攻击，大丑牛的犄角与他相距只有数英寸。两位斗牛士跳进场内分散大丑牛的注意力，为哈里斯赢取了短暂的逃生时间，他跑到了赛场墙边，全身跃起，在大丑牛逼近、即将用角发动猛刺时，他的双腿及时跳到了高处。

之后，大丑牛再次转身，摆好架势。它的目光落到了尚未离场的两位斗牛士的身上。其中一位爬上赛场的围栏，顺利脱了身，而另一位不得不跳到其中一个大桶上。大丑牛不依不饶，追了上来，它真正猎物的逃脱让它恼羞成怒。在它猛烈的撞击下，大桶在赛场中疾速滚动着，最后被大丑牛按在了墙上。之后，它挥舞着犄角、大喘粗气，再次对大桶疯狂猛攻——它简直是疯掉了。

卢克望着大丑牛，他的胃中一阵难受。他又一次想：这头牛不属于这场比赛。实际上它不该出现在任何比赛中。总有一天它会断送某人的性命。

前两轮比赛之后，有29位选手铩羽而归，还有15位留了下来。卢克在第二轮比赛中排名第一，也是当天的最后一位选手。本轮比赛开始之前有一个短暂的间歇，随着冬日的天空暗了下来，场内开了灯。

此时，他的手依然稳定有力，心态也非常平静。他表现得很出色，如果说他今天的表现是个好兆头的话，那么接下来的比赛他仍能取得佳绩——这真是不可思议，今天早晨他的感觉还完全不同。尽管如此，之前两次的精彩表现并没有完全驱散他内心的恐惧。

看到大丑牛对哈里斯穷追不舍的场景之后，这种恐惧感又一次加剧了。大丑牛过往的比赛应该让承办方意识到这种风险，他们本应该在赛场中安排5名斗牛士。然而，即使在米勒比赛之后，他们也没有汲取教训。这头牛极度危险，甚至可以说它精神错乱。

卢克和其他进入决赛的选手一起排队，为今天的最后一轮比赛抽签。一个接一个地，他听到不同的赛牛被分给了不同的选手。猛士被第四名选手抽到，火车头被第七名抽到，随着名字一个个被念出来，一种不祥的预感越来越强烈。他不能再直视其他的选手；他闭上眼睛，等待着注定的命运。

正如他心中某个角落预测的一样，他最终抽到了大丑牛。

最后一轮比赛，时间好像停滞了一样。前两名选手在牛背上坚持到了最后，后面的三名选手被掀翻在地，接下来的两名一胜一败。

卢克坐在卡车里，听着广播员的播报。肾上腺素涌进他的血液，让他的心狂跳不止。他试图说服自己已经准备就绪，可以胜任这个挑战，但是实际上他并没有。他在职业生涯顶峰的时候都没有做好万全的准备，更何况是现在。

他不愿意去赛场。他不想听到广播员谈论他可能赢得的那辆卡车或者提及过去三年中从未有人成功征服大丑牛的事实。他不希望广播员向观众宣布大丑牛就是那头差点让他送了命的赛牛——这种话会把他本来的比赛演变成一场宿敌之间的决斗。因为事实不是这样，他对大丑牛毫无积怨。虽然大丑牛是他见过的最疯狂、最暴躁的动物，但它毕竟只是一只动物。

他犹豫着是否要退出比赛。只保留前面两个比赛的成绩，然后结束比赛。他仍然能够进入前十名，说不定是前五——这取决于比赛结束后其他选手最终的成绩。他在总排名中可能会下降，但是仍能晋级大型巡回赛。

而大丑牛肯定会出现在大型巡回赛中。

但是，下一次的比赛又会发生什么？如果第一轮比赛他就抽到大丑牛怎么办？比方说在加利福尼亚或者犹他州，且那时他已经把大把的钱花在了航班和食宿上？到那个时候他还能甘心放弃比赛吗？

他不知道。此时此刻，他踌躇不决，脑中一片混乱。他低头注视，他的手却纹丝不动。真奇怪！他思索着……

远处，观众的吼声高涨，这意味着一位选手取胜了。从观众的声音中可以听出来，这是一场精彩的比赛。卢克想：不管他是谁，他真棒！这些天来，他没有妒忌过任何人的胜利，因为他比任何人都深谙其中的风险。

是时候了。如果他想坚持到底的话，现在就应该做决定了。坚持还是放弃，比赛还是退出，拯救牧场还是让银行回收它。

生存还是死亡……

他长吸一口气。他的手依然稳定有力。和以往一样，他做好了准备。推开车门，他踏到夯实的泥土上，抬头望望冬日黯淡的天空。

生存还是死亡。一切问题归根结底就是这两个选项。他把心一横，走进赛场中。他好奇结果会是哪一个。

二十八

艾 勒

我苏醒过来的时候，第一个念头就是我的身体虚弱不堪，而且在一直衰竭。睡眠并没有让我恢复体力，却把我为数不多的时间给剥夺了。

早上的阳光斜着射进车窗，在雪的折射下变得更绚烂耀眼。过了好一会儿我才反应过来，今天是周一，事故已经发生了36小时。谁能料想到这种不幸的事情会降临到我这样的老年人身上，而恰巧这位老人还有着强烈的求生意志。但实际上，我一直是一个幸存者，一个对死神毫无畏惧、对命运嗤之以鼻的人。我无所畏惧，疼痛对我已毫无威慑力。现在是时候打开车窗、爬上路堤、拦车自救了。如果没人来救我，我只能自己去找救星。

我是在骗谁呢？我做不到自救。我必须咬紧牙关才能抑制住全身的剧痛。有那么一段时间，我甚至感觉到我的灵魂脱离了肉体——看见我自己强撑在方向盘上，浑身散了架一样。事故发生后，这是我第一次意识到自己再也无法动弹了。死神在步步逼近，我的时间不多了。按说我应该为此惶恐不安，然而并非如此。毕竟，在过去的九年中，我一直等待着死亡的降临。

孑然一身本不应该是我的命运。我并不擅长独处。露丝已经过世，留下的是只有老年人才知道的冷清。这种冷清与孤寂相伴，时刻提醒我：过往的美好时光已然远逝，现在伴随我的只是晚年本身。

我的身体注定撑不到百岁。我这样说是出于经验之谈。露丝过世两年后，我患上了轻微心脏病——病情发作时，我倒在地板上，昏迷不醒，在这之前我甚至连拨打求助电话的力气都没了。两年后，我的身体失去了平衡感，所以我买了一根拐杖，这样我在外出时就不会倒在蔷薇丛中。

照顾父亲的经历让我对这些年迈的挑战早有了心理准备，所以我基本上能够克服它们。但我没有料到的是，之前轻而易举的琐碎小事现在却成了难以完成的挑战：我再也没有力气开启果冻瓶子了，只能让收银员帮忙打开，然后再装进购物袋中。因为我的手颤抖得厉害，我的笔迹变得难以辨认，以至于连付账都成了问题。我只能在光线很强的环境中阅读，而且如果不戴假牙的话，除了喝汤，我无福享用任何食物。即便到了晚上，我也受尽年迈的折磨。我辗转反侧无法入眠，进入梦乡已经成了一种奢望。折磨我的还有不计其数的药物，我必须用大头针在冰箱上钉一张目录才能分清它们。这些药物中有治疗关节炎的、缓解高血压和胆固醇的，有些需要和饭一起食用，有些必须单独服用。医生还嘱咐我，我必须保证甘油药片不离身，以防我再次遭受胸中剧痛的折磨。现在的我正饱受肿瘤蚕食身体的苦楚，它留给我的将会是一副皮包骨头。而在肿瘤扎根身体之前，我还在思索未来会给我带来什么样的煎熬。上帝很快给了我答案：赐你一场车祸如何？断你筋骨埋你在雪中如何？有时我想，上帝真是有种奇怪的幽默感。

如果我向露丝讲述这些遭遇，她非但不会笑，反而会劝我知足，因为并非所有人都像我一样长寿。她会说这次事故是我的错，而且她会耸耸肩并跟我解释：我之所以活到现在是因为我们的故事还没有走到结尾。

我将何去何从？我们的收藏品将如何处理？

过去的九年中，我一直在寻找这些问题的答案，而且我想露丝会为我的坚持而欣慰。这几年中，露丝的爱好一直充实着我的生活，她的影子一直伴我左右。放眼望去，满屋子的艺术品让我不断回忆起露丝。每天睡觉之前，我都会久久凝望壁炉上的画作，我坚信我们的结局注定是露丝渴望的那样，想到这我便感到无限的欣慰。

太阳升得更高了，疼痛已经蔓延至全身筋骨。我口干舌燥，现在唯一的心愿就是合上眼睛、慢慢死去。

但是露丝绝不会让我撒手人寰。她凝视着我，目光如炬，希望我与她对视。

她说："你现在感觉越来越糟糕了。"

"我只是累了。"我的话含混不清。

"你是累了。"她说，"但是你的人生还没有走到尽头，还有一些事你必须跟我说。"

我几乎没能领会她的意思。"为什么？"我问道。

"因为这是我们的故事。"她说，"我想听你给我讲。"

我的头又一阵眩晕。我压在方向盘的那一侧脸感到疼痛，我注意到我那骨折的手臂已经肿胀得不成样子，整条胳膊成了青紫色，五根手指也肿得像香肠一样粗。"你是知道结局的。"

"我要听你讲，用你自己的话。"

"不行。"我说道。

“7天服丧期过后，无限的绝望袭来。”她不顾我的话继续说，“你当时很寂寞。我不想看到你这样。”

她的声音中透着感伤，我合上眼睛说：“我也没办法，我真是太思念你了。”

露丝沉默了一会儿，她知道我在转移这个话题。“看着我，艾勒。我希望你看着我的眼睛，跟我讲后来的事。”

“我不想再讨论这个话题了。”

“为什么不呢？”她还是不依不饶。

车里充斥着我的喘息声，夹杂着尖锐的噪声。我谨慎地琢磨着该怎么说。“因为我感到惭愧。”我终于说出了口。

“为自己的所作所为而惭愧吧。”她断言道。

她已经知道了事实，我只得点头承认。这次我非常担心她对我的看法。过了一会儿，我听到她的叹气声。

“我为你感到担心。”她终于说道，“服丧期过后，大家都走了，你什么都不吃。”

“我不饿。”

“说不饿是假的。你一直都很饿，只不过你选择忽视饥饿。你是在故意折磨自己。”

“现在都不重要了……”我支支吾吾地说。

“我希望你告诉我实情。”她态度很坚决地说。

“我想和你在一起。”

“可是这又是什么意思？”

我再也无力争辩，于是我睁开双眼，告诉露丝：“我的意思就是，我想随你而去。”

是死一般的寂静让我如此的绝望。吊唁者散去之后这种死寂便接踵而至，至今仍缠绕着我。起初我并不习惯，它铺天盖地，压抑得让我无法喘息——起初无声无息毫无征兆，然而最终演变成猛烈的怒吼，瞬间吞没了一切。渐渐地，它把我的感情一丝丝榨干，丝毫不留余地。

身体的衰竭和过往的习惯给我带来了双重打击。吃早餐时，我会拿出两个杯子喝咖啡，每次我将那只多余的杯子放回碗橱时都喉咙发紧。午后，我会大声喊着我要去取邮件，之后意识到没有人会回答我。我的胃似乎永远紧绷着，所以一到晚上，一想到自己要独自做饭独自食用，我便毫无兴致。有时候我会一连好几天不吃不喝。

我并不是医生，所以我不确定我这种抑郁是临床型的，还是只是思念过度的产物，但两者的结果都一样的糟糕透顶。我找不到任何活下去的理由。我不想继续活下去，但是我又很懦弱，因为我不敢采取极端的做法结束生命。所以，除了拼命限制进食之外，我没有进一步的行动。但这种做法起到了同样的效果——我体重大减、日渐衰竭，我的人生轨迹已然既定，渐渐地，就连我的记忆也变得支离破碎。失去露丝的事实再次让一切都变得索然无味，很快，我便开始滴水不进。露丝和我共度的夏日时光永远埋藏在了我的记忆中，我再也找不到任何理由躲避那避无可避的死亡。我开始在床上虚度时光——我长时间躺着，紧盯着天花板，眼神飘忽不定，过去和未来成了一片虚无。

“我可不这样看。”露丝说，“你说你不进食是因为抑郁，因为记忆力衰退，但是我认为恰恰相反。正因为你拒绝饮食才导致了记忆力下降，然后无力抵抗抑郁。”

“我已经老了。”我说，“我的力气早就消耗殆尽了。”

“你只是在找借口罢了。”她摇了摇手，“但现在不是开玩笑的时候，我真的很担心你。”

“你不可能担心的。你当时不在我身边。这才是问题所在。”

她微微眯了一下眼睛，看得出来我这句话戳到了她的痛处。她头部微仰，清晨的阳光投进来，使她的半边脸隐在阴影中。她问我：“你为什么要这么说？”

“因为这是事实。”

“那么我此时出现在这儿又是怎么回事？”

“或许你并不在这儿。”

“艾勒……”她摇摇头，“你能看到我吗？能听到我吗？”在我的想象中，她就是用这种语气跟学生说话的。她探身向前，把手放在我的手上。“你能感觉到吗？”

她的手温暖柔和，比起自己的手，这双手更让我记忆犹新。“能。”我说，“但是那时我却感受不到。”

她笑了，脸上充满了欣慰，好像她的观点得到了证实。“那是因为你不吃饭的缘故。”

持久的婚姻中会孕育出这样一条真理：有时候我们的另一半比我们更了解自己。

露丝也不例外。她了解我，她知道我有多么思念她，她知道我多么渴望获得她的音信，她也知道到最后孤苦无依、独守空屋的是我而不是她。这是唯一的解释，而且多年来，我一直对此坚信不疑。如果说她犯了一个错误，那就是我到自己老态龙钟的时候才察觉出来她所做的事。我已经记不清我发现她写给我的信的那天。这些往事已经烟消云散，但是这也不奇怪。那个时候，我的生活已经失去了意义，就像一潭死水没有起伏。直到有次夜幕降临，我才发现我的眼睛被露丝五屉柜里面静静躺着的一盒子信给吸引住了。

露丝过世后，每天晚上我都能看到这些信，但这毕竟都是她的，非我所有。而且，我还有一种扭曲的想法，我认定这些信件的内容只会给我带来更深的苦痛。它们会提醒我自己是多么想念露丝，提醒我所失去的一切。一想到这我就难以承受、无力面对。然而，那天晚上，或许因为心已麻木，我逼着自己走下床并将盒子取过来。我希望找回自己的记忆，哪怕只有一晚上，哪怕我会因此痛苦。

盒子出乎意料的轻。当我打开盒盖时，一股香气沁入鼻中，那是露丝常用的手霜的味道。香气淡薄，但是的确存在，就在这一瞬间，我的手颤抖起来。我整个人像被附了体一样，伸手拿过我写给她的第一封纪念日信。

信封轻盈且泛黄，信封上她的名字由我题写，笔力刚劲，但现在我的手却软绵无力，我再一次意识到自己已经年迈的事实。但是我没有放弃，而是让薄脆的信纸从信封中轻轻滑落出来，然后勉强把它置于亮光中。

起初，我并没有认出信中的文字，它们仿佛出自一个生人之手。我停了停，又继续读，很费力地将视线集中到文字上。随着文字再次映入眼帘，我感觉到露丝又渐渐出现在了我身边。她真的回来了，我想。这正是她的用意。我继续读着信，脉搏逐渐加快，我感到整个卧室在我周围渐渐淡出、隐没，一时间，我竟又回到了那个晚夏，回到了位于山间的湖边。露丝给我读着信，她眼睛低垂，目光在纸页上来回闪烁。我们的身后矗立着黑山学院，它大门紧闭、孤独凄清。

我把你带回了这个故地——这个让我领悟到艺术真谛的地方——尽管时过境迁、今非昔比，这儿永远是我们的伊甸园。正是在这儿，我明白自己为什么爱上了你，也正是在这儿，我们携手开启了新的生活。

当我读完这封信时，我把它重新滑进信封，放到一旁。然后我读了第二封、第三封、第四封……信中的文字在一年年之间轻松流淌，它们让夏日的回忆重新浮现。在我抑郁寡欢的那会儿，我无力追念那些美好岁月。而当我读到我在我们结婚十六周年时写的一段话时，我停了停。

我这人天资平庸，真希望自己是个绘画天才，这样就可以将我对你的感受描绘出来。我想象着自己用火红色烘托出你的激情，用淡蓝色折射出你的善良，用森林绿渲染出你深邃的同理心，用明黄色衬托出你持之以恒的乐观。即便如此，我还是怀疑：就连艺术家的画板也无法表达出你对我的全部意义。

后来，我读到了我在那个灰暗时期中写的一封信——那个我们得知丹尼尔离开后的灰暗时期。

我眼睁睁地看着你悲痛欲绝，却无计可施，唯一能做的就是奢望自己可以弥补你的点滴损失。我昼想夜梦，乞求事情会出现转机，但是我却无能为力。我让你失望了，对此我愧疚于心。作为你的丈夫，我可以做你忠实的聆听者，将你拥入怀中，吻干你的眼泪——如果你给我这个机会的话。

信件一封接一封，我们整个人生都浓缩在了这个盒子中。窗外，月亮悠悠地爬上天空，然后缓缓移动，最终淡出了视线，而我继续读着信。每一封信都验证了我对露丝的爱，而我们漫长的婚姻生活为它们赋予了生机与色彩。露丝也深爱着我，因为在这沓信的下面，她给我留下了一个礼物。

我必须承认，这在我预料之外。露丝从另外一个世界还能给我惊喜，这让我措手不及。我盯着盒子底部静静躺着的那封信，试图想象她何时写了它，又为何没有告诉我。

在发现这封信之后的几年里，我反复地读它，到现在我都能背出来。我终于明白，露丝断定我会在最需要的时候找到这封信。她知道我终究会读我写给她的信，她早就料到终有一天我会按捺不住。终于，一切都按她的计划发生了。

那天晚上，我却没有这么想。我只是用颤抖的手拿过信来，开始细细地读。

我最亲爱的艾勒：

我写这封信的时候，你正在卧室里面睡觉。其实我也不清楚从何写起。对于你为何读到此信，以及此信意味着什么，你我都心知肚明。你此时内心一定很煎熬，对此我非常抱歉。

和你不一样，我有一肚子的话要说，但是我却不擅长付诸笔尖。或许我用德语写得更流利顺畅，但是这又有什么意义呢？毕竟你不懂德语。我希望自己能像你一样能写出那种情真意切的信，可惜和你相比，我素来不善言辞。但是我想尝试一下。你值得我这么做，这不仅因为你是我丈夫，也因为你是这样的人。

我告诉自己，我应该从某次浪漫的经历、某段回忆或者你的某个举动写起，让它们来折射出你是一个多么优秀的丈夫，例如：我们在海滩第一次做爱的那个漫长的周末，或者你送我6幅画作的那个蜜月的最后一日。又或者，我应该聊一聊你给我写的信，或者谈谈你凝视我时的感觉——在我心中，这种感觉是一幅特殊的艺术品。不过，我们共同生活中的点滴细节最让我感到意义非凡。你早餐时的微笑让我怦然心动，你拉我手的瞬间总能让我感受到世界的美好。所以，你该明白，挑选出个别特殊的事件来描写并不妥——相反，我更喜欢让自己的回忆中出现千千万万不同的你，它们在无数不同的画廊中，在不同的旅馆房间中。我更倾向于重温我们依偎在彼此温暖熟悉的怀抱中留下的千万个吻，以及度过的一个又一个的夜晚。每个回忆的片段都值得我写一封信，因为在每个片段中，你都带给了我刻骨铭心的感受。为此，我对你的爱，要远远超出你的想象。

我知道你内心在苦苦挣扎，但我爱莫能助，对此我非常难过。很难想象，我以后再也不能安慰你了。我请求你一定记住：尽管你万念俱灰，但是千万不要忘记，曾是你给我带来了无限幸福，也千万不要忘记，我曾深爱过一个男人，他也深爱着我。而这，是我所能希冀的最美好的礼物。

我是微笑着写下这封信的，也希望你在读这封信的时候也能报以笑意。不要让悲伤吞噬你，用快乐的心情回忆我，因为我一直都是这样想念你的。这是我的心愿，最大的心愿。我希望你在想我的时候面带微笑。在你的微笑里，我将永远活着。我知道你对我魂牵梦萦，我对你也是刻骨相思。但是我们仍然拥有彼此，因为我是你的一部分——过去是，现在也是。你心中一直装着我，我心中始终住着你，这是任何事情都改变不了的事实。我爱你，亲爱的，你也爱我。坚守这份感情。坚守彼此。这样，你会渐渐找到治愈的办法。

露丝

“你在想我写给你的那封信了。”露丝对我说。我的眼睛微微张开，艰难地眯成一条线，试图让她进入我的视线。

她现在已是花甲之年，人生的智慧加深了她的美丽。她的耳朵上戴着小小的钻石耳钉，那是我在她退休之年买给她的礼物。我试着舔舔嘴唇，但是失败了。“你怎么知道？”我粗声粗气地问她。

“这不难看出来。”她耸耸肩说，“你的表情出卖了你。你的心事很容易被人看透，所以你从来不打扑克是件好事。”

“我在战争期间打过扑克呢。”

“或许吧。”她说，“但是我猜你没赢几个钱。”

我苦笑着承认了这个事实。“谢谢你的信，没有它，我都不知道自己能不能坚持到现在。”我的声音低沉而嘶哑。

她对此表示同意。“你会把自己给饿坏的，你一直都倔得像头牛。”

一股强烈的眩晕袭来，使露丝的形象闪烁不定。把幻想出的露丝留住变得愈加困难。“那天晚上我吃了一片吐司。”

“嗯，我知道你吃吐司的事。但是，把早餐当成晚餐吃，我理解不了。况且只吃吐司哪能够。”

“但它起了作用。况且那个时候也快到吃早餐的时间了。”

“你应该吃煎饼，还有鸡蛋。只有这样你才能恢复力气在屋里走动。你应该欣赏那些画作，回忆一些往事，就像你过去的习惯一样。”

“对此我还没有做好心理准备。看那些画会让我更加难受。另外，收藏里还缺了一幅画。”

“不是缺了那幅画。”露丝说。她转向窗户，侧脸朝着我。“它是还没到。你要再等一周才行。”那一刻，她陷入了沉默。我知道，她此时想的不是那封信，也不是我，她是在想那次的敲门声。大约一周之后，咚咚的敲门声响起，门阶上迎来了一位陌生人。露丝的肩膀松弛下来，她的声音中满是愧疚：“我真希望当时能够在场。”她低声说道，似乎是在自言自语，“真希望有机会跟她好好谈谈。我有很多的问题问她。”

最后的这些话似乎从一口悲哀隐秘的深井中冒出来。尽管此时身处险境，我仍感到一阵出乎意料的疼痛。

那位拜访者身材修长、外貌迷人，从她眼睛周围的细纹可以看出她曾长时间地暴露在阳光下。她金色的头发梳成一个稍显凌乱的马尾辫，她穿着一条褪色的牛仔裤和一件简单的短袖衬衫。但她手上佩戴的戒指和停在路边的宝马车表明她优越的家境，而我就相形见绌了。她手臂下面拿着一个裹在普通牛皮纸中的包裹，尺寸和形状我都很熟悉。

“莱文森先生对吧？”她问道。我点点头，她笑了。“我叫安德里亚·洛克比。您并不认识我，但是您的太太，露丝女士，曾是我丈夫的老师。那是很久以前的事了，您可能都不记得了。我丈夫是丹尼尔·麦卡勒姆。我能否打扰您几分钟的时间？”

霎时间，我惊讶地说不出话来，丹尼尔这个名字在我脑海中反复回荡。我笨拙地移到一旁，让她进屋，并把她领进客厅，整个过程我都有些心神不宁。我坐到安乐椅上，她在我斜对面的沙发上坐下来。

到了这个时候，我还是想不出该说什么。经过了40年左右，在露丝逝去之后，丹尼尔这个名字又一次在耳边响起——这带给我的震惊久久不能消散。

她清清嗓子说：“我想来此表示我的哀悼。我知道您的太太最近离世了，我非常难过。”

我眨眨眼，希望能找出一些话把积压在我心头的情感和回忆释放出来。丹尼尔在哪？我想这么问。他为什么消失了？为什么他从没联系过露丝？但是这些话我都说不出口。我只是用低沉沙哑的声音问她：“丹尼尔·麦卡勒姆？”

她点点头，把包裹放在一旁说："他跟我说过几次，说他过去经常来您家，您太太在这儿教他功课。"

"那么……他是你的丈夫？"

有一瞬间，她的眼神迷离惝恍，但很快她回过神看着我："他生前是我丈夫。我现在又结婚了。丹尼尔16年前就去世了。"

她的话让我的内心陷入一阵瘫痪。我尝试着计算丹尼尔活了多久，但是我做不到。我唯一能确定的是他英年早逝，真是天妒英才。她一定猜到了我的心事，继续往下说。

"丹尼尔得了动脉瘤，一切来得太突然，没有任何征兆。而且病症过于严重，医生已经无能为力。"

我心中的麻木感继续蔓延扩散，到最后感到全身无法动弹。

"真抱歉。"我说。但是我的话连自己听着都有气无力。

"谢谢。"她点点头，"对您的爱妻离世我再次表示遗憾。"

一时间，我俩都陷入了沉默。最终，我把双手伸到她面前。"我能为你做点什么……女士？"

"洛克比。"她提醒我，同时伸手拿过来那个包裹，"我想把这个给您。多年来它一直在我父母的阁楼上。数月前，我父母终于把房子给卖了，在他们寄给我的一个箱子中，我找到了这幅画。丹尼尔对它情有独钟，所以我绝不能把他的画随手扔掉。"

"一幅画？"我问。

"他曾经告诉我说画下这幅画是他一生中做过的最重要的事情之一。"

我不太理解她话里面的含义。"你是说这是丹尼尔画的？"

她点点头。"在田纳西州画的。他告诉我这是他住集体公寓时画的。当时还有一位艺术家主动帮助他完成了这幅画作。"

我突然举起我的手说："抱歉，这些我都听不太明白。你能从头到尾讲一讲丹尼尔的故事吗？我太太一直想知道他都经历了什么。"

她犹豫不决地说："我也不敢确定能给您讲多少他的故事。我俩是在大学时认识的，而且他从不跟我分享他的过去。这是很久之前的事了。"

我一直沉默着，希望她能继续讲。她似乎在思忖着合适的字眼，手反复搓捻着衬衫边缘松弛的一根细线。"我所知道的只限于他跟我提过的点滴信息。"她继续说，"他说他的父母双亲都去世了，他和自己的继兄夫妇在这附近的某个地方生活，但是他们后来失去了牧场，最终搬到了田纳西州的诺克斯维尔市。有一段时间，他们三个住在他们的小卡车中勉强为生。但后来，他的继兄因为犯了事被捕入狱，丹尼尔随后被一个集体公寓收容。他在那儿生活，因为学习成绩优异，获得了田纳西州大学的奖学金……我们在大四的时候开始约会，我俩的专业都是国际关系。毕业后几个月，我们结婚了，婚后我们加入了和平工作团。我所知道的大概就这些。就像我刚才说的，丹尼尔从不透露他的过去——似乎他的童年充满了艰辛苦涩，让他回忆这样的过去着实是在揭他的伤疤。"

我试图将这些信息消化掉，试图在脑海中勾勒出丹尼尔的生活轨迹。"他为人如何？"我接着问。

"丹尼尔？他是一个……聪慧过人、心地善良的人，同时他内心中一股执着的力量在支配着他。那种执着不等于愤慨。它更像是一种改善世界的决心，因为他亲身经历过生活中最糟糕的一面。他浑身散发着一种魅力，让人产生死心塌地追随他的决心。我们跟着和平工作团在柬埔寨生活了两年，之后他在联合之路的慈善组织中谋到一份工作，而我在一个自由诊所里工作。我们买了一个小房子，开始讨论生孩子的问题。但是，过了大约一年的光景，我们意识到自己尚未适应郊区的生活。于是，我们变卖了家产，将一些私人物品打包，安置在我父母家中。之后我们又加入了位于内罗毕的人权组织。我们在那儿工作了七年，我感到他从未如此快乐过。他走遍了十几个国家，加入了一个又一个尚在进行的项目，他感觉自己的生活有了真正的目标，他正在让这个世界变得更美好。”

她凝视窗外，一时间陷入了沉默。当她重新开口时，她的表情中透露着遗憾和思索。“他是如此……聪慧，而且对任何事情都充满好奇。他无时无刻不在读书。尽管年纪不大，他已经成了慈善组织的执行理事备选人，他几乎就要走到这一步了。但是他的生命停在了33岁。”她摇摇头，“从那之后，在非洲我再也找不回原来的感觉了，所以后来我回家了。”

她讲述的时候，我怎么也无法将她讲述中的丹尼尔和当年趴在我家餐厅饭桌上学习的那个满脸脏兮兮的乡下男孩联系起来。但是我打心里明白，露丝肯定会以丹尼尔为豪。

“你又结婚了？”

“结婚十二年了。”她微微一笑，“我有两个孩子。更准确地说，是继子女。我的丈夫是整形外科医生。我现住在那什维尔。”

“你大老远开车过来，就是为了给我送这幅画？”

“我的父母搬到了默特尔比奇，我俩正要去看他们。事实上，我丈夫正在市中心的咖啡馆里面等我，所以我很快就要走了。我今天这样不请自来，真是抱歉。我知道这时候来得不妥，但是我真不想把这幅画扔掉。所以我一时心血来潮，在网上搜索您太太的名字，结果看到了这个讣告。去拜访我的父母恰好路过您家。”

我无法猜出包裹里是什么，但是，当我揭掉表面的牛皮纸时，我的嗓子瞬间紧绷住了。那是一幅露丝的肖像——出自孩童之手，勾勒的手法尚不成熟，画中的线条不尽合理，露丝的容貌比例稍有失衡，但是丹尼尔却以惊人的技巧准确地抓住了露丝的笑容和眼神。在这幅画像中，我真切地感受到露丝洋溢的激情和固有的乐观。画中的露丝还透着些许的神秘感，而这神秘感一直使我讶异。我们两个在一起生活了这么多年，这种神秘感从未消失。我的手沿着画中露丝的嘴唇和脸颊线条轻轻滑动。

我几乎透不过气起来，只能说出一个词："为什么……"

"答案在背面。"她说，她的声音很柔和。当我把这幅画向前倾斜时，我看到了多年前给露丝和丹尼尔拍的那张照片。随着时间的流逝，照片已经泛黄，四个角已经卷曲。我将它们轻轻拉平，久久凝视着照片。

"看看照片背面。"她说，轻轻触了我的手。

我把照片反过来，在背面，我看到了丹尼尔写下的几行清秀的字迹——

露丝·莱文森

三年级老师

她相信我，她相信我长大后能终有所成。

我甚至可以改变世界。

现在回忆起当时的场景，我只记得自己脑中一片空白。即便之后我们又说过别的话，我再也无法记起来。但有一点我印象深刻：当准备离开时，她站在敞开的门口，转身看着我说：

"我不知道在住集体公寓时，他把画放在什么地方，但是您应该知道，在大学的时候，这幅画一直挂在他桌子上方的墙上。那是他整个房间中唯一的私人物品。大学毕业之后，它随我们去了柬埔寨，然后又回到了美国。丹尼尔说如果我们把它带到非洲，他担心会出现什么问题，所以就没有带走这幅画。但是我们一到非洲，他就后悔了。他告诉我说这幅画对他来说比任何东西都重要。我也是看到这幅画背后的照片时才终于明白他的意思。他说的并不是这么画本身，而是说您的妻子对他是多么的重要。”

露丝坐在车子里面，沉默无言。我知道关于丹尼尔她有一肚子的问题，但是在和安德里亚会面时，我没有想过问她这些问题。这也成了我的一个终身遗憾，因为在那之后，我再也没有见过她。1963年丹尼尔不告而别，现在，安德里亚也从我的生活中销声匿迹。

“你把那副肖像挂在了壁炉上。”露丝终于打破了沉默，“后来你又把其他的收藏的画作拿了出来，把它们挂满了整个屋子，把其他的堆在房间里。”

“我想看到它们。我希望找回我的记忆。我希望能从画中找到你的影子。”

露丝又陷入了沉默，但是我明白她的心思。露丝见到丹尼尔的渴望胜过一切，哪怕是通过他妻子的讲述。

自从我读了那封信并把露丝的肖像挂在屋里之后，我的抑郁开始逐日缓解。我开始按时吃饭。尽管我下降的体重可能需要一年多才能恢复，但是我渐渐地开始了有规律的生活。在露丝离去的第一年里，又一个奇迹发生了，这个本应是痛心彻骨的一年中的第三个奇迹让我的生活回到正轨。

像安德里亚一样，另外一个拜访者—— 一个露丝教过的学生——来到了我家，她叫杰奎琳，是专门前来表示哀悼的。尽管我并不记得她，她也愿意跟我谈心。她告诉我露丝作为一个老师，对她影响深远。临走时，她给我展示了她为纪念露丝而写的一篇悼念词，而且要发表在当地报纸上。这篇悼念词情感饱满，对露丝推崇备至。它见报时，一道感情的闸门似乎被掘开了。在接下来的几个月中，来我家拜访的学生接踵而至、络绎不绝。琳赛、埃里克、皮特和无数人在意想不到的时间出现在家门口，与我分享他们在露丝课堂上的点滴故事，而他们中的大部分人我都不认识。

从他们的言语中，我意识到露丝成了为许多人开启人生大门的金钥匙——而我只是这些人中的第一个。

有时候我想，露丝去世后，我的余生可以分成4个阶段。第一个阶段是露丝离世后我抑郁症缠身然后走出阴影的时期；第二个阶段是我竭尽全力开始新生活的时期。第三个阶段从2005年那位记者的拜访开始，那一年我的窗户上安装了栅栏。但是，直到三年前，我才终于想清楚如何处理我们的收藏品，这开启了第四个阶段。

遗产规划是一件复杂棘手的事情。但是所有的问题最终归结为这样一个事实：如果我无法决定如何处理我们的遗产，那么政府就会着手处理。我的律师豪伊·桑德斯数年来一直催促露丝和我拿个主意。他问我们是否有比较钟爱的慈善机构或者是否愿意将画作收归某个博物馆。或许我倾向于将它们拍卖掉，拍卖的收益捐赠给特定的组织或大学。那篇文章见报之后——这些收藏品的价值在艺术界中引发了无尽的猜测——他态度变得更为坚决，尽管那个时候只剩下我一人在听着他的建议。

但是，直到2008年，我才终于同意去他办公室。

在他安排的秘密会议中，我见到了纽约大都会艺术博物馆、现代艺术博物馆、北卡罗来纳州艺术博物馆和惠特尼博物馆等博物馆的馆长；见到了杜克大学、维克森林大学和北卡罗来纳大学教堂山分校的代表，见到了反诽谤联盟和犹太联合募捐协会的个别成员，还有苏富比拍卖公司的代表。我被领进一个会议室，大家相互介绍后，我从他们的脸上读到了一股强烈的好奇，他们都在诧异露丝和我——一个男装店店主和一位学校老师——是如何收藏体量如此巨大的当代艺术品。

我坐着观看了每个人的展示，每个展示都让我放心，交给他们的任何一件收藏品都会被公正地估价，当然，在拍卖商那儿，价格只增不减。慈善组织则向我承诺会把资金投放到任何对露丝和我有着特殊意义的事业中。

当天结束的时候，我已是疲惫不堪，回到家时，我在客厅中的安乐椅上几乎倒头便睡。当我醒来时，我凝视着露丝的肖像，思索她会让我如何做。

“但是我并没有告诉你啊。”露丝静静地说道。她好久都没有说话了。我想这是因为她在试图让我节省体力。她也感觉到我的大限将至。

我吃力地睁开双眼，但是此时的露丝已成了一个模糊的影子。“不。”我答道。我的声音粗糙无力、含混不清。“你从不想商量这事。”

她侧过头看着我。“我相信你能做出决定。”

我仍能记起我做出决定的那个时刻。那是在一个傍晚，距上次在豪伊的办公室中的会面已过了几天。一个小时之前豪伊给我打过电话，问我是否有什么问题，或者是否愿意让他和哪个特定的人继续交涉。我挂掉电话之后，拄着拐杖来到了后阳台。

一个小桌子旁伴着两个摇椅，因为经久未用，现在已经落满灰尘。曾经年轻的我们就坐在这儿，一边畅谈，一边欣赏从逐渐暗淡的天空中隐现的星斗。后来我们垂垂老矣，傍晚出现在后阳台的频率逐渐减少。因为我们对温度愈发敏感，冬天的严寒和夏日的酷热使后阳台有半年的时光都闲置着，露丝和我只有在春秋两季才出屋活动。

然而，那天晚上，我不顾空气中的燥热和椅子上厚厚的灰尘坐了下来，就像我们曾经一样。我慎重地考虑了那个会议，仔细掂量着他们的话，最终一切变得愈发清晰：露丝是对的，没有人懂我们。

有那么一段时间，我稍稍动过将所有收藏品遗赠给安德里亚·洛克比的念头，仅仅因为她曾深爱过丹尼尔。但是我并不了解她，露丝也一样。况且，尽管露丝对丹尼尔的人生影响很大，丹尼尔却从来没有联系过她，这让我内心忍不住地失望。这一点我实在想不通，也无法完全谅解，因为我深知露丝的心被伤透了。

这些收藏品何去何从，对此没有简单的答案，因为对我和露丝来说，艺术向来与金钱无关。那些馆长、收藏家、专家、推销员和那位记者一样，都不懂我们。露丝的话在我脑中反复回荡，终于，我脑海里的答案逐渐成型。一个小时之后，我给豪伊打电话，我告诉他我打算拍卖所有的收藏品。豪伊就像一位忠诚的士兵，没有反驳我的决定。我提出拍卖地要设在格林斯博罗时，他也没有提出异议。但当我告诉他我预想的拍卖方式后，他惊诧万分，一时语塞，我当时甚至怀疑他是否还在听我讲话。最后，他清清嗓子，跟我细细解释我的决定会引发什么样的后果。我告诉他重中之重是事先保密。

接下来的几个月，细节都被安排妥当。我又去过豪伊的办公室，与苏富比拍卖公司的代表见面。我与许多犹太慈善机构的执行理事再次会面，很明显，他们最终的所得取决于拍卖会自身和这些收藏品最终的价值。为此，鉴定师花费数周的时间为它们编订目录、拍照、估价，并鉴定作品的来历。最终，一份拍卖目录寄到我手中以征求我的同意。这些收藏品的估计值远远超乎我的想象，但这些数字对我毫无意义。

第一场和随后的拍卖会均已安排妥当后——所有的收藏品无法在一天之内拍卖完毕——我跟豪伊还有苏富比的代表都进行了交谈，划清了他们的责任，让他们签订了诸多法律文件，保证我设想的方案不被更改。我还做好了应对突发事件的准备。当一切准备就绪，我当着4位见证人的面在遗嘱上签字。我明确补充说这是我的最终遗愿，在任何情况下都不能更改。

回到家后，我坐在客厅里，凝视着露丝的肖像，精疲力尽，但心中颇感欣慰。我很怀念露丝，这一刻的思念要比以往任何时候都强烈。我微笑着说出了那句她希望听到的话——

“他们会理解的，露丝。”我说，“他们终究会理解的。”

现在已是午后。我感到自己的生命在渐渐枯萎，就像一个海边的沙堡，被缓缓的浪花冲蚀殆尽。露丝在我身旁注视着我，眼中充满了关切。

“你应该再打个盹儿。”她说，话语轻柔。

“我不累。”我在撒谎。

露丝知道我在撒谎，但是她假装相信了我，故作轻松地跟我聊天。“我想如果换个人，我不会是个好妻子。有时候我太固执了。”

“这倒不假。”我微笑着表示赞同，“幸运的是我能容忍你。”

她转转眼珠说：“我是认真的，艾勒。”

我注视着她，希望能够拥她入怀。快了，我暗思自忖，快了，我很快就能和你团聚了。聊天会消耗大把的力气，但是我勉强支撑着。

“如果我们今生无缘相识，那么我会意识到自己的人生是不完整的。那样的话我会寻遍世界找你，即便我不知道自己追寻的人是谁。”

听到我的答复，她眼睛一亮，同时把手伸到我的头发中，她的抚摸舒缓而温暖。“你之前跟我说过同样的话。我一直都喜欢这个回答。”

我闭上双眼，它们再难睁开了。当我再次费力地睁开眼睛时，眼前的露丝几乎成了透明人，朦胧如梦。

“我好累，露丝。”

“现在还没到时间呢。我尚未读到你的信。就是那封你新写给我的信。你还记得信的内容吗？”

我集中精力，但是记忆中只有一个简短的片段，除此之外大脑一片空白。

“我能想起的不多。”我喃喃道。

“告诉我你能记起的那些东西，什么都可以。”

我花了好长时间才稍稍恢复些力气。我大口地喘息，气若游丝的呼吸声传入耳中。此时我已然感觉不到口中的干燥。所有的知觉被一股深入骨髓的疲倦取代。

“如果天堂存在的话，我们会再次相聚，因为有你，才有天堂。”我打住了，这样简单的一句话就已经让我上气不接下气了。

我想这句话感动了露丝，但是却无法验证了。此时我虽然注视着她，但是她却依稀不见。尽管如此，我仍能感受到她无尽的悲伤和愧疚，我知道她要消失了。此时此地，没有我，她是不会存在的。

她似乎也知晓这一切。尽管她变得越来越模糊，她坐得离我更近了。她伸手轻轻地抚摸着我的头发，吻了吻我的脸颊。瞬时间，她从妙龄到花甲之年的音容笑貌全都浮现在我眼前。她楚楚动人，我的眼眶盈满泪水。

“我喜欢你写给我文字。”她言语轻柔，“我希望能听到信接下来的内容。”

“我想还是不要的好。”我喃喃道。话语间，我感到她的一滴眼泪落到我的脸颊上。

“我爱你，艾勒。”她柔柔地说道。她的呼吸声温和轻柔，就像一位天使的低声细语。“记住你对我是那么重要。”

“我不会忘……”我说道。当她再次吻我的时候，我的眼睛闭上了，我想这次它们再也不会睁开了。

二十九

索菲亚

周六晚上，当整个校园都沉浸在周末的快乐时光中时，索菲亚在图书馆写着论文。这时，她的手机响了。尽管按学校规定手机只能在规定的区域使用，但是当索菲亚发现周围没有任何人时，她便取过手机。当她看到短信的内容和发信人时，不由得皱了皱眉头。

“打电话给我。”玛西亚的短信写道，“是要紧事。”

虽然只有短短两句，她们总算在吵架之后有了交流。索菲亚思考着该如何做。给她回短信？问她到底是什么事？或者按短信上说的，给她打电话？

索菲亚犹豫不决。坦白讲，她不想跟玛西亚说话。她肯定和其他的联谊会姐妹一样，正沉溺于派对或酒吧中。她此刻极有可能正在借酒浇愁——这也导致了另一种可能性：她和布莱恩吵架了。而索菲亚最不愿意做的就是卷入这种事情中。她不想听玛西亚一把鼻涕一把泪地抱怨布莱恩是个蠢货，也不想去安慰她，尤其是在玛西亚选择刻意回避她之后。

但现在，她想让索菲亚打电话给她。因为，不管是什么事情，它都万分紧急。

这个词存在着各种各样的解释，索菲亚思忖着。她又犹豫了几秒，艰难地做着决定，最终，她保存好内容，关上电脑，然后把它塞进背包中。她穿上外衣，向出口走去。推开门，迎接她的是一股突如其来的刺骨寒气和地上越积越厚的雪。过去的几个小时中，温度肯定跌了差不多20摄氏度。假如一路走回去，她肯定要被冻僵了……

但现在还好。她没思考更多，伸手取过手机，然后转身回到休息室中。铃声刚响玛西亚就接了电话，伴随入耳的还有刺耳的音乐和吵吵嚷嚷、嘈杂不堪的交谈声。

“索菲亚？谢天谢地，你终于打电话了！”

索菲亚不安地吸了口气。“什么要紧的事？”

玛西亚那边背景噪声越来越弱。此时此刻，她正在寻找一个更僻静的地方。随着“砰”的关门声传来，玛西亚的声音更清楚了。

“你需要立即回到公寓。”玛西亚说道。她的声音中满是惊惧。

“为什么？”

“卢克来了。他把车停在了门外的路上。他已经等了20分钟了。你需要立马赶过来。”

索菲亚咽了口气。“我们分手了。玛西亚。我不想见他。”

“哦。”玛西亚说，她对自己的疑惑毫不掩饰，“真是糟糕。我知道你非常喜欢他……”

“就这些吗？”索菲亚问，“我要挂了……”

“不，等等！”玛西亚喊出声来，“我知道你对我很恼火，我也知道我是自作自受，但是这不是我打电话的原因。布莱恩知道卢克来了这儿，几分钟前玛丽·凯特告诉了他。布莱恩连喝了几小时的酒，现在气急败坏。他已经找来一些男生，准备向卢克报复。我拼命劝他不要这样做，但是你知道他的脾气。卢克现在毫不知情。你们或许分手了，但是我想你不愿看到他受伤吧……”

此时，索菲亚几乎听不进去了。透骨的寒风吞没了玛西亚的声音，她心急火燎地往公寓赶去。

整个校园看起来空荡荡的。索菲亚尽可能地抄着近路，希望能及时赶回公寓。她边跑边拼命地给卢克打电话，但是不知是什么原因，他始终不接。她甚至还给他发了一个简短的信息，但是没有收到回复。

路途并不远，但是2月的寒风冻彻心骨，刺痛了她的耳朵和脸颊。新落的雪让她的双脚不停地打滑，她没有穿靴子，融雪渗进她的鞋，浸入她的脚趾。湿冷的雪花不停地下落，轻盈浓密——这种雪瞬时便化作冰，让这一路走起来更加危险。

她用手机自动给卢克拨号，结果仍是徒劳。于是她放开步子跑了起来。她已离开了校园，冲到了街上，明亮灿烂的窗户后面是欢聚一堂的学生。人行道上，几个人在匆匆忙忙地赶路，在派对之间来回奔波，沉浸于周六晚上惯常的放纵与狂欢中。她的公寓在街道的远端。在大雪纷飞地黑夜中，她几乎连卢克卡车的轮廓都辨认不出来了。

就在此时，在街道的另一端，距她尚有三户的距离，她看见一群男生从男子联谊会公寓出来。他们共有五六人，领头的男生身材高大，正是布莱恩。很快，后面另外一个人跟了上来。她跨过门廊，跑下台阶，尽管其间只有片刻的灯光照在她身上，索菲亚还是一眼就认出了她的室友。她听到玛西亚命令布莱恩停下来，但是，在这冬季雪天，她的声音模糊不清。

索菲亚不停地跑，背上的背包砰砰乱撞，她的双脚也不停地打滑，感觉笨拙不堪。她离公寓越来越近，但还是不够快。布莱恩和他的同伙已经在卡车的两侧散开了。她距他们还有四个房间的距离，而卡车内部一片灰暗，她无法确认卢克是否在车上。玛西亚的呼喊又一次穿透夜空，而这次充满怒意。“这样做很愚蠢，布莱恩！别再纠缠他了。”

还剩下三个房间的距离。她看到布莱恩和他的同伙将卡车驾驶位一旁的门猛地拉开，然后冲进去。紧接着是一阵混乱的厮打，卢克被揪出卡车时，她脱口喊了出来。

“放开他！”索菲亚大喊。

“你给我住手，布莱恩！”玛西亚也大喊着。

布莱恩——或许是神志不清，或许是烂醉如泥——对两人的话充耳不闻。一脚没站稳，卢克一个踉跄摔进了詹森和里克的怀里，在麦林斯维勒镇举办的骑牛比赛上，布莱恩就是和这两人在一块儿。另外四个人也逼过来，将卢克围在中间。

惊慌失措的索菲亚冲到了街道中央，此时，布莱恩向后退步，然后挥拳打向卢克，卢克的头在重击之下迅速后仰。一股恐惧感袭遍索菲亚的全身，她想到了那个视频……

卢克跌跌撞撞，里克和詹森放开了他，他倒在了白雪覆盖的柏油路上。索菲亚还差几步的距离，惊魂未定的她希望看见卢克动一动，却没有看到……

“爬起来！”布莱恩朝他喊道，“我告诉你，事情还没结束！”

索菲亚看到玛西亚跳到布莱恩跟前。

“给我住手！”她朝他大吼，希望能阻止他，“你必须住手！”

布莱恩没有理她。这时，索菲亚看到卢克四肢挣扎，企图爬起来。

“站起来！”布莱恩再次吼道。这个时候，索菲亚冲进了包围，用胳膊肘推开两位兄弟会的男生，然后挡在布莱恩和卢克之间，一旁站着玛西亚。

“一切都结束了，布莱恩！”她喊道，“住手吧！”

“还没有结束！”

“现在结束了！”索菲亚反驳道。

“算了吧，布莱恩。”玛西亚央求道，伸手去拉布莱恩的手，“我们走吧。外边这么冷，我都冻坏了。”

此时，卢克已经站了起来，他脸颊骨上的淤青清晰可见。布莱恩喘着粗气，让索菲亚惊讶的是，他竟把玛西亚推到一边。这一动作力道并不大，但是玛西亚对此毫无准备，结果被推到在地上。布莱恩似乎没有注意到她。他向前一步，满是威胁之意，随时准备也把索菲亚推开。索菲亚朝一旁避开，然后迅速从口袋中拿出手机。当布莱恩抓住卢克的时候，索菲亚已经按下了按键，然后举起了手机。

“有本事就别停！我会录下整个过程。你进监狱可别怪我！还有被踢出兄弟会！你们所有人都小心被开除！”

她继续向后退，把在场的所有人都录了进来。在她把镜头聚焦于他们惊讶焦灼的表情时，布莱恩朝她冲了过来，把手机从她手中一把夺走，然后摔在了地上。

“你什么都没录到！”

“她可能没录到。”玛西亚在人群外围说道，同时举起了手中的手机，“但是我录到了。”

“我想我是咎由自取。”卢克说，“我是说，毕竟是我打他在先。”

他们回到卡车中，卢克坐在驾驶位，索菲亚陪在他的身边。她们的威胁起了作用。最终，詹森和里克说通了布莱恩，他们一块儿回到了公寓里。布莱恩显然还在回味着刚才把卢克击倒在地的那一拳。玛西亚没有跟他们一块儿走，而是回了自己的公寓里。索菲亚看到她们房间中的灯打开了。

“你并不是咎由自取。”索菲亚说，“我印象中，你从未打过布莱恩。你只是……把他按到了地上。”

“按到了泥中，面朝下。”

“是这样的。”她如实地说。

“谢谢你的帮忙。多亏了你的手机，我会给你买个新的。”

“不用了，况且它也够老了。你为什么不接电话？”

“我开车回家的途中，电池没电了，我也忘了带车载充电器，想着不会有什么问题。”

“至少你给你母亲发短信了吧？”

“当然。”他说。卢克很好奇她怎么清楚自己的这个习惯，但是他没有问。索菲亚把手叠放在膝盖上。

“我想你知道我的下一个问题，对吧？”

卢克斜眼望着她。“为什么我会来这？”

“你不应该来这儿。我不希望你来这儿。尤其是你从刚结束比赛之后。因为……”

“你无法接受这样的生活。”

“对。”她说，“我无法接受。”

“我知道。”他说。他在座位上侧过身，面朝向她，“我来这是要告诉你我也无法继续这样的生活。从今天起，我退出比赛了。这次是永远退出了。”

“你要放弃？”她将信将疑地问。

“我已经放弃了。”

她不知该作何回应。她应该祝福他，同情他，还是表达出她的宽慰？

“我这次来是想问你这个周末是否有空。或者，你周一是否有什么事抽不开身，像是考试或写论文之类的事？”

“我有一篇论文，下周四上交，除此之外，只有几节课而已。你有什么打算？”

“我需要抽空整理一下头绪。电池没电之前，我给妈妈打电话说了这件事，她认为这是一个好主意。”他长长地舒了一口气，“我想着开车去一趟小木屋，不知道你是否愿意陪我去。”

她对他刚才说的话还没完全吸收，也不能确信他的话是否可信。他是在说实话吗？他真的彻底放弃骑牛了吗？

他望着她。她小声地回答道：“好的。”

楼上的房间中，她发现玛西亚正在往行李包里塞东西。

“你在做什么？”

“我今晚开车回家。我需要在家里的床上好好睡一觉，你明白吗？我几分钟后就离开这儿。”

“没关系的。”索菲亚说，“这儿也是你的房间啊。”

玛西亚点点头，继续往包里面塞东西。索菲亚把重心从一只脚移到另一只。“谢谢你给我发了短信。也谢谢你刚才用手机录视频。”

“哦，那是他咎由自取。他的行为……太疯狂了。”

“不只是这样。”索菲亚说。

玛西亚第一次抬起头看她。“不用客气。”

“他也许记不得多少今晚发生的事情。”

“没关系。”

“如果你喜欢他的话，就有关系。”

玛西亚踟蹰了片刻，然后摇了摇头。索菲亚感觉出玛西亚的心中有了定论，虽然她并不清楚具体是什么。

“卢克回去了吗？”

“他去加油了，顺便买些用品。几分钟后就会回来。”

“没开玩笑吧？我希望他这次把车门给锁好了。”她合上包的拉链，然后面对着索菲亚，“等等……为什么他还要回来？我记得你说过你和他分手了。”

“我确实说过。”

“但是？”

“我们下周谈谈怎么样——等你回来之后。因为此时此刻，我还不清楚我们之间会接下来会发生什么。”

玛西亚同意了。她朝门口走去，然后又停下步子。

“我一直在想，”她说，“我感觉你们会克服一切问题的。如果你想听听我的意见，我认为这是好事。”

群山之间，大雪沸沸扬扬，许多地方的路都结冰了，结果他们凌晨4点才抵达小木屋。这片区域简直是一个长期废弃的拓荒者营地。虽然四下没有任何灯光，卢克还是准确无误地把卡车停在了他们之前待过的那个小木屋前，车钥匙悬置在锁眼中。

木屋之内冷森森的，彻骨的寒意透过薄薄的木板墙逼进屋中。索菲亚之前听了他的话，戴了一只帽子和一副手套，此时她裹着一件夹克，而卢克则忙着给壁炉和木材炉生火。在湿滑颠簸的路途中，她的心时刻悬着，现在终于到了小屋中，疲惫感开始在全身散开。

他们全身裹着夹克和帽子入睡，很快便进入了梦乡。数小时之后，索菲亚醒来，木屋中已明显转暖，但是要在屋内溜达还需要穿上厚厚的衣服。她觉得哪怕是廉价的汽车旅馆，也要比这里舒服百倍。然而，当窗外的景色映入她的眼帘时，她再次为这无与伦比的美所折服。树枝上悬挂的冰柱在阳光下熠熠生辉。卢克已经在厨房中忙开了，培根和鸡蛋的香味在空气中飘荡。

“你终于醒了。”卢克说。

“现在几点了？”

“差不多中午了。”

“我想我只是太累了。你起来多长时间了？”

“几小时了。想把这个地方变得暖和到让人习惯可真是不容易。”

对此她毫不质疑。她的注意力渐渐被窗外的景色吸引。“冬天的时候你来过这儿吗？”

“只来过一次。不过当时我还小。我一整天都在堆雪人、吃烤棉花糖。”

想象着他小时候天真无邪的样子，索菲亚微微一笑。“你准备好了吗？谈谈自己为什么改变了主意。”

他叉起一块培根，把它移出盘子。“没什么，真的。我想我只是终于想通了。”

“就这么简单？”

他放下叉子。“最后一轮比赛中，我抽到了大丑牛。当最终比赛开始时……”他摇了摇头，没有把话说完，“不管怎样说，我知道是时候停止了。我意识到自己的骑牛生涯已经结束了。它正在一点点蚕食着我母亲。”

还有我。她想说。但是没有说出口。

他回头瞥了一眼，似乎听到了索菲亚的心声。“我也舍不得你。”

“那牧场该怎么办？”她问道。

他用勺子将炒鸡蛋分别盛放到两个盘子中。

“我想我们会失去它，然后从头再来。我妈妈还是有一定的知名度的，我希望她能够摆脱这一困境。当然，她告诉我不要为她担心。她说我更应该考虑一下自己的未来。”

“那么你有什么打算？”

“目前还没想好。”他转过身，然后把两个盘子端到桌上。桌上已沏好了一壶咖啡，摆好了几件器皿。“我希望能在这个周末把事情想清楚。”

“你认为我们能够和好如初吗？”

“也许不能。”他说着，把盘子在桌子上摆好，然后把椅子拉出来，“但是，我希望我们能够重新开始。”

饭后，他们就像孩童时期的卢克一样，一下午都在堆雪人。他们把黏黏的雪团滚成大圆球，整个过程中，他们向彼此倾诉着近期的生活。卢克给她讲了在梅肯市和南卡罗来纳州的比赛，还有牧场的变化。索菲亚则告诉卢克因为和玛西亚之间的矛盾，她成日里泡在图书馆中，结果她提前预习了很多功课，以至于她琢磨着下两周还用不用再学习。

“这就是对室友避而不见的好处之一。”她说，“它能让你专心学习。”

“她昨晚让我大吃一惊。”卢克说，“我从没有想过她能做出那种事情。我是说考虑到当时的情形。”

“我毫不惊讶。”索菲亚说。

“毫不惊讶？”

她又想了想，琢磨着考虑玛西亚的举动。“好吧，或许我也有一点惊讶。”

那天傍晚，他们舒适地依偎在沙发上的毛毯中，壁炉噼啪作响。索菲亚问道：“你是否会怀念骑牛比赛？”

“或许有一点。”他说，“但不足以让我重回赛场。”

“你听起来很坚决。”

“我很确定。”

索菲亚转过头，出神地望着他的脸，他眼中折射出的火光让她着迷。“我有些为你妈妈感到难过。”她说，“我知道你放弃骑牛让她很是欣慰，但是……”

“没错。”他说，“我也很难过。但是我会设法弥补的。”

“我想，你能陪在她的身边才是她真正的心愿。”

“我也是这么告诉自己的。”他说，“但是现在，我有个问题要问你。我希望你想好了再回答。它非常重要。”

“尽管问吧。”

“你下周末忙吗？如果你有时间，我想带你去吃饭。”

“你是在约我出去吗？”她问道。

“我想着重新开始。人们一般是不是要这样做——约对方出去？”

她向上探身，给了他当天的第一个吻。“我认为我们无需从头开始，对不对？”

“你是去还是不去？”

“我爱你，卢克。”

“我也爱你，索菲亚。”

那晚，他们做爱了，周一早晨他们又做了一次，然后一直睡到中午。他们轻松愉快地吃了一顿早午餐。外出散步归来后，索菲亚在暖意浓浓的木屋中一边抿着咖啡，一边望着卢克往卡车上装东西。他们的关系和之前大不相同了。她回想过去短短几个月，从相识至今，两人的关系已经发展成一种更为深层的东西，一种超乎她预料的东西。

数分钟之后，他们发动了汽车，向山下一路开去。在雪的折射下，阳光变得异常耀眼，让索菲亚不能直视。她把头靠在卡车的窗户上，瞥了一眼驾驶座上的卢克。她仍不确定5月毕业之后会发生什么，但是她第一次开始认真思考卢克是否能够跟她一起走。她没有跟卢克吐露过这些心事，她不知道自己的打算是不是卢克最终放弃骑牛的原因之一。

沉浸在温暖而又安详的恍惚状态中，索菲亚琢磨着这些问题，几乎就要陷入沉睡。这时，卢克的声音打破了沉默。

“你看到了吗？”

她睁开眼，发现卢克正把卡车的速度放慢。

“我什么都没看到。”她如实答道。

令她惊讶的是，卢克猛地踩住刹车，把卡车停到公路的一旁，他的眼睛紧紧盯着后视镜。“我想我看到了什么东西。”他说。他把卡车挂上挡，然后熄了火，并打开闪光灯。“等我一会儿好吧？”

“是什么东西？”

“我不确定。我只是想检查一下。”

他从车座后面一把抓过夹克，然后跃下卡车，边穿夹克边向车后走去。她转头望去，才发现他们刚刚转过了一个弯。卢克查看着道路两旁，然后朝路的另一端小跑过去，离护栏越来越近。这个时候，她才发现护栏断了一截。

卢克往陡峭倾斜的路堤下面看了一眼，然后迅速转头朝向她。即使隔着一段距离，她也能从他表情和肢体语言看出有紧急的事发生。她迅速从卡车中跳出来。

“赶紧拿我的手机打911！”他大喊，“有辆汽车冲出路堤了，我想车里还有人！”

他喊着，然后从坏掉的那部分护栏处爬了下去，消失在索菲亚的视野中。

三十

索菲亚

后来的场景一幕幕快速闪现，定格在索菲亚的记忆中。她打了急救电话，看着卢克走下陡峭的路堤。当卢克发现车主还有气息时，她便慌慌张张地回到卡车中取了瓶水。之后，她紧紧攀附着灌木和树枝，小心翼翼地沿着树木覆盖的斜坡爬下去，最后看到了那惨不忍睹的一幕：车头褶皱不堪，后侧围板几乎脱离，挡风玻璃上面裂缝参差不齐。卢克在斜坡上努力地保持平衡，同时拼命地把卡住的司机那一侧的车门弄开。这个斜坡往下，距离车前部仅仅几英尺的地方就是悬崖峭壁。

但是让索菲亚印象最深刻的还是看到车里老人时的惊悸不安。他瘦削的头部紧贴着方向盘，一束束的头发遮盖着他那布满斑点的头皮，耳朵超乎寻常的大。他的胳膊扭曲变形，额头上有一个很深的伤口，肩膀脱臼，嘴唇干裂而渗出血来。他肯定在承受着撕心裂肺的疼痛，然而他的表情却异乎寻常的平静。当卢克最终把车门拽开时，她不由自主地靠近些，同时努力在湿滑的斜面上保持平衡。

“我在这儿。”卢克对老人说道，“你能听到我吗？你能动吗？”

当卢克探过手，轻触着老人的脖子感受他的脉搏时，索菲亚能听出他声音中的惊慌。“脉搏非常弱。”他对她说，“他现在情况很糟。”

老人发出微弱的呻吟声。卢克本能地伸手取过水壶，倒出一些在壶帽中，然后将它倾斜着送到老人嘴边。大部分水都洒落出来，但是水滴却足以润湿他的嘴唇，而且他也强咽了一口水。

“你是谁？”卢克轻轻问道，“你叫什么名字？”

老人发出一声虚弱的低喘，他半张半闭的眼睛空洞无神。“艾勒。”

“事故发生了多久？”

老人许久才说出几个词。“星期……六……”

卢克向索菲亚投来难以置信的目光，然后又把注意力放回艾勒身上。“我们会帮你的，放心。救护车很快就到了，坚持住。你还需要水吗？”

起初，索菲亚不确定艾勒有没有听到卢克的话，但是他缓缓地张开嘴，于是卢克又在壶帽中倒满水，并让水滴缓缓滴落。艾勒又一次咽了进去，然后发出喃喃的低语。最后，他的声音变得迂缓而粗哑，呼吸把他的话切割得断断续续。“系……给……哦……妻……露子……”

索菲亚和卢克谁也搞不明白这些话的含义。卢克再次探身向前。

“我听不懂。你需要我帮你给谁打电话吗，艾勒？你有妻子或孩子吗？你能给我个电话吗？”

“系……”

“好些了吗？”卢克问道。

“不……系……系……在……车……路子……”

卢克转头看着索菲亚，一脸的迷惑。索菲亚摇摇头，下意识地翻找着脑海中的词库：系、戏、信……

信？

“我想他是在说信。”她俯身靠近艾勒，感受到他气若游丝的呼吸中透露出虚弱，“信？你是不是想说这个？”

“嗯……”艾勒的声音细若蚊蝇，眼睛又一次合上。他的呼吸尖锐急促，就像瓶中四处乱撞的卵石。索菲亚扫了一眼车的内部，她的目光聚焦在凹陷的仪表板下面、散落于底板上的几件物品。她紧紧抓住汽车的一端，小心翼翼地绕过汽车尾部，然后来到汽车另一端。

“你在做什么？”卢克大喊。

“我想找到他的信……”

客座一侧的变形程度相对较小，索菲亚微微用力便打开了车门。车底板上有一只歪倒的热水瓶、一个变形的三明治、一个装满西梅的塑料袋和一瓶水……在角落里，还有一个信封。她把手伸过去，脚下一滑，但是她及时稳住了。她吃力地把胳膊伸进去，用两根手指把信封夹住。从车的另一端高高举起这封信时，她注意到卢克一脸的不解。

“给他妻子的信。”她一边说着，一边把门关上，然后朝卢克走回去，“这就是他刚才话的意思。”

“他话中的‘露子’指的就是这个？”

“不是‘露子’。”索菲亚说道。她把信封翻过来，让卢克读上面的内容，然后把它装进夹克的口袋中。“是‘露丝’。”

最先赶到的是一位高速公路巡警。他小心翼翼地爬下坡，之后，他和卢克都一致认为现在移动艾勒风险太大。但内科急救医生和救护车却迟迟不来，即便他们在这，也无法万无一失地将艾勒移出汽车，并用担架把他抬上被雪覆盖的斜坡。他们需要三倍的人力，但即便人数够了，也是困难重重。

最后，他们叫来一辆巨大的拖车，也导致救援时间延长了很多。拖车赶到，停在合适的位置，然后放出一条缆绳，把它勾在汽车的后保险杠上。这个过程中，内科急救医生们凑合着用车内的安全带把艾勒固定住，以减轻碰撞。之后，汽车在拖车拉力作用下，缓缓爬上斜坡，最终回到了高速公路上。

卢克回答警官问题的时候，索菲亚一直在医生旁边守着，看着他们把艾勒抬上担架，给他吸氧，然后把他送进急救车。

几分钟之后，这里只剩下卢克和索菲亚。卢克把索菲亚搂进怀中，两个人紧紧相拥，试图从对方身上汲取力量。这个时候，索菲亚突然想起来，那封信还在她的口袋中。

两小时之后，他们来到当地的医院，在拥挤不堪的急诊室中守候着。两人紧挨着坐，卢克握着索菲亚的手，她的另一只手中拿着那封信。她时不时地查看它，注意到上面歪歪斜斜的笔迹。她说不清楚自己为什么没有把那封信归还到艾勒的物品中，而是把他俩的名字告诉了护士，并询问艾勒的状况。

他们本可以继续他们的行程，回到温斯顿-塞勒姆。然而想到艾勒的表情，想到他迫切地要找到这封信，索菲亚觉得自己有责任确保这封信不会在医院里因混乱而丢失。她希望把它交到医生手中，最好亲手交给艾勒……

又或者说，她告诉自己要这样做。她只知道，当他们发现艾勒时，他脸上近乎安详的表情让她十分好奇：他脑子中在想什么？他的梦是什么样子的？鉴于他的年龄和虚弱的状态，从这么严重的伤情中活下来真是个奇迹。但是，最让她不解是，为什么到现在为止，还没有见到他的任何朋友或家人慌慌张张地冲进急诊室？当急救人员把他推进来时，他已经苏醒了，这就意味着艾勒很可能已经让人给亲朋好友打了电话。那么，他们人呢？为什么至今还未出现？在这种危急时刻，艾勒比以往任何时候都需要人的照料，而且——

卢克在座位上动了动，打断了她的思绪。“我们很可能无法见到他，你是知道的，对吧？”他问道。

“我知道。”她说，“但是我仍然想知道他现在怎么样了。”

“为什么？”

她把手中的信翻过来，还是无法说清楚原因。“我不知道。”

又过了40分钟。一位医生终于推门出来了。他先走向桌子旁，说了几句话，护士指了指他们之后，他朝卢克和索菲亚走过来。于是他们站了起来。

“我是狄龙医生。”他说，“他们告诉我你们一直在等着见莱文森先生一面。”

“你是指艾勒吗？”索菲亚问道。

“是你们俩发现了他，对吧？”

“是的。”

“我能问一下你们来这儿的目的吗？”

索菲亚差点就把信的事情告诉了医生，但是她打住了。卢克觉察到了她的迟疑，于是清清嗓子说：“我们只是想知道他现在情况怎样。”

“抱歉，我不能透露他的状况，因为你们不是他的家人。”他说。

“但他会好起来的，对吧？”

医生的目光从卢克移到索菲亚身上。“不管怎样，你们都不该来这儿。你们叫了急救车——这做得很对。我很高兴你们能在发现他时做了正确的事，但是之后你们就没有任何义务了。你们对他来说只不过是陌生人。”

索菲亚看着医生，感觉到他藏着一些话，最后，医生叹了口气。

“我不太清楚其中的缘由。”狄龙医生说，“但是，不管出于何种原因，当莱文森先生听说你们在这儿时，他提出要见见你们。我不能告诉你们他的情况，但是我要求你们尽量缩短拜访的时间。”

艾勒看起来比之前在车里的时候更瘦削不堪，就好像在过去的几个小时中缩水了一样。他躺在一张前段倾斜的病床上，大张着嘴，脸颊深陷，输液管弯弯曲曲地从他胳膊中伸出。床边的机器把他的心跳转变成有节奏的嘀嘀声。

“不要太久。”医生警告他们。卢克点点头，然后和索菲亚一起走进房间。索菲亚踟蹰着走到病床旁。她眼角中的余光看到卢克从墙边拉过一张椅子，朝她轻轻放过来，然后又退了几步。索菲亚在床边坐下来，探身向前，出现在艾勒的视野中。

“我们来了，艾勒。”她一边说，一边把信拿到艾勒眼前，“我带来了你的信。”

艾勒吃力地吸口气，缓缓转头。他的目光先落到信上，然后移到索菲亚身上。“露丝……”

“是的。”她说，“你给露丝的信。我现在就把它放在你的枕边，好吗？”

听到索菲亚的这句话，艾勒专注地望着她，似乎没有理解。片刻之后，他的表情缓和下来，变得几近悲伤。他缓缓移动手，吃力地朝索菲亚的手伸过去。凭直觉，索菲亚伸过手，握住艾勒的手。

“露丝。”他念叨着，眼泪几欲涌出，“我亲爱的露丝。”

“非常抱歉……我不是露丝。”她轻轻说道，“我叫索菲亚。我们就是今天发现你的人。”

他眨眨眼，脸上的疑惑不言而喻。

“露丝？”

他语气中的哀求让她喉咙有些发紧。

“不。”她轻声说道，看着他把手一点点地移向那封信。她明白他的用意，于是把信递过去。他接过信，费力地把它举高，这信对他似乎有千斤之重，他把信朝索菲亚的手边移动。直到这个时候，索菲亚才发现他的泪水。当他终于开口说话的时候，声音响亮了一些，也清晰了很多。“可以吗？”

她用手指轻轻摸着这封信。“你想让我读这封你写给你妻子的信？”

他凝视这双露丝的眼睛，一滴泪从他深陷的脸颊上滚落下来。“拜托了，露丝。我想听你念这封信。”

他长长地舒了一口气，说话似乎耗尽了他所有的体力。索菲亚转头望着卢克，犹豫着该怎么做。卢克指了指那封信。

“我认为你应该念念它，露丝。”他对她说，“他希望你这么做。”索菲亚盯着手中的信。她觉得这样做不对，艾勒误会了。这是一封私人的信件。它应该由露丝来念，而不是她……

“拜托了。”她听到艾勒的央求，他似乎看出了索菲亚的心声，声音又弱了下去。

索菲亚注视着这封信，然后用颤抖的手揭开信封。信只有一页，上面的笔迹和信封上的笔迹一样的颤抖无力。尽管决心未定，她还是把信置于光线较好的地方，然后缓缓地念了出来：

我挚爱的露丝：

现在的时辰还早，非常早。但是和以往一样，我仍然无法进入梦乡。窗外的天空绽放出新一天的光辉，但我的脑海却被过往的故事填充。在这个寂静的时刻，我回想着你，追忆着我们共度的那些美好时光。亲爱的露丝，又一个我们的纪念日就要来临，但它却不是我们以前庆祝的那种结婚纪念日，而是我们生命交织在一起的纪念日。虽然我明白，你不会再出现了，我还是朝你经常坐的位置望去，想提醒你这个纪念日。多年前，智慧的上帝把你从我身边带走，我一直都无法接受，自从那晚我泪流满面，对你的思念之情从未淡去。

索菲亚顿了顿，把目光移向艾勒，她注意到他双唇紧闭，眼泪不住地流到脸上的凹陷处。尽管她努力地保持镇定，但是继续往下读信的时候，她的声音还是颤抖起来。

今早，我对你思念如狂。过去的九年中，我对你的思念都是如此。孑然一身的孤独生活让我心灰意冷。一想到再也听不到你的笑声，我万念俱灰；一想到再也无法揽你入怀，我痛不欲生。但是，有一点可以让你欣慰，每当绝望笼罩心头，你的斥责声总会把我惊醒：“不要被绝望征服，我嫁给的男人不会绝望。”

追忆过去，往事涌现脑海。我们曾有过很多次探险，对不对？这些都是你的用词，不是我的，因为你总是用这样的字眼描述我们的生活。你曾躺在我的身旁，对我说过这些话。每年庆祝哈桑纳节时，你也对我说过这些话。每当你说这些话时，我总能察觉到你眼中满是欣慰的眼神，每每此时，你的表情比你的用词更能让我满心欣喜。有你的陪伴，我的生活确实像一场美妙的探险——尽管我们的生活平淡似水，但是你的爱给我们的一切经历都赋予了美好的意义。至今我仍无法理解，为什么我如此幸运，能得到你一生的陪伴。

此时此刻，我对你的爱一如既往。但是很遗憾，我却无法向你表达。我抱着你能读到它的希冀，写下这封信，但我深知，一个时代即要终结。亲爱的露丝，这将是我写给你的最后一封信。你应该知道医生对我的嘱咐，你应该知道我行将就木。到8月时，我再也无力拜访黑山学院。但是我想让你知道，我毫无惧意。我在世间的时光即将结束，我对我即将到来的命运从容自若。命运的终结没有让我悲不自胜，而是让我满心平静。我满是欣慰和感激地数着日子。因为每过一日，距我们重逢就近了一日。

你是我的妻子，更是我一生的挚爱。近七十五年的生涯中，你为我的生命赋予了真正的意义。现在是时候说再见了，在这个过渡的时刻，我想我终于明白了上天为什么带走了你。这是为了让我感受你对我是多么的特别，而且在我长期的悲恸中，再一次让我感受到真爱的意义。现在我终于明白，我们的离别是短暂的。仰望苍穹深处，我知道离再度揽你入怀的日子已经不远。如果天堂存在的话，我们会再次相聚，因为有你，才有天堂。

我爱你

艾勒

索菲亚已是泪眼蒙胧，她看到艾勒的脸上呈现出一种不可名状的安详。她小心翼翼地把信塞进信封中，然后把它轻轻放在艾勒手中。艾勒慢悠悠地把信收回去。此时，医生已经站在门口，索菲亚知道他们该离开了。她从椅子上站起来，卢克把椅子放回墙边，然后轻轻握住索菲亚的手。艾勒的头在枕头上转了转，嘴又不知不觉地张开了，呼吸变得越来越重。索菲亚转身看着医生，他正在朝艾勒走去。他们最后看了一眼艾勒虚弱的身体之后，走向过道，最后，他们踏上了回家的路。

三十一

卢 克

2月从容不迫地过去了，索菲亚毕业的日子越来越近，而牧场也一步步走向不可回转的命运——被银行收回。在贷款到期之前，卢克前三场比赛中赢得的奖金为母亲和自己赢得了一两个月时间，但是在月底的时候，他的母亲已经悄悄地向邻居打听他们是否有兴趣买下牧场。

索菲亚开始为自己的未来不安起来。她至今尚未收到丹佛艺术博物馆和纽约现代艺术博物馆的消息。她在想自己是否会最终回到父母那儿工作，重新住进自己原来的卧室中。卢克同样是夜不能寐。他为母亲能否在当地找到工作而忧心如焚，他思忖着在她有个安稳的归宿之前，该如何支持她渡过难关。但在大部分时间里，他和索菲亚都避开关于未来的话题。他们尽量着眼当下，从彼此的陪伴和爱中寻找慰藉。到了3月，索菲亚每个周五的下午都会来到牧场，一直待到周日。有时候，她周三也会在牧场过夜。如果不下雨，他们便在马背上度过大部分的时光。索菲亚通常会帮助卢克打点牧场中的事情，偶尔也会陪陪卢克的母亲。这种生活恰恰是卢克一直梦寐以求的……但随即他便会想起这种美好的日子终有结束的一天，而自己却无力阻止这一天的到来。

3月中旬的一个晚上，当第一丝春天的气息在空气中弥散开来时，卢克带着索菲亚去了一个俱乐部。这个俱乐部的一大亮点就是它的流行西部乡村乐队。卢克和索菲亚在一张老旧的木桌边面对面坐着：她拿着啤酒，一只脚随着音乐打着节拍。

“如果你继续这样，”他一边看着她的脚点点头，一边说，“会让我觉得你喜欢这种音乐。”

“我确实喜欢这音乐。”

他笑了笑。“你听过这样一个笑话吗？如果你倒着演奏乡村音乐，会有什么样的效果？”

她咽下一口啤酒。“我没听过。”

“你的妻子将重回你身边，还有你的狗、你的卡车……”

她假笑道：“这可真好笑。”

“你没有笑啊。”

“还没有到那么好笑的地步。”

这倒让卢克大笑起来。“你和玛西亚处得还好吧？”

索菲亚把一缕零散的头发抚到耳朵后方。“起初很尴尬，但现在差不多回到从前了。”

“她还和布莱恩约会吗？”

她不屑地笑了笑。“没有。当她发现布莱恩在外偷腥时，他们之间就结束了。”

“什么时候发生的？”

“几周之前？也可能更久？”

“她是不是很生气？”

“不见得。那个时候，她也开始与另外一个男生约会了。他只是一个大三学生，所以我猜他们也持续不了多久。”

卢克心不在焉地剥着啤酒瓶上的标签。“她真是个有意思的女孩。”

“她的心很好。”索菲亚坚持道。

“你对她的所作所为不生气了？”

“以前很生气。不过现在都过去了。”

“就这么简单？”

“她做得不对，但是她也不是有意伤害我的。她跟我道歉了无数次。而且当我需要她的时候，她就会来安慰我。所以，就这么简单，现在一切都过去了。”

“你认为你们还会保持联系吗？我是说毕业之后。”

“当然喽。她仍然是我最好的朋友。而且你也应该喜欢她。”

“为什么？”他挑起一条眉毛。

“因为如果不是她，”她说，“我永远不会遇到你。”

几天之后，卢克陪着母亲去银行，他们向银行提出了一个新的、能够保住牧场的还款计划。他的母亲向银行展示了他们的经营规划：如果能找到买主，他们将卖掉一半的牧场，包括圣诞林、南瓜田和其中的一块草场。这会导致牛群的数量削减三分之一，但是据她估算，这样做他们便有能力偿还剩下的贷款。

三天之后，银行正式回绝了这一提议。

月底一个周五的晚上，索菲亚来到了牧场，满面愁容。她的眼睛又红又肿，肩膀绝望无力地耷拉着。她来到门廊时，卢克马上抱住她。

“怎么了？”

她抽抽鼻子，声音颤抖地说：“我再也等不及了，于是给丹佛艺术博物馆打电话问他们有没有看我的实习申请，他们说看到了，但是实习生的名额已经满了。后来我给纽约现代艺术博物馆打电话，结果也是一样。”

“我也很难过。”他一边说，一边轻轻地摇晃怀中的索菲亚，“我知道你很想得到这两个机会。”

终于，她脱离他的怀抱，脸上写满了焦虑。“我该怎么办？我不想回到我的父母身边。我不想再去熟食店工作。”

他想告诉她，她可以住在这儿，想住多久都可以，但是随即想到这也是不可能的。

4月初，卢克看到母亲带着三个人参观了牧场。他认出其中的一个人是达勒姆附近的一个大牧场的经营人。在家畜拍卖会上，他们说过一两次话。卢克对这个人没有什么看法，他大老远就能看出母亲对这个人不怎么关心。卢克说不清其中的缘由——这也许是个人喜好吧，还是因为距离失去牧场的日子越来越近了？另外两个人要不就是他的亲戚，要不就是他的合作伙伴。

当晚用餐的时候，他的母亲对此只字未提。卢克也没有问。

今年的前七场比赛中，卢克只参加了三场，但是他赢得的积分足以让他在弃赛的时候名列第五，获得了职业联盟巡回赛的参赛资格。下周在芝加哥将会有另一场比赛，如果卢克能够保持本赛季开始以来的状态，那么这场比赛的奖金足以让牧场支撑到年底。

然而，他坚守了对索菲亚和母亲的诺言。机械牛依然尘封在谷仓中，另外一名骑牛士顶替了他的资格去参加这场大型巡回赛，梦想着获胜。

“这周没去参加比赛。”索菲亚问他，“你后悔吗？”

他们心血来潮，驱车来到了大西洋海滩上，那里碧空如洗、万里无云。海岸上的微风略带凉意，但是远没有严冬的料峭。熙熙攘攘的人群在沙滩上散步、放风筝，几个勇敢的冲浪运动员在汹涌的海浪上展现英姿。

“一点也不。”他果断地回答。

他们走了几步，卢克的脚滑进柔软的沙滩中。

“我敢打赌，你本能拿到好成绩的。”

“可能吧。”

“你觉得自己能赢吗？”

卢克踌躇片刻，他眼睛凝视着水中掠过的一对鼠海豚，然后回答道：“或许吧，但是也可能赢不了。赛场中还有许多优秀的骑牛士。”

索菲亚突然顿住了，然后抬头看着卢克说：“我刚想起了一件事。”

“什么事？”

“当你在南卡罗来纳参加比赛的时候，你说在最后一轮比赛中你抽到了大丑牛。”

他点点头。

“你从未告诉过到底发生了什么。”

“没有。”他仍然凝视着那对鼠海豚，“我想我还没有告诉你，对吧？”

一周之后，那三个看过牧场的人又来了，他们在厨房中逗留了半个小时。卢克猜他们可能是在出价，但是他不敢过去一探究竟。一直等到他们离开后卢克才走进厨房，他看到母亲还坐在餐桌旁。

她抬头看着卢克，闭口不言。

然后，她只是摇摇头。

“你下周五有什么打算？”索菲亚问道，“不是明天，而是下周五。”这是一个周四晚上，距离索菲亚毕业还有一个月时间。卢克身边聚集着一群欢声笑语的联谊会女孩，这是他第一次出现在这种场合——很可能也是最后一次。玛西亚也在其中，她跟卢克打了招呼，但是让她更感兴趣的是一位乌黑头发的男孩。在永无休止的重低音中，卢克和索菲亚必须扯着嗓门，才能听到彼此的声音。

“还不清楚。我想很可能要工作。”他说，“怎么了？”

“我们学院的主席——也是我的导师，给了我一张艺术品拍卖会的邀请函。我希望你跟我一块儿去参加。”

卢克俯身在桌子上。“你是说艺术品拍卖会？”

“这场拍卖会肯定是一场盛宴，一个千载难逢的机会。它将在格林斯博罗会展中心举办，举办商是纽约的一家大型拍卖行。好像是一位来自北卡罗来纳的、名不见经传的人士收集了那些世界一流的当代艺术品。人们从世界各地飞到这里参加竞买。其中一些艺术品可是价值连城。”

“你想参加？”

“喂！这可是艺术。你什么时候在这个地方见过这种水准的拍卖会？从没有过。”

“拍卖会持续多长时间？”

“我也不清楚。我之前从没去过拍卖会，但你要知道，我这次肯定会去。如果你能来更好了，否则我只能和我的导师坐一块儿了，而且我还知道一位别的学院的教授也会跟他一起来，这就意味着在整个拍卖会中，他们会不停地交谈。如果真是这样的话，我可能会很失落，说不定之后一周都得闷闷不乐地待在公寓中。”

“幸好我了解你，否则我会以为你是在威胁我。”

“这不是威胁。说这些话只是……让你记住。”

“如果我记住了，还是不去呢？”

“那么你就有麻烦了。”

他笑了。“如果这对你很重要，我无论如何也不会错过的。”

随着日子一天天流逝，卢克渐渐失去了每日早起劳作的热情，他不清楚为什么自己之前没有这种消极的念头。牧场的养护工作开始渐渐搁置，并不是因为这些工作无关紧要，而是因为他失去了做这些事的动力。他们在这个牧场生活的日子就要结束，为什么还要更换母亲屋里松动的门廊扶手？为什么还要填补灌溉泵旁出现的水坑？为什么还要填上冬日里沙石路面塌陷的坑洞？为什么还为牧场辛勤劳作？

起初，他想母亲是不会有这种消极情绪的，她身上有一种卢克没有的力量。然而，那天早上当他骑马去检查牛群时，母亲那里的某样东西吸引了他的注意力，让他停下马。

母亲的园子向来是她骄傲的源泉。那时候卢克还是蹒跚学步的小孩，他记得自己看着母亲在春日里精心整理花园，为春种做准备，或在夏日中勤勤恳恳地除草，在漫长的一天结束后收割蔬菜。但是现在，放眼望去，之前一排排笔直整洁的田垄已被荒草占据。

“那么，关于这个周五，”索菲亚在床上翻过身，面对着卢克说，“记住那是一个艺术品拍卖会。”还有两天的时间，卢克努力地表现出一种比较在意的样子。

“是的。你给我说过了。”

“很多有钱人会去。很多大人物。”

“好的。”

“我只是想确认一下，你没有打算穿靴子戴帽子去参加吧？”

“我想过。”

“你需要一套西装。”

“我有一套。”他说，“而且挺不错的。”

“你有正装？”她挑起双眉。

“为什么你这么惊讶？”

“因为我无法想象你穿西装的样子。我只看过你穿牛仔的衣服。”

“不对吧。”卢克眨了眨眼睛，“我现在可是没穿什么牛仔的衣服啊。”

“正经一点好不好？”索菲亚不愿理会他的话，“你知道我不是这个意思。”

他笑了。“我两年前买了一套西装，当然还有一条领带、一双皮鞋。当时我要得参加一个婚礼。”

“我猜那是你唯一一次穿西装，对吧？”

“不，”他摇摇头说，“我之后又穿过一次。”

“另外一场婚礼？”她问道。

“是一个葬礼。”他说，“我母亲一个朋友的葬礼。”

“这是我的第二个猜想。”她从床上跳下来，拿过毛毯，缠绕在自己身上，像披浴巾似的把毛毯的角掖上，“我要看看你的西装，是不是在你的衣柜中？”

“在右边挂着……”他指了指，欣赏着她裹在临时浴袍中的优美身段。

她打开衣柜，取出西装，审视了片刻。“你说得没错。”她说，“这真是套不错的西装。”

“又来了，有什么好惊讶的。”

手里拿着西装，她看向卢克。“换作你是我，你会不惊讶吗？”

早晨，索菲亚返回校园，卢克则骑马去察看畜群。他们已经做好了计划，明天卢克去接索菲亚。出乎他意料的是，当傍晚时分回到家时，他发现索菲亚已经坐在门廊中了。

她手中拿着一张报纸，当她面对卢克时，她的表情凝重。

“怎么了？”他问道。

“是关于艾勒。”她说，“艾勒·莱文森。”

过了片刻他才反应过来。“你是指那个我们从车里面救出来的人？”

她把报纸递给卢克。“读读这个。”

他从她手中接过报纸，扫了一眼大标题，内容是关于明天将要举行的拍卖会。

卢克皱起眉头，一头雾水。

“这是一篇关于那个拍卖会的文章。”

“那些艺术品是艾勒收藏的。”她说道。

几乎所有的信息都在文章中做了说明。文中关于艾勒的私人信息比卢克预想的要少，但是他从中得知了艾勒的男装店。这篇文章还提到了他与露丝结婚的日期。文中说露丝是一个小学老师，在二战结束之后两人就开始收集现代画作。他们膝下无儿无女。

文章的后半部分描述了拍卖会和将要被拍卖的艺术品，这些信息对卢克毫无价值。不过，文章末尾的一句话让他心中一颤，和索菲亚一样，这句话影响了他的情绪。

当他读到最后一句话时，她双唇紧紧合上。

“艾勒没能走出医院。”她轻声说道，“他是在我们发现他的那天去世的。”

卢克抬头面朝天空，闭上眼睛，不知道该说些什么。

“我们是最后看望他的人。”她说，“文章中没有这么说，但我知道这是事实。他的妻子去世了，他们无儿无女，他基本上成了隐士。他走的时候孤独一人，想到这里我就非常难过。因为……”

索菲亚再也说不下去了。卢克把她拉到身边，脑中思索着艾勒的那封信。

“我知道为什么。”卢克说，“这也让我心痛。”

三十二

索菲亚

拍卖会那天，索菲亚刚戴上耳坠，就看到卢克的卡车在门口停下。虽然她之前取笑卢克只有一套西装，事实上她自己的也不过两套，每套都是中等长度的裙子配着合身的外套。她是为了面试买下这两套西装的。当时，考虑到有那么多面试要参加，她还担心两套西装会不够。这让她想起了一句古话……怎么说来着？人算不如天算？或者其他类似的话，她想不起来了。

实际上，每套西装她都只穿过一次。考虑到卢克的西服颜色较深，她从两套中选了一套颜色较浅的。她之前对拍卖会满是期待，这时却感到一种莫名的矛盾。得知这些艺术品属于艾勒后，她对拍卖会感到更亲切，但是她又担心拍卖会上的每一件作品都会让她想起读信时艾勒的表情。而如果不去的话又有些不敬，这些画作对艾勒和他的妻子意义如此重大。她离开房间，朝楼下走去，心中仍然犹豫不决。

卢克在门厅中等着她。

“你准备好了吗？”

“也许吧。”她踟蹰不决地答道，“现在感觉不太一样了。”

“我理解。昨晚我也总是想起艾勒。”

“我也是。”

他勉强挤出一个微笑。“顺便说一句，你看起来美极了，整个人都成熟了。”

“你也是。”她诚恳地说道。但是……

“为什么我却感觉我们是去参加一个葬礼呢？”她问他。

“因为，”他说，“在某种意义上，确实是这样。”

中午11点左右，他们进入了会展中心中的一间庞大的展览室。里面的一切远远超乎她的想象。这个房间的远端是一个三面围着幕布的舞台。房间的右侧，两张长桌子立在加高的台子上，每个桌面上都摆放了十部电话；另一侧摆着一个讲台，无疑是为拍卖师准备的。舞台的背景是一个巨大的屏幕，正前方立着一个空白的黑板架。舞台的前面交错有致地摆放了300多把椅子，让每个竞拍人都能看到台上的情景。

展览室中挤满了人，只有少部分人坐在椅子上。大部分都在房间中徘徊着，审视那些价值连城的作品的照片。这些照片挂在墙边的黑板架上，照片上附有艺术家的信息、这位艺术家的作品在其他拍卖会上成交的价格以及这件作品的大概估值。其他的来宾挤在入口两侧的4个讲台处，讲台上堆积着整套的收藏品名册。

在卢克的陪伴下，索菲亚在展览室中漫步徐行，感到很震撼。不仅是因为所有艺术品都属于艾勒，也因为艺术品本身。收藏中有毕加索和沃霍尔的作品，也有约翰斯、波洛克和德·库宁的作品，它们并排陈列着。有些作品她从未看过，甚至从未听过。关于这些作品价值的传闻也是毫不夸张。当她为某些画作的估价唏嘘不已时，结果发现下一批画作更加价格不菲。看过了所有画作，她试图在脑海中将这些数字与艾勒联系起来——那是一位和蔼可亲的老人，他给妻子的信中满是浓浓的爱意。

卢克的想法似乎跟她一样，他拉着她的手轻声说道："他的信里根本没提这些。"

"或许他对这些画作毫不在乎。"她不解地说，"但是，谁能不在乎？"卢克无法解答她的疑惑，她紧握着他的手说道："我真希望我们能给他更多的帮助。"

"我不知道我们还能在哪些方面帮助他。"

"可是……"

他深蓝的眼睛与她的双眸对视。"你也读过他的信了。"他说，"那是他的心愿。而且我想这也是为什么命运让我们两个发现了他。有谁会跟我们一样等到他醒来？"

麦克风传来让人们入席的通知，卢克和索菲亚在最后几排找到了几个空座。索菲亚倍感失望，因为这个位置几乎看不到黑板架，要是能近距离地欣赏这些艺术品该多好。但是她明白，前排的座位留给了那些有实力的潜在买家，而她最不乐意的事情的就是被人拍拍肩膀，然后被请到后排去。几分钟之后，身着正装的工作人员在加高桌子上的电话旁坐下来，他们老练沉着。随着吊灯渐渐地暗下来，一束聚光灯照亮舞台。

索菲亚扫视了一眼黑压压的观众，她看到了那两位艺术史教授，其中一位就是她的导师。随着钟表缓缓指向1点，展览室渐渐安静了下来，当一位衣着精致考究的银发绅士缓缓走向讲台时，大厅里的窃窃私语消失得无影无踪。他的手中拿着一个文件夹，他把文件展开放在讲台上，然后从胸口的衣袋中取出老花镜戴上，调整了一下手中的文件。

"女生们、先生们，首先非常感谢各位前来参加艾勒·莱文森和露丝·莱文森精彩卓绝的收藏品拍卖会。正如诸位所知，我们拍卖行很少在我行之外的地点举办拍卖会，但是这一次，莱文森先生没有给我选择的余地。而且，今天拍卖会的一些具体事项尚未做明确说明，这也有悖常理。我首先要向诸位解释一下本次拍卖会与其他拍卖会不同的规则。在每个椅子下面都有一个号码牌，而且……”

他继续讲述拍卖的规则，但露丝又想起了艾勒，她无心细听。其间，她只是漫不经心地听着主持人宣读竞拍人的名单，其中有惠特尼博物馆、纽约现代艺术博物馆、泰特美术馆和数不清的国外博物馆。她猜想这个房间中的大多数人都是私人收藏家或者美术馆的代表，毋庸置疑，他们都渴望着从此次拍卖会中斩获几件珍贵罕见的画作。

那位银发绅士解释了拍卖规则，并对一些特定的个人和机构表示了感谢，然后又把注意力转到观众身上。“此时此刻，我万分荣幸地向大家介绍豪伊·桑德斯。桑德斯先生数年来一直是莱文森先生的律师，今天他有一些话要跟大家分享。”

随后，桑德斯出现了，他背部微驼、略显老态，一副深色的羊毛套装裹着他瘦削的身体。他缓缓走向讲台。清清嗓子，然后开始讲话，他的声音洪亮清晰。

“今日，我们齐聚一堂，共同参与这场非凡的拍卖会。毕竟，一套规模如此庞大、意义如此深远的艺术收藏品数年来却无人知晓。这的确不可思议。六年前，我猜在座的诸位中鲜有人知道这套收藏品的存在。这套收藏是如何诞生的，在一篇杂志文章中有所描述。但是，我承认，作为艾勒·莱文森的律师，与他相识40多年，也被这套收藏品的文化意义和价值深深震撼。”

他顿了顿，抬头看看观众，然后继续讲：“但是这不是我来这儿的原因。我来这儿是因为艾勒对这次的拍卖会有过明确的嘱托，他拜托我对诸位传达一些话。我承认，我希望自己没有受过这种委托。我在法庭或者自己的办公室中能够从容自若，但是我很少被要求面对这样的群体讲话。诸位中很多人都是受某位客户或机构所托，想高价拿下一些特定的画作。但是，因为我的朋友艾勒曾要求过我跟大家讲这些话，我就陷入了当前境地。”

观众席中传来一些善意的笑声。

“我该怎么跟你们描述艾勒这个人呢？我是该告诉你们他是一个好人，一个诚实善良的人，一个深爱自己妻子的人？还是该向你们描述他的生意，或者我们共处时他洋溢出的不露声色的智慧？我思索着这些问题的答案，希望能搞明白艾勒究竟想让我向诸位传达什么意思。如果站在诸位面前的是他而不是我，他会怎么说？我想，艾勒可能会对诸位说这句话：‘我希望你们都能理解。’”

他顿了顿，确保自己抓住了观众的注意力。

“我曾看到一句很精彩的名言。”他继续说，“它出自巴勃罗·毕加索之口。诸位可能都知道，今天拍卖会上毕加索的作品颇具特色，在今天即将拍卖的所有画作的画家中，他是唯一一位非美国籍的画家。数年前，毕加索曾这样说过：‘我们都知道艺术不是真理，艺术是一则让我们通晓真理的谎言，至少可以让我们理解真理。’”

他再次面朝观众，声音变得柔和。

“艺术是一则让我们通晓真理的谎言，至少可以让我们理解真理。”他重复着，“我希望诸位琢磨一下这句话。”他的眼神从观众席中扫过，打量着沉默不语的观众，“我发现这句话在很多重意义上都颇具深度。很明显，它代表了诸位今日审视画作时的方式。然而，经过再三推敲，我开始思索：毕加索只是在谈艺术，还是他也希望我们透过三棱镜解析我们的生活？毕加索在暗示着什么？依我愚见，毕加索是说，我们的态度决定了我们的现实。一件事情是好是坏只取决于我们的信念，而这个信念是由我们的人生阅历决定的。但是，毕加索也说这是一个谎言。换句话说，我们的看法、思想、感情以及其他的经历，都不可能是一成不变的。我发现对在座的某些观众来说，我的演讲已离题万里，转到了道德相对论的话题上，而其他观众则可能会认为我不过是个严重跑题、胡说八道的糟老头儿……”

观众再次笑了。

“但是，在此我要告诉诸位，艾勒一定会对我挑选的这句名言感到欣慰。艾勒相信善与恶、对与错、爱与恨。他在一个破坏与憎恨充斥着整个世界的时代中长大。那个时代虽然影响了他，却没有扭曲他时时刻刻都在努力塑造的人格。今天，我希望诸位能把这次的拍卖会看成某种意义上的纪念仪式，纪念艾勒所珍视的一切。最重要的是，我希望诸位能够真正理解。”

索菲亚不太理解桑德斯的演讲，她朝四周望去，也不清楚别人是否理解。桑德斯演讲时，她发现不少人用手机编着短信，还有一些人在看拍卖会的名录。

那位银发绅士在和桑德斯短暂地交流之后回到讲台上。这位拍卖师再一次戴上老花镜，然后清清嗓子。

“诸位已经知晓，按计划本拍卖会将分期举行，第一期将于今天开始，后续拍卖会的具体次数和时间将根据今天拍卖的结果决定。我非常清楚诸位一直等着公布拍卖会的具体细则。”

观众们不约而同地集中注意力，并探身向前。

“这些细则是由画作的主人确定的。拍卖的协议中申明很多……

不同寻常的细节……包括拍卖画作的顺序等。按照诸位之前拿到的说明，现在大家有30分钟跟自己的客户提前确定参与竞拍作品的顺序。给诸位一个提醒，今天将要参与拍卖的画作列在名录的34至96页中。它们在墙上的照片中也有所展示。另外，拍卖的顺序也会在屏幕上展示出来。”

人们纷纷从椅子上站起来，拿着手机开始打电话。另一些人已经开始交谈。卢克探过身来，在索菲亚耳旁低语。

“他的意思是不是这儿没有人知道画作拍卖的顺序？如果他们想要竞拍的作品直到拍卖会结束也没有出现怎么办？他们岂不是要在这里白等几个小时。”

“这个机会可是千载难逢，他们很可能会等到最后一刻。”

他指着排在墙边的黑板架。“那么，你看中了哪一幅？我钱包里有几百块钱，座位下面也有一个号码牌。毕加索的，杰克逊·波洛克的，还是沃霍尔的某幅画？”

“想得美。”

“你认为最终拍出的价格会接近预估价吗？”

“我不太清楚，但是我确信拍卖公司有能力把握好。应该差不多。”

“有些画作的价值是我们牧场的20倍呢。”

“我知道，对吧？”

“真是疯狂。”

“或许吧。”她表示赞同。

他扭过头，说道：“真不知道艾勒对这事是怎么想的。”

她想起了在医院中见到的那位老人和那封对拍卖会只字未提的信。“我在想他可能根本不在乎这些画的金钱价值。”

半个小时后，每个人都回到座位上，那位银发绅士走向讲台。此时，两位男士小心翼翼地将一幅遮盖着的画框搬到舞台上的黑板架上。拍卖会终于到了正题，索菲亚等待着全场兴致勃勃的嘈杂声，然而，扫视整个房间，她发现只有几个人对这件作品感兴趣。当演讲人准备介绍画作时，她又看到了很多人拨弄手机的场景。她知道，今天拍卖会第一件著名的艺术品，即德·库宁的画作要第二个才出场，贾斯培尔·约翰斯的画作第六个出场。其他的艺术家知名度就没那么高了，而这幅画毫无疑问出自一位不知名画家之手。

“第一幅画在名录中的34页有介绍。这是一幅布面油画，长30英尺、宽24英尺。莱文森先生——而非艺术家本人——将此画命名为《露丝的肖像》。如诸位所知，露丝是艾勒·莱文森的妻子。”

当这幅画被揭开时，索菲亚和卢克屏气凝神、目不转睛地盯着黑板架。后方的大屏幕上显示出它放大的投影。索菲亚虽未受过什么专业训练，但她一眼便能看出这幅画出自一个孩童之手。

“这幅画由一位名为丹尼尔·麦卡勒姆的美国人创作，他生于1953年，卒于1986年。这幅作品具体创作日期尚不清楚，据估计是在1965年至1967年间。根据艾勒·莱文森的描述，丹尼尔曾是露丝的一个学生，这幅画于2002年由麦卡勒姆先生的遗孀赠与莱文森先生。”

拍卖师在解释这幅画的时候，为了看得更清楚，索菲亚站起身来。虽然隔着一段距离，索菲亚仍能看出这幅作品很业余。但是，自从读到艾勒的那封信之后，她一直想目睹露丝的容颜。画作的笔触很生硬，但是画中的露丝美丽动人，她那温柔的表情让索菲亚想到了艾勒。拍卖师继续往下讲。

“对这位艺术家我们知之甚少。据了解，他也没有创作过其他画作。诸位要是昨天没有过来看这幅画，现在可以走上台来鉴赏。拍卖将于五分钟之后开始。”

没有人起身，索菲亚也猜到不会有人走上前去。场中又响起人们的交谈声，一些人开始聊天，其他人则在紧张地期待着下一幅作品。拍卖会到那个时候才算正式开始。

五分钟慢慢地过去。讲台上的拍卖师也毫不惊讶。他翻查着手中的文件，和观众一样的漠不关心。甚至连卢克也是一副漫不经心的样子，这让她颇感惊讶，因为他也知道艾勒的信的内容。

时间一到，拍卖师让大家安静下来。“丹尼尔·麦卡勒姆创作的《露丝的肖像》，起拍价为1000美元。”他说道，“1000美元，有出1000美元的吗？”

观众席中无人响应。讲台上的银发绅士也是面无表情。“有出1000美元的吗？请各位注意，这是一个绝佳的机会，大家可以拥有这套伟大收藏的一部分。”

还是没有回应。

“有出800美元的吗？”

不久之后，拍卖师又问：“有出700美元的吗？”

“600美元？”

随着价格不断下降，一种怅然若失的感觉在索菲亚心中缓缓弥散开来。不知怎么的，她感觉这很不合理。她又一次想到艾勒写给露丝的信，那封艾勒向露丝倾诉衷情的信。

“有出500美元的吗？”

“400美元呢？”

这一瞬间，索菲亚眼角的余光瞅见卢克举起了手中的号码牌。

“400美元。”他大声喊道，他那洪亮的声音在场内回荡。只有少数人回过头，大部分观众只是微感惊讶而已。

“有人出400美元了。400美元。有人愿出450美元吗？”

房间中再次恢复平静。索菲亚忽然感到一阵恍惚。

“400美元一次，400美元两次，成交……”

一位长着褐色头发的迷人女士拿着签字板来到卢克身旁，她首先询问了卢克的个人信息，然后告诉他现在就需要付款。她问卢克要银行信息或者拍卖会开始前填写的表格。

“我之前没有填过什么表格。”卢克说。

“那您想怎么付款？”

“这儿收现金吗？”

女士微微一笑，说道：“当然可以啊，先生。请随我来。”

卢克跟着女士走了出去，几分钟后拿着收据回到座位上。他在索菲亚身旁坐下来，脸上露出调皮的笑容。

“为什么？”她问。

“我敢打赌，这画肯定是艾勒最钟爱的一幅。”他耸耸肩说，“它是第一幅拍卖的作品。另外，他深爱着自己的妻子，这又是一幅她的肖像画，如果无人问津就太不合理了。”

她回味着他的话。“要不是我够了解你的话，还真会以为你要变成一个浪漫的人。”

“我想，”他轻声说道，“艾勒才是个浪漫的人。我只是一个失败的骑牛士。”

“你不只是个骑牛士。”她用肘轻推他一下说，“你打算把这画挂在什么地方？”

“我想这并不重要，你觉得呢？况且，过几个月我都不知道自己会住在哪。”

她还没有来得及回答，就听到拍卖师用小木槌敲击桌子的声音。然后，拍卖师探身靠近麦克风。

“女生们、先生们，在我们继续拍卖会之前，有关这次拍卖会的一些细则，我想再次请豪伊·桑德斯上台做解释。他希望向诸位宣读艾勒·莱文森的一封亲笔信，这封信与刚拍卖出的这幅作品有关。”

桑德斯从幕布后面出来，身着偏大的西装缓缓走向讲台，手上拿着一个信封。银发绅士移步一旁，把麦克风让给桑德斯。

桑德斯用开信刀切开信封，然后将信取出来。他深吸一口气，慢慢把信打开。他环视房间，同时喝了一口水。此刻，他表情凝重，就像一位就要上台表演一幕扣人心弦话剧的演员一样。最后，他终于开始读信。

“我叫艾勒·莱文森，我想跟大家分享我的爱情故事。它不是大家想象的那种故事。故事中没有英雄，没有恶棍，没有王子和公主。这个简单的故事中只有一个名叫艾勒的男人遇上一位超凡脱俗的名叫露丝的女人。我们年少时相遇，而后坠入爱河，最后步入婚姻，我们的故事和千千万万对夫妻的故事相似，特殊之处在于露丝恰好颇具艺术鉴赏力，而我的眼里只有露丝。这些因素汇合最终创造了这样一套艺术收藏品，它对我俩都是无价之宝。在露丝的心中，这些画作象征着美与智慧；对我来时，它们仅仅是露丝的影子。就这样，我们把这些画挂满整个屋子，幸福快乐地生活着。然而，时光飞逝。如今我孑然一身，留在这个对我来说已毫无意义的世界上。”

桑德斯停下来，擦去眼中的泪水。让索菲亚感到吃惊的是，桑德斯的声音变得有些断断续续。他清了清嗓子，索菲亚探身向前，桑德斯的话勾起了她的兴趣。

“这对我很不公平。没有露丝，我没有任何活下去的理由。然而，奇迹发生了。我妻子的肖像画在我最脆弱的时候出现了，这是一个出乎意料的礼物。当我把它挂在墙上时，我再次感受到了露丝温柔的目光。这种目光支撑着我，引导着我。渐渐地，那些与露丝共度的美好时光又重新浮现心头，这些记忆沉淀在我们收藏的每一幅画中。在我心中，这些回忆要比艺术本身更有价值。我无法将回忆赠与他人，但是，如果说艺术品属于露丝，而回忆属于我，那么，我该如何处理这套收藏？我深知这种困境，但是法律却不理解，所以长期以来，我不知如何是好。毕竟，没有露丝，我只是个无名小卒。我对露丝一见钟情，虽然我很快就要离开这个世界，但是直到生命中最后一刻，我对她的爱依旧矢志不渝。我真诚地希望诸位能够理解这样一个简单的事实：尽管艺术的美和价值不可估量，但是我愿意拿所有的收藏换回与我挚爱的妻子共度哪怕一日。”

桑德斯打量着观众，全场鸦雀无声。

某件事情正在酝酿，一件不可思议的事情即将发生。桑德斯似乎也意识到了这一点，他几近哽咽，或许他已猜到了结果。他把食指贴在嘴唇上，然后继续往下读。

“哪怕一日。”桑德斯重复着这几个字，顿了顿，然后继续读，“但是，我该如何让诸位理解我的愿望呢？我该如何说服诸位我并不在乎艺术品的商业价值？我该如何向世人证明露丝对我有着多么特殊的意义？如何让你们永远记住我们收藏的每一幅作品都是源自于爱？”

桑德斯抬头望望拱形的穹顶，然后把目光投向场中所有观众。

“能否请拍下《露丝的肖像》的人站起来？”

此时此刻，索菲亚屏住呼吸，随着卢克站起身，她的心怦怦直跳。场中所有观众的注意力都聚集在卢克身上。

“我的遗嘱——还有拍卖会——非常简单：我决定，谁竞得了《露丝的肖像》，谁就将拥有所有的收藏品，即刻生效。因为我对它们再也不具有所有权，拍卖会就此取消。”

三十三

卢 克

卢克待在原地一动不动。他站在最后一排，感受着场中惊愕的沉默。过了好几秒，人们才反应过来，不仅是卢克，场中所有人都是一样。

桑德斯不会是认真的吧？如果他是认真的，那么就是卢克误会了他。这听起来好像是说卢克刚刚获得了整套的收藏品，但这不可能是事实。这是不可能发生的。对吧？

他的想法与观众的想法不谋而合。他看到人们表情诧异、眉头紧锁、大惑不解。一些人挥舞着双手，脸上写满惊讶和疑惑，甚至还有感到被欺骗的表情。

之后，场内一片混乱。但这里没有上演体育赛事中那种常见的乱扔椅子的暴乱，而是那些资历很高又自命不凡的人有节制的暴怒。中间区域第三排的一位男士起身威胁说要给自己的律师打电话，另一位男士大喊自己被虚假宣传骗到了这里，所以也要向律师打电话。还有一位也坚持说这整场拍卖会都是一场骗局。

房间中的暴怒和愤慨愈发高涨，起初缓缓弥散，之后猛烈迸发。越来越多的人站起身，开始朝着桑德斯大吼大叫；另外还有一部分人盯着那位银发绅士。场内远端的一个黑板架轰然倒在地上，那是有人冲出房间时弄倒的。

随后，人们不约而同地朝卢克看过来。他感受到了人们的愤怒、失望和被背叛的感觉，也觉察到了一些人尖锐的质疑。然而，仍有一些人的眼中闪烁着期待的光芒。一位身着得体商务正装的迷人金发女士朝他靠近过来。然后，就在那一瞬间，人们纷纷把椅子推到一边，向卢克蜂拥过来，所有人都同时喊出声。

“打扰……”

“我们能谈谈吗？”

“我希望能和您安排一场见面会……”

“您将如何处理沃霍尔的作品？”

“我的客户对劳申贝格的一幅画颇感兴趣……”

卢克本能地一把抓住索菲亚的手，把椅子推向后方，准备逃离现场。不出几秒，他们朝门口冲去，后面是穷追不舍的观众。

他一把推开门，结果被两位女士和一位带着赞助拍卖行徽章的男士挡住了去路，他们身后跟着6名保安。其中就有刚才那位问他要个人信息、接过他钱包中所有现金的迷人女士。

“柯林斯先生对吧？”她问道，“我叫加布里埃尔，在拍卖行工作。我们在楼上为您准备了一个私人的房间。我们预计到这儿的场面可能会变得有些失控，所以考虑到您的安全和舒适，我们特地做了一些安排。请你们随我来？”

“我正打算回到我的卡车中去……”

“您或许应该想到了，还有一些文件需要处理。如果您不介意的话，就请随我来。”她朝着走廊方向指了指。

卢克回头看看身后逼近的人群，然后决定道：“我们走吧。”

他依然紧握着索菲亚的手，然后回过头，跟着加布里埃尔走去，3名保安护卫在他们两侧。他发现另外几名保安留了下来，挡在他们和观众之间。他模模糊糊地听到他们朝他大喊，向他抛来无数的问题。

一种离奇的念头充斥他的大脑——这是跟他开玩笑吗，但目的何在？他一头雾水。这真是疯狂，这一切都太疯狂了……

他们一行人转过拐角处，朝一个通向楼梯的门口走去。卢克回过头瞥了一眼，发现只剩下两名保安跟在身后，另一名保安则留在门口把守。

到了二楼，他和索菲亚被领到镶着木板的门口，加布里埃尔为他们打开了门。

“请进。”她一边说，一边领着他们进到宽敞的套房中，“请随意，我们准备了点心和食物，还有拍卖品的名录。你们肯定有很多问题要问，我向你们保证这些问题都能得到解答。”

“到底是怎么回事？”卢克问道。

她挑起一条眉毛。“我想您已经知道答案了。”她说道，但没有直接回答这个问题。她转向索菲亚，朝她伸出手来。“抱歉我还没问您的名字。”

“索菲亚。”她回答说，“索菲亚·丹科。”

加布里埃尔斜过头。“斯洛伐克姓氏，对吧？那是个美丽的国家。非常荣幸见到您。”她再次转向卢克，“门外有保安把守，所以您不必担心任何人的干扰。此刻，我想你们两位肯定有很多事要商量的。我们给两位几分钟的时间看看你们的收藏品，可以吗？”

“可以。”卢克说，仍然满腹疑团，“但是……”

“雷曼先生和桑德斯先生很快就会来这儿。”

卢克朝索菲亚挑起一边眉毛，然后环视着这个陈设讲究的房间。一张低矮的圆桌子周围摆着几条沙发、几张椅子。桌子上摆放上各种饮品，包括一桶冰镇的香槟、一盘三明治，还有一个水晶盘，里面放着水果切片和精选芝士。

桌子旁边是收藏品名录，它被翻到一个特定页面。

他们身后的门被合上了，屋里只留下索菲亚和卢克。她朝他瞥了一眼，然后小心翼翼地走向桌子，端详着名录中翻开的那一页。

“是露丝。”她说着，触摸着页面。卢克看着她的手指轻轻抚摸着照片。

“这事不太可能吧，可能吗？”

她继续凝视着照片，然后转头看着卢克，脸上挂着困惑而幸福的笑容。“没错。”她说，“我想这是真的。”

加布里埃尔、桑德斯先生还有雷曼先生一同走进房间。卢克看出雷曼先生就是刚才主持拍卖会的那位银发绅士。

桑德斯做了自我介绍，然后在椅子上坐下来，用一张亚麻布手帕擤了擤鼻涕。卢克从近距离看到他脸上的皱纹、浓密的白色眉毛，他想这位律师在75岁左右。但是他表情中略带一丝调皮，让他稍显年轻。

“在进入正题之前，先让我澄清第一个也是最为突出的问题，我想这也是你们一直疑惑的问题。”桑德斯把双手放在膝盖上说，“你们肯定在好奇：这是不是个陷阱？买下了《露丝的肖像》之后就真能继承整套收藏吗？我猜得对吧？”

“的确是这样。”卢克诚恳地答道。从混乱的拍卖现场到现在，卢克一直满腹疑团。这个安排……这些人……所有事都让卢克感觉如此无所适从。

“这个问题的答案是肯定的。”桑德斯用和蔼的语气说道，“根据艾勒·莱文森先生的遗嘱，谁买下《露丝的肖像》这幅特定的作品，谁就能得到整套的收藏。这就是为什么它是第一个拍卖品。换句话说，没有任何陷阱，没有任何附加的条件。这套收藏品现在已归你所有。”

“也就是说，我现在可以拜托您把它们装到我卡车车厢中，然后拉回家里？就现在？”

“是的。”桑德斯回答道，“然而，考虑到这套收藏品的规模，需要好几趟才能搬完。此外，鉴于部分作品价值连城，我建议采用一种更保险的运输方式。”

卢克疑惑地盯着他。

“但是，还有一个问题你必须考虑一下。”

终于切到正题了，卢克想。

“这个问题与遗产税有关系。”桑德斯说，“不知你是否清楚，任何超过特定数量的遗产都需要向美国政府或者国税局交税。这套收藏品的价值远远超过了这个限度，这意味着现在你必须承担非常重的纳税义务。如果你不是家财万贯富甲一方，且没有数目可观的流动资产，那么你必须卖掉一部分的收藏品才够交税。你甚至可能要卖掉一半的收藏品。当然，选择卖掉哪些作品完全取决于你。你明白我的意思吗？”

“我想是的。我继承了大把遗产，我必须交税。”

“的确如此。那么，在我们进一步讨论之前，我想问一下你是否有自己的财产律师帮你打点。如果没有的话，我很乐意向你推荐。”

“我没有。”

桑德斯点点头。“我猜你应该没有——你还这么年轻。不过没问题。”他从口袋中拿出一张名片，“如果你周一的早上给我打个电话的话，我会给你一个名单。当然，这并不是要求你一定要聘请名单上的人。”

卢克审视着名片。“这上面写着您就是一位财产律师。”

“我是。以前我在其他领域当过律师，但是现在财产律师的工作更适合我。”

“那我能聘您吗？”

“当然可以。”他说着，然后指指房间中的其他人，“你已经见过加布里埃尔。她是拍卖行负责客户关系的副经理。我也想让你见见大卫·雷曼。他是这个拍卖行的主席。”

卢克与他握手寒暄，然后听桑德斯继续往下说。

“或许你能够想象到，安排这样一场拍卖会在诸多方面都是……困难重重，包括资金方面。艾勒·莱文森非常信赖雷曼先生的拍卖行。当然，你并没有任何义务与他们合作。但当艾勒和我制定细则的时候，他拜托我一定要建议买主仔细地考虑他与这个拍卖行曾经愉快的合作关系。它是世界一流的拍卖行，我想你如果自己调查的话也会得出同样的结论。”

卢克端详着身旁这些人的面孔，渐渐回到了现实中。“好的。”他说，“但是，我必须和我的律师商量后，才能拿定主意。”

“我想这是一个非常明智的决定。”桑德斯说，“虽然我们在此能为你解答任何疑问，但是我还是建议你雇一位自己的律师，这宜早不宜迟。一位专业的律师能够帮你处理非常棘手复杂的程序，这个过程能让你在财产和生活其他方面都有益处。毕竟，你已经成为一位富豪，现在如此，交税之后亦是如此。请问你现在还有什么问题？”

卢克与索菲亚对视片刻，然后他转向桑德斯。

“您做艾勒的律师多久了？”

“40年了。”他的回答满是伤感。

“如果我雇一位律师的话，他会尽其所能代表我的利益？”

“你是他的客户，这是他的职责。”

“那么，”卢克说，“我们现在就着手办这件事吧。我该如何雇您？因为我现在就想与雷曼先生商谈。”

“你需要给我一笔预付聘金。”

“数目是多少？”卢克忧虑地皱起眉头。

“目前，”桑德斯说，“一美元就够了。”

卢克深吸一口气，他终于理解了这一切。财富、牧场，还有他和索菲亚可以共建的生活都将实现。

随即，卢克拿出钱包，查看钱包里还有多少钱。购买那幅肖像画之后，里面的钱所剩无几，只够买几加仑汽油。

现在或许更少了，因为他把部分钱用在了雇豪伊·桑德斯上。

后 记

拍卖会之后的几个月里，卢克时常感觉自己活在某人杜撰的一个美好的童话里。在大卫·雷曼的建议下，他们计划在6月中旬举办另一场拍卖会，而这次的地点设在了纽约。之后又安排了另外两场，日期分别定于7月中旬和9月。这三场拍卖会涵盖了绝大多数的收藏，届时的成交额用于支付任何形式的税都是绰绰有余。

在拍卖的第一天，卢克趁着和加布里埃尔、大卫·雷曼共处一室的机会，将牧场的情况也做了说明，桑德斯则边听边记着笔记。当卢克询问是否能用这些钱还贷款时，桑德斯礼貌地离开了房间。仅仅过了15分钟，他又回来了。之后他冷静地向卢克解释说，他刚和银行的高级副总裁谈过了，如果卢克不介意的话，对方愿意将低息还款的期限延长一年，甚至还同意将当前的利息还款延后。而且，鉴于卢克的财务状况已大为改善，银行也将考虑为其增加信用额度，供卢克改善牧场之用。

卢克一时语塞，勉强挤出几个字："但是……为什么？"

桑德斯微微一笑，那抹调皮的表情在他眼中又一次闪过。"让我们姑且这样理解吧，银行希望借此机会，与一位突然富有的忠实客户增进关系。"

桑德斯还向卢克介绍了许多金融经理和顾问。在采访中，他们坐在卢克身旁。卢克对他们的问题茫然不解，更不用说自己提问了。在桑德斯的帮助下，卢克开始渐渐理解与资产相关的复杂问题。他也向卢克保证，他将悉心指导卢克学习所有必要的知识。

尽管有时候感觉云里雾里，但卢克已经意识到，有些问题要比这复杂百倍。

起初，他的母亲并不相信他，同样也不相信索菲亚。她先是对此嗤之以鼻，在卢克重述了发生的事之后，她又变得很愤怒。直到卢克向当地的银行打了电话并请求与高级副总裁交谈时，她才渐渐相信两人可能不是在开玩笑。

他让母亲在电话里与这位银行经理交谈，对方向她保证目前她无须为贷款烦心。通话时，她面无表情，只是用只言片语答复；然而挂断电话后，她将卢克一把抱在怀中，开始啜泣。

当她松开卢克之后，这位恬淡无求的母亲恢复了往日的平静。

“他们现在倒是慷慨。当我真正需要他们的时候，他们在什么地方？”

卢克耸耸肩。“好问题。”

“我会接受他们的提议。”她说着，不停地踱步，“但是当我们付清贷款之后，我希望你能找另一家银行。”

桑德斯在这件事上也一如既往地帮助了他。

索菲亚的家人从新泽西赶来参加她的毕业典礼。在温暖的春日里，卢克和他们坐在一起。当索菲亚上台时，他们兴奋地欢呼。之后，他们一块儿吃饭。让卢克惊讶的是，他们问能否在次日参观牧场。

母亲和卢克忙碌了整整一上午，他把屋里屋外都收拾得干干净净，而母亲自己准备午餐。两家人一起在后院的野餐桌上吃饭。索菲亚的妹妹一会儿环视着四周，一会儿又注视着索菲亚。毫无疑问，她们还在苦苦思索着卢克和索菲亚是如何终成眷属的。

但是他们相处得特别融洽，索菲亚的母亲和琳达尤为合得来，她们俩游览牧场时有说有笑。当卢克的目光再次落到那片花园时，他看到里面整齐排列着母亲刚种的蔬菜，这让他心中洋溢着暖暖的幸福感。

“你想住哪儿就住哪儿，妈妈。”那天晚上他这样对母亲说，“你不用再留在牧场里了。如果你愿意的话，我甚至可以帮你在曼哈顿买一套豪华的顶层公寓。”

“我为什么要住曼哈顿？”母亲调皮地扮个鬼脸。

“不一定是曼哈顿。什么地方都行。”

她看向窗外，看着这片生她养她的牧场。

“我什么地方也不愿意去。”她说。

“那么让我把这里的事情解决好，不是一点一点地来，而是一次性解决。”

她微微一笑，说道：“这听起来是个好主意。”

“那么，你现在准备好了吗？”索菲亚问他。

“准备好什么？”

毕业之后，索菲亚回到了家中，和父母住了一周的时间，然后又回到了北卡罗来纳。

“告诉我，你在南卡罗来纳时到底发生了什么事。”两人走向草场寻找泥打滚时，她用一种不依不饶的眼神望着卢克，“你到底有没有骑大丑牛？还是放弃了？”

索菲亚的话把他的思绪带到了那个冰冷的冬日，那个他生命中的最凄惨的时刻。他脑中又浮现出朝跑道走去的场景。当时，他从板条缝隙中盯着大丑牛，那股袭遍全身的恐惧感和神经紧绷的感觉记忆犹新。然而他还是逼着自己完成来时的目标。他骑上了大丑牛，调整了一下绳带，尽量不去理会心中的不安。这只是一头牛，他告诉自己，它和其他赛牛毫无区别。然而，它并非一般的牛，他深知这一点。但是当跑道的门打开、大丑牛夺门而出时，卢克稳坐在它身上。

大丑牛一如既往的凶猛，乱踢乱蹦，就像被什么附体一样。然而卢克感到异乎寻常的沉着冷静，好像自己在远处操控着一切。整个世界就像慢镜头一样缓缓运转着，让他感到这是他生命中最漫长的比赛。然而，他压低重心、保持着平衡，并摆动那只保持平衡的胳膊保持对大丑牛的控制。最后，号角声终于响起，全场观众纷纷起身为他欢呼喝彩。

他迅速解开绳带，然后从牛身上跳下来，双脚着地。和上次相遇的场景一样，大丑牛停下步子，然后疾速转身。它鼻孔大张，胸脯剧烈起伏。卢克知道它马上就要发动进攻。

然而，它并没有。它和卢克只是相互注视着，然后，令人不可思议的是，它转身走开了。

“你在笑呢。”索菲亚的话打断了他的思绪。

“我想是的。”

“这意味着什么？”

“我骑了大丑牛。”卢克说，“那之后，我知道是时候离开赛场了。”

索菲亚轻推着他的肩膀。“真傻。”

“或许吧。”卢克说，“但是我为自己赢得了一辆新卡车。”

“我从未见过那辆新卡车。”她皱着眉头说道。

“我没有要卡车，而是领取了现金。”

“为了牧场对吧？”

“不。”他说，“是为了这个。”

他从口袋中取出一个小盒子，呈在索菲亚眼前，然后单膝下跪。

他听到索菲亚猛吸一口气。“这是不是我想的那样？”

“打开它。”他说。

她听了他的话，缓缓打开了盒子，目光落在里面的戒指上。

“我们结婚吧。如果你愿意的话。”

她低头看着他，眼中闪烁着幸福的光芒。“当然。”她说，“我愿意。”

“你想住在哪儿？”她后来问他，那时他们已经把喜讯告诉了他母亲，“就在这个牧场吗？”

“长远来看，我还没有打算。但是目前，我喜欢这儿。问题是，你愿意吗？”

“你是问我愿意永远住在这儿吗？”

“不一定。”卢克说，“我是想在事情安顿好之前，我们可能要先住在这儿。但之后我还没想好，我们可以去任何地方。我想，有了这笔巨额的遗产，或者说是礼物，说不定你可以在自己中意的博物馆找到一份工作。”

“就像在丹佛一样？”

“我听说那边有许多的牧场。在新泽西也有人经营牧场。我都查过了。”

她举目凝视一番，然后目光又回到卢克身上。“要不我们暂时等待命运的安排吧？”

那天晚上，索菲亚熟睡时，卢克轻轻地走出卧室，漫步到门廊上，白日的余温让他沉醉不已。夜空中，星光璀璨，月亮露出半边脸。夜晚的微风轻轻吹拂，伴着草地上蟋蟀的鸣唱。

他举头凝望着无边无际的苍穹，脑中想着母亲和牧场。他对自己生命轨迹中的这场骤然转折仍是百思不解，也无法把它与以往的生活衔接起来，一切都变了，他好奇自己会不会改变。他脑中不断浮现出艾勒的影子，那位改变了他的生活的老人，那位他从未真正了解过的人。露丝是艾勒的一切。而在寂静的黑夜中，索菲亚熟睡的样子浮现在卢克的脑中，她金色的头发散落在枕头上。

索菲亚才是今年他得到的最珍贵的东西，她的价值远胜于世界上所有的艺术品。他微微一笑，朝夜空中低声倾诉：“我懂，艾勒。”恰在此时，一颗流星从夜空中划过，卢克心中浮现一个莫名的念头：艾勒听到了他的倾诉，在天堂对着他微笑。

致 谢

《最漫长的旅程》是我创作的第十七本小说，没有家人和朋友的支持，这本书不可能问世。在这份名单的开头，我要一如既往地感谢我的妻子凯西。这么多年来，她一直是我最好的朋友。她让我的每一天都变得如此精彩，我小说中刻画的女性形象或多或少都受自她的启发。与她共度的最漫长的旅程中充满欢声笑语，这段旅程名为“生活”。

我也要感谢我之前的文字助理、经理，如今的出版合伙人瑟罗萨·帕克，能结识他是我人生中另一件头等幸事。帕克，真不敢相信我们在一起工作已达19年之久，我曾很多次口头表达了我的谢意，现在我要把它诉诸笔下：我庆幸自己能够遇到你。

我要感谢我的编辑杰米·拉布，她是让我的小说的可能性达到巅峰的无价之宝。从我开始创作小说起，她就是我的编辑。与她一起工作使我成为一名无比幸运的作家。我对她的感激之情不只因她的努力与付出，更因为她是我一直珍视的好友。

感谢我在UTA的电影代理人豪维·山德斯和凯亚·卡亚田，他们不只是电影领域的奇才，在其他商业领域也很有建树。他们善良、诚实、充满激情，与他们相处的时间越长，我愈发为能与他们成为朋友而感到兴奋。

我的团队中还有一名元老。他担任我的文化产业助理，给我提供了很多充满智慧的宝贵意见，也给我带来了很多快乐。在此我要感谢你，我的老朋友斯考特·斯维穆。

我的团队成员中，还有两个人我要感谢，两个积极向上、聪明而幽默的杰出人物，负责管理我的电视发行公司，他们就是艾利斯·亨德森和考莎·沙阿。我为他们是我们团队中的一分子而感到荣幸。我也要感谢大卫·帕克在我步入电视行业时给予的指导与支持，感谢露辛达·穆尔赫在UTA时的不懈努力。

丹尼斯·蒂诺维，我很享受和你一起工作的日子，谢谢你将我的作品改编成独具特色的好电影，其中包括《瓶中信》《初恋的回忆》和《幸运者》。我很期待《最好的我》上映发布。当然，我也要感谢埃里森·格林斯潘在电影拍摄中做出的贡献。

我还要感谢一个制片人，马提·博文，他出品的多部电影都改编自我的小说，除了《分手信》和《避风港》，他、塞罗莎和我三人将共同出品电影版《最漫长的旅程》，这毫无疑问将是另一部力作。同时还要感谢与马提一起努力工作的威克·戈弗雷。

我也要感谢帕克图书出版公司的艾米莉·斯威特和艾比·孔斯。艾米莉不仅参与我的基金会和网站建设工作，还处理了两者之外的很多工作。她精力充沛，充满激情，工作效率很高。艾比负责所有对外事项，工作也很出色。假如没有她们，我将无所适从。

麦迪逊邦的迈克尔·尼曼、凯瑟琳·欧利姆、吉尔·弗雷泽以及迈克尔·盖泽都是出色的出版人，在此我感谢他们代表我所做的杰出工作。

我还要感谢下面两个人，他们是管理我的社交媒体平台的拉奎·赖特，我们平常叫他Q，还有运营我的网站的莫莉·史密斯。他们的杰出工作让读者了解我的动向。

感谢联合艺人经纪公司的大卫·赫琳和埃里克·库恩，他们不厌其烦地回答我的问题，让我能够跟上现如今日新月异的科技步伐。

感谢阿歇特出版公司的大卫·扬和迈克尔·皮奇。大卫，我很怀念与你共事的日子。迈克尔，我期待再次与你一起工作。

我要特别鸣谢职业骑牛大赛的首席运营官西恩·格利森，谢谢你耐心审阅小说原稿，也感谢职业骑牛大赛对本小说的热情支持。西恩，骑牛是一项激动人心的运动，你的这个组织太牛了。

感谢UTA的拉里·文森特和萨拉·弗恩史东在品牌建设和企业合作方面的杰出工作。这是一段美妙的经历，我期待看到你们未来的发展。

感谢米奇·斯托勒在尼古拉斯·斯帕克恩基金会成立之初做出的贡献，也要感谢我们最近加入的新成员詹娜·杜克，我相信以她的专业和能力，势必给基金会的教育支持工作带来长足进步。

我要感谢主显节全球研究学校的校长索尔·本杰明，我和我妻子2006年时创办了这所学校。我相信他会把这所学校带领到一个新的高度。同时，我也要感谢助理校长大卫·王对其工作的巨大支持。

我还要感谢杰森·理查德和皮特·纳普，他们两人虽没有直接为我工作，但是却为我的事业做出了实质性的贡献，在此我要对你们表达我的感谢。

感谢瑞琪儿·布雷斯莱和艾利克斯·格林让“小说学习系列”及相关的事务能够正常运转，同时把冗长繁杂的合同相关工作理顺：这是一项永不间断的任务。

衷心地感谢我的好哥哥迈卡·斯帕克斯，他是一个让人梦寐以求的兄弟，也感谢他给“小说学习系列”活动做出的贡献。

感谢冠超动力传媒集团的艾米丽·格里芬、莎拉·维斯和桑雅·乔瑟的杰出工作。艾米丽协助管理我很看重的一个项目，莎拉代表我肩负着大量的工作，桑雅是一名优秀的宣传员，在我的新书宣传工作中很有建树。

感谢基金会新伯尔尼办公室主任特蕾西·洛伦兹恩和她的助理蒂娅·斯科特，她的辛勤工作让我的生活变得井井有条。感谢珍妮·阿门特劳特把我家里里外外打理周到。

感谢安德鲁·萨默斯，在我生命中另一个复杂而重要的领域中起到重要作用。

感谢我的会计师帕姆·蒲伯和奥斯卡拉·斯戴维克，他们是我团队中又两位得力干将。

感谢华纳兄弟的库特奈·瓦伦蒂和格雷格·西尔弗曼，经过这么多年来的合作，他们就像我的家人一样，希望能与你们再次合作。

感谢相对论传媒公司的莱安·卡凡诺、塔克·图雷、罗比·布伦纳还有泰瑞·科廷，感谢你们在发行《避风港》影片中的杰出工作，很期待与你们再次合作，我们会成为一支优秀的团队。

感谢福克斯2000的伊丽莎白·加布勒和艾琳·斯米诺夫同意发行电影《最漫长的旅程》，很高兴和你们一起工作。

大卫·布切尔特帮我安排所有的演讲，谢谢你为我做的一切。

感谢托德和卡利·瓦格纳兄弟为我做的一切，我相信你们知道为什么。

最后，我要感谢我的那些老朋友和新朋友，感谢他们给我带来的无限欢乐。他们是杜鲁和布列塔尼·波利斯兄弟，詹尼弗·罗曼尼罗、切尔西·凯恩、格雷琴·罗西、斯雷德·斯迈利、乔什·杜哈梅以及朱莉安娜·霍夫。谢谢你们！

2011年2月初

图书在版编目（CIP）数据

最漫长的旅程 / （美）尼古拉斯·斯帕克思 (Nicholas Sparks) 著 ; 王洋译. -- 上海 : 文汇出版社, 2017.10

ISBN 978-7-5496-2067-8

Ⅰ. ①最… Ⅱ. ①尼… ②王… Ⅲ. ①长篇小说－美国－现代 Ⅳ. ① I712.45

中国版本图书馆 CIP 数据核字 (2017) 第 226293 号

著作权合同登记号：09-2017-785

最漫长的旅程

作　　者 / 【美】尼古拉斯·斯帕克思
译　　者 / 王　洋

责任编辑 / 张　涛
特邀编辑 / 孙若羚　夏文彦
封面装帧 / 陈艳丽

出版发行 / 文匯出版社
上海市威海路 755 号
（邮政编码 200041）
经　　销 / 全国新华书店
印刷装订 / 三河市吉祥印务有限公司
版　　次 / 2017 年 10 月第 1 版
印　　次 / 2017 年 10 月第 1 次印刷
开　　本 / 890mm × 1270mm 1/32
字　　数 / 318千字
印　　张 / 13.5

ISBN 978-7-5496-2067-8
定　　价 / 49.90 元